나에게는 이 모든 게 저주니까.

아무도 나를 모르는 곳으로 가고 싶어.

전부 그자다. 그자가 꾸민 일이다…….

나는 엄청난 착각을 했는지도 모른다.

사도의 기도

달빛을 의지하여 편지지에 글을 끄적이고 있다. 여기에 새기는 것은 다름 아닌 내 죄에 대한 고백이다. 이제 와서 이런 것을 남기는 것이 아무 의미도 없다는 것은 알고 있다.

사람들은 이 편지를 독선적인 자기변호로 받아들일 것이다. 나의 진의가 정확히 전달될 리는 없다. 만약 진의를 이해하는 자가 있다면 일의 진상을 간파한 자다.

하지만, 그런 일은 있을 수 없을 것이다. 아니, 있어서는 안 된다. 누군가 나의 진의를 파악한다는 것은 이 계획이 파탄에 이르렀다는 것을 의미한다. 그것만은 절대 피해야 한다.

그러나 위험을 무릅쓰고 이렇게 편지를 쓰는 것은 영문도 모르는 채 계획에 휘말리게 될, 한 불쌍한 남자를 향한 동정심 때문인지도 모른다. 그리고…….

나는 그녀를 위해 모든 것을 걸고 이 계획을 짜고 있지만, 결과를 끝까지 지켜보지는 못한다. 그래서 그에게 이 편지를 맡기는 것이다. 최후까지 지켜보는 사람은 아마도 그일 것이므로…….

나는 〈최초의 사도〉라는 서명으로 편지를 끝맺음하고, 펜을 책상 위에 내려놓았다.

조심스럽게 편지를 접어서 봉투 속에 넣은 후 그것을 들고 자리에서 일어서서 천천히 걷기 시작했다.

부채꼴로 펼쳐진 계단을 올라가 점찍어 둔 방의 문틈에 살짝 봉투를 끼워 넣었다. 그 자리를 떠나려 할 때 나를 부르는 목소리가 들렸다. 뒤를 돌아보니, 그곳에 그녀가 서 있었다. 당장이라도 울음을 터뜨릴 듯한 얼굴로 물끄러미 나를 바라보고 있다.
하지만, 실제로 그녀가 여기 있을 리가 없다. 나의 갈망이 만들어 낸 환상에 불과할 것이다. 비록 환상이라고 해도, 이렇게 다시 한번, 그녀의 모습을 볼 수 있어서 더없이 기뻤다.
"이런 짓은 그만둬."
그녀가 눈물을 머금은 채 호소했다. 나는 고개를 가로저었다.
"이건 너를 위해 시작한 일이었지만, 나 자신을 위한 것이기도 해."
"하지만, 나는……"
"주사위는 던져졌어. 이제 돌아갈 수 없어."
언제까지나 그녀의 모습만을 바라보고 싶지만, 그러면 판단이 흐려질 것이다. 그래서 떨어지지 않는 발걸음을 애써 떼며 휙 등을 돌리고 걷기 시작했다. 계획은 완벽할 터였다. 그러나 그 계획이 어떤 식으로 펼쳐질지는 아무도 모른다. 무슨 일이 일어난다고 해도 모든 것이 끝난 후에 그녀만은 웃는 얼굴이길 바란다.
나는 그녀가 해방되어 웃는 모습을 상상하며 그 자리를 떠났다……

라자로의 미궁에 오신 것을 환영합니다.

1. 펜션에서는 앞으로 세 건의 연쇄살인 사건이 발생할 것입니다.
2. 이벤트 참가자는 서로 힘을 합쳐 증거를 모으고 범인을 찾아내야 합니다.
3. 범인을 찾아낼 때까지 누구도 펜션에서 나갈 수 없습니다.
4. 이벤트 참가자 중에 범인이 섞여 있습니다.
5. 피해자도 이벤트 참가자 중에 섞여 있습니다.

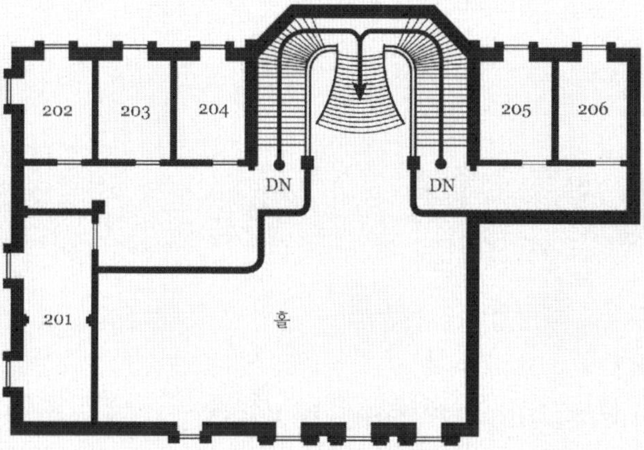

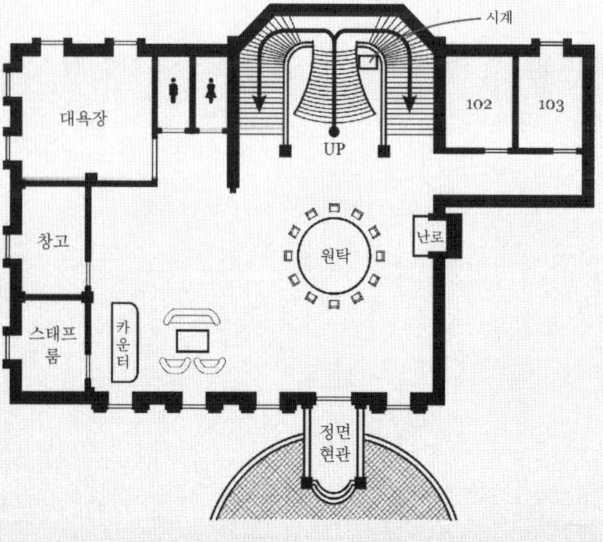

라자로의 미궁

Jacket & title page illustrations by aoi ao
Original Japanese edition designed by Shinchosha Book Design Division

LAZARUS NO MEIKYU by KAMINAGA Manabu
Copyright © Manabu Kaminaga 2023
All rights reserved.
Original Japanese edition published in 2023
by SHINCHOSHA Publishing Co., Ltd., Tokyo

This Korean language edition is published by arrangement with
SHINCHOSHA Publishing Co., Ltd., Tokyo in care of Tuttle-Mori Agency, Inc., Tokyo

Korean translation copyright © 2025 by DAEWON C. I. INC.

라자로의 미궁

가미나가 마나부 장편소설
최현영 옮김

하빌리스

차례

014 서 장 방문자

024 제1장 상실

114 제2장 현기증

208 제3장 관

300 제4장 혼돈

404 제5장 참극

556 종 장 라자로

576 옮긴이의 말

    차갑고 푸른 달빛이 호숫가에 서 있는 벚나무를 비추고 있다. 잎이 떨어지고 앙상하게 가지만 남은 벚나무는 완전히 말라붙은 듯이 보인다. 하지만, 실상은 그렇지 않다. 죽은 듯한 모습으로 부활의 때를 기다리고 있는 것이다. 호수 쪽에서 차가운 바람이 세차게 불어왔다. 바람에 이끌리듯이 흰 원피스를 입은 짧은 머리의 여성이 걸어오고 있다.

    얼어붙을 듯한 추위 속에서도 그녀는 맨발이다. 서리가 내린 풀 위로 한 걸음, 또 한 걸음 발을 옮기던 그녀는 벚나무 앞에서 발걸음을 멈췄다. 그녀는 가느다란 팔을 뻗어 나무줄기를 살짝 어루만졌다. 사랑하는 연인을 대하듯이 상냥하고 요염한 몸짓이었다. 마침내 달을 올려다보는 그녀의 얇은 입술 사이에서 흰 입김이 피어 나왔다. 나는 벚나무 앞에 선 그녀의 부서질 듯한 아름다운 모습에서 눈을 뗄 수가 없었다. 그녀는 가슴을 펴고 크게 숨을 들이마셨다. 잠시 간격을 두고 마침내 그녀의 입술에서 노래가 넘쳐흘렀다.

잔잔한 수면에 달이 뜨네

마른 벚나무에 이윽고 움이 돋는데

내 마음은 헤어날 길 없는 우수에 차 있네

내 혈육에 새겨진 죄는

모든 것을 빼앗고 좀먹는다네

도저히 헤어 나올 수 없는 굴레

만일 그대가 나를 사랑한다면

부디 나를 죽여주세요

그것이 나의 유일한 소원

슬퍼하지 말아요

나는 이렇게 사라지지만,

라자로처럼 다시 살아나 영원히 그대를 그리워할 테니

  가사는 비애로 가득 차 있으나 목소리는 장엄하고 투명하며 무엇보다 아름다웠다. 그녀의 노랫소리에 응납하듯이, 말라버린 벚나무에 연분홍색 꽃이 피어나기 시작했다. 한두 송이가 아니다. 무수히 많은 벚꽃이 문자 그대로 앞다투어 피었다. 바람과 함께 날아오르는 꽃잎은 반짝반짝 소용돌이치며 달을 향해 올라가는 연분홍색 기둥이 되었다. 그 광경에 마음을 빼앗기면서도 머릿속으로는 이미 알고 있었다. 이것은 환각이다. 그녀의 노랫소리에 매료되어 나는 실제 존재하지 않는 광경을 눈앞에서 보고 있는 것이다. 하지만, 그녀의 노랫소리에는 그만한 마력이 있었다.

그렇기에······.

나는 그녀를 지키기 위해 그녀의 소원을 이루어 주어야만 한다. 칼자루를 강하게 움켜쥐고 노랫소리에 이끌리듯이 천천히 발걸음을 내디뎠다.

서장

방문자

 "제발 부탁이에요. 미오, 미오를 찾아주세요."

 미나미 사와의 건너편에 앉은 여성이 몸을 앞으로 쭉 내밀며 호소했다. 진한 플로럴 계열 향수 냄새가 코를 찔러 사와는 저도 모르게 미간을 찌푸렸으나 곧바로 마음을 다잡고 말했다.

 "우선 좀 진정하세요."

 사와가 부드럽게 달래자, 여성은 쉰 목소리로 "네, 네." 답하고는 자세를 바로잡고 앉았다. 여성의 이름은 후지키 나미. 룸메이트와 연락이 되지 않으니 찾아달라고 경찰서에 신고하러 왔다. 명품 가방에 액세서리로 치장하고 있으나, 입고 있는 옷은 초저가 대형 할인점의 운동복이어서 어딘가 균형이 맞지 않았다. 금발 머리는 머리끝이 다 갈라져 있어서 눈에 거슬렸다. 손톱에 바른 형형색색의 매니큐어는 빈말로도 센스가 좋다고는 할 수 없었다. 한눈에 봐도 물장사하는 사람이라는 느낌이다. 부자연스럽게 부푼 애굣살과 입술, 베일 듯이 날카로운 턱 선은 빈번하게 성형을 반복하고 있다는 것을 짐작하게 했다.

요즘은 성형을 패션 정도로 치부한다는데 나미도 그런 류의 사람일까. 손목의 자해 흔적도 어쩐지 맘에 걸렸다. 옆에 앉은 동료 형사 시라이 가즈나리가 크게 하품을 했다. 사와는 탁자 아래로 시라이의 다리를 찼다.

"아얏……."

시라이는 불만스러운 듯이 입을 삐죽 내밀었으나 사와가 노려보자 앉은 자세를 바로 했다. 시라이는 유능한 형사지만, 사건의 경중에 따라 힘을 넣고 빼는 게 눈에 보이는 것이 옥에 티다.

"친구분은 언제부터 행방불명 상태가 된 거죠?"

사와가 정중하게 물었다.

"사흘쯤 전이에요."

"여태까지 그런 적이 있었나요?"

"이런 일은 처음이에요. 메시지를 보내면 미오는 보통 곧바로 답장을 보내주는데 '읽음' 표시도 뜨지 않고…… 전화를 해도 받지 않고요……."

"그렇군요."

"부탁이에요! 미오를 찾아 주세요! 무슨 일이 생긴 게 틀림없어요!"

나미가 절박한 목소리로 호소했다.

"심정은 이해하지만, 사건 가능성이 없으면 경찰은 움직이고 싶어도 못 움직여요. 아시겠어요?"

시라이가 한숨 섞인 말투로 대답했다.

"시라이 씨."

사와가 나무라는 듯이 말하자 시라이는 마지못해 입을 닫았다. 성의 없는 말투에 문제가 있긴 하지만, 시라이의 말이 틀린 것은 아니다. 친구와 사흘간 연락이 닿지 않는다는 이유로 경찰이 일일이 수사에 착수했다가는 인력이 아무리 많아도 감당해 낼 수 없을 것이다. 하지만, 이야기는 끝까지 들어 둘 필요가 있다.

"친구분에게 무슨 일이 생겼을 거라고 생각하시는 이유가 있나요?"

사와는 다시 나미를 바라보며 물었다.

"제가 실은 남자친구에게 폭력을 당하고 있었거든요……."

"남자친구를 데이트폭력으로 고소하고 싶다는 건가? 행방불명된 친구를 찾는 게 아니고?"

또다시 말을 끊고 끼어든 시라이를 사와가 제지했다.

"계속 말씀해 주세요."

부드러운 사와의 말에 나미는 고개를 끄덕이고는 말을 이었다.

"폭력을 당하는 건 제 잘못 때문이에요. 하지만, 조금 거리를 두고 싶어서…… 같은 가게에서 일하는 미오에게 그 이야기를 했더니 저에게 룸셰어를 하자고 제안해 주었어요."

"미오 씨가 룸셰어를 하고자 한 이유가 있었나요?"

"미오는 스토킹을 당하고 있었어요. 그래서 혼자 사는 게 무섭다고 했어요."

"구체적으로 어떤 피해가 있었는지 아시나요?"

"매일 수백 통씩 문자가 왔어요. '죽여버리겠다.'라고요. 실제로도 스토커가 집 앞에 숨어 있다가 덮치는 바람에 간신히 도망친 적도 몇 번 있어서 저와 룸셰어를 생각한 것 같아요."

나미의 이야기가 사실이라면 살인 사건으로 발전할 가능성도 있는 위험한 상태다.

"스토커에 관해서 경찰에 신고한 적이 있나요?"

"모르겠어요. 하지만, 연락이 끊기기 얼마 전에, 미오가 이번에도 스토커가 집을 찾아낸 것 같다며 두려움에 떨었어요."

나미가 미오의 신변을 걱정한 이유는 스토커의 존재 때문인 듯했다. 조금 전까지 건성으로 듣고 있던 시라이의 눈초리가 달라졌다. 스토커의 표적이었던 여성이 행방불명되었다면 사건에 휘말렸을 가능성이 단숨에 치솟는다.

"피해 신고가 들어왔었는지 저희 쪽에서 확인해 보겠습니다. 미오 씨의 성씨와 이름을 모두 가르쳐 주시겠습니까?"

사와의 물음에 나미가 "네?" 하고 놀란 표정을 지었다.

"혹시 모르시나요?"

"미오라는 이름밖에는……."

나미가 무릎 위에 올려놓은 자기 손으로 시선을 떨구었다. 이름도 제대로 모르는 사람과 룸셰어를 하다니, 사와의 상식으로는 믿을 수 없는 행동이지만, 어디까지나 그건 자신의 상식일 뿐이다. 개중에는 개의치 않는 사람들도 있다. 나미의 근무처가 야간 업소라면 미오라는 이름도 가명일 가능성이 있다. 본명조차 모르는 사람을 찾는다는 것은 등골이 휘는 일이겠지만, 스토커가 살인을 암시하는 말을 했다면 무시할 수는 없다.

"미오 씨의 사진 같은 걸 혹시 가지고 계신가요?"

사와가 묻자 나미는 "네." 하고 고개를 끄덕이고는 스마트폰을 꺼내 화면에 사진을 띄운 후 사와에게 내밀었다. 사와는 스마트폰을 받아들고 사진을 확인했다. 유흥업소 선전용 사진인 듯, 가공을 하긴 했지만, 본 모습도 아름다운 여성이라는 것이 느껴졌다. 검은 쇼트커트와 살짝 처진 듯하지만 서글서글한 눈매는 지적이고 청초한 분위기를 자아냈다. 그와 동시에 정욕을 자극하는 요염한 매력도 풍겼다. 사진 속 여성은 어디선가 본 적이 있는 듯 낯이 익었는데, 그게 어디였는지는 떠오르지 않았다.

"이 사진의……."

사와의 말소리는 복도 멀리서 들려오는 떠들썩한 소리에

묻혔다. 경찰서에 연행당하는 사람이 비명을 지르거나 고래고래 소리를 지르는 일은 일상다반사지만, 그것과는 달랐다. 여러 사람이 황급히 뛰어가는 발소리, 그리고…… 녹슨 쇠 냄새 같은 것이 코끝을 스쳐 갔다. 사와는 시라이와 얼굴을 마주 본 후, 나미에게 "잠시만 기다려주세요."라고 말하고는 응접실에서 나와 복도 끝에 있는 출입구로 달려갔다.

걸음을 옮길 때마다 피 냄새가 진해졌다. 팔로 코를 누른 채 출입구로 향한 사와는 눈 앞에 펼쳐진 광경에 할 말을 잃었다. 그곳에는 눈에 띄는 수려한 외모의 청년이, 생기 없는 눈으로 우두커니 서 있었다. 부드러워 보이는 흰 볼에 마구 발라 놓은 듯한 핏자국이 눈에 띄었다. 볼뿐만이 아니다. 청년이 입은 코트 속 셔츠는 원래 색을 알아볼 수 없을 만큼 엄청난 양의 피로 물들어 있었다. 마치 공포 영화에 등장하는, 송장의 살점을 뜯어 먹은 직후의 좀비 같다.

그뿐만 아니라 청년은 오른손에 칼날 길이만 15cm 정도 되는 대형 칼을 쥐고 있었다. 강하게 움켜쥔 그 칼의 칼날에도 대량의 혈흔이 묻어 있었다. 코트를 입고 있어서 분간하기 어려웠다고는 해도 흉기를 든 인물의 침입을 허용하다니, 보초 담당 경찰은 대체 뭘 하는 거야. 분노가 치솟지만, 지금은 잘잘못을 따지고 있을 때가 아니다. 어떻게든 대처해야 한다.

"손에 든 흉기를 버려라."

제복 경찰 한 명이 거리를 좁혀 가며 강한 어조로 명령했다. 그러나 청년에게는 그 목소리가 들리지 않는지 미동도 하지 않은 채, 텅 빈 눈동자만 희번덕거리고 있었다.

"어이어이. 어떻게 된 거야."

시라이가 당혹스러운 목소리로 말했다.

"모르겠어. 하지만 빨리 신병을 확보하지 않으면 큰일 나겠어."

섣불리 자극해서 난동을 부리기라도 하면 희생자가 발생할 것이다. 경찰서 내에서 무차별 살인…… 이런 신문 헤드라인은 절대 보고 싶지 않다.

"흉기를 버려!"

다시 제복 경찰이 위압적으로 소리를 질렀다. 이대로 가다가는 공연히 저 청년을 자극할지도 모른다. 사와는 시라이에게 시선으로 신호를 보내고는 천천히 청년에게 다가갔다. 거리가 좁혀질수록 청년의 몸에서 풍기는 피 냄새가 점점 강해졌다. 마치 눈앞에서 인체를 해부하는 듯이 강렬한 냄새였다.

"할 이야기가 있으면 저에게 말씀해 주세요."

이때까지 미동도 하지 않던 청년이 고개를 들고는 초점 없는 눈으로 사와를 똑바로 응시했다. 입술을 달싹이는 듯했지만, 무슨 말을 하는지 분명치 않았다.

"하고 싶은 말이 있는 거죠? 우선은 저한테 말씀해 보세요."

사와는 공격을 당해도 대처할 수 있는 최소한의 거리를 유지한 채 다시 한번 말했다. 시라이 쪽을 흘긋 보자 사와의 생각을 알아차린 듯 시라이가 아무도 눈치채지 못하게 청년의 등 뒤로 돌아가고 있었다.

"당신의 목적은 무엇이죠?"

사와가 묻자 청년은 다시 입을 열었다. 이번에는 무슨 말인지 알아들었다.

"라자로······"

그는 분명히 그렇게 말했다. 설마 신약성경에 나오는 라자로를 말하는 걸까? 라자로는 예수 그리스도의 친구로 병 때문에 목숨을 잃었지만, 그것을 비통히 여긴 예수가 부활시킨 남자다. 사와가 생각에 잠겨 있는 사이 청년은 휘청하고 앞으로 발을 내디뎠다.

"살려······ 주세요······."

청년은 그렇게 말하고는 그 자리에 풀썩 쓰러졌다.

제1장

상실

<1>

 석양빛이 눈으로 들어온 순간, 시야가 새하얘졌다…….
 운전대를 잡은 쓰키시마 리오는 쉴 새 없이 눈을 깜빡거리며 고개를 흔들었다.
 "피곤해?"
 자동차 조수석에 앉아 있던 나가토 가쿠가 물었다. 급경사의 구불구불한 길이 이어졌지만, 피곤한 건 아니었다.
 "괜찮아. 그냥 석양 때문에 눈이 부신 것뿐이야."
 "그럼 다행이고."
 나가토가 눈을 가늘게 뜨며 웃었다. 그 표정은 어딘가 인위적인 느낌을 풍긴다. 나가토는 붙임성은 좋지만, 속을 알 수 없는 남자다.
 "그래서 무슨 이야기였지?"
 쓰키시마는 운전대를 돌리며 다시 물었다.
 "아, 맞다. 일전에 미스터리 애호가 모임에서, 아쿠타가와 류노스케의 《덤불 속》에서 진실을 말하는 사람은 누군가, 하는 이야기가 나왔거든."

아쿠타가와 류노스케의 《덤불 속》은 한 무사의 죽음을 둘러싸고, 붙잡혀 온 도적, 시신을 발견한 나무꾼, 도적을 잡아온 호멘(당시 치안을 담당했던 검비위사의 심부름꾼; 석방된 죄수로 주로 범죄자 수색과 호송을 담당했다.-옮긴이), 또 죽은 무사의 아내, 죽은 무사 본인 등 각자가 사건의 진상을 진술하는 구성의 단편소설이다. 등장인물의 증언이 전부 어긋나 있고, 진상은 결국 밝혀지지 않은 채 결말을 맞이한다. '진상은 덤불 속'이라는 관용구의 어원이 된 작품이다. 일반적으로 순문학으로 간주되는 아쿠타가와의 작품을 미스터리로 해석하다니 과연 나가토답다.

"그래서 결론은 났어?"

"응, 일단은. 그래서 현역 추리작가인 쓰키시마의 의견을 듣고 싶었지."

나가토가 도발적인 시선을 보냈다.

"일개 신인 작가를 상대로 난도가 너무 높은 거 아니야?"

쓰키시마는 미스터리 작가이긴 하지만, 대학교 여름방학 기간에 쓴 작품으로 얼떨결에 신인상을 받은 덕분에 그 후 근근이 작가 생활을 이어가고 있을 뿐이었다.

"너무 겸손 떨지 말고. 작년 미스터리 랭킹에도 들어갔잖아."

"그 정도로는 어림도 없어. 각종 개그 콘테스트를 포함하여 일등이 아니면 아무도 주목하지 않아."

이건 겸손이 아니라 현실이다. 미스터리 베스트 10에 들어가도 중쇄도 못 찍는 것이 작금의 출판 업계다. 쓰키시마로서는 미스터리 랭킹이라는 허울보다 베스트셀러라는 실리를 얻고 싶다. 그렇지 않으면 생계를 유지할 수 없다.

"그렇게 비관하지 마. 실력은 확실하잖아. 뜨는 건 시간문제라고."

진부한 위로라고 생각하면서도 나가토가 말하면 묘하게 설득력이 있다.

"딱히 비관한 건 아닌데."

"그럼 됐고. 그건 그렇고 아까 질문으로 돌아가서, 쓰키시마는 어떻게 생각해?"

"타인에게 의견을 구하려면 먼저 네 견해부터 말하는 게 예의야."

"음, 그도 그렇네. 내 생각에 진상을 말하는 사람은 도적인 것 같다."

"근거는?"

"도적은 이미 잡혔으니 아무리 몸부림쳐도 사형은 면치 못해. 즉, 거짓말을 할 이유가 없어."

예상대로 나가토다운 단순한 답변이다.

"그렇게 따지면 무사 역시 마찬가지지. 그는 이미 죽었잖아. 살아 돌아올 리도 없고 거짓말을 할 이유가 없어."

"그건 좀 달라. 무사에게는 거짓말을 할 이유가 있다."

"무슨 이유?"

"무사로서의 명예를 지키고 싶었던 거다."

"명예라면 도적도 마찬가지 아니야?"

"도적한테 명예가 어디 있어?"

"그건 나가토의 가치관이지. 도적에게도 도적의 명예가 있다."

"그건 좀 억지 같은데."

"무사의 명예라는 것도 단순한 억지 논리잖아?"

명예 따위, 결국 그런 것이다. 타인에게 어떻게 보이는가? 어떻게 보이고 싶은가? 어떻게 처신할까? 이런 체면 차리기에 불과하다. 쓰키시마의 반격을 받은 나가토는 불만스러운 듯이 뾰로통해서 말했다.

"분명 일리 있는 말이군. 어쨌든 내 생각은 말했어. 쓰키시마는 어떻게 생각해?"

"글쎄. 나는 모두가 진실을 말하고 있다고 생각해."

"그러면 말이 안 되잖아."

"말이 되지. 질문의 내용은 누가 진실을 말했는가, 잖아? 인지하는 세계가 각자 달랐을 뿐이야."

인간의 뇌는 카메라처럼 있는 사실 그대로 정확히 기록하지 않는다. 각자의 가치관에 크게 좌우되어 자기 상황에 유리하게 해석하고 그것을 사실로 받아들인다. 작품 속 등장인물들의 말도 딱히 거짓말이라기보단, 인지왜곡이 초래한 결과인지도 모른다.

"무슨 말을 하려는 것인지는 알겠지만…… 뭐, 그렇지. 그러면 질문을 바꾸지. 그 사건의 진상은 무엇일까?"

…… 그건 어려운 질문이다. 쓰키시마는 신중하게 운전하며 사고 회로를 작동시켰다. 고갯길을 빠져나와 호수 주위로 난 도로에 진입했다. 그 길을 따라 호텔과 펜션 몇 곳, 기념품 가게가 나란히 서 있다. 저녁해를 받아 빛나는 수면에 낚싯배가 몇 척 떠 있었다.

"그것에 관해서는……."

쓰키시마가 질문에 답하려고 하는 순간, 나가토가 "앗!" 하고 작게 소리를 질렀다.

"저 근처 아니야?"

나가토가 차 앞유리창 너머를 손가락으로 가리켰다. 호텔과 펜션이 밀집한 지대에서 좀 떨어진 곳이었는데, 그 주변을 울창한 나무들이 뒤덮고 있었다.

"내비게이션에 따르면 그렇네."

"저기다. 이제 보인다. 분명 저 건물이야."

나가토는 다시 한번 전방을 가리키며 말했다. 유심히 보니, 흰색으로 회칠한 벽에 밝은 주황색의 평평한 타일 지붕을 얹은 건물이 눈에 들어왔다. 프랑스 남부 프로방스풍 건물로 호숫가의 풍경과 아주 잘 어울렸다. 조명까지 더해지니 그림엽서라고 해도 손색이 없었다.

"생각보다 세련된 곳이군."

쓰키시마는 그렇게 말하며 건물 앞에서 차의 속도를 줄였다. 입구 모퉁이에 주차장 안내 간판이 설치되어 있었다. 안내에 따라 쓰키시마는 건물 옆쪽에 차를 세웠다.

"수고했어. 피곤하지?"

나가토가 말을 건넸다. 쓰키시마는 "이 정도는 아무것도 아냐."라고 답했다. 피곤하지 않다면 거짓말이겠지만, 운전하는 건 싫지 않다.

"다행이네. 쓰키시마는 미스터리를 해결하는 탐정 역을 맡아 줘야 하니까."

"그렇게 덮어씌우기야?"

"물론이지. 나는 왓슨 역에 충실할 거라고."

나가토의 태연한 대답에 쓰키시마는 저도 모르게 한숨이 나왔다. 지금부터 쓰키시마는 나가토와 함께 이곳에서 개최되는 미스터리 이벤트에 참가한다. 숙박 중인 펜션에서 일어난 살인 사건을 해결하는 것이다. 요즘 유행하는 체험형 이벤트로, 실은 이런 종류의 이벤트에 참가하는 건 질색이다. 관심은 있지만, 명색이나마 미스터리 작가로 활동하고 있는 쓰키시마가 사건을 해결하지 못하면 망신은 물론 자존심에 크게 상처를 입을 것이다. 하지만 나가토가 멋대로 신청해 버린 탓에 이렇게 이곳에 오게 되었다.

"사건을 해결 못 해도 원망하지 마."

회피일지도 모르지만, 일단 방어막을 쳐 둔다.

"쓰키시마는 그쪽 분야의 프로니까 식은 죽 먹기잖아?"

"그러니까 그 부분이 틀렸다고. 나는 미스터리 작가지, 명탐정이 아니거든."

"그야 알고 있지. 소설에 등장하는 인물이 전부 프로 탐정은 아니잖아. 대학생이나 고등학생 탐정도 등장하고. 또 작가가 탐정 역할일 때도 있고."

"아니, 그건 소설 속 이야기일 뿐이라니까……."

"겸손도 지나치면 밉상이다."

나가토는 익살스럽게 말하고는 뒷좌석에 놓인 짐을 들고 차에서 내렸다. 여기까지 온 마당에 이제 와서 이러쿵저러쿵해 봐야 소용없다. 어떤 트릭이 제시될지 모르겠지만, 즐겨 봐야지. 쓰키시마도 보스턴백을 어깨에 메고 차에서 내린 후 나가토의 뒤를 따라 걸어가며 다시 한번 건물을 바라보았다. 세련된 건물이지만, 모든 창문에 쇠창살이 끼워져 있다.

후훗…….

쓰키시마의 귀에 부드럽고 따뜻한 소녀의 웃음소리가 들려왔다. 발길을 멈추고 목소리가 들린 쪽으로 눈길을 돌리자 잔디가 깔린 부지 중앙에 벚나무가 서 있었다. 지금은 계절이 계절이니만큼 가지뿐인 상태로 말라죽은 듯이 보이지만, 봄이 되면 소생하여 꽃이 피어나 만개할 것이다. 그리고 벚나무 옆에 열 살쯤 되는 소년과 소녀가 마주 보고 서 있었다. 흰 원피스가 인상적인 소녀는 부드러운 미소를 띠며 소년에게 무언가 말을 하고 있다. 소년은 고개를 조금 숙인 채 소녀의 말에 귀를 기울이고 있는 듯했다. 두 사람은 쓰키시마의 시선을 느꼈는지 손을 잡고 도망가듯이 어디론가 달려가 버렸다.

"무슨 일이야?"

나가토의 말소리에 퍼뜩 정신이 들었다.

"아니. 아무것도 아니야."

쓰키시마는 고개를 가로저으며 대답하고는 나가토와 나란히 건물 정면 현관을 향했다. 목각으로 장식된 목제 문에는 십자가 형태로 스테인드글라스 소재의 채광창이 나 있었다. 인터폰 같은 것은 없었다. 쇠로 된 문고리를 두드리자 또각또각 메마른 발소리가 들렸다. 잠시 후, 문이 반쯤 열리고 시크한 메이드복 차림의 여성이 모습을 나타냈다.

청초해 보이는 미인이었지만, 메이드복을 입기에는 나이

가 좀 많아 보였다.

"이벤트에 참가하시는 분들이시죠?"

메이드복 차림의 여성이 더듬거리는 말투로 물었다. 이런 종류의 이벤트에서는 얼굴에 철판을 깔고 몰입하지 않으면 흥이 나지 않는 법인데 여성은 아직 부끄러워하는 기색이 역력했다.

"네. 나가토와 쓰키시마입니다."

나가토가 미소를 지으며 대답하자 여성을 살짝 눈을 내리깔며 고개를 끄덕였다.

"참가자분들 모두 모여 계십니다. 실내로 들어가기 전에 스마트폰 등 통신기기는 저에게 맡겨 주십시오."

여성은 금속으로 된 상자를 쓰키시마와 나가토에게 내밀었다. 상자 속에는 이미 스마트폰 몇 개가 들어 있었다.

"제출하지 않으면 안 되나요?"

쓰키시마가 질문하자 여성은 "규칙이 그렇습니다."라고만 답했다. 내켜하지 않는 쓰키시마와 대조적으로 나가토는 순순히 스마트폰을 상자 속에 넣었다. 이렇게 되면 쓰키시마만 고집을 피울 수는 없었다. 뭐, 급한 일도 없고, 고작 하룻밤이라는 생각으로 쓰키시마도 스마트폰을 상자에 넣었다. 여성은 만족스럽다는 듯이 고개를 끄덕이고는 안쪽으로 들어오라는 의미로 몸을 옆으로 비켜 통과할 공간을 만들어 주었다.

"어서 오십시오. 라자로의 미궁에 잘 오셨습니다."

쓰키시마와 나가토가 발을 내디딤과 동시에 여성이 내뱉은 말이 귓가에 껄끄러운 감촉으로 남았다…….

⟨2⟩

"기억 상실이라니 그 기억 상실 말인가요?"

사와는 저도 모르게 되물었다.

"자네가 말하는 그, 가 뭔지 모르겠군. 뭘 묻고 싶은지 확실하게 말하라고."

상사인 후루타는 회의실 건너편에 앉아 불룩한 배를 쓰다듬으며 내뱉듯이 말했다. 후루타의 태도는 여느 때와 같이 위압적이었다. 특히 사와에게 노골적이었는데, 쇼와 시대를 보낸 고참 형사로서 사와 같은 여성을 어떻게 대해야 할지 잘 모르는 것이리라. 배속 받은 후 처음 얼마간은 화가 났지만, 지금은 말이 통할 상대가 아니라고 체념한 상태다.

"실례했습니다. 기억 상실에도 여러 가지 종류가 있습니다. 어떤 상황인지 자세히 설명해 주시겠습니까?"

사와가 침착하게 묻자 후루타의 늘어진 볼이 굳었다.

"나는 의사가 아니야. 자세한 상황을 알고 싶으면 담당 의

사한테 물어봐."

 수사과 과장이나 되는 사람이 의문점을 소홀히 하는 자세가 탐탁지 않았지만, 여기서 그것을 지적해 봐야 이야기만 쓸데없이 복잡해질 뿐이므로 반론은 삼갔다.

 그나저나 일이 성가시게 되었다. 손에 칼을 든 청년이 피범벅이 된 채 경찰서에 모습을 나타낸 것이 사흘 전이었다. 사와는 우연히 현장에 있었을 뿐이다. 청년은 '라자로', '살려주세요.'라는 두 마디 말을 한 후 의식을 잃었다. 그 후, 곧바로 구급차를 불렀고 청년은 병원으로 이송됐다.

 청년의 옷에 묻은 혈흔을 간이 감정에 맡긴 결과, 옷에 묻은 피는 그의 피가 아니라는 것이 밝혀졌다. 즉 청년은 제삼자의 피를 뒤집어썼다. 누군가를 살상했거나 그 현장에 있었을 가능성이 대단히 높다는 의미다. 즉시 청년의 신원을 조회하려 했으나 그는 면허증, 보험증 등의 신분증을 전혀 소지하고 있지 않았다. 휴대전화도 없는 상태여서 현재까지 신원 불명 상태 그대로다. 편의상 그 청년을 A라는 가칭으로 부르고 있다. 피해자를 추적하는 방향으로 수사를 진행하고자 인근 경찰서에 조회를 요청했으나 해당하는 사건은 찾아내지 못했다. 또, CCTV 분석을 통해 그 행적을 좇고자 했지만, 현재로서는 이렇다 할 진전은 없다. 왜 그는 피를 잔뜩 뒤집어썼을까? 왜 경찰서에 출두했을까? 피해자는 어디에 있을까? 그런 의문점을 해명하기 위해서는 청년 A를 직접 조사하는 것이 최선책이다.

그리고 오늘 아침에야 담당 의사에게서 면회 허가가 났는데…… A가 기억 상실이라는 말을 전해 들은 것이다.

"이거 참…… 기억 상실이라니 개뿔! 어이가 없어서!"

후루타가 불만을 노골적으로 드러냈다.

"기억 상실이 위장이라고 생각하시는 건가요?"

"당연하지!"

"근거가 있습니까?"

"근거고 나발이고. 말하기 싫은 게 있으니까 기억 상실인 척하며 모르쇠로 일관하려는 거잖아. 머리를 조금만 쓰면 알 수 있는 거지."

후루타는 속사포로 지껄여댔다. 만약, A가 진상을 숨기려고 기억 상실을 위장하는 거라면 왜 경찰에 직접 출두했는가 하는 것은 여전히 의문이다. 경찰에 들켜서 곤란한 것이 있다면 애초에 경찰서에 올 필요가 없지 않은가? 게다가 A는 의식을 잃기 직전에 분명 "살려주세요."라고 말했다. 후루타의 생각에는 모순점이 있지만, 사와는 지적하지는 않았다.

그것보다 더 이해되지 않는 점이 있다.

"왜 저를 호출하신 건가요?"

수사 회의에서 내용을 전달하는 것이라면 이해가 되지만,

후루타가 사와를 단독으로 호출한 이유를 도무지 모르겠다. 더욱이 편견으로 똘똘 뭉쳐 여성의 능력을 깔보는, 전근대적인 인물의 대표격인 후루타가 말이다.

"피의자가 기억을 잃은 특수한 상황이라는 점을 고려하여 본청에서 전문지식을 보유한 형사를 우리 쪽으로 파견했다."

후루타는 자못 성가시다는 듯이 이야기를 시작했다. 나날이 다양화되는 범죄에 대처하기 위해 경찰은 각 분야의 전문지식을 보유한 인재를 적극적으로 채용하고 있었다.

"수사본부가 설치된다는 말씀이시군요."

"수사본부는 아니야."

"네?"

"현 단계에서는 피해자가 판명되지 않았잖아. 상해 사건인지 살인 사건인지도 모르는 상태라고."

"그렇긴 하죠."

후루타의 말처럼 지금은 상해 사건이나 살인 사건이 일어났을 것이라는 추측만을 할 뿐이다.

"자네는 본청에서 오는 형사와 한 조가 되어 A에 대한 조사를 맡아 줘야겠어."

"제가요?"

"나도 자네한테 맡기고 싶지 않지만, 피의자와 접촉한 사람을 보내라는 지시다."

…… 그렇게 된 거군.

우연이긴 하지만, 그때 사와는 청년과 대화를 나누었다. 그것이 발탁의 이유가 된 것이다. 후루타의 부하 직원으로 있는 동안은 기약 없이 심부름꾼 취급이나 당하는 처지였을 텐데 생각지도 않게 실적을 쌓을 기회가 찾아왔다. 이 기회를 놓칠 이유가 없다.

"알겠습니다."

"원래대로라면 시라이를 보냈을 텐데 A와 이야기했던 사람이 자네였다지?"

"그렇습니다."

그때 A와 직접 말을 해 본 사람은 사와뿐이었다.

"미리 말해 두는데, 모쪼록 내 얼굴에 똥칠할 만한 짓은 하지 말라고."

…… 이미 똥 범벅이니 안심하십시오.

목구멍까지 올라온 말을 가까스로 삼켰다.

"명심하겠습니다."

"뭐가 명심하겠습니다야. 이리저리 휘둘리는 나는 죽을 맛이라니까."

"그럼 본청 형사가 이쪽으로 오는 겁니까?"

사와는 후루타의 말을 가로막듯이 물었다.

"열 시에 피의자가 입원 중인 병원에서 합류하기로 했다.

본청 담당은 구가 에이토 경감이다. 전달 사항 끝. 당장 가."

후루타가 파리라도 쫓듯이 손을 내저었다. 정말 못 말리는 남자다. 후루타의 부인은 불륜 끝에 집을 나갔다는데 그 심정에 공감한다.

"그럼 실례하겠습니다."

사와는 가볍게 인사하고 회의실을 뒤로했다.

"본청 형사랑 콤비를 이룬다며?"

복도를 걷기 시작하자마자 등 뒤에서 시라이가 말을 걸었다.

"소문 빠르네."

사와는 발길을 멈추지 않고 대답했다.

"후루타 과장이 툴툴댔거든."

"방금도 싫은 소리를 실컷 들었어."

"그 사람은 책임은 지기 싫어하는 주제에 성과는 가로채려는 최악의 상사야. 게다가 머리숱이 많은 사람은 특히 더 못 잡아먹어 안달이거든."

시라이는 곱슬곱슬 풍성한 머리를 쓸어 올렸다.

"좀 나눠 주든가?"

사와가 농담조로 말하자 시라이는 "죽어도 싫어."라며 웃었다. 이렇게 격의 없이 농담을 주고받을 수 있는 동료가 있다는 것이 사와에게는 위안이 된다. 시라이 덕분에 수사과 내에서 겉돌지 않고 지낼 수 있었다.

"그건 그렇고. 그쪽은 어떻게 되어가고 있어?"

"일전의 행방불명 건, 내가 담당하게 됐어."

사와의 뇌리에 당황한 모습으로 "미오를 찾아주세요."라고 호소하던 나미의 얼굴이 떠올랐다. 스토커에게 쫓기고 있었다는 나미의 증언과 미오의 방에 그녀의 소지품이 그대로 남아 있었다는 점에서 사건에 휘말렸을 가능성이 큰 '특이 행방불명자'로 분류된 듯하다.

"그쪽은 그쪽대로 골치 아프겠네."

나미는 친구인 미오의 본명조차 모르는 상태다. 우선은 행방불명자의 신원부터 조사해야 한다.

"뭐, 무슨 수를 써서라도 찾아내야지."

"답지 않게 의욕이 넘치잖아. 그 나미라는 여성한테 반하기라도 했어?"

"그럴지도."

시라이는 익살스럽게 말하고는 손을 팔랑팔랑 흔들며 복도 모서리를 돌아 다른 방향으로 걸어갔다.

<3>

쓰키시마는 나가토와 나란히 펜션 안으로 들어갔다. 들어가자마자 넓은 로비가 나왔는데 2층까지 확 트인 천장에는 휘황찬란한 샹들리에가 걸려 있었다. 중앙에 대리석 원탁이 놓여 있었는데, 원탁 표면에는 십이각별 모양이 그려져 있었다. 일부 칠해져 있는 부분도 있는데, 왠지 심상치 않은 느낌이 든다. 그 원탁을 둘러싸듯이 의자가 놓여 있으나 앉아 있는 사람은 아무도 없었다. 다만 입구에서 가장 안쪽에 있는 자리에 마네킹이 놓여 있었다.

…… 저건 무슨 의도가 있는 연출일까?

오른쪽 벽의 벽난로 위에는 큰 그림이 장식되어 있었다. 어디서 본 적 있는 그림…… 그것은 카라바조의 〈라자로의 부활〉이다. 오른손은 하늘을 향해 뻗고 왼손은 아래로 축 늘어뜨린 라자로를 사람들이 들고 가는 모습이 그려져 있다. 일반적으로 왼손은 사망이라는 상황을 받아들인 것을 나타내고 오른손은 구원을 갈구하며 그리스도를 향해 뻗은 것으로 해석된다. 진품은 이탈리아의 미술관에 있을 테니 복제품일 것이다. 이번 이벤트의 명칭인 '라자로의 미궁'을 드러내기 위해 걸어 둔 것일까?

정면에는 부채 모양으로 펼쳐진 계단이 있고 그 옆에는 시계추가 달린 큰 시계가 놓여 있었다. 왼쪽에는 호텔 프런트에 있을 법한 카운터가 설치되어 있었으나 직원의 모습은 보이지 않았다. 카운터 앞에는 소파와 탁자가 놓여 있었는데 그 주위에 몇 사람이 모여 있었다. 아마도 이벤트 참가자들인 모양이다.

"안녕하세요."

카운터 가까이에 서 있던 청년이 이쪽으로 다가왔다. 나이는 쓰키시마와 마찬가지로 20대 후반 정도로 보인다. 비즈니스 캐주얼 차림이 호리호리한 체형에 잘 어울렸다. 반듯한 이목구비에서 기품이 느껴졌고 은테 안경이 지적으로 보였다.

"이벤트에 참가하는 분이시죠?"

청년은 손끝으로 안경을 밀어 올리고는 눈이 부실 정도로 산뜻한 미소를 지었다.

"네."

"처음 뵙겠습니다. 저도 참가자 중 한 명인 신조 아키타카라고 합니다. 잘 부탁합니다."

신조라고 이름을 밝힌 청년이 악수를 청해왔다. 서구식 인사에 익숙하진 않지만, 신조가 하니 자연스러워 보인다.

"쓰키시마라고 합니다. 쓰키시마 리오입니다."

쓰키시마는 악수에 응했다. 나가토는 조금 떨어진 곳에서 가볍게 고개만 숙이는 정도에 그쳤다.

"이렇게 함께 이벤트에 참여하게 되었으니 다른 분들도 소개해 드리겠습니다."

신조는 이쪽의 대답을 기다리지 않고 콧노래를 흥얼거리며 사람들이 모여 있는 프런트 쪽으로 걸어갔다. 사람을 잘 챙기는 건지, 리더를 자처하는 타입인 듯하다. 쓰키시마는 나가토와 얼굴을 한번 마주 보고는 뒤따랐다.

"음악을 좋아하시나요?"

기분 좋은 듯이 콧노래를 흥얼거리는 신조에게 물었다.

"네. 듣기 전문이지만요."

신조가 쑥스러운 듯이 미소지으며 대답했다.

"그러시군요."

"앗, 아이카 씨."

신조는 소파에 앉아 있는 여성에게 말을 걸었다. 아이카라고 불린 여성이 일어났다. 나이는 20대 초반 정도되는 것 같았는데, 진한 화장과 금발에 가까운 화려한 머리 색 때문에 갸루(영어 속어 gal을 일본식으로 읽은 것으로 갈색으로 태닝한 피부, 진하고 밝은 염색 머리, 화려한 옷차림을 즐기는 젊은 여성을 뜻한다.-옮긴이)처럼 보였다. 등과 어깨를 훤히 드러낸 베이지색 니트에 핫팬츠를 코디한 차림새 때문에 괜히 그렇게 느껴지는지도 몰랐다.

"안녕. 난 아이카. 잘 부탁해."

겉보기와 달리, 허스키한 목소리였다.

"처음 뵙겠습니다. 쓰키시마입니다."

쓰키시마에 이어서 나가토도 인사했다.

"나, 이런 이벤트는 처음이거든. 잘 모르는 게 많으니까 많이 가르쳐 줘."

아이카는 왼쪽 어깨에 닿은 머리카락 끝을 만지작거리며 쓰키시마에게 바짝 다가왔다.

"저도 처음입니다."

"진짜? 잘됐다. 솔직히 불안했는데 나 말고도 처음인 사람이 있다니 안심이 되네."

아이카가 쓰키시마의 팔을 잡으며 말했다.

"다 함께 파이팅합시다."

쓰키시마는 은연중에 대화를 마무리하고 싶은 의사를 내비치며 몸을 살며시 빼고는 아이카에게서 떨어졌다.

"쓰키시마에게 관심 있는 거 아니야?"

나가토가 귀엣말을 했다.

"그럴 리가."

아이카는 타인과의 거리가 지나치게 가까운 것뿐이리라.

"그럼 다음 분으로 넘어가시죠. 아토무 씨."

신조는 아이카의 건너편으로 시선을 옮겼다. 그곳에는 무릎 위에 올려 놓은 스케치북에 묵묵히 연필을 움직이고 있는 살집 있는 청년이 있었다.

"뭐, 뭐요?"

아토무는 앉은 채로 고개를 들었다. 장발인 머리는 며칠은 감지 않은 듯 군데군데 뭉쳐 있고 검은테 안경의 렌즈는 기름기로 얼룩져 있었다. 단, 스케치북에 그리고 있는 여성의 초상화에서는 섬세한 손길이 느껴졌다.

"쓰키시마 리오입니다."

"그, 그 이름은 본명이요?"

쓰키시마가 이름을 대자 아토무가 물었다.

"아뇨. 필명입니다."

본명은 따로 있지만, 최근에는 필명을 사용하는 일이 많았다. 나가토도 그에 맞춰서 쓰키시마라고 부르고 있다.

"그, 그러니까, 당신이 쓰키시마 리오 본인이라는 거요?"

아무래도 아토무는 쓰키시마를 아는 모양이다.

"뭐 그렇습니다."

쓰키시마가 대답하자 아토무는 후, 하고 숨을 토하듯이 웃었다.

"거, 거짓말쟁이."

"왜 그렇게 생각합니까?"

"따, 딱히……. 하지만, 다, 당신 작품은 낡아 빠져서 재미도 없어요. 참신함이 없다고요."

아토무의 비판에도 그다지 화가 나지는 않았다. 인터넷상에도 이런 류의 악평이 난무했다. 아토무의 비판이야말로 참신함이 떨어졌다.

"귀중한 의견 감사합니다."

쓰키시마의 차분한 대응에 부아가 치미는지 아토무가 화가 난 듯 거칠게 콧김을 내뿜었다.

"마, 말해 두는데, 당신이 작가가 된 건 순전히 운이었어요. 나도 맘만 먹으면."

…… 역시, 그런 거였군.

이런 식의 비판을 하는 사람은 창작에 몸담고 있는 경우가 많다. 자신이 만족할 만한 결과를 내지 못하니까 그 원인을 외부에서 찾고 남을 비판하며 자기만족하는 것이다.

"애당초 요, 요즘 미스터리 업계라는 건……"

"쓰키시마 씨. 작가입니까? 그런 건 미리 좀 말해 주세요."

신조가 아토무의 넋두리를 가로막듯이 대화에 끼어들었다. 그리고 "다음 분을 소개해 드리죠."라고 말하며 아토무에게서 자연스럽게 벗어나게 해 주었다.

"감사합니다."

"아닙니다. 하지만, 아토무 씨도 악의가 있어서 저러는 건 아닙니다."

"압니다."

쓰키시마 역시 작가로서 데뷔하기 전에 말은 하지 않았으나, 내심 아토무와 같은 생각을 하곤 했다. 아토무 쪽을 바라보니 아직도 뭔가 할 말이 남은 듯했다. 나가토는 그런 아토무를 바라보며 우스워했다.

"앗슈 씨."

다음으로 신조가 말을 건 사람은 회색 눈동자의 청년이었다. 아마도 컬러 콘택트렌즈일 것이다. 올백으로 빗어 넘긴 머리도 회색이다. 가죽점퍼에 검은색 바지를 입고, 실버 액세서리까지 치렁치렁 달고 있다. 귀뿐만 아니라 입술에도 피어싱 링을 하고 있고 어깨와 목덜미에는 뱀을 본뜬 문양의 문신을 새겼다. 꼭 펑크 밴드의 멤버 같은 느낌이다.

"뭐야. 시끄러. 죽여 버린다."

앗슈는 뱀처럼 날카로운 눈초리로 노려보았다.

"그거, 협박에 해당하니까 그만두는 게 좋아요."

신조가 웃는 얼굴로 말하자 앗슈는 혀를 차며 말했다.

"아 진짜, 짜증 나."

"기분이 내키지 않는 건 알겠지만, 인사 정도는 해 두는 게 좋아요. 쓰키시마 씨예요."

신조가 소개했다.

"쓰키시마입니다. 잘 부탁합니다."

"흥. 알았어. 알았으니까, 이제 가버려."

앗슈는 벽에 비스듬히 기댄 채 입술의 피어싱 링을 손끝으로 만지작거렸다. 출혈이 있는 듯 피가 스며 나왔다.

"그 피어싱 링은 빼는 게 좋겠습니다."

쓰키시마는 괜한 오지랖이라고 생각하면서도 조언했다.

"뭐라고?"

"염증이 생긴 것 같아요. 고름이 나올지도 모릅니다."

"당신하고 상관없잖아."

앗슈는 쓰키시마의 말을 싹둑 자르듯 말하고는 저리 가라는 듯이 휘이휘이 손을 내저었다.

"죄송합니다."

"아뇨, 신조 씨가 사과하실 일은 아닙니다. 제가 쓸데없는 말을 했네요."

사과하는 신조에게 쓰키시마는 웃는 얼굴로 대답했다. 앗슈 같은 타입은 어디에나 있다. 딱히 명분이 있는 것도 아니고, 반항 자체가 목적이다. 반항기 때 모습 그대로 어른이 되어버린 듯하다.

"나쓰노 씨."

이어서 신조는 카운터에 기대듯이 서 있는 젊은 남성을 불렀다. 아이돌 그룹에 있을 법한 중성적인 이목구비의 청년이었다. 남색 바지에 남색 재킷의, 마치 교복 같은 옷차림 때문에 중학생 정도로 보였다.

"나쓰노 씨. 이쪽은 쓰키시마 씨입니다."

신조가 다시 말을 걸자 나쓰노는 눈을 가늘게 뜨고 붙임성 있게 웃으며 말했다.

"안녕하세요. 나쓰노예요. 잘 부탁해요."

가벼운 말투에서도 젊음이 느껴졌다.

"쓰키시마입니다. 저쪽에 있는 사람은 나가토라고 하는데, 저의……"

"아까 들었어요. 쓰키시마 씨는 작가시죠? 든든하네요."

나쓰노가 가로막듯이 말했다.

"트릭을 만드는 것과 푸는 것은 전혀 별개거든요. 너무 기대하지 마세요."

"그런 말은 별론데요. 시작도 전에 방어막부터 치지 마세요. 그런 거 보기 안 좋아요."

"그건 그렇네요."

쓰키시마는 쓴웃음을 지으며 수긍했다.

"뭐, 요령껏 합시다."

나쓰노는 그렇게 말하고는 쓰키시마에게 완전히 관심을 잃은 듯이 유리창에 비친 자신을 바라보며 앞머리를 매만지기 시작했다.

"다음 분으로 가시죠. 쓰지무라 씨……"

신조는 소파 옆에 서 있는 흰 원피스 차림의 쇼트커트 여성을 불렀다. 이쪽으로 고개를 돌린 여성을 보고 쓰키시마는 저도 모르게 숨을 삼켰다. 아름답기는 하지만, 존재감이 희박한 느낌이 든다. 수채물감으로 그린 초상화 같은 분위기를 풍기는 여성이었다. 목에 늘어뜨린 묵주 때문인지 성녀 같은 느낌도 들었다.

"쓰지무라 씨. 이쪽은 쓰키시마 씨입니다. 쓰키시마 리오 씨."

신조가 소개하자 여성의 얼굴에 밝은 미소가 떠올랐다. 방금까지 풍기던 아련한 인상을 흔적도 없이 지워버리는 싱그러운 미소였다.

"레이라고 합니다. 잘 부탁합니다."

레이라고 자신을 소개한 여성의 아름다운 목소리에 쓰키시마의 고막이 떨렸다.

"처음 뵙겠습니다, 쓰지무라 씨. 쓰키시마라고 합니다."

"그냥 레이라고 불러주세요. 제 성을 좋아하지 않거든요."

"멋진 성이라고 생각합니다만……."

"말씀은 감사해요. 하지만 저에게는 저주입니다."

아름다운 미소와 어울리지 않는 '저주'라는 단어에 이질감을 느꼈으나 공감하는 부분도 있다. 쓰키시마도 자신의 본명을 좋아하지 않는다. 그래서 필명을 고수하는 것이다.

"알겠습니다. 레이 씨라고 부르겠습니다."

"쓰키시마 씨는 작가님이시죠? 저는 창작 능력이 있는 분들이 정말 존경스러워요."

"아닙니다. 아직 신출내기라서……"

쓰키시마는 말을 끝까지 잇지 못했다. 찌르는 듯한 날카로운 시선을 느꼈기 때문이다. 고개를 돌려보니 그 자리에 있는 모두가 일제히 이쪽을 보고 있었다. 방금까지 쓰키시마에게 별다른 관심도 없었던 앗슈와 나쓰노까지 음울한 눈빛으로 물끄러미 응시하고 있다.

…… 뭐, 뭐지?

"왜 그래?"

나가토가 물었다. 모두가 나를 보고 있었다고 설명하려 했지만, 이미 아무도 쓰키시마 쪽을 보고 있지 않았다. 혼자만의 착각이었을까?

"아니. 아무것도 아니야."

쓰키시마가 고개를 가로저었다. 앗슈와 나쓰노의 태도가 부자연스럽게 느껴졌지만, 현 단계에서는 이러쿵저러쿵 지적할 만한 것은 아니었다.

"응, 알았다. 그렇군. 그런 건가?"

나가토가 히죽히죽 웃으며 손뼉을 쳤다.

"뭐가?"

"레이 씨, 매력적인 여성이잖아. 쓰키시마의 이상형이지?"

나가토가 레이에게 시선을 보내며 말했다.

 "느닷없이 무슨 말이야. 들으면 어쩌려고."

 쓰키시마가 낮은 목소리로 말하며 레이를 살폈다. 그녀는 쓰키시마와 나가토의 이야기를 듣지 못한 듯 의아한 표정으로 고개를 살짝 갸웃했다. 쓰키시마는 그쪽을 향해 미소를 지어 주고는 "진짜 그만해라." 하고 나가토에게 선을 그었다. 통찰력은 있으나 가끔 눈치가 없는 것이 나가토의 단점이다. 쓰키시마가 한숨을 내쉬었을 때 쾅 하는 큰소리가 나더니 정면의 문이 닫혔다.

 "오래 기다리셨습니다. 다시 한번 〈라자로의 미궁〉에 오신 여러분을 환영합니다."

 문 앞에 선 메이드복 차림의 여성이 목소리를 높여 선언했다.

<4>

 사와는 합류 장소로 안내받은 종합병원으로 발걸음을 옮겼다. 병원은 크림색 외벽에다가 일층 부분은 큰 통유리벽으로 되어 있어 개방돼 보였다. 언뜻 보면 병원이라기보다 고급 호텔 같다. 출입구로 이어지는 좁은 길의 양옆에는 벚나무가 나란히 서 있었다. 계절상 지금은 가지만 앙상하지만, 두 달만 있으면 벚꽃이 만개할 것이다.

사와는 벚꽃을 보면 떠오르는 노래가 있다. 놀(Noll)이라는 싱어송라이터의 〈소원〉이라는 노래인데, 장엄하고 아름다운 선율에 자신을 죽여달라는 소원을 담은 파괴적인 가사를 실은 곡으로 동영상 사이트에서 화제가 되었다. 벚나무 앞에서 노래를 부르는 몽환적인 뮤직비디오 장면에 매료되어 사와는 그 노래를 몇 번이고 반복하여 들었다. 틀림없이 정식 데뷔할 거라고 생각했는데, 놀은 〈소원〉 한 곡만을 발표하고 홀연히 자취를 감췄다. 그런 신비로움도 매력의 하나였던 것 같다.

사와는 오솔길을 빠져나와 병원 정문 현관 앞에 섰다. 이곳이 합류 장소다. 유리창 너머로 로비를 둘러보았으나 이곳에서 만나기로 한 형사처럼 보이는 사람은 눈에 띄지 않았다. 지정된 시간까지 아직 20분이 남아 있었다. 안에 들어가서 기다릴까 생각했지만, 실수가 없게 하라고 누차 당부하던 후루타의 말이 떠올라, 사와는 자동문 밖에서 기다리기로 했다. 허공을 향해 흰 입김을 내뱉은 순간, 근처 벤치에 앉아 독서 삼매경에 빠져 있는 삼십 대 중반의 남성이 눈에 들어왔다. 누구나 틈만 나면 스마트폰 화면을 들여다보는 시대에 이렇게 야외 벤치에서 독서를 즐기는 모습이 신선했다. 게다가 신사답게 차려입어서 그 모습이 무척 잘 어울렸다. 남성이 책에서 고개를 들어 이쪽을 보았다. 눈이 마주치고 말았다. 사와는 도망치듯이 시선을 돌렸다.

무슨 짓을 한 것도 아닌데 왠지 거북함이 느껴져 자리를 옮기려고 하는데, 남성이 "저기 혹시……" 하고 말을 걸었다. 낮고 중후한 목소리였다. 고개를 돌려보니 방금 전까지 벤치에서 책을 읽던 남성이 어느새 사와의 바로 곁에 서 있었다. 야윈 얼굴이지만, 입꼬리가 자연스럽게 올라가 있어 온화한 인상을 주었다. 은테 안경 속의 살짝 처진 눈은 유약하다기보다는 이지적인 느낌을 주었다.

"실례지만, 미나미 사와 씨 되십니까?"

남성은 정중한 어조로 물었다. 그 순간 사와는 이 남성이 누군지 알아차렸다.

"네. 세타마치 경찰서 수사과 미나미 사와입니다. 구가 경감님이시군요."

사와는 자신의 경찰 수첩을 제시했다.

"구가 에이토입니다."

구가도 경찰 수첩을 보여 주며 말했다.

"조금 전에는 몰라뵈어 대단히 죄송합니다."

사와가 사과하자 구가는 "아닙니다."라며 고개를 가로저었다.

"못 알아보시는 것도 당연합니다. 경찰 같지 않지요? 자주 듣는 말입니다. 그도 그럴 것이, 원래 정신과 의사이기도 하고, 저 역시 경찰 조직 내에서 겉도는 존재라는 것을 자각하고 있습니다."

"그런 의미는……"

부정해 보긴 했지만, 그의 말대로 조금 전에 봤을 때는 구가가 경찰일 것이라고는 꿈에도 생각지 못했다. 시크한 쓰리피스 정장을 깔끔하게 차려입은 모습은 경찰이라기보다 성공을 거둔 청년 창업가 같은 느낌이었다.

"평소에는 분석이 주 업무라서 이렇게 현장에 나오는 것은 처음입니다."

"네?"

"이번 사건은 매우 특수한 케이스라서 직접 현장에 나와 볼 필요가 있겠다는 생각이 들었습니다. 현장 업무는 문외한이라 도움이 안 될 수도 있겠지만 잘 부탁드립니다."

나이도 계급도 구가가 높지만, 그런 점을 내세우지 않는 태도에 사와는 호감을 느꼈다. 후루타가 이런 모습을 조금이라도 본받았으면 좋겠다.

"최선을 다하겠습니다."

"잘 부탁합니다. …… 앗, 잠시만 기다려주세요."

구가는 당황한 듯이, 아까 앉아 있던 벤치에 두고 온 사륙판 책을 손에 들고 돌아왔다.

"그 책이 사건과 관계가 있는 건가요?"

"설마요. 그저 심심풀이로 읽고 있었을 뿐입니다. 실은 미스터리 소설을 좋아하거든요."

구가가 책을 든 손을 올리며 어린아이 같은 미소를 지었다.

"미스터리 소설이요……."

사와는 중얼거리듯이 말하며 구가가 들고 있는 책으로 시선을 돌렸다. 손때 묻은 표지에는 호숫가의 펜션 같은 건물과 그 앞에 피투성이가 된 식칼을 든 남자가 우두커니 서 있었다. 쓰키시마 리오라는 저자명과 《호반의 미궁》이라는 제목이 눈에 띄었다.

"네. 최근에 이 작가에게 푹 빠져 있는데요. 대학교 재학 중에 신인상을 받은 작가예요. 다소 예스러운 감은 있지만, 서술 트릭이 주특기라서 마지막 한 줄을 읽을 때까지 방심할 수가 없어요."

"저……"

사와는 구가의 이야기를 자르며 끼어들었다. 이대로 가다가는 끝없는 미스터리 예찬을 들어야 할지도 모른다. 구가의 이야기를 듣는 것이 싫지는 않지만, 지금은 그럴 때가 아니다.

"실례했군요. 이제 갈 시간이죠? 갑시다."

구가는 조끼 주머니에서 회중시계를 꺼내어 시간을 확인하더니 그대로 병원 자동문을 향해 걸어갔다. 요즘 같은 시대에 회중시계라니, 상당히 독특한 개성의 소유자인 모양이다. 사와는 구가의 뒤를 따라 병원으로 들어갔다. 병원 특유의 약품 냄새가 코를 찔렀다. 당연히 접수대에서 내방 의도를 전달한 후에 담당 의사에게 갈 거라고 생각했는데 구가는 망설임 없이 복도를 똑바로 걸어갔다. 그리고 그대로 복도 끝에 있는 D 진료실 앞에서 발걸음을 멈추더니 주저 없이 문을 두드렸다. "들어오세요." 곧바로 여성의 목소리가 돌아왔다.

"실례합니다."

구가는 대답하며 진료실 슬라이드 문을 열고 안으로 들어갔다. 사와는 주저하면서도 뒤따랐다. 진료실은 진료용 침대와 책상, 컴퓨터 그리고 등받이 없는 둥근 의자가 놓여 있는 평범한 모습이었다.

"구가, 오랜만이야."

의사 가운을 입은 여성이 앉아 있다가 일어서며 말했다. 나이는 구가와 마찬가지로 30대 중반 정도인 것 같았다. 팔다리가 길어서 시원시원해 보인다. 뚜렷한 이목구비에 굵은 목소리까지 더해져 다카라즈카(여성으로만 구성된 일본의 가극단.-옮긴이)의 남자 역 배우 같은 느낌이다.

"오이카와 선생님. 오랜만에 뵙습니다."

구가가 정중하게 허리를 굽히며 고개를 숙였다. 느낌상, 두 사람은 이전부터 아는 사이인 듯했다. 그래서 접수대를 거치지 않고 곧장 진료실로 향했던 것일까.

"경찰이 되었다는 소문은 들었는데 설마 진짜일 줄이야."

"안 어울리나요?"

"아니. 구가는 직접 환자를 진료하는 것보다 그쪽이 적성에 맞을 것 같기도 해."

여성은 장난스럽게 말한 후, 사와에게로 시선을 돌렸다.

"죄송해요. 소개가 늦었네요. 담당 의사인 오이카와 미즈키입니다."

오이카와가 목에 건 명찰을 들어 올리며 정식으로 인사했다.

"세타마치 경찰서 수사과의 미나미 사와라고 합니다."

사와도 경찰 수첩을 보여 주며 인사했다.

"두 분은 전부터 아는 사이신가 보네요."

사와는 구가와 오이카와를 번갈아 보며 말을 계속했다.

"대학 시절 선후배예요."

오이카와는 자신과 구가를 차례로 손가락으로 가리켰다.

"그러셨군요."

두 사람의 친근한 모습이 이해되었다. 학생 시절의 유대감은 사회에 나온 후에 맺은 관계와는 거리감이 다르다.

"미나미 씨라고 했죠. 구가와 콤비를 이루다니 운이 안 좋았네요."

오이카와가 진지한 얼굴로 말했다.

"운이 안 좋은 건가요?"

"구가는 언뜻 보기에는 친근해 보이지만, 정상적인 인간을 연기하고 있을 뿐이거든요."

"오이카와 선생님. 그러지 마세요. 그럼 제가 완전히 이상한 사람 같잖아요."

구가가 온화한 미소를 지으며 반론했다.

"같잖아요, 라니. 구가는 이상한 사람이 맞아."

오이카와의 말이 본심인지 농담인지 잘 분간이 되지 않는다. 물어볼까 생각했지만, 구가가 "옛날이야기는 이쯤 하시죠."라며 이야기를 끊었다.

"그도 그렇네. 일 이야기를 하죠."

오이카와가 의자에 바로 앉더니 사와와 구가에게 원형 의자를 권했다.

"저희 담당 환자 상태를 자세히 알려 주시겠습니까?"

구가가 말문을 열었다. 오이카와는 크게 한 번 고개를 끄덕이고는 책상 위의 진료 기록부를 들었다.

"뒤통수 부위에 구타당한 듯한 찢어진 상처가 있어서 봉합하긴 했는데 상처가 그리 깊지는 않아. CT 결과도 이상 없음. 그리고 양쪽 손바닥에 심달성 II도 열상(중간 정도 열상 중에서 진피 깊숙이 손상이 있는 경우. -옮긴이)을 입었어. 전치 2개월 정도일 것 같은데, 흉터는 남을지도 몰라."

사와는 청년 A에게서 지문을 채취해 조회하여 신원을 파악할 생각이었다. 그러나 심달성 II도 열상을 입었다면 지문을 채취하는 것이 불가능하다.

"왜 그런 곳에 화상을 입은 걸까요?"

사와가 질문을 던지자 오이카와는 콧잔등을 찌푸리며 말했다.

"안타깝지만, 그건 몰라요. 단, 상처의 상태로 보면 뜨거운 금속 따위를 맨손으로 잡았을 가능성이 있어요."

"하지만 그렇게 뜨거운 것을 손으로 잡으면 사람은 반사적으로 손을 떼지 않나요?"

"보통은 그렇죠. 어쩌면 누군가가 강제적으로 쥐여 줬을지도 모르죠. 어쨌든 그것을 조사하는 것은 경찰에게 맡길게요."

"그렇군요."

오이카와의 말이 맞다. 무슨 일이 있었는지 조사하는 것은 경찰의 영역이다.

"그 외 눈에 띄는 외상은 없음. 단, 문제는 이제부터인데. 이미 보고를 올린 것처럼 이 환자는 심리적 요인에 의한 후향성 전반적 건망…… 알기 쉽게 말하면 기억 상실의 가능성이 있어요."

"구체적으로 어떤 상태인가요?"

"후향성이라는 것은 발병 시점으로부터 과거를 의미해요. 전반적 건망이라는 것은 모든 기억이 없다는 것이에요. 즉, 사건 전의 자신에 관한 기억을 전부 잃었다는 의미죠."

"자신에 관한 모든 것이라는 것은 출신도, 이름도 모른다는 건가요?"

"네, 맞아요."

오이카와의 설명을 들으니 다시금 사태의 심각성이 서서히 가슴 깊은 곳까지 퍼져갔다. 현재로서는 A에게 사태에 관한 정보를 얻어낼 수 없다는 의미다. 유일한 희망이 끊긴 듯하다. 하지만, 그렇다고 해서 체념할 수는 없었다.

"무언가 오류가 있을 가능성은 없습니까? 기억 상실인 척을 한다든가……"

사와의 말에 오이카와는 크게 한숨을 내쉬었다.

"우리도 문진만으로 판단하는 게 아니에요. 폴리그래프 즉, 거짓말 탐지기 반응과 뇌파 측정 수치 등을 종합적으로 검증하여 진단을 내리는 거예요. 연기일 가능성은 낮아요."

그 말대로였다. 사와는 문진만으로 판단한 거라고 추측했으나, 다양한 근거를 바탕으로 결론을 도출해냈다는 것이었다.

"제가 실례했습니다. 실례를 무릅쓰고 한 가지만 더 여쭤도 될까요?"

"그래요."

"심리적 요인에 의한 건망이라고 하셨는데 기억이 돌아올 가능성은 있나요?"

"가능성이 없진 않아요. 하지만, 평생 기억이 돌아오지 않을 수도 있고 설령 돌아온다고 해도 부분적일 수도 있어요. 어찌 되었든 시간을 들여 기억을 되찾도록 노력하는 수밖에 없어요."

"하지만, 그러면……"

반론을 제기하려는 사와를 오이카와는 손을 들어 제지했다.

"심정은 이해해요. 경찰 입장에서는 한시라도 빨리 사건을 해결하고 싶겠죠. 하지만, 억지를 쓴다고 어떻게 할 수 있는 문제가 아니에요."

"……"

"저는 의사로서 환자의 치료를 최우선으로 생각해요. 사건 조사는 허가하지만, 그로 인해 부정적인 영향이 발생한다고 판단되는 경우는 즉시 중단시킬 테니까 그렇게 알고 계세요. 구가도 알겠지?"

오이카와는 구가에게 시선을 넌셨나.

"물론입니다. 담당 의사가 허용하는 범위에서 하겠습니다."

구가는 크게 고개를 끄덕였다.

<5>

그 자리에 있던 모두가 마른침을 삼키며 메이드복 차림의 여성에게 시선을 집중했다. 그녀는 잠시 가만히 있더니 마침내 구두 소리를 내며 걷기 시작했다. 그리고는 원탁 옆을 지나 천천히 계단을 올라가 층계참에서 발걸음을 멈추고 다시 이쪽으로 몸을 돌리고 말했다.

"지금부터 본 이벤트의 규칙을 설명하겠습니다. 각자 지정된 자리에 착석해 주세요."

메이드복 차림의 여성이 원탁을 손가락으로 가리켰다.

"지정된 자리라니, 어디지?"

아이카가 말하자, 아토무가 흥, 하며 깔보듯이 웃었다.

"누, 눈은 장식품인가요? 원탁 의자에 이름표가 붙어 있거든요."

"얄미운 말투는 여전하네. 좋게 알려 주면 될 것을."

아이카가 들으라는 듯이 깊은 한숨을 내뱉자, 아토무는 "주의력 산만이에요." 하고 재차 시비조로 말했다. 오가는 대화로 판단컨대 이 두 사람은 이전부터 아는 사이다.

"자자, 그러지 마시고 일단 모두 자기 자리에 앉읍시다."

신조가 두 사람 사이에 끼어들어 중재했다. 집단 내에 이런 사람이 한 명 있으면 큰 도움이 된다.

"우리도 자리에 앉지."

"그러자."

나가토의 말에 따라 쓰키시마도 의자 등받이의 이름을 확인하며 자기 자리를 찾았다. 쓰키시마의 자리는 문을 등진 위치였다. 왼쪽에는 세 개의 빈자리가 있고 거기부터 시계방향으로 나쓰노, 레이의 자리였다. 레이의 옆이자 쓰키시마의 정면, 계단 앞자리에는 마네킹이 앉아 있었고 빈자리를 하나 두고 아토무, 아이카, 신조, 앗슈의 자리가 이어졌다.

"나가토 자리는 어디지?"

쓰키시마가 아직 서 있는 나가토에게 물었다.

"주최자가 내 이름표를 잊은 모양이야. 일단 쓰키시마 옆자리에 앉지 뭐."

나가토는 쓴웃음을 지으며 말하고는 쓰키시마의 왼쪽 옆 빈자리에 앉았다. 전원이 자리에 앉는 것을 기다린 후 메이드 복 차림의 여성이 헛기침을 한 번 했다.

"다시 한번, 인사드립니다. 여러분의 안내역을 맡게 된 저는, 그러니까, 엠이라고 불러주세요."

"에, 엠이라니, 어떤 한자를 쓰는 겁니까?"

아토무가 손을 들고 질문했다.

"엠은 영어 알파벳의 M입니다. 그럼 본 이벤트의 규칙 설명으로 넘어가겠습니다."

M은 흰 종이 책자를 꺼내어 펴더니 담담한 얼굴로 설명을 시작했다.

"이 펜션에서는 앞으로 세 건의 살인 사건이 발생할 것입니다."

갑작스러운 M의 말에 참가자들이 동요했으나, M은 전혀 개의치 않고 설명을 이어갔다.

"여러분은 그 범인이 누군지 추리해 주십시오. 범인 색출 여부와 상관없이 시간의 경과에 따라 다음 살인 사건이 발생하는 방식으로 진행됩니다."

단순한 후더닛(whodunit, 누가 범인인가?)이 주제라는 것이다. 첫 번째 사건에서 범인이 밝혀지면 김이 팍 새고 말 텐데, 주최 측이 세 건의 살인 사건이 일어날 것이라고 단언하는 것은 그때까지 범인은 찾지 못할 것이라는 자신이 있다는 의미다.

"제한 시간은 없습니다. 단, 범인을 찾을 때까지 여러분은 이 펜션에서 나가실 수 없다는 점 양해 부탁드립니다."

"이봐! 여기 처박혀 있어야 한다는 말 따위, 들은 적 없다고!"

앗슈가 거칠게 말했다. 상당히 초조한지, 손가락으로 만지작거리던 입술 피어싱 자리에서 피가 흘러나오고 있다.

"아니, 이건 감금이잖아?"

아이카는 어깨에 닿은 머리카락을 만지작거리며 불만을 토로했다.

"두 사람 다 호들갑이네요. 이건 이벤트예요. 그런 설정일 뿐이에요."

신조는 앗슈와 아이카를 달래며 거만하게 안경을 밀어 올리고는 동의를 구하듯 M에게 시선을 돌렸다.

"아니요. 설정이 아닙니다. 트릭을 풀 때까지 여러분은 이곳에 감금됩니다."

M이 냉담하게 말을 내뱉자 다시 원탁이 동요했다.

"그렇게 걱정하지 않으셔도 괜찮습니다. 추리가 막히면 필요한 힌트를 제시해 줄 겁니다. 그렇죠?"

신조가 시선을 보내자 M은 무표정 그대로 "여러분 하기 나름입니다."라고만 말했다.

"그게 무슨 말이냐고! 힌트를 줄 건지 말 건지 분명히 해!"

쾅, 하고 탁자를 내리친 앗슈를 보고 아토무가 비웃었다.

"자, 자신이 없나 보네요? 저는 힌트 따위 없어도 트릭을 풀 수 있거든요."

"뭐라고?"

앗슈가 벌떡 일어나 아토무에게 달려들려고 했다. 쓰키시마도 두 손 놓고 보고 있을 수만은 없어 두 사람 사이에 끼어들었다.

"좀 진정합시다. 아직 이야기가 끝나지 않았어요."

"맞아요. 일단 앉아서 이야기를 들어 봅시다."

신조까지 거들어 간신히 앗슈와 아토무의 다툼은 막을 수 있었다. 제자리로 돌아온 쓰키시마는 저도 모르게 한숨이 새어 나왔다. 어중이떠중이 참가자들이 모였으니 어쩔 수 없긴 하지만, 앞일이 걱정된다.

"그러면 계속해서 규칙을 설명하겠습니다."

M은 원탁에서의 승강이질은 일절 안중에도 없는 듯이 이야기를 진행했다.

"이번 이벤트는 토너먼트 방식이 아닙니다. 증거 수집과 검증 등에 관해서는 여러분 모두가 협조하여 수행하셔도 상관없습니다."

쓰키시마는 그만 웃고 말았다. 지금까지 참가자들의 모습을 지켜본 바, 팀워크를 발휘하기에는 절망적인 상황이다. 다른 사람들도 같은 생각을 한 듯이 곤혹스러운 표정을 짓고 있었다. 그런 상황을 조소하듯이, M은 "단······." 하고 입을 열었다.

"범인은 이 중에 있습니다."

M의 이 말은 큰 파문이 되어 퍼졌다. '한밤의 늑대인간' 게임처럼 이 중에 양의 탈을 쓴 늑대가 섞여 들어와 있다는 의미다. 뭐, 후더닛 콘셉트의 이벤트라면 당연한 일인가? 쓰키

시마는 원탁에 있는 사람들의 반응을 살펴보았다. 아토무는 긴장과 경악으로 표정이 잔뜩 굳어 있었다. 아이카는 겁에 질렸는지 자신의 어깨를 감싸 안은 채 의심에 찬 시선으로 주위를 둘러보고 있었다. 신조는 손끝으로 안경을 밀어 올리며 명탐정 못지않은, 즐거운 표정을 짓고 있었고 앗슈는 험악한 표정으로 입술 피어싱 링을 손가락으로 만지작거리고 있었다. 나쓰노는 딱히 아무 감정도 느끼지 않는 것처럼 엷은 미소만 짓고 있었다. 레이는 놀라움에 사로잡힌 듯 눈을 동그랗게 뜨고 가슴 앞에 두 손을 모으고 있다.

반응은 제각각이지만, 현 단계에서 범인을 지목하는 것은 어렵다. 그렇게 생각한 순간, 한 가지 사실을 깨달았다.

용의자가 한 명 더 있다…….

쓰키시마는 흘긋 옆에 앉은 나가토를 곁눈질했다. 나가토는 친구인 동시에 쓰키시마를 이벤트에 참가하도록 부추긴 장본인이지만, 그렇다고 해서 백 퍼센트 신뢰할 수는 없다. 나가토가 주최 측 인간이라는 가능성도 배제할 수 없다. 그것을 위장하기 위해 쓰키시마를 이벤트에 데리고 왔다는 추측도 가능하다. 쓰키시마의 시선을 눈치챈 나가토가 "왜 그래?"라고 작은 목소리로 물었다. 쓰키시마는 소리는 내지 않고 입술만 움직여 "아무것도 아니야."라고 답하고는 M에게 시선을 돌렸다. 마침 그때 신조가 손을 들어 발언 의사를 표시했다.

"말씀하세요." M이 말했다.

"한 가지 확인하고 싶은데요, 혹시 피해자도 이 중에 있을 수 있습니까?"

가벼운 어조였지만, 예리한 질문이었다.

"네. 범인과 마찬가지로 피해자는 이 중에도 있습니다……."

M의 말은 새로운 파문을 일으켰다. 그녀의 말이 진실이라면 배신자는 한 명이 아니라는 뜻이다. 범인뿐만 아니라 피해자도 주최 측 사람일 것이다.

M이 말한 규칙을 정리하면 대략 다음과 같다.

1. 펜션에서 세 건의 연쇄살인 사건이 발생할 것이다.
2. 이벤트 참가자는 협력하여 증거를 모으고 범인을 찾아내야 한다.
3. 범인을 찾아낼 때까지 아무도 펜션에서 나갈 수 없다.
4. 이벤트 참가자 중에 범인이 섞여 있다.
5. 피해자도 이벤트 참가자 중에 섞여 있다.

"이상으로 저의 설명을 마칩니다. 여러분을 위한 방을 마련해 두었습니다. 프런트에서 체크인 절차를 마치신 후 사건이 발생할 때까지 편히 쉬십시오."

　M은 그 말을 끝으로 계단을 내려가 원탁을 한 바퀴 돌듯이 로비로 걸어가더니 정면 현관 앞에 섰다. 그리고 허리를 굽혀 꾸벅 인사한 후 문을 열고 밖으로 나갔다. 문이 닫히고 M의 모습이 사라짐과 동시에 철컥하고 금속 울리는 소리가 들렸다. 문을 잠근 모양이다. 이제 보니 펜션의 분위기와 어울리지 않는 철창은 참가자들을 가두기 위한 것이었다.

<6>

　M이 떠난 후, 입을 여는 사람은 아무도 없었다. 난로 속에서 탁탁 장작 타는 소리만이 유난히 크게 울렸다. 쓰키시마는 일렁이는 불꽃을 바라보며 생각에 잠겼다. 참가자의 배치, 왠지 모르게 비어 있는 자리, 덩그러니 놓인 마네킹 하나, 마음에 걸리는 것이 한둘이 아니지만, 현재로서는 추리를 시도하기에 정보가 너무 적다.

　단, 벽에 장식된 그림도 그렇고, 이벤트 명칭을 보더라도 라자로가 중요한 의미를 지니고 있다는 것은 틀림없다. 예로부터 라자로는 부활의 상징으로 여겨졌다. 연쇄살인이 일어나는 이벤트의 은유로 삼기에는 다소 부적절하다.

"상상했던 것보다 훨씬 공들인 이벤트네요. 점점 더 재미있어지는데요."

신조의 쾌활한 목소리가 침묵을 깨뜨렸다.

"이, 이런 거, 흔해 빠졌어요."

아토무가 찬물을 끼얹었다. 말을 하면서도 스케치북에 연필을 놀리는 손길은 멈추지 않았다.

"그런 식으로 무조건 비판부터 하고 드는 버릇은 고치는 게 좋을 것 같은데요."

"따, 딱히 비판하는 건 아니에요. 그저 사실을 말했을 뿐이에요. 이, 이 상황은 아야츠지 유키토의 '관 시리즈'의 모방이잖아요. 원탁도 그렇고. 어차피 준비해 둔 트릭도 다른 미스터리 작품을 표절한 수준일 거라고요."

"닥쳐, 돼지야."

앗슈가 혀를 차며 말했다. 그 위압감에 압도당했는지 아토무는 손길을 멈춘 채 그 자리에 얼어붙고 말았다.

"조바심을 내도 별 도리가 없잖아."

아이카는 자리에서 일어나더니 앗슈 자리까지 이동하여 요염한 몸짓으로 그의 어깨에 손을 올렸다.

"뭐?"

"우리는 동료니까 사이좋게 지내자는 말이야."

아이카는 앗슈의 귓가에 얼굴을 가져다 대고 속삭였다. 대

부분 남자라면 그것만으로도 정신이 혼미해질 테지만, 앗슈는 달랐다.

"너처럼 가랑이가 헤픈 년하고 동료가 될 마음은 없다고!"

"뭐야 그 말. 그러니까 그녀가 당신을 상대도 안 해 주는 거야."

"이 년이! 말 다 했어?"

앗슈가 아이카의 팔을 뿌리치고는 끼익, 의자 소리를 내며 벌떡 일어섰다.

"자, 자."

황급히 신조가 중재에 나섰다. 이렇게 삐걱대서야 트릭을 푸는 것보다 참가자의 화목을 유지하는 것이 더 힘들겠다.

"저…… 우선 체크인부터 하면 어떨까요?"

레이가 상황을 무마하려는 듯이 제안했다. 그 말이 옳다. 여기서 얼굴을 맞대고 앉아 있어 봐야 시비만 붙을 뿐이다. 일단 방으로 가서 마음을 진정시키는 것이 좋겠다.

"그럽시다. 우선은 방에서 잠시 쉰 후에 앞으로의 일을 생각하는 것이 어떨까요?"

쓰키시마는 나가토와 마주 보고 고개를 끄덕이며 찬성 의사를 표시하고 자리에서 일어섰다. 다른 참가자들도 더 이상의 언쟁은 무의미하다고 느꼈는지 순순히 동의했다. 쓰키시마가 앞장서는 형태로 프런트 카운터로 향했으나 그곳에는 아무도 없었다. 카운터 위에는 펜션 안내 팸플릿이 놓여 있었다. 집어 들고 쓱 훑어보니 간단한 평면도가 실려 있었다. 그 옆에 있는 초인종을 눌러보았으나 쨍, 하고 날카로운 소리만 울릴 뿐이었다.

"아무도 오지 않네. 자고 있는 걸까?"

나가토가 카운터 안쪽의 철제문을 바라보았다. 그곳에는 'STAFF ROOM'이라고 쓰인 팻말이 붙어 있었다. 쓰키시마가 다시 한 번 초인종을 누르고 "실례합니다!" 하고 문을 향해 크게 말했다.

"시끄러……."

곧이어 투덜거리는 듯한 목소리와 함께 문이 열리고 덩치가 큰 중년 남자가 나왔다. 우락부락한 생김새에 콧수염을 길렀고 머리는 올백으로 넘겼다. 게다가 요란한 일본 전통 무늬 셔츠를 입고 있어서 불량배 같은 분위기가 감돌았다. 술을 마시고 있었는지 얼굴빛은 붉고 내쉬는 숨에서 술 냄새가 풍겼다. 셔츠 가슴에 명찰이 붙어 있어서 성씨가 '시마다'라는 것을 알 수 있었다. 시마다는 아무 말도 없이 카운터 위에 숙박부와 볼펜을 놓았다. 작성하라는 뜻인 모양이다. 쓰키시마가 숙박부 작성을 마치자 시마다는 쨍그랑 소리를 내며 카운터 위에 아크릴판이 붙은 열쇠를 아무렇게나 놓았다. 아크릴판에는 〈206〉이라고 쓰여 있었다. 쓰키시마와 나가토는 같은 객실인 모양이다.

"대, 대체 왜 이런 남자를 프런트에 두는지 이, 이해할 수가 없어요."

아토무는 투덜투덜 불평을 늘어놓으면서도 숙박부를 적었다.

"그런 연출이 아닐까요?"

그것이 쓰키시마의 의견이었다. 시마다는 프런트 담당이라는 역할에서 추정컨대 주최 측일 것이다.

"이, 이런 건 싸구려 할리우드 영화 그 자체잖아."

아토무의 푸념은 정곡을 찔렀다. 시마다의 풍모는 오래된 할리우드 영화에 나올 법한 모텔 관리인 그 자체다. 여태까지의 연출과 비교하면 단숨에 싸구려로 전락한 느낌이 든다.

"저는 꽤 재미있는 설정이라는 생각이 드는데요. 최초의 피해자 느낌이 오거든요."

아토무에 이어서 신조도 숙박부를 작성하며 말했다. 아닌 게 아니라, 영화에서는 이런 유형의 남자가 가장 먼저 살해당하는 경우가 많다.

"최악이야……."

아이카가 머리카락을 만지작거리며 중얼거리고는 카운터 앞에 섰다. 그 순간, 생기 없던 시마다의 표정이 순식간에 변했다. 끈적하게 입맛 다시는 소리를 내며 능글거리는 웃음을 짓더니 숙박부를 작성하려고 펜을 든 아이카의 팔을 붙잡았다.

"이런, 이런. 누구신가 했더니······"

시마다는 아이카의 팔을 끌어당기더니 그녀의 귓가에 무언가 속삭였다. 아이카는 "이거 놔!" 하고 소리를 지르며 시마다의 손을 뿌리쳤다. 그 반동으로 균형을 잃고 뒤로 자빠지고 말았다.

"괜찮아요?"

아이카에게 달려가려는 레이를 시마다가 가로막듯이 붙들었다.

"너도 제법 면상이 반반하구나."

시마다가 레이에게 얼굴을 들이댔다. 연출이라고는 하지만 과하다. 쓰키시마가 끼어들어 말리려고 하자 그보다 먼저 앗슈가 우악스럽게 시마다의 손을 레이에게서 떼어놓았다.

"이 쓰레기가. 그녀에게 손대지 마."

"뭐라고? 엉? 끼어들지 마! 이 쥐새끼가!"

시마다가 앗슈를 위협했다. 하지만 앗슈는 일절 겁먹은 기색 없이, "죽여버릴 테다······."라고 낮은 목소리로 말했다. 단순한 위협이 아니다. 그의 얼굴에 광기가 서려 있었다.

······ 큰일이다.

"앗슈 씨. 안 됩니다."

쓰키시마는 앗슈의 등 뒤에서 양팔을 잡아 제압하려고 했으나, 앗슈의 힘이 워낙 세서 맥없이 나가떨어졌다. 신조와 나쓰노가 힘을 보태어 가까스로 앗슈를 막을 수 있었다.

"뭘 하길래 시끌시끌 수선을 떨고 있어."

목소리와 함께 프런트 안쪽 문이 열리고 중년 여성이 모습을 드러냈다. 두꺼운 화장, 나이에 어울리지 않는 노출이 심한 옷차림은 변두리 스낵바 여주인 같은 느낌이다.

"시끄러. 네년과는 관계없어."

시마다가 혀를 찼다.

"어차피, 또 여자한테 껄떡댔겠지. 변태 새끼!"

중년 여성은 경멸에 찬 눈빛으로 시마다를 쏘아보았다.

"사돈 남 말 하시네. 불만 있으면 나머지는 네년이 하면 되겠네."

시마다는 내뱉듯이 말하고는 중년 여성을 밀치고 문 안쪽으로 들어가 버렸다. 기분이 상해서 아예 자리를 박차고 가버리다니, 완전히 어린애다.

"쳐다보지 마! 이 새끼야!"

"잘못했어요. 잘못했어요……."

문 안쪽에서 시마다의 호통 소리와 함께 울며 용서를 비는 어린아이 목소리가 들려왔다. 그리고 무언가 내동댕이치는 듯한 둔탁한 소리…….

"지금 저 소리는 뭡니까?"

쓰키시마가 몸을 앞으로 쑥 내밀며 중년 여성에게 물었다. 스태프 룸에 어린아이가 있는 모양이다. 그리고 시마다는 그 아이에게 폭언을 퍼부었다. 폭력도 휘두르고 있는지 모른다. 쓰키시마의 뇌리에 불쾌한 기억이 되살아나며 뱃속 깊은 곳을 벌레가 기어다니는 듯한 혐오감이 온몸으로 퍼져갔다.

"당신하고는 아무 관계없잖아."

중년 여성이 문을 감추듯이 막아섰다.

"아니, 하지만……"

"남의 집안사에 참견하지 말라고."

그런 말로 잠자코 넘어갈 수는 없다. 만약 어린아이를 학대하고 있다면? 생각만으로도 끔찍하다. 구역질이 나고 눈앞이 어질어질했다.

"쓰키시마. 이건 이벤트 설정이야. 현실이 아니라고."

나가토가 달래듯이 말했다.

"그런가, 그렇지……."

쓰키시마는 자신을 타이르듯이 중얼거렸다. 시마다와 중년 여성은 참가자가 아니다. 수죄 측 사람이나. 방금 인쟁도, 어린아이의 존재도, 전부 이벤트를 위한 연출이 틀림없다. 여성은 깊은 한숨을 내쉬면서도 더 이상은 아무 말도 하지 않고 시마다를 대신하여 접수 업무를 시작했다. 태도는 불손하지만, 일에는 익숙한지 체크인 도중이었던 아이카, 앗슈, 나쓰노 그리고 레이 순으로 체크인 절차를 신속하게 처리해 주었다. 할 일을 끝내자 여성은 볼 일 없다는 듯이 프런트를 떠나 안쪽 방으로 돌아갔다.

쓰키시마는 가까운 소파로 이동하여 아까 집어온 안내 팸플릿의 평면도에 참가자들의 이름을 적어 넣었다.

"어느새 그런 걸?"

나가토가 물었다.

"아. 조금 전에. 각자의 방 위치 정도는 파악해 두고 싶어서······"

"꼬치꼬치 시끄러!"

"뭐? 네가 뭔데?"

쓰키시마의 말을 지우듯이, 닫힌 문 너머에서 시마다와 중년 여성이 말다툼하는 소리가 새어 나왔다. 그와 겹치듯이 들리는 어린아이의 흐느낌······.

연출이라는 것은 알고 있다. 하지만 쓰키시마의 내면에 잠들어 있던 불쾌한 기억이 되살아났다. 뱃속 깊은 곳에 숨죽이고 있던 검은 벌레가 순식간에 증식해 간다. 그 기세는 멈출 줄 모르고 쓰키시마의 내장을 물어뜯으려 덤벼오는 듯했다.

"괜찮으세요? 안색이 안 좋아 보이세요."

레이가 쓰키시마에게 말했다.

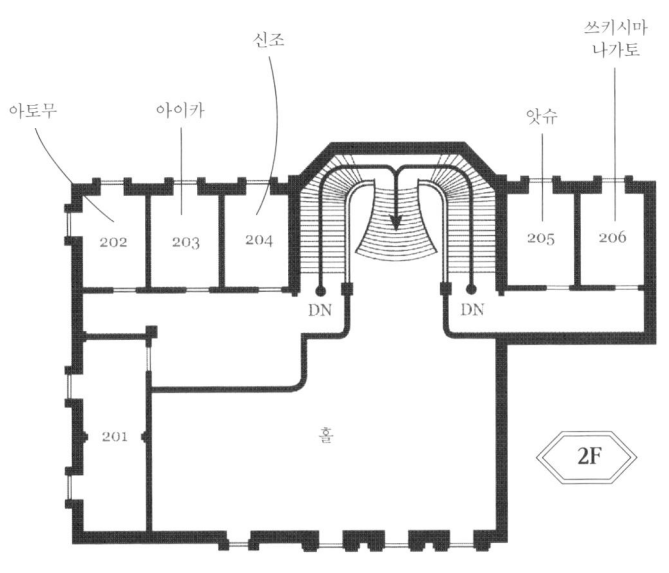

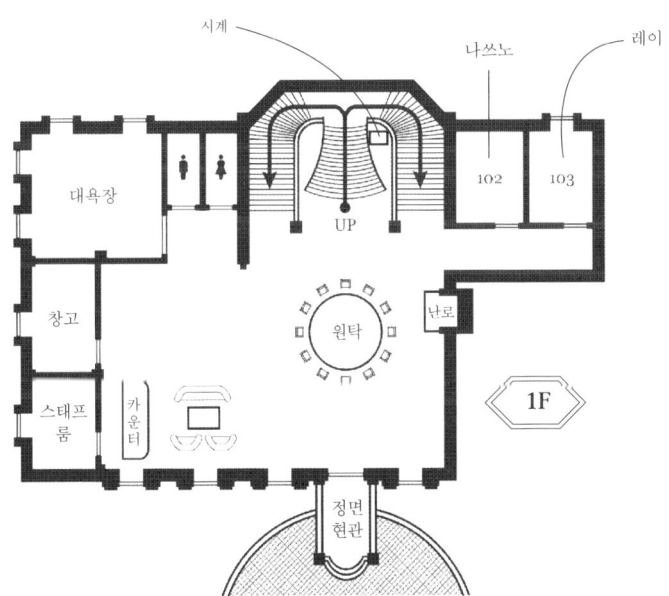

"네. 괜찮습니다."

쓰키시마는 평정을 가장하며 자리에서 일어서려고 했다. 하지만 일어설 수가 없었다. 얼굴에서 핏기가 싹 가셨다. 귓속이 윙윙 울리며 시야가 일렁일렁 일그러졌다. 다리에 힘이 들어가지 않고 서서히 몸이 무너져 내리는 것을 느꼈다.

"쓰키시마 씨……."

쓰키시마를 부르는 레이의 목소리가 아득히 먼 곳에서 들려오는 듯했다.

＜7＞

병실 문을 열자 그날 경찰서에서 맡았던 피 냄새가 뇌리에 되살아나 가벼운 현기증이 났다. 사와는 숨을 꾹 참으며 다시 마음을 굳게 먹고 병실 안으로 들어갔다. 넓지는 않지만, 일인용 병실이라서 실내에는 샤워기가 있는 화장실도 있다. 혐의가 확정된 것은 아니지만, 사건의 중요 참고인이므로 다른 환자와 같은 병실을 쓰는 것을 막은 것이다.

병실 앞에는 감시를 위해 제복 경찰 두 명이 대기 중이다. 병실 중앙에 의료용 침대가 놓여 있고 그 위에 가칭 청년 A가 앉아 있었다. 창문으로 쏟아져 들어오는 빛을 받아 흰 피부가 빛나는 것처럼 보였다. 피투성이였던 사흘 전과는 인상이 완전히 달랐다. 양손에는 붕대가 감겨 있고 뒤통수에는 거즈가 붙어 있다.

"몸 상태는 어떻습니까?"

담당 의사인 오이카와가 묻자 A가 고개를 들었다. 옆으로 긴 눈은 아름다운 형태와 대비되는 공허한 눈동자 탓에 어딘가 인공적인 느낌을 주었다.

"네. 아직 상처가 조금 욱신거립니다만……"

A가 대답했다.

"오늘은 경찰분들이 이야기를 좀 나누고 싶다고 하세요."

"경찰…… 이요?"

A는 반듯한 미간을 찡그리며 사와와 구가에게로 시선을 옮겼다.

"네. 기억나는 범위에서 답하면 되니까 이야기해 주세요. 환자분 기억을 되찾는 데 도움이 될지도 모르니까요."

"알겠습니다……."

"무슨 일 있으면 긴급 호출 장치로 불러주시고요."

오이카와는 그렇게 말하고 사와와 구가에게 눈짓을 보내고 나서 병실을 나갔다. 오이카와가 병실을 나감과 동시에 갑자기 공기가 무거워진 느낌이 들었다. 그것은 사와의 마음속에 퍼지고 있는 불안과 함께 A의 경계심이 강해졌기 때문일 것이다.

"처음 뵙겠습니다. 저는 경시청의 구가 에이토라고 합니다. 이쪽은 세타마치 경찰서 형사 미나미 사와 씨입니다."

구가가 정중한 어조로 자기소개를 했다. A는 당혹스러운 얼굴빛이 역력했지만, 고개를 숙였다.

"몇 가지 여쭙고 싶은 것이 있습니다. 번거로우시겠지만, 잠시만 시간을 내 주십시오."

"네. 아, 알겠습니다. 앉으세요."

A는 등을 펴고 이쪽으로 몸을 향하고는 침대 옆에 있는 둥근 의자를 가리키며 말했다.

"고맙습니다"

구가는 웃는 얼굴로 대답하며 의자에 앉았다. 사와도 그에 따랐다.

"통상적인 사건 조사와 같은 순서로 진행해도 문제없을 것 같습니다."

구가가 사와에게 귀엣말을 했다. 다음은 사와에게 맡긴다는 의미다.

"먼저 이름을 알려 주시겠습니까?"

사와는 앉은 자세를 바로 하고 나서 질문을 시작했다.

"죄송합니다. 모르겠습니다."

A가 즉답했다.

"기억이 나지 않으신다는 말씀인가요?"

"네. 계속 생각해 내려고 하는데 머릿속에 안개가 낀 것처럼……"

"정말입니까?"

"거짓말 아니에요. 정말 모르겠습니다."

A는 힘없이 고개를 가로저으며 말했다. 너무나 선뜻 답하는 모습에 사와가 오히려 당황스러웠다. 기억 상실이라는 말을 듣고 머리를 감싸안으며 고통스러워하는 모습을 상상했는데 그건 편견이었나 보다.

"그럼 나이는요?"

"모릅니다."

"출신지는 어디인가요?"

"모르겠습니다. 머릿속에 떠오르는 풍경이 있긴 한데, 그곳이 제 출신지인지 아닌지……"

"직업이 무엇인지는 기억하십니까?"

"아니요."

"어떤 것이라도 좋으니, 자신에 관해 기억나는 것이 있습니까?"

"아뇨. 아무것도. 정신을 차려보니 병원 침대에 누워 있었습니다. 제가 누군지, 왜 병원에 있는지 전혀 모르겠습니다."

A는 자조하듯이 작게 웃었다.

······ 난감하군.

이대로 질문을 계속해도 별수가 없겠다. 아무리 기억나지 않는다고 해도 이렇게 정보가 하나도 없으면 추궁할 방도가 없다.

"조금, 충격 요법을 써 봅시다."

속수무책이 된 사와에게 구가가 속삭였다.

"충격이라뇨?"

"네. 그는 아직 자신에게 일어난 일을 파악하지 못한 상태예요. 그것을 전하면 무언가 떠오르는 계기가 될지도 몰라요."

"그렇군요."

사와는 고개를 끄덕였다. A가 경찰서에 왔을 때의 상황을 전달하면 변화가 생길지도 모른다. 구가가 현장에 있었던 사람을 파트너로 지명한 것은 이런 사태를 예측했기 때문일 것이다.

"질문을 바꿔보죠. 당신은 사흘 전 밤에 피투성이 상태로 경찰서에 나타났습니다. 그 사실은 기억나시나요?"

사와는 일부러 직접적인 표현으로 물었다.

"피투성이? 제가요?"

"네. 엄청난 양의 피를 뒤집어쓴 상태로 경찰서를 찾아왔어요."

A는 거즈가 붙은 뒤통수에 손을 대었다.

"아닙니다. 당신 몸에 뒤집어쓴 피는 머리의 상처 때문이 아니었습니다."

"네?"

A의 미간에 깊은 주름이 잡혔다.

"간이 감정 결과, 당신 옷에 묻은 피는 당신이 아닌 다른 누군가의 피라는 사실이 판명되었습니다."

"그게 무슨……"

"당신은 다른 누군가의 피를 뒤집어쓴 거예요. 입고 있던 셔츠의 색을 분간할 수 없을 만큼 대량의 피를……"

"그런……"

A는 중얼거리듯이 말하고는 붕대가 감긴 손으로 머리를 감싸안으며 고개를 숙였다. 점점 호흡이 거칠어지는 듯했다. 이 반응은…… 무언가가 떠오른 것일까? 구가에게 시선을 돌렸다. 그는 표정을 감추듯이 입가에 손을 대고 있었으나 사와의 시선을 느끼자 크게 고개를 끄덕였다.

"그것만이 아니에요. 당신은 칼을 들고 있었어요."

사와는 A의 모습을 관찰하며 말을 이었다.

"칼이요?"

"그렇습니다. 이거예요. 본 기억이 있나요?"

사와는 칼을 찍은 증거 사진을 꺼내어 들이밀듯이 A에게 보여 주었다. 칼날 부분뿐만 아니라, 칼자루 부분에도 핏자국이 끈적하게 엉겨 붙어 있는 생생한 사진이다.

"이런 거 모릅니다."

A는 못 견디겠다는 듯이 사진에서 시선을 돌렸다. 목소리가 약간 떨렸다. 여기가 승부처라고 판단한 사와는 더욱 압박을 가했다.

"모를 리가 없습니다. 이건 당신이 손에 들고 있었던 것입니다."

"정말 몰라요. 제 것이 아닙니다."

"기억하지 못하는데 어떻게 자기 것이 아니라고 단언할 수 있죠?"

"그건…… 그렇지만요…… 뭔가 잘못된 거 아닌가요?"

A는 괴로운 듯이 간신히 말을 뱉었다.

"아니요. 잘못된 게 아닙니다. 그날, 저도 현장에 있었어요. 당신이 피투성이 상태로 이 칼을 들고 있는 모습을 두 눈으로 똑똑히 봤어요."

설명하는 사와의 뇌리에 그날 밤의 광경이 되살아났다. 피투성이 셔츠를 입고 우두커니 서 있는 A. 소란스러운 현장 분위기. 그때 A에게서 풍기고 있던 것은 살육의 냄새였다.

"그렇다고 하셔도 정말 기억나지 않습니다."

A의 이마에는 식은땀이 솟아나고 있다. 손도 파르르 떨렸다. 마치 무언가를 두려워하는 듯한 모습이다.

"정말로 기억에 없나요? 그날 당신은 저와 이야기를 했습니다."

"이야기요?"

"그렇습니다. 저에게 '살려주세요.'라고 했어요. 당신은 무언가로부터 도망치고 있었던 건가요?"

"모르겠습니다."

"시치미 떼지 마세요."

"그런 거 아니……"

"그 외에도 묘한 말을 했습니다."

"………."

"라자로, 라고요."

"라자로……."

무언가 머릿속에 떠오른 것인지 A는 "윽!" 하고 신음하더니 괴로운 듯이 몸을 웅크리며, 어깨를 움찔하고 떨었다. 전문가는 아니지만, 사와는 이 모습에 확실한 반응을 감지했다.

"라자로라는 단어는 무엇을 의미하는 건가요? 당신은……"

"그만해!"

사와의 질문을 가로막듯이 A가 버럭 소리를 질렀다. 엄청난 위압감에 사와는 그만 숨이 콱 막히는 듯했다. A는 으, 으, 으, 하고 벌레 날개가 떨리는 것 같은 기묘한 신음을 내며 몸을 앞뒤로 흔들기 시작했다. 틱 증세를 일으킨 듯했다.

"괜찮으세요?"

사와는 A의 어깨에 손을 올렸으나, A는 "이거 놔!" 하며 곧바로 사와의 손을 뿌리쳤다.

"저리 가! 제발 부탁이야! 그만해!"

A는 계속 소리를 지르며 마구잡이로 손을 허우적대기 시작했다.

"진정하세요."

사와는 필사적으로 호소했지만, 어떻게 반응해야 할지 알 수 없어 구가를 바라보았다. 그는 가만히 A를 응시하고 있었다. 손으로 입가를 누르고 있었지만, 그가 웃고 있다는 것은 알 수 있었다.

"부탁이야…… 부탁이니까 제발 그만해! 그런 건 원치 않아!"

A는 계속해서 소리를 지르고 있다. 말의 맥락을 보건대 A는 누군가에게 용서를 구하고 있는 듯했다.

"그만해!"

A는 한층 더 큰 소리로 외치고는 전지가 다 떨어진 장난감처럼 픽, 하고 동작을 멈추더니 천천히 사와 쪽으로 얼굴을 향했다. 눈빛이 방금까지와는 완전히 달랐다.

"전부 그 자식 때문이다. 그 자식의 계략이다……."

A는 지금까지와는 전혀 다른 모습으로 돌변하여 낮은 목소리로 말했다.

"그 자식이라니, 대체 누구를 말씀하시는 건가요? 또 계략이라니 무슨 말이죠?"

"라자로……"

A는 그렇게 말하자마자 눈이 뒤집히며 침대 위에 벌러덩 자빠져 버렸다. 구가가 재빨리 A에게 다가가 호흡과 맥박 등을 확인했다.

"의식을 잃은 것뿐입니다."

구가는 조용히 이렇게 말한 후, 긴급 호출 장치를 눌렀다. 잠시 후, 간호사와 오이카와가 병실로 달려왔다. 구가도 거들어 A를 병실에서 싣고 나갔다. 사와는 이들이 분주하게 움직이는 모습을 방관할 수밖에 없었다.

<8>

차가워…….

숨을 쉴 수가 없어…….

차라리 이대로 죽어버리면 편할 텐데, 그러고 싶었는데, 웬일인지, 몸은 살겠다고 발버둥 친다. 손발을 필사적으로 버둥

대며 빛이 있는 곳으로 떠오르려고 한다. 살아봤자 좋은 일 따위 하나도 없는데…….

"쓰키시마."

누군가 부르는 소리에 쓰키시마는 번쩍 눈을 떴다. 어렴풋한 시야의 가장자리에 물끄러미 이쪽을 들여다보고 있는 얼굴이 보였다.

"나가토."

"다행이다. 죽은 줄 알았네."

나가토가 방정맞은 소리를 농담처럼 했다.

"네 멋대로 죽이지 마라."

쓰키시마는 천천히 몸을 일으켰다. 뒤통수에 쑤시는 듯한 통증이 조금 남아 있었지만, 현기증과 헛구역질은 멎었다. 조금씩, 무슨 일이 있었는지 기억이 돌아왔다. 쓰키시마는 체크인을 한 후 프런트에서 갑작스러운 현기증을 느끼며 그대로 혼절했던 모양이다. 원인은 알고 있다. 어린아이 울음 소리 때문이다. 그 소리로 인해 쓰키시마는 시마다가 어린아이를 학대하는 광경을 떠올렸다. 그것이 연출이라는 것을 알고 있음에도 불구하고 쓰키시마의 트라우마가 되살아나고 만 것이다.

쓰키시마는 유소년기에 부모로부터 학대당한 경험이 있다. 어머니와 어머니의 애인이었던 남자는 쓰키시마에게 욕설을 퍼부으며 훈육이라는 명목으로 지속적으로 폭력을 휘둘렀다. 허리띠를 채찍 삼아 때리기도 하고 물을 가득 채운 욕조에 머리를 담그는 등 고문을 방불케 하는 행위를 일상적으로 반복했다. 딱히 드문 일은 아니었다. 자식을 사랑하지 않는 부모란 어디든 있는 법이다.

하지만 쓰키시마는 학대를 당하면서도 어머니를 싫어할 수 없었다. 어머니를 버릴 수 있었다면 조금은 마음이 편했으련만, 그럴 수가 없었기에 주위 사람에게 도움을 청하지 않고 필사적으로 매달렸다. 어머니의 사랑을 갈구했다.

초등학교 고학년 때 경찰의 보호 조치를 받아 열악한 환경에서 해방되었으나 지금도 예상치 못한 순간에 과거의 기억이 플래시백되어 아까처럼 발작을 일으킬 때가 있다. 이런 증상을 PTSD(외상후 스트레스장애)라고 부른다.

"좀 괜찮아졌어?"

나가토가 진지한 표정으로 물었다. 그는 쓰키시마가 겪은 일들을 알고 있기에 이렇게 늘 곁을 지켜 주었다.

"응. 괜찮아. 그보다 이곳은……"

쓰키시마는 자신이 누워 있는 방을 둘러보았다. 온통 흰 벽으로 둘러싸인 살풍경한 방이었다. 가구는 쓰키시마가 누워 있는 침대와 2인용 소파뿐이었다.

"206호실. 우리 방이다."

쓰키시마가 의식을 잃은 사이에 나가토가 방으로 옮긴 모양이다.

"생각보다 좁네. 게다가 침대가 하나뿐이잖아."

쓰키시마와 나가토는 2인용 객실이었어야 한다. 침대가 하나뿐이라는 것은 아무리 봐도 이상하다.

"준비에 오류가 있었겠지. 나중에 불만 사항을 전달해 두지."

"비어 있는 방이 더 있는 거 같은데, 그쪽으로 옮기면 어때?"

분명, 201호실이 공실이었다.

"아니. 나는 여기가 좋아. 방을 따로 쓰면 왓슨 역으로서는 여러모로 불편하거든."

나가토의 말도 일리가 있다. 방에 대해서는 나중에 생각하기로 하고 문제는 지금부터다. 쓰키시마는 손목시계를 보았다. 오후 9시가 다 되었다. 한 시간도 넘게 정신을 잃고 누워 있었던 셈이다.

"다른 사람들은?"

"일단, 각자 방으로 돌아갔어. 신조 씨랑 몇 명이 쓰키시마를 방으로 옮기는 것을 도와주었다."

"나중에 고맙다는 인사를 해야겠구나."

"레이 씨도 무척 걱정했어. 깨어날 때까지 여기에 있겠다는 걸, 일단 자기 방으로 보냈다."

"그랬구나……."

"레이 씨는 여기에 남아 있어 달라고 할 걸 그랬나?"

나가토가 히죽 웃으며 말했다.

"왜?"

"눈을 떴을 때 처음 보인 사람이 나인지 레이 씨인지에 따라 쓰키시마의 기분은 전혀 다르지 않겠어?"

"그야 하늘과 땅 차이긴 하지."

"너무하네. 그러고도 친구냐?"

"네가 친구라니 어처구니없는 재난이다. 그것보다 앞으로 어떻게 하기로 한 거야?"

정신을 잃고 잠든 사이에 무슨 일이 있었는지 파악해 두고 싶었다.

"쓰키시마가 정신을 차리면 일단 원탁에 모여 향후 일에 관해 상의하기로 했어."

"그럼 준비해야겠군."

"그렇게 서두르지 마. 좀 더 쉬고 나서 해도 늦지 않아. 일단 현재 상황을 정리해 두는 게 어때?"

"그도 그렇군."

쉬는 것도 쉬는 것이지만, 모두와 얼굴을 맞대기 전에 현재까지의 정보를 모아 정리해서 공유하는 것이 좋을 것이다.

"그래서, 범인이 누군지 알아냈어?"

나가토가 소년처럼 눈빛을 반짝이며 물었다.

"아무리 그래도 현재 상황에서 범인을 지목하는 건 너무 성급한 거 아니야? 아직 살인 사건이 일어나지도 않았잖아."

나가토는 "그건 그렇지만."이라고 수긍하면서도 장난감을 빼앗긴 어린아이처럼 어깨를 축 늘어뜨렸다. 이런 반응을 맞닥뜨리면 왜 미안한 마음이 드는 건지 스스로도 이상하다.

"범인은 아직 잘 모르겠지만, 피해자가 될 것 같은 사람으로 짚이는 사람은 있어."

"누구? 나쓰노 씨? 아니면 아이카 씨? 어쩌면 아토무 씨도 살해당할 것 같기도 하고."

나가토가 덥석 먹이를 물듯이 몸을 앞으로 내밀며 질문 공세를 했다.

"뻔한 이야기야. 원탁에 있었던 사람 수는 몇이었지?"

"나랑 쓰키시마를 포함해서…… 여덟 명."

"그래. 그리고 M이 말했던 규칙에 맞춰서 생각해 보자고. 그녀는 범인은 이 중에 있습니다…… 라고 말했어."

"맞아. 그러면 실질적으로 이벤트 참가자는 일곱 명이라는 거지."

"그건 틀렸어."

"왜?"

"M은 또 한 가지 중요한 사실을 말했거든. 피해자는 이 중에도 있습니다…… 라고."

"그렇구나. 응? 하지만 그러면 좀 이상하지 않나?"

나가토가 이상하다는 듯이 고개를 갸웃했다. 역시 나가토는 눈치가 빠르다. 힌트를 조금 주었을 뿐인데 이상한 점을 알아챈 모양이다.

"맞아. 이상하지. 원탁에 있었던 사람은 여덟 명. 범인이 한 사람이라고 하고 세 건의 연쇄살인 사건이 일어난다고 했으니까 피해자를 세 명이라고 가정하면 남는 건……."

"네 명. 나랑 쓰키시마를 제외하면 두 명. 이벤트치고는 균형이 좀 안 맞는 거 아닌가?"

"바로 그거야. 원탁에 있던 참가자만을 생각하면 주최 측 사람이 너무 많아."

"그러게…… 그러면 M이 거짓말을 한 게 되는 건데."

"아니. 아마 M이 거짓말을 한 건 아닐 거야."

"어떻게 그렇게 단정할 수 있어?"

"만약 안내자인 M이 거짓말을 했다면 트릭 풀이의 선제조건 자체가 무너지고 말거든. 공정하지 않은 미스터리 같은 거지. 이벤트로서 성립하지 않아."

"미스터리 작가다운 관점이군. 하지만, 그렇다면……"

"M은 교묘한 표현을 썼다."

"교묘한 표현?"

"그녀는 피해자는 이 중에도 있습니다…… 라고 말했거든. 즉, 원탁에 있었던 참가자 외에도 피해자가 있다는 것을 암시한 거지."

나가토는 "그렇군." 하고 손뼉을 쳤다.

"한 가지 더. 원탁에는 빈자리가 네 자리 있었어. 뭐 한 자리는 마네킹이 앉아 있었으니까 엄밀히는 세 자린가?"

"그러니까 그 빈자리에 앉았어야 할 세 사람이 있다, 이거야?"

"정답!"

"우리가 아직 만나지 않은 세 사람이 있다는 거구나."

"그건 아니야. 이것도 미스터리적인 관점이긴 한데 최초의 단계에서 존재한다는 것을 알려 주지 않은 사람을 피해자나 범인으로 내세우는 건 반칙이야."

"그렇긴 해도……"

"잘 생각해 봐. 펜션에는 원탁에 있었던 이벤트 참가자 외의 사람도 존재하잖아."

"M!"

"더 있어."

M에 배정된 자리는 빈자리가 아니라 마네킹 자리일 거라고

쓰키시마는 추측했다. 본래, 빈자리에 앉아야 할 사람은……
쓰키시마가 입을 열기 전에 나가토가 큰소리로 외쳤다.

"알았다! 프런트 담당인 시마다. 그리고 나중에 나온 중년 여성. 안쪽 방에 있었던 아이. 이렇게 세 명이구나."

"그렇고말고."

쓰키시마는 손뼉을 쳤다.

"그렇구나. 그들이 피해자라면 참가자와 주최 측 사람 수의 균형이 맞네."

"말 나온 김에 한마디 더 하면 프런트에서의 실랑이도 너무 작위적이었어. 시마다와 중년 여성은 여봐란듯이 자신들의 존재를 어필하는 행동을 했잖아."

"아이카 씨에게 괜히 시비를 걸기도 하고."

"맞아. 그것도 틀림없이 무언가의 복선이 될 거야."

"잠깐만. 그 말은…… 아이카 씨가 범인이 될 거라는 거야? 왜냐하면, 그 두 사람 안면이 있는 사이 같았거든. 그뿐만이 아니야. 레이 씨랑 앗슈 씨의 행동도 석연치 않았어."

쓰키시마도 그 생각을 하지 않았던 바는 아니다. 하지만…….

"그건 너무 노골적이잖아."

"그건 그래……."

"그건 우리가 아이카 씨에게 혐의를 두도록 하기 위한 장치 중 하나일 거라고 나는 의심하고 있어. 그런 식으로 밑밥을 깔아 두면 나중에 시마다가 피해자가 되었을 때, 틀림없이 아이카 씨가 의심받을 테니까."

쓰키시마가 말을 마치자 나가토는 "역시 너는 대단하구나."라며 기쁜 듯이 웃었다. 그리 대단할 것도 뭣도 없다. 쓰키시마의 추리는 실제 수사에서는 아무런 도움이 되지 않는다. 작가의 논리에 따라 끼워 맞춘 것에 불과하기 때문이다. 실제 사건에는 균형도 없고, 공정도 불공정도 없다. 단, 미스터리 이벤트인 이상 여기에는 이야기로서의 일정한 규칙이 깔려 있을 것이고, 그것을 해독한 것뿐이다.

"이 추측은 다른 참가자에게는 비밀로 해 두자."

쓰키시마의 제안에 나가토는 고개를 끄덕였다. 정보를 공개하지 않음으로써 우위를 점하려는 것은 아니다. 다만 내부에 배신자가 있다는 것을 알고 있는 이상, 추리한 것을 섣불리 입 밖에 낼 수는 없다.

"어찌 되었든 슬슬 원탁으로 가자."

쓰키시마가 일어서자 나가토도 "그러자." 하고 대답했다. 그러나 문을 향해 걷기 시작한 순간, 이상한 것을 발견했다. 문틈에 흰 봉투가 꽂혀 있었다.

"이게 뭐지?"

쓰키시마의 물음에 나가토는 고개를 저었다. 우리가 방에 들어온 후에 누군가가 꽂아 둔 것일까? 쓰키시마는 봉투를 빼내고 나서 방문을 열고 복도를 확인했으나 인적이 없었다.

"내용을 살펴보자."

"응."

쓰키시마는 봉투를 열고 안에 들어있는 편지지를 꺼내어 눈으로 훑었다.

친애하는 나의 사도에게

기이한 서두다. 연극적인 어조가 수상하기 그지없다.

나는 이제 한 여성을 죽일 것이다.
분명히 수많은 자가 나를 잔혹한 살인자라고 저주하리라.
그래도 상관없다. 무슨 변명을 한다고 해도 현행법에 따르면
내가 살인자라는 사실은 틀림없다.
단, 그대만은 알아주길 바란다.
나의 행위는 구원이었다는 것을.
나는 그녀를 구하기 위해 죽이는 것이다.

최초의 사도

"이걸 쓴 놈은 중증 중2병에 걸린 놈일 거다."

어깨너머로 편지지를 보고 있던 나가토가 어이가 없다는 듯이 말했다. 아닌 게 아니라 유치한 느낌을 주는 문체다. 어투가 과장스러운 데다가 너무 변죽을 울리는 글이라 의도가 전혀 전달되지 않는다. 게다가 일부러 모호한 표현을 사용함으로써 필사적으로 읽는 이의 관심을 끌려고 한다는 것이 역력히 느껴졌다.

"동감이다."

하지만, 일부러 문틈에 끼워 놓은 것을 보아 이벤트와 관련 있다는 것은 확실하다.

"그래서 쓰키시마는 편지의 의도를 어떻게 생각해?"

"뭘 어떻게 생각해. 이것만으로는 무슨 말인지 알 수가 없지."

"거짓말이군. 숨기지 말고 말해 봐."

"아니, 그러니까……"

"표정만 봐도 다 안다. 너는 트릭은 잘 풀지만, 거짓말은 잘 못 하거든."

장난기 섞인 말투지만, 눈빛이 진지하다. 무언가 말할 때까지 나가토는 물러서지 않을 것이다. 쓰키시마는 체념하고 한숨을 내쉬었다.

"정말 별거 아니야. 단, 편지 내용에서 추정컨대, 이건 범인의 수기인 듯싶어."

"내용을 보면 그렇긴 하네."

"서두에서 한 여성을 죽이겠다고 선언했어. 즉, 피해자 중 적어도 한 명은 여성이라는 의미지."

"레이 씨와 아이카 씨. 그리고 프런트 담당 중년 여성이군."

"맞아. 세 여성의 말과 행동을 주의 깊게 살피는 게 좋겠어. 그리고 이 부분에서 '살인이 아니라, 구원이다.'라고 강하게 주장하고 있잖아."

"자기변호를 하려는 건가?"

쓰키시마는 "아니." 하고, 나가토의 의견을 부정했다.

"아마, 이걸 쓴 인물은 살해라는 행위가 구원이 된다고 굳게 믿고 있는 것 아닐까?"

"그럴 리 있겠어?"

"나가토의 가치관으로는 그럴 리 없을지 모르지만, 범인은 달라. 아마도 범인은 독실한 신앙의 소유자일 거야."

"신앙이라니?"

"응. 서명으로 말미에 '최초의 사도'라는 표현을 썼잖아. 사도란 예수 그리스도를 따르던 수제자를 의미하거든. 그리스도는 인류의 죄를 짊어지고 한 번 죽은 후에 부활했어. 그와 똑같은 일을 하고자 하는 것이 아닐까?"

"부활 의식…… 같은 건가?"

"음, 그렇지. 〈라자로의 미궁〉이라는 이벤트 명칭도 부활의 은유라고 할 수 있어. 로비에 걸려 있던 그림도 카라바조의 〈라자로의 부활〉이었지. 부활이 이 이벤트의 키워드라는 것은 틀림없는 사실이야."

"그렇군."

"추측일 뿐이지만, 앞으로 일어나는 사건은 종교적인 의식을 모방한 걸 거야."

"이거 점점 재미있어지는데."

나가토가 흥분한 듯이 목소리를 높이는 모습에, 쓰키시마는 "쉿!" 하고 입술 앞에 검지를 세우며 조용히 하라는 눈치를 주었다.

"왜 그래?"

나가토가 목소리를 낮추며 물었다.

"이상한 소리 들리지 않아?"

미세하지만, 으, 으, 으, 하는 소리가 들린다. 에어컨 실외기가 돌아가는 듯한 소리였다.

"소리?"

생활 속에서 이상한 소리가 들리는 일은 얼마든지 있다. 그냥 무시해도 되겠지만…….

"왠지 불길한 예감이 들어."

쓰키시마는 대답과 동시에 복도로 나갔다.

<9>

  사와는 병원 로비에 있는 긴 의자에 앉아 크게 심호흡을 했다. 폐 속까지 소독약 냄새가 섞인 공기가 밀려 들어왔다. 침착을 유지하려고 노력하면 할수록 방금 병실에서 본 광경이 뇌리에 생생하게 되살아났다. 그리고 그가 했던 말이 몇 번이나 머릿속을 맴돌았다.

  …… 라자로.

  그는 경찰서에 모습을 나타냈을 때도, 의식을 잃기 전에 "라자로"라고 말했다. 라자로는 신약성서 〈요한복음〉에 등장하는, 예수 그리스도의 친구 이름이다. 병으로 목숨을 잃었으나 그것을 비통히 여긴 예수가 무덤을 향해 "라자로야, 나오너라." 하고 명령하자 되살아났다. 라자로의 소생은 후에 일어날 그리스도의 부활을 암시하는 복선으로 간주된다. 최근에는 뇌사 환자가 자발적으로 손발을 움직이는 현상을 라자로 징후라고 부르기도 한다. A가 말했던 '라자로'는 부활을 상징하는 의미로 사용된 것일까? 아니면 특정한 누군가의 호칭일까? 아무리 골똘히 생각해 보아도 현 단계에서는 답을 찾을 수가 없다.

  꼬리에 꼬리를 무는 생각을 떨치고 고개를 들었을 때 구가와 오이카와가 로비 구석에서 이야기하고 있는 모습이 눈에 들어왔다. 두 사람 다 심각한 표정을 짓고 있었다. A에게 예측하지 못한 문제가 생긴 건 아닐까? 사와는 불안을 느끼며 구가와 오이카와가 있는 곳으로 걸음을 옮겼다.

"그걸 말이라고 하는 거야?"

오이카와의 목소리가 무척 크게 울렸다. 감정적인 타입으로 보이지 않았던 만큼 사와는 깜짝 놀랐다.

"진심입니다. 그의 기억이 돌아올 수 있다면 그 가능성에 걸어봐야 합니다. 그건 그를 위한 것이기도 합니다."

구가는 엷은 미소를 띤 채 담담한 어조로 대답했다.

"정말 그럴까? 나는 구가가 즐기는 것처럼 보이는데. 환자를 이용해서 실증 실험을 하려는 것으로밖에……"

오이카와가 도중에 말을 얼버무렸다. 시야에 사와가 들어왔기 때문일 것이다.

"저…… 무슨 일이라도 있었나요?"

사와는 주제넘은 줄 알지만, 참견하지 않을 수 없었다. 얼핏 들은 대화의 내용으로 추정컨대, 그 청년에 대한 처우를 둘러싸고 의견 대립이 있는 모양이다. 그렇다면 사와도 관계없지 않다.

"아니요. 아무것도 아니에요."

오이카와는 도망치듯 얼굴을 돌려버렸다. 누가 봐도 예사롭지 않은 모습이다. 다시 질문을 던지려는 사와를 구가가 제지했다.

"정말 아무것도 아닙니다."

"하지만……"

"작은 견해 차이입니다. 사와 씨가 신경 쓸 필요는 없습니다."

어린아이를 달래는 듯한 구가의 말투가 사와에게는 너무도 수상쩍게 느껴졌다. 게다가 혼자만 논의에서 배제된 듯하여 마음이 불편했다.

"견해 차이라…… 말은 하기 나름이네."

노기가 가라앉지 않은 듯, 오이카와가 내뱉듯이 말했다.

"사실입니다."

"그렇다면 확실히 말해 두지. 환자는 네 장난감이 아니야."

오이카와는 강한 어조로 구가에게 말하고는 휙 발길을 돌려 걸어갔다.

"대체 무슨 견해의 차이가 있었던 건가요?"

사와는 구가를 똑바로 바라보며 물었다. 구가는 난처하다는 듯이 머리를 긁적긁적 긁더니 체념한 듯이 설명을 시작했다.

"그러니까 굳이 말한다면 입장의 차이라고 할까요."

"입장…… 이요?"

"네. 오이카와 선생님은 의사로서 그 청년의 치료를 우선시합니다. 그러나 우리는 경찰입니다. 사건 해결을 위해 다소 강압적인 수단에 의존한 면이 있었죠. 그것이 오이카와 선생님의 기분을 상하게 한 모양입니다."

구가의 설명을 듣고 보니 수긍이 갔다. 사와도 구가와 같은 의견이다. 다소 강압적인 방법을 써서라도 A에게서 정보를 끄집어내고 싶었으나 오이카와의 입장에서는 그건 그냥 넘길 수 없는 부분이었으리라.

"그는 괜찮은 건가요?"

사와가 가장 중요한 질문을 했다.

"괜찮습니다. 지금은 진정된 상태라서 문제없을 겁니다."

구가가 작게 고개를 끄덕였다.

"갑자기 말과 행동이 이상해진 것 같았습니다. 마치 무언가를 보고 공포에 질린 듯했어요. 그건 대체 뭐였나요?"

사와는 마음에 걸렸던 질문을 던졌다.

"섬망 증세가 나타난 것 같습니다."

"섬망이라뇨?"

귀에 익지 않은 단어다.

"섬망이라는 것은 의식 혼미과 함께 강박관념과 환각, 환청, 착각 등이 일어나는 증세를 말합니다. 심리적 요인에 의한 건망은 심적 외상과 과도한 스트레스에 의해 발병되므로 섬망 같은 증상을 동반하는 경우가 많습니다."

구가의 상세한 설명을 들으니 사와도 이해가 갔다.

"즉, 그가 그 순간 어떤 환각이나 환청, 강박관념에 사로잡혔을 가능성이 크다는 말씀인가요?"

"네. 그게 무엇인지 확인하기 위해서라도 그의 기억을 되돌릴 필요가 있습니다."

이 말은······.

"기억을 되돌릴 방법이 있다는 건가요?"

"외상에 의한 것이 아니라, 심리적 요인에 의한 것이므로 가능성은 있습니다. 단······"

"단, 뭔가요?"

"심리적 요인에 의한 건망은 조금 전에도 말한 것처럼 심적 외상이나 과도한 스트레스가 원인이 되어 발생합니다. 본능이 마음을 지키기 위해 그 기억을 덮고 있습니다. 무리하게 기억을 끌어내는 것은 환자에게 큰 부담이 될 수 있어요. 천천히 시간을 들여 치료하는 것이 정석이지요."

"그런 느긋한 소리를 하고 있을 때가 아닙니다."

사와는 저도 모르게 거친 말이 나와버렸다. A는 누군가를 살상했거나 누군가가 살상된 현장에 있었을 가능성이 높다. 즉, 피해자가 존재할 가능성이 크다는 의미다. 그렇게 엄청난 양의 피를 흘리고 무사할 리 없으니, 솔직한 심정으로는 이미 사망했을 가능성이 크다고 생각한다. 그래도 실낱같은 가능성에 기대를 걸고 싶다.

"저도 신속한 사건 해결이 우선되어야 한다고 생각합니다. 그러다 보니 오이카와 선생님과 대립했던 겁니다."

이렇게 말하는 구가의 모습에서 일종의 각오와 함께 어딘가 즐기고 있는 듯한 느낌이 들었다.

"어찌 되었든 앞으로의 일에 관해서 다시 연락하겠습니다. 여러 가지로 준비할 것들이 있으니 오늘은 여기서 실례하겠습니다."

구가는 호주머니에서 회중시계를 꺼내어 시간을 확인하고는 빠른 걸음으로 병원을 나가버렸다. 기분 탓일까, 그가 지나갈 때 찰나의 순간이었으나 피 냄새가 났다…….

<10>

쓰키시마가 복도로 나오자 소리가 아까보다 커졌다.

으, 으, 으…….

이 소리는 기계음 같은 것이 아니다. 아마도 사람의 신음일 것이다. 쓰키시마는 그 신음을 따라 복도를 걸었다. 소리가 들려오는 곳은 계단 아래쪽이었다. 계단 위에서 아래를 내려다보니 원탁이 놓인 로비가 보였다. 하지만, 그곳에는 사람의 모습이 없었다. 누군가의 방에서 나는 소리일지도 모른다.

일단 가 보는 수밖에 없다. 계단을 뛰어 내려가자 "쓰키시마 씨" 하고 누군가가 이름을 불렀다.

레이였다…….

"뭔가 이상한 소리가 나죠?"

레이도 소리를 들은 모양이다. 쓰키시마는 "네."라고 답하며 빙그르르 사방을 둘러보았다. 그리고 소리가 나는 곳을 찾아냈다.

"프런트 안쪽인 것 같아요."

쓰키시마는 프런트로 달려갔다. 레이도 그 뒤를 따라 달렸다. 프런트까지 다가가자 소리가 커진 듯한 느낌이 들었다. 카운터 안쪽으로 돌아가서 보니 그곳에는 열 살쯤 되는 어린 아이가 무릎을 껴안고 앉아 있었다. 신음 소리를 낸 건 이 아이였다.

"너……"

쓰키시마가 말을 걸자 아이는 뚝 하고 울음을 그치고 천천히 고개를 들었다. 그 얼굴을 보고 쓰키시마는 흠칫했다. 펜션에 들어오기 전에 보았던 소년이었다. 벚나무 곁에 소녀와 함께 있던 그 아이다.

"얘. 왜 이런 데 있는 거니?"

레이가 웅크리고 앉아서 소년에게 말을 걸었다. 아이는 몇 번 눈을 깜빡거리더니 아무 말 없이 안쪽에 있는 스태프 룸

문을 손가락으로 가리켰다. 그 문 너머에서 무슨 일이 있었다는 의미일 것이다.

"제가 보고 올게요."

쓰키시마가 레이를 그곳에 남겨 두고 문 앞에 섰다. 귀를 가까이 가져다 대었지만, 아무 소리도 들리지 않았다. 아무도 없는 걸까? 쓰키시마가 노크를 했으나 응답이 없었다. 잠시 후 다시 한번 문을 두드려 보았으나 역시 응답이 없었다.

"무슨 일이 있었던 걸까?"

뒤늦게 달려온 나가토가 쓰키시마의 곁에 섰다.

"모르겠어. 하지만 예감이 너무 안 좋다."

근거는 없다. 그저 느낌에 불과하지만, 이 문 너머에서 무언가 큰일이 일어났다는 것이 느껴졌다.

"마침내 이벤트가 시작된 건가?"

나가토는 쓰키시마와는 대조적으로 가벼운 어조였다. 그런 것이라면 정말로 다행이지만, 그렇게 단순하게는 생각되지 않았다.

"쓰키시마 씨. 발밑에······"

레이의 떨리는 목소리가 들렸다. 쓰키시마는 레이가 말한 방향으로 시선을 옮겼다. 언제부터인지 문 앞에 선 쓰키시마의 발밑으로 새빨간 액체가 흘러나오고 있었다. 이건······ 피다. 쓰키시마의 구두코 부분을 둘러싸듯이 피 웅덩이가 생기고 있었다. 쓰키시마는 당황하여 문 앞에서 뒷걸음질쳤다.

"안에서 무슨 일이 생긴 거야. 들어가 보자."

나가토가 말했다.

"응."

쓰키시마는 문손잡이를 비틀어 문을 밀어 열려고 했으나 문이 열리지 않았다. 문이 잠긴 것은 아니었다. 무언가 무거운 것이 꽉 막고 있어 문이 열리지 않는 듯한 느낌이다.

"제길. 뭔가가 꽉 막고 있어."

"같이 해 보자."

쓰키시마는 나가토와 함께 문에 몸을 부딪쳐 억지로 밀었다. 안쪽에서 퍽 하고 무언가가 쓰러지는 소리가 나더니 문이 아주 조금 밀렸다. 계속해서 둘이서 온 힘을 다해 밀자 간신히 문이 열렸다. 들어오기 전부터 상상은 했지만, 방 안은 차마 눈 뜨고 볼 수 없는 처참한 모습이었다. 바닥 전체로 피 웅덩이가 퍼지고 있을 뿐만 아니라 벽과 천장에까지 핏자국이 튀어 있었다.

그리고 방 안에는 두 남녀가 쓰러져 있었다. 체크인 절차를 처리해 주었던 시마다와 중년 여성이었다. 장난삼아 예측했던 그대로 시마다와 중년 여성이 피해자가 되었다. 하지만, 왠지 이상하다. 쓰키시마는 문 옆에 옆으로 쓰러진 중년 여성에게 다가가 호흡과 맥박을 확인했다.

…… 어떻게 이런 일이.

"엄청나게 리얼한 연출이군."

"아니야."

쓰키시마는 감탄하는 나가토의 말을 부정했다. 이건 피해자 역을 연기하는 것이 아니다.

"정말 죽은 거야."

쓰키시마는 자신의 목소리가 타인의 것처럼 들린다고 생각했다……

제2장

현기증

<1>

"최면술…… 이라고요?"

사와는 깜짝 놀라 목소리가 뒤집혔다. 맞은편 소파에 앉아 있는 후루타는 늘 그렇듯이 심기가 불편한 듯 축 늘어진 뱃살을 문지르고 있다. 어제의 재연 영상을 본 모양이다.

"그래. 구가 경감이 제안한 건데 윗선에서 승낙했다. 담당 의사도 허가했다고 한다."

후루타가 깨나른하게 말했다. 구가는 향후 대응에 관해서 추후 연락하겠다고 했었는데, 오늘 아침에 사와는 후루타를 통해 A의 기억을 되돌리기 위해 최면술을 쓰겠다는 통보를 받았다.

"실례지만, 최면술로 기억이 돌아오리라고는 생각되지 않습니다."

텔레비전 프로그램 등에서 본 정도의 지식밖에는 없지만, 최면술이라고 하면 핑거스냅으로 상대방을 재우거나 원하는 대로 조종하는 그것을 의미할 것이다. 솔직히 오컬트의 범주라는 생각밖에 들지 않는다. 그런 것으로 기억이 돌아온다면 수사하는 데 애먹을 일도 없을 것이다.

"하고 싶은 말이 있으면 나 말고 구가한테 해. 제안한 사람은 구가라고. 최면술도 담당 의사가 아니라 구가가 직접 시행하겠다고 했다니까. 나 원, 무슨 생각을 하는 건지."

후루타가 짜증 난다는 듯이 혀를 찼다.

"알겠습니다. 구가 씨께 직접 여쭙겠습니다."

아닌 게 아니라, 여기서 후루타에게 꼬치꼬치 물어봐야 아무 소용도 없다.

"묻든 말든 상관없지만, 모쪼록 주제 모르고 나대지 말도록. 어차피 아무 도움도 안 될 테니 그쪽에서 시키는 대로 움직이기만 하면 돼."

…… 당신처럼 말이죠?

사와는 목구멍까지 올라온 말을 간신히 삼켰다.

"명심하겠습니다."

"불만 있나?"

말로는 하지 않았지만, 표정에 드러난 모양이다. 급히 "아닙니다."라고 부정했지만, 이미 늦었다.

"참나. 자넨 불평불만뿐이야. 그런 건 실적부터 쌓고 나서 말하라고. 도대체가, 여자 주제에 너무 나대는 게 문제야."

…… 또 시작이다. 실적을 쌓으라면서 나서지 말라고 말하

는 것부터 모순이다. 사와는 반성하는 시늉을 하며 어서 이 폭풍이 지나가기를 기다렸다.

"그럼 이만 가 봐도 되겠습니까?"

잔소리가 일단락되었을 즈음, 사와는 소파에서 일어서려고 했으나 후루타가 막아섰다.

"기다려 봐. 아직 이야기 안 끝났어."

"무슨 말씀이신가요?"

"구가 경감의 요청으로 최면술을 입원 장소인 병원이 아니라 다른 장소에서 시행한다고 하더군."

"경찰서인가요?"

"아니. 구가 경감이 합류 장소를 지정했어. 이쪽으로 가."

후루타가 메모지를 건네주었다. 사와는 즉시 메모지를 눈으로 훑었다. 적혀 있는 주소는 다마가와 강 인근에 있는 아파트였다.

"왜 이런 곳에서?"

병원이 아니라면 경호적 측면을 고려하여 경찰서에서 진행하는 것이 일반적이다. 그런데 굳이 외부의 아파트를 지정한 것이 아무래도 이해되지 않는다.

"그러니까 나한테 묻지 말라고 했잖아."

후루타가 또다시 혀를 차며 말했다. 그렇다. 후루타에게 묻는다 한들 의미가 없다. 사와는 "알겠습니다."라고 말하고는 자리에서 일어서서 회의실을 나왔다. 입구 앞까지 나왔을 때 사와는 갑자기 멈췄다. A가 피투성이로 나타났던 그날의 광경이 뇌리에 되살아났기 때문이다.

"왜 넋을 놓고 있어?"

반대 방향에서 걸어오던 시라이가 말을 걸어왔다.

"아냐, 그런 거."

사와의 의식이 현실로 되돌아왔다.

"그래. 난 또 네가 본청 형사랑 한판 붙었나 했지."

"문제아 취급하지 마."

"하지만, 항상 후루타 과장을 들이받잖아?"

"농담은 그만해. 먼저 트집 잡는 건 후루타 과장이잖아."

"그도 그렇네. 그래도 조심하라고."

시라이가 주위를 둘러보며 사와에게 귀엣말을 했다.

"뭘?"

"동기 중에 본청에 있는 녀석한테 들었는데, 구가라는 형사, 사연이 좀 있다나 봐."

"사연이라니? 스캔들이라도 일으킨 거야?"

제 입으로 말하면서도 반신반의했다. 대면해서 만난 것은 단 한 번뿐이지만, 구가에게서 스캔들 같은 것과는 전혀 연이 없을 것 같은 결벽성이 느껴졌기 때문이다.

"확실치는 않지만, 살인 사건에 연루되었다는 것 같아."

…… 무슨 말을 하려나 했더니. 너무나 유치한 소문에 사와는 저도 모르게 한숨을 내쉬었다.

"그럴 리 없잖아. 만약 정말 살인 사건에 연루되었다면 애초에 경찰이 채용하지 않았겠지. 말도 안 되는 소문에 부화뇌동하지 좀 마."

"그건 그렇네……."

시라이는 지금에야 그 사실을 깨달았다는 듯이, 탁 손뼉을 쳤다. 붙임성 좋고 분위기를 잘 타는 것이 시라이의 장점이지만, 형사라면 좀 더 깊이 생각하고 말해 주길 바라는 바다.

"남 걱정은 그만하고 그쪽 실종자 수색은 어떻게 돼가고 있어? 신원은 파악했어?"

"아니. 아직 전혀 진전이 없어. 지금부터 나미와 미오가 일했다는 유흥업소에 조사하러 가기로 했어."

시라이가 조바심이 나는 듯이 머리를 긁적였다.

"나보다 시라이가 더 지쳐 보이는데?"

"응. 솔직히 그 나미라는 여자한테 질려버렸어. 수사 진척 상황을 물으려 하루에 세 번도 더 전화한다니까. 그렇게 금방 찾아낼 수 있는 게 아닌데 말이지."

"네가 나미 씨가 맘에 든 거 아냐? 잘 됐네. 네 여자친구가 되어 줄지도 모르잖아."

사와가 농담조로 말하자 시라이가 어깨를 축 늘어뜨리며

깊은 한숨을 뱉었다.

"정서가 불안한 여자는 사양이야. 전화만 하는 게 아니라 자살 암시를 언뜻언뜻 내비친다니까. 못 해 먹겠네."

"그건 대단히 유감입니다……."

사건 조사 때도 나미의 손목에 자해 흔적이 남아 있는 것을 보았다. 진짜 죽을 마음이 있다기보다, 그렇게 함으로써 주위 사람들의 관심을 끌려는 것이다. 누군가에게 의존하지 않고는 살아갈 수 없는 여자다. 그래서 방을 공유했던 미오가 행방불명이 되자 과하다 싶을 만큼 이성을 잃은 것이다. 지금은 그 대상이 시라이로 옮겨간 것뿐이고.

"얼굴은 내 취향이긴 한데 말이야……."

시라이가 불쑥 말했다. 이렇게 말하는 것을 보니 시라이는 나미의 성형 중독을 눈치채지 못한 듯하다. 아니, 자기 취향이면 성형을 했든 말든 상관없을지도.

"너무 깊이 관여하지 않도록!"

"알고 있어. 뭐, 하나씩 차분히 해야지. 그건 그렇고 그쪽 수사는 잘되어가?"

"최면술로 기억을 되놀리겠대."

"농담이지?"

시라이가 몸을 뒤로 홱 젖히며 큰소리로 물었다. 다소 호들갑스럽긴 하지만, 기분은 이해한다.

"그걸 확인하러 가는 거야."

사와는 어깨를 으쓱하고는 입구를 나섰다.

<2>

바닥에 쓰러진 두 구의 시체를 보며 쓰키시마는 입술을 깨물었다. 장난이라면 좋겠다. 그렇게 마음속으로 빌어 보았지만, 피를 흘리며 쓰러진 두 사람이 부활할 리는 없다. 어쨌든 이런 참혹한 현장을 어린 소년에게 보여 줄 수는 없다. 쓰키시마의 생각을 헤아린 듯이, 레이가 고개를 한번 끄덕이더니 "저쪽으로 갈까?" 하고 소년을 데리고 프런트 앞을 떠났다.

"설마, 정말 사망자가 나올 줄이야……."

곁에서 나가토가 중얼거린 말이 쓰키시마의 가슴에 무겁게 울렸다.

"그러게."

"이것도 이벤트의 일환인 건가?"

"그럴 리는 없어."

쓰키시마는 고개를 가로저으며 말했다. 미스터리 이벤트에서 실제로 사람을 죽이다니, 있을 수 없는 일이다. 이건 이벤트와 상관없이 불가항력에 의해 일어난 일이라고 생각하는 것이 타당하다.

하지만······.

쓰키시마의 생각을 차단하듯이 지지직 하는 잡음이 어디선가 들렸다. 무슨 일인가 하고 주위를 둘러봤다. 어딘가에 설치된 스피커에서 나는 잡음 같다.

〈여러분. 대단히 오래 기다리셨습니다. 첫 번째 살인 사건이 발생했습니다······.〉

담담한 M의 목소리가 흘러나왔다.

〈범행 현장은 이 펜션의 스태프 룸입니다. 피해자는 두 명. 시마다 겐지 그리고 내연의 처인 가나에입니다. 범인은 대체 누구일까요? 마음껏 추리를 즐겨 주시기 바랍니다······.〉

말이 끝나자마자 뚝 하고 방송이 끊어졌다.

"말도 안 돼······."

쓰키시마는 경악했다. 미스터리 이벤트를 위해 정말로 사람을 죽였다는 건가? 그 말인즉슨 지금 데스 게임이 시작된 거라고?

"방송의 타이밍으로 보아 우리 모습을 어디선가 지켜 보고 있는 것 같지?"

나가토가 천장을 올려다보며 말했다. 나가토의 말대로다. 쓰키시마가 시체를 발견한 시점에 M의 방송이 흘러나왔다는 점을 생각하면 어딘가에 설치된 CCTV를 통해 우리의 일거

수일투족을 관찰하고 있음이 틀림없다. 이런 상황이니 여기서 정신을 놓고 있어도 의미가 없다. 방송을 듣고 참가자들이 이곳으로 모일 것이다.

"일단 원탁으로 돌아가자."

쓰키시마는 나가토와 함께 원탁이 있는 로비로 이동했다. 원탁에서는 의자에 앉은 소년이 양쪽 귀를 막은 채 몸을 동그랗게 말고 으, 으, 하고 신음하고 있다. 그렇게 외부를 차단함으로써 부서져 버릴 듯한 자신의 마음을 지키고 있는 듯하다. 쓰키시마에게도 그런 기억이 있다. 레이가 소년 곁에 서서 소년의 등을 쓰다듬으며 달래고 있다.

"드디어 게임이 시작되었군요."

즐거운 듯한 목소리가 위쪽에서 들려왔다. 신조가 쾌활하게 말하며 계단을 내려오고 있었다. 아토무, 아이카, 앗슈도, 그 뒤를 따라왔다. 1층 안쪽 복도에서 나쓰노가 졸음이 덜 깬 듯 하품을 하며 나타났다.

"어? 그 아이는?"

아이카가 원탁에 있는 레이와 소년을 발견하고 말을 꺼냈다. 레이는 어떻게 설명해야 할지 고민하는 눈치였다. 쓰키시마가 거들려고 했으나 쓰키시마를 가로막듯이 아토무가 눈앞에 우뚝 섰다.

"최, 최초 발견자는 쓰키시마 씨예요?"

"그런 셈이네요."

"시, 시체는 어떤 상태죠? 발견했을 때 상황을 자세히 말해 봐요."

아토무가 거칠게 콧김을 내뿜으며 말했다. 이러쿵저러쿵 설명하는 것보다 직접 보여 주는 편이 빠를 것이다. 쓰키시마는 프런트 안쪽에 있는 스태프 룸 문을 손가락으로 가리키며 직접 확인하라는 몸짓을 했다. 아토무는 스태프 룸을 향해 걸어갔다. 신조, 앗슈, 나쓰노가 그 뒤를 따랐다. 아이카도 레이 곁을 떠나 그들의 뒤를 쫓아갔다.

"우왓! 엄청나게 리얼하네요."

문을 연 신조가 목소리를 높여 감탄했다. 다른 사람들도 현장 상황을 보고 각자 감탄했으나 눈곱만큼의 긴장감도 없었다.

"아니야. 이 사람들, 진짜 죽었어."

앗슈만이 상황을 파악한 듯이, 혀를 차며 말했다.

"네?"

앗슈의 말을 믿을 수 없다는 듯이 신조는 가나에의 시체 앞에 무릎을 구부리고 앉아 그 모습을 관찰했다. 그리고 곧 앗슈의 말이 진실이라는 것을 깨달은 듯했다.

"진짜다. 죽었어······."

신조가 새파랗게 질린 얼굴로 말하며 뒷걸음질쳤다. 아토무는 강렬한 구역감에 사로잡힌 듯, 손으로 입을 막고 화장실 쪽으로 황급히 뛰어갔다.

"정말 죽었다니 무슨, 어떻게 된 겁니까? 아니, 이건 이벤트잖아요."

나쓰노의 목소리는 안쓰러울 정도로 떨렸다.

"저도 모르겠습니다."

신조의 이마에서 식은땀이 흘러내렸다. 앗슈는 "대체 이게 뭐야!" 하고 불만을 퍼부으며 근처의 벽을 발로 찼다.

"경찰에 연락하는 게 낫지 않을까?"

딱 한 명, 침착하게 말한 사람은 아이카였다. 위기 상황에는 여성들이 더 침착하다더니, 그야말로 그 말대로다.

"그러고 싶은 마음은 굴뚝 같지만, 휴대전화는 M에게 맡겼어요."

쓰키시마는 아이카 곁으로 다가가며 말했다.

"맞다, 그랬지. 그럼 일반 전화는?"

쓰키시마가 고개를 가로저었다. 방에도, 프런트에도, 일반 전화는 설치되어 있지 않았다. 휴대전화를 거둬 갈 정도니 일반 전화는 설령 있더라도 사용할 수 없는 상태로 만들어 두었을 것이다.

"여, 여기서 도망치면 되죠."

아토무가 옷소매로 입가를 닦으며 돌아왔다. 얼굴빛은 여전히 안 좋지만, 속엣짓을 토해내고 와서인지 조금은 나아 보였다.

"도망치다니 어디로요?"

쓰키시마가 묻자 아토무는 곧바로 로비 정면의 문으로 걸어가서 문손잡이를 붙잡고 문을 열려고 안간힘을 썼으나, 문은 꿈쩍도 하지 않았다. 이윽고 체념했는지 "이, 이게 뭐야." 하며 힘없이 말하고는 풀이 죽은 채로 돌아왔다.

"그깟 문짝쯤, 부숴 버리면 그만이지."

앗슈가 원탁에 있는 의자 하나를 번쩍 들더니 문을 향해 있는 힘껏 내리쳤다. 하지만, 문은 역시 꿈쩍도 하지 않았다.

"왜 안 열리는 거야!"

앗슈는 수긍이 되지 않는지, 몇 번이고 문에 의자를 내리쳤지만, 둔탁한 소리만 울릴 뿐이었다. 대신에 의자가 산산이 부서져 버리고 결국은 등받이만 남고 말았다. 앗슈는 화풀이하듯, 등받이를 바닥에 내동댕이쳤다. 모두가 할 말을 잃었다. 쓰키시마도 무슨 말이라도 하려 했지만, 사고 회로가 생각처럼 돌아가지 않았다. 가라앉은 분위기를 씻어내듯이 다시 지지직 잡음이 들렸다.

〈혼란을 겪고 계신 듯하여 다시 한번 안내 말씀 드립니다. 트릭을 풀고 범인을 찾아내기 전까지 여러분은 이 펜션에서 한 발자국도 나갈 수 없습니다.〉

스피커에서 흘러나오는 M의 목소리가 무자비하게 로비에 울려 퍼졌다.

"빌어먹을! 정말로 사람을 죽일 거라는 말은 없었잖아!"

앗슈가 회색 머리카락을 쓸어 올리며 외쳤다.

〈죽이지 않는다고도 하지 않았습니다.〉

M은 냉담하게 말했다. 제정신이 아니군. 사람이 둘이나 죽었는데, 무슨 생각으로 말을 했느니 안 했느니 의미 없는 입씨름을 하고 있는지 당최 이해할 수가 없다.

"당신들의 목적은 대체 뭡니까?"

쓰키시마는 천장을 올려다보며 물었다. 한동안 침묵이 흘렀다.

"범인을 찾아내는 것입니다……."

기다린 끝에 돌아온 응답은 모순으로 가득 차 있었다. 미스터리 이벤트 주최자의 목적이 범인을 찾아내는 것이라니, 이치에 맞지 않는다.

"범인은 당신들이 준비한 것이 아닙니까?"

쓰키시마의 물음에 답이 돌아오지 않았다. 하지만, 입을 다물고 있다는 것은 핵심을 찌른 질문이었다는 것이다. 가능하면 조금이라도 더 정보를 끌어내 보자.

"그렇다면 다른 질문을 하겠습니다. 당신은 처음에 세 건의 연쇄살인 사건이 일어날 거라고 말했습니다. 이제 남은 건

한 건인가요?"

〈아닙니다. 어디까지나 건수로 카운트한 것이므로 이번에 두 명이 사망했지만, 한 건으로 칩니다. 즉, 앞으로 두 건의 살인 사건이 더 발생할 것입니다.〉

"한 가지만 더 묻겠습니다."

〈더는 답해 드릴 수 없습니다. 그러면 미스터리 이벤트를 즐겨 주시기 바랍니다…….〉

일방적인 통보 후에 방송이 종료되었다.

"이거 참, 엄청난 일이 되었군."

그렇게 말하는 나가토의 어조에서 어딘가 남 일이라는 듯한 뉘앙스가 느껴졌다.

"태평한 소리 할 때야? 어쩌면 다음에 죽는 사람이 우리일 수도 있거든?"

이 이벤트 속에 숨어 있는 자는 범인 연기를 하는 것이 아니다. 진짜 살인마가 틀림없다. 그뿐만이 아니다. 처음에는 사망자가 세 명일 것으로 생각했는데, 건수로 센다고 하면 자칫 이 자리에 있는 모두가 살해당할 가능성도 있다.

"그건 무섭네."

"정말 무섭다고 생각하긴 하는 거야?"

"물론이지."

전혀 긴장감이 느껴지지 않는다. 나가토는 마치 이 상황을 즐기고 있는 게 아닌가 싶다.

"이딴 거, 누가 할까 보냐!"

소리를 지른 사람은 앗슈였다. 입술 피어싱 링을 손가락 끝으로 만지작거리며 어깨로는 바람을 가르고 빠른 걸음으로 계단을 올라갔다.

"어디 가는 겁니까?"

"방."

앗슈는 거칠게 말하고는 그대로 걸어가 버렸다. 만류할까도 생각했지만, 지금 상태로는 싸움밖에 되지 않을 것이다. 잠시 머리를 식힐 시간이 필요하다.

"저도 방으로 갑니다."

나쓰노가 양손을 들어 올리고 크게 기지개를 켰다.

"방으로 가다니, 왜죠?"

"죽기 싫으니까요. 이럴 때는 섣불리 움직이는 것보다 방에 있는 편이 안전할 거예요. 레이 씨. 나랑 같이 방에 있어요."

나쓰노가 치근덕대는 듯한 말투로 레이에게 말했다. 레이는 "아니요. 저는……"이라며 고개를 떨구었다.

"수줍어하는 모습도 예쁘네. 괜찮아. 상냥하게 해 줄게."

나쓰노는 레이의 팔을 움켜쥐려고 했으나 그녀는 즉시 손길을 뿌리쳤다.

"흐음. 그렇게 나오시겠다. 도도하게 굴다가 나중에 후회할 텐데."

자존심에 상처를 입은 듯이 나쓰노는 말을 내뱉고 자리를 떠났다. 레이의 표정이 순식간에 얼어붙었다. 신사적인 남자인 줄 알았는데, 방금 대화를 지켜본 바, 나쓰노는 조금 조심하는 게 좋을 듯하다.

"마, 말도 안 돼! 나는 이런 거 절대 인정할 수 없어! 어딘가, 탈출할 수 있는 곳이 있을 거야!"

갑자기 소리를 지른 사람은 아토무였다. 그는 비틀비틀 일어서더니 계단을 향해 걷기 시작했다. 탈출 경로를 찾으러 갈 셈인 모양이다. 그의 결정에 딴지 걸 마음은 없다. 하지만······.

"혼자 돌아다니는 건 안 됩니다."

앗슈나 나쓰노처럼 방 안에 틀어박혀 있는 거라면 그나마 낫지만, 탈출 경로를 찾겠다고 펜션을 돌아다니는 것은 위험하기 그지없다.

"저도 같이 탈출 경로를 찾으러 가겠습니다. 둘이라면 안심되겠죠. 쓰키시마 씨는 그사이에 현장 검증을 부탁합니다."

신조는 싱긋 웃더니 아토무의 뒤를 따라갔다. 신조의 배려에 안도했으나, 그 생각도 잠시, 만약 아토무나 신조 중 누군가가 범인이라면? 단둘이 있는 상황을 만드는 것은 대단히 위험하다는 생각에 이르렀다. 역시 지금은 쓰키시마도 함께 가야 할 때 같다. 하지만, 레이와 소년을 원탁에 남겨 두는 것도 위험하기는 매한가지다.

"기다려. 나도 갈래."

쓰키시마의 생각을 아는지 모르는지 아이카가 뛰어가서 안기듯이 신조의 팔에 바싹 달라붙었다. 신조는 아이카의 스킨십에 당황하면서도 그리 싫지는 않은 듯했다.

"셋이라면 괜찮지 않겠어?"

나가토가 세 명의 뒷모습을 바라보며 말했다.

"그렇지."

로비에는 쓰키시마, 나가토, 레이 그리고 소년이 남겨졌다.

"그럼 우리는 현장 검증을 시작하자."

나가토가 기쁜 듯이 양손을 비볐다. 정말로 사람이 죽었다. 범인을 찾아낸다고 해서 M이 순순히 이곳에서 내보내 주리라고는 생각되지 않지만, 그래도 범인을 찾아내면 다음 범행을 막을 수는 있다.

"그래야겠지."

쓰키시마는 각오를 다지고 프런트 안쪽에 있는 문을 바라보았다.

<3>

사와는 구가가 지정한 강변의 아파트 앞에 서 있었다. 외벽이 흰 단순한 구조의 건물로 1층에는 보습학원이 들어와 있고, 2층 이상은 주거 공간인 듯하다. 사와는 입구 쪽으로 걸음을 옮겼다. 우편함을 훑어보니 기업이나 점포로 생각되는 이름이 몇이나 눈에 띄었다. 주거용뿐만 아니라 폭넓은 용도로 임대하는 아파트인 모양이다. 인터폰으로 구가가 지정한 집의 호수를 누르니 곧 "들어오세요." 하고 구가의 목소리가 들린 후 입구 자동문이 열렸다. 엘리베이터를 타고 7층으로 올라갔다. 복도를 걸어서 가장 안쪽에 있는 708호실 문 옆에 있는 인터폰을 누르자 곧바로 문이 열리고 구가가 얼굴을 내밀었다.

"안녕하세요. 들어오세요."

현관에 관엽식물이 놓여 있는 매우 차분한 분위기의 공간이었다. 향을 피우고 있는지 상쾌한 라벤더 향기가 가득했다.

"맨 끝 방으로 가세요."

구가는 슬리퍼를 꺼내 주었다. 여러 가지 마음에 걸리는 것이 있지만, 나중에 한꺼번에 물어보면 된다. 사와는 구가의 안내대로 복도를 따라 걸어가서 맨 끝 방의 문을 열었다. 그리고 너무 눈이 부셔서 저도 모르게 눈을 깜빡거렸다. 33m^2

정도 넓이의 방으로 벽도 바닥도 천장도 온통 흰색이었다. 그뿐만 아니라, 중앙에 놓인 리클라이닝 의자, 그리고 맞은편에 놓인 소파까지 모두 흰색이었다. 정면의 커다란 창문에서 쏟아지는 빛이 난반사되어 눈을 제대로 뜰 수가 없었다.

"이곳은……"

"제가 이전에 카운슬링 룸으로 사용했던 방입니다."

사와의 등 뒤에서 구가가 말했다.

"구가 씨 개인 소유라는 말씀이신가요?"

"네. 여기서 그 청년에게 최면요법을 시행하려고 합니다."

"용케도 허가가 내려왔군요."

"그 청년은 현재로서는 체포된 피의자가 아닙니다. 본인만 동의한다면 문제는 없지요."

A가 현재 체포되지 않은 상황인 것은 사실이다. 어디까지나 중요 참고인에 불과하다. 하지만, 감시대상이라는 것에는 변함이 없다. 도주 가능성까지 고려하여 그에 대한 대응 태세를 짤 필요가 있다. 사와가 그렇게 주장하자 구가는 "알고 있습니다."라고 답했다.

"상부에서도 같은 지적을 받았습니다. 만에 하나의 경우를 대비하여 최면요법을 시행할 때 아파트 밖에 경찰을 배치하기로 했습니다."

"그렇게까지 해서 이 공간을 사용하려는 이유가 뭔가요?"

"최면요법을 시행할 때는 환경이 중요합니다. 병원이나 경찰서에서는 적절한 환경을 조성하기 어렵습니다."

온통 순백색인 이 방이 특별한 환경이 될 것 같지는 않다. 게다가…….

"애초에 최면술 같은 오컬트적인 수법으로 기억이 돌아올 것 같진 않습니다."

사와는 처음부터 품었던 의문을 구가에게 제기했다.

"오컬트…… 그렇군요. 그런 인식을 가지고 계시군요. 우선 그것에 관해 설명을 해 둘 필요가 있겠네요."

구가는 방 한가운데 놓인 흰 리클라이닝 의자를 손가락으로 가리키며 사와에게 거기 앉으라고 손짓했다. 사와는 구가의 말에 따라 리클라이닝 의자에 앉았다. 흰 벽으로 둘러싸인 방의 독특한 분위기 때문인지 사와는 마치 다른 차원의 세계에 있는 듯한 기묘한 감각에 빠져들었다.

"먼저. 사와 씨가 가지고 있는 최면술의 이미지를 바꿀 필요가 있어요."

구가는 사와 건너편에 있는 소파에 앉더니 얼굴 앞에 합장하듯이 양손을 모았다.

"저의 인식이 틀렸다는 말씀인가요?"

사와가 묻자 구가는 "아마도……."라며 고개를 끄덕였다.

"뭐가 틀린 거죠?"

"방금, 사와 씨는 최면술을 오컬트라고 말씀하셨는데요. 그것은 최면술사가 이런 식으로 딱, 하고 손가락을 튕기면 당장 잠에 빠져드는 이미지를 떠올렸기 때문일 겁니다."

구가가 사와의 눈앞에서 딱, 하고 핑거스냅을 했다.

"그렇습니다."

"그 외에는 어떤 이미지가 떠오릅니까?"

"잠들게 한 사람을 최면술사가 제 뜻대로 조종하는 것. 또 눈을 떴을 때 당사자는 아무것도 기억하지 못하거나……"

"그런 이미지는 전부 버리세요."

구가는 살짝 미소를 지으며 말했다.

"네?"

"사와 씨가 알고 계신 것은 어디까지나 텔레비전 프로그램 등에 맞춰서 각색한 최면술이고, 제가 시행하려는 최면요법과는 전혀 다른 것입니다."

"뭐가 다른가요?"

"우선, 최면이라는 단어가 사용되어 오해하는 분이 많은데 최면요법을 시행할 때 최면 대상자는 잠들지 않습니다."

"네?! 잠들지 않는다니요…… 하지만……"

최면술은 재우는 데서부터 시작되는 것이 아닌가? 잠이 들지 않는다면 애초에 최면이 걸린 것이 아니다.

"무슨 말씀인지 이해합니다. 쇼로서 보여 주는 최면술에서 최면 대상자는 깊은 잠에 빠지죠."

"네."

"하지만, 잠들어 버리면 최면술이 걸리지 않습니다."

"무슨 의미인가요?"

"단체나 개인에 따라 정의는 다르지만, 미국심리학회 최면 부문 등에서는 최면 상태란 암시에 반응하는 능력이 높아지는 것이 특징이며 주의 집중과 주변에 대한 인식의 저하를 동반하는 의식 상태로 정의합니다."

"꽤 어렵네요."

"동감입니다. 너무 개략적이긴 하지만, 이해하기 쉽게 말하자면 정신적으로 긴장이 충분히 이완된 결과, 주위에 반응하지 않는 상태를 가리키지요."

"긴장의 이완."

"그렇습니다. 잠재의식과 현재의식이라는 용어는 아십니까?"

"잘은 모르지만 조금은……"

"현재의식은 판단과 사고를 담당합니다. 제가 하는 말을 곧이곧대로 수용하는 것이 아니라, 지금까지 쌓아온 지식 등에 비추어 신뢰할 만한 가치가 있는지 없는지 선별하는 거죠."

"아, 네."

왠지 알 것 같기도 하다. 의식적으로 하는 것은 아니지만, 타인에게 들은 말은 그대로 받아들여지지 않고 한번의 생각 과정을 거친다.

"즉, 자신의 의지로 움직이는 것이 현재의식입니다. 한편 잠재의식이란 사고에 의한 판단이 미치지 않는 무의식의 부분입니다. 이 잠재의식은 여태까지의 경험, 주로 체험의 축적에서 비롯되는 반사와 같은 것입니다."

"반사……."

"그렇습니다. 예를 들어, 사와 씨는 무서운 것이 있습니까?"

"높은 곳을 싫어합니다."

"그것이 잠재의식입니다. 경험 등을 통해 높은 곳이 위험하다는 것을 인식함으로써 머리보다 신체가 먼저 무섭다고 반응하는 거죠."

"무슨 말씀인지 알 것 같습니다."

"최면술이라는 것은 대상자에게 암시를 주는 것인데요. 현재의식이 작동하는 동안은 판단 필터가 튕겨내기 때문에 암시를 줄 수가 없습니다."

"그렇군요."

"암시를 주기 위해서는 잠재의식에 직접 접근할 필요가 있습니다. 그런데 필터가 장애물이 됩니다. 필터를 제거하기 위해 긴장의 이완이 필요한 거죠."

 말하고자 하는 바는 알겠다. 하지만······.

"충분한 긴장의 이완을 위해서라면 잠드는 편이 낫지 않나요?"

 사와의 말에 구가는 눈을 가늘게 뜨며 웃었다.

"잠이 들면 다른 사람의 말이 들리지 않잖아요."

 당연한 말이지만, 너무 당연하다는 것이 맹점이었다. 잠든 동안은, 타인의 음성을 들을 수 없다. 그 상태로는 암시를 걸려고 해도 애초에 그것을 인식할 수 없다.

"그렇군요."

"최면 상태라는 것은 잠드는 것이 아니라 어디까지나 긴장이 이완된 상태입니다. 그러므로 최면 상태에 빠져도 대상자에게는 의식이 있습니다. 따라서 본인이 원치 않는 말이나 행동을 시킬 수는 없고, 최면이 풀린 순간에도 자신이 무엇을 했는지 모두 기억할 수 있지요."

"텔레비전에서 보여 주는 건 사기군요."

"다양한 견해가 있기 때문에 사기라고 단정 지을 수는 없습니다. 애초에 그건 쇼니까요."

 구가가 손가락 끝으로 안경을 고쳐 쓰며 말했다.

"프로레슬링이나 종합 격투기 같은 건가요?"

 사와의 예시에 구가는 소리 내어 웃었다.

"재미있는 비유네요. 딱 맞는 말씀입니다."

"고맙습니다."

"다시 돌아가서, 최면요법은 대상자를 최면 상태로 유도함으로써 최면 현상이 가진 다양한 생리적, 심리적 특성을 이용하여 최대한 심신을 회복하게 하는 것이 목적입니다."

구가의 설명을 듣고 사와는 자신이 얼마나 최면에 관해 잘못된 인식을 하고 있었는지 깨달았다.

"최면요법을 사용하여 잃어버린 기억을 되돌리는 것도 가능합니까?"

사와는 핵심을 찌르는 질문을 했다. 최면술과 최면요법의 차이는 이해했지만, 문제는 최면요법으로 기억이 돌아올까, 하는 것이다.

"가능성은 있습니다. 심리적 요인에 의한 건망에 최면요법이 자주 이용됩니다."

"그런가요?"

"심리적 요인에 의한 건망의 경우, 마음을 지키기 위해 무의식중에 트라우마가 된 기억을 봉인하는 경우가 많습니다."

"그렇군요."

"최면요법은 봉인된 트라우마를 표면으로 끄집어내고 기억을 불러 깨우는 데 도움이 됩니다."

"잘 될까요?"

개념은 이해했으나 확신을 원한다.

"현재 상태로는 장담은 할 수 없습니다."

"자신이 없으신가요?"

사와가 묻자 구가는 푸핫, 하고 웃음을 터뜨렸다.

"사와 씨는 흑백을 확실히 하지 않으면 직성이 풀리지 않는 분 같군요."

부정하지는 않는다. 예전부터 그런 면이 있었다. 업무뿐만 아니라, 사생활에서도 모호한 답변을 싫어하는 탓에 사와를 불편해하는 사람도 있다. 특히 연애할 때 이런 성격이 두드러져 무미건조한 사람으로 여겨질 때가 많았다. 하지만 지금 그게 중요한 게 아니다.

"질문에 답이 되지 않습니다만."

"실례했군요. 글쎄요. 최면이 통하는 사람과 통하지 않는 사람이 있습니다. 그 차이는 뭘까요?"

그것에 관해서는 설명을 들은 것은 아니지만 왠지 알 것 같다.

"최면에 걸리기 쉬운 사람과 그렇지 않은 사람이 있어서…… 일까요?"

"명답입니다. 최면요법은 초능력이 아닙니다. 그러므로 모두에게 적용되지는 않습니다. 최면 대상자가 최면에 걸리기 쉬운지 아닌지에 크게 좌우됩니다."

"최면을 거는 시술자의 능력과는 상관없습니까?"

"물론, 최면 암시 성공률을 올리는 테크닉은 수없이 많습니다. 예를 들어, 인간의 반사를 사용하는 테크닉이 있습니다."

"반사요?"

"이야기가 조금 옆길로 새긴 하지만, 잠깐 실험을 해 봅시다. 그러면 더 이해가 쉬울 테니까요."

구가는 자리에서 일어나 재킷을 벗어 옷걸이에 걸고는 와이셔츠 소매를 걷어 올렸다. 호리호리한 체격인 줄 알았는데 소매 밑에서 드러난 팔뚝은 의외로 근육질이었다. 소파에 바로 앉은 구가는 조끼 주머니에서 회중시계를 꺼내어 탁자 위에 놓았다.

"그럼 시작합시다. 우선 오른손을 펴 보시겠습니까?"

구가는 설명과 동시에 오른손을 펴서 쓱 내밀었다. 사와도 그대로 따라서 오른손을 폈다.

"이제 엄지손가락을 내밀고 첫 번째 마디를 펴서 손톱이 보이는 상태로 손을 쥐세요."

구가가 예를 보여 주듯이 엄지손가락을 뻗은 상태로 검지부터 새끼손가락까지 손바닥을 덮듯이 구부렸다. 이게 무슨 의미가 있는 걸까? 의문을 품으면서도 사와는 구가와 똑같이 첫 번째 마디를 펼친 채 네 개의 손가락을 구부렸다.

"그대로 네 개의 손가락을 손목 쪽에 최대한 붙여 보세요."

사와는 관절에 통증을 느낄 정도로 네 개의 손가락을 손목에 가져다 댔다. 평소 이렇게 손을 쥐는 일이 없다 보니 손에 불편함이 느껴졌다.

"좋습니다. 그럼 검지 손톱의 한 점을 바라보세요. 그렇습니다. 서서히 손에 힘을 주세요. 꾹 손가락으로 손바닥을 누르는 느낌입니다."

구가의 말대로 실행했다.

"손가락이 점점 경직되어 가는 것을 알 수 있지요. 손가락 관절이 점점 굳어갑니다. 돌처럼 딱딱해집니다."

"……."

힘을 너무 주어서인지 구가가 말한 대로 손가락 관절이 점점 굳어가는 느낌이 들었다.

"됐습니까? 제가 딱, 하고 손가락을 튕기면 그 손은 완전히 굳을 겁니다. 손을 펴려고 해도 손가락이 고정되어 펴지지 않습니다."

"네?"

"3, 2, 1."

딱, 하고 소리가 났다. 사와는 손을 펴려고 했으나 손가락이 움직이지 않았다. 구가가 말한 것처럼 돌이 되었나 싶을 정도로 완전히 고정되었다.

"앗……."

…… 어떻게 이런 일이?

"이제 됐습니다. 이제 펴겠습니다."

구가는 그렇게 말하며 굽혀진 사와의 손가락을 잡아당겨 펴 주었다. 손가락 끝이 미세하게 흔들렸다.

"지금 한 것이 반사를 사용한 테크닉 중 하나입니다."

"어떻게 된 건가요?"

"사람은 방금처럼 특수하게 주먹을 쥐고 힘을 준 채 시간이 지나면 근육이 경직되어 손을 펼치기 어려워집니다."

"그러면 최면이 아닌 건가요?"

"반은 최면입니다. 신체 구조적으로 손을 펴기 힘든 상황을 조성한 것인데 그것이 암시 때문이라고 착각하고 말지요. 그렇게 하여 암시에 걸리기 쉬워지는 겁니다."

"대단해요."

저도 모르게 감탄했다.

"사와 씨에게는 운 좋게 암시가 걸렸지만, 사실 최면은 시술자의 능력이 30%, 대상자의 능력이 70%라고 할 수 있습니다."

"그 정도…… 인가요?"

설마, 최면 대상자의 능력이 더 중요할 줄이야…….

"네. 어디까지나 계기를 제공할 뿐이니까요."

"실제로, 최면에 걸릴지 안 걸릴지는 해 보지 않으면 모른다는 말씀이군요."

사와의 말에 구가는 "그렇습니다." 하고 답했다. 잘 될지 어떨지는 도박이라는 의미다. 하지만…….

"달리 방법이 없는 이상, 해 볼 가치는 있겠네요."

"사와 씨라면 그렇게 말씀하실 줄 알았습니다. 단, 기억해 두셨으면 하는 게 있는데요."

구가가 하던 말을 멈추고 날카로운 표정을 지었다. 사와는 숨을 삼키고 그의 말을 기다렸다. 긴 침묵이 흐른 후 구가는 입을 열었다.

"조금 전에도 말씀드린 것처럼 최면요법은 상대를 맘대로 조종할 수 없습니다. 의식이 있으니까요. 즉, 말하고 싶지 않은 것은 묵비를 지키거나 거짓말을 할 가능성도 있습니다."

"그건, 그렇네요."

너무나 당연하여 간과하고 있었으나 의식이 있다는 것은 증언을 스스로 통제할 수 있다는 의미다.

"그리고 또 하나. 최면요법으로 기억을 되찾는다고 해도 그것은 어디까지나 해당 인물이 인지하는 기억입니다. 사실이 아닐 수도 있다는 겁니다. 특히 부분적으로 기억을 잃은 경우, 이치에 맞도록 기억을 조작할 가능성이 큽니다."

그 말은 사와의 마음속에 무겁게 메아리쳤다. 인간의 기억은 모호한 것이다. 여태까지 사건 수사 경험을 통해 뼈저리게 느껴왔다. 목격 증언 하나조차도 상황에 따라 말이 바뀌는 일이 부지기수다. 말인즉슨 설령 A에게 무언가 증언을 얻어낸다고 해도 그것을 곧이곧대로 믿어서는 안 된다는 것이다.

<4>

쓰키시마는 나가토와 함께 다시 스태프 룸 앞에 섰다. 흘러나온 피는 아까 봤을 때보다 점성이 높아졌고 응고되고 있었다. 약 13m^2 넓이의 다다미가 깔린 방이었는데 들어가자마자 왼쪽 벽에 싱크대와 가스레인지가 나란히 놓인 주방이 있었다. 가나에는 문 옆에 모로 누워 있었고, 시마다는 방의 안쪽에 천장을 향한 채 쓰러져 있었다. 두 사람 다 엄청난 양의 피를 흘린 듯 몸 주위에 피 웅덩이가 있었다.

"참혹하군."

나가토가 옷소매로 코와 입을 막으며 말했다.

"그러게."

방을 가득 채운 강렬한 피 냄새 때문에 쓰키시마는 당장이라도 구토를 할 것 같았다. 목구멍까지 밀고 올라온 구역감을 다시 꾹꾹 누르며 우선 옆으로 누워 있는 가나에의 시체 앞에 웅크리고 앉았다. 그녀의 왼쪽 경동맥 부분에 폭 5cm 정도의 상처가 있었다. 얼굴에 대량의 피를 뒤집어쓴 것은 범인이 흉기를 뽑을 때 피가 튀었기 때문일 것이다. 상처를 손으로 누르려고 몸부림을 쳤던 듯, 양손도 새빨간 색으로 물들어 있었다. 다음으로 가나에가 기대어 있었던 문을 확인했다. 쓰키시마의 어깻죽지 높이 즉, 가나에가 일어섰을 때 목덜미 정도 되는 곳에 대량의 핏방울들이 사방으로 튀어 있었다. 거기서부터 아래로 주르르 쓸린 듯한 핏자국이 남아 있었다.

상황에서 유추컨대, 가나에는 서 있는 상태에서 목을 찔렸다. 범인이 흉기를 뺄 때 문에 피가 튀었고 그대로 문에 기댄 채 맥없이 주저앉는 바람에 출입문을 막은 형태로 목숨이 끊어졌을 것이다. 흉기로 생각되는 칼은 방 중앙 부근에 남아 있었다. 그 옆에는 흥건하게 피를 머금은 수건이 놓여 있다. 범인이 그 수건으로 피를 닦았을지도 모른다.

"그녀가 옆으로 쓰러져 있는 건 우리가 억지로 문을 열었기 때문이겠지?"

나가토가 물었다.

"응. 맞아. 아까 문이 열리지 않았던 것을 고려하면 그때까지 그녀는 문에 기대어 앉은 자세로 절명했을 테지."

"이 방의 창문은 저거뿐인가?"

나가토는 시마다가 쓰러져 있는 방 안쪽 벽을 손가락으로 가리키며 물었다. 그곳에는 정사각형의 창문이 하나 있었는데 다른 창문과 마찬가지로 쇠창살이 끼워져 있었다.

"그런 것 같군."

"그렇다면 범인은 대체 어떻게 방에서 나간 거지?"

쓰키시마도 나가토와 같은 생각을 하고 있었다. 이 방의 출입문은 정면의 문과 안쪽에 있는 창문, 둘뿐이다. 하지만, 양쪽이 다 막혀 있었다. 그 말은······.

"밀실 살인이라는 거네."

나가토가 흥분한 듯이 목소리를 높였다. 밀실 살인은 대표적인 미스터리 트릭이다. 밀실에서 어떻게 탈출했는지를 규명하는 '하우더닛(Howdunit)'은 미스터리 애호가 사이에서 인기가 높다. 이것이 미스터리 이벤트라는 점을 고려하면 그런 트릭을 사용한 것도 자연스러운 흐름이라고 할 수는 있겠지만······.

"결론을 내리기에는 아직 일러."

"왜?"

"제삼자에 의한 살인이라는 게 아직 증명되지 않았잖아."

"제삼자가 아니라고?"

"몰라. 단, 현 단계에서 뭐든 단정 짓는 것은 위험하다는 말이야."

"여전히 신중하군. 직업적인 특성인가?"

"아니. 원래 기질이다."

쓰키시마는 쓴웃음을 지으며 답했다. 신중한 태도를 취하는 것은 단지 기질이라서만은 아니다. 미스터리 작품에 등장하는 하우더닛은 탁상공론일 뿐 현실성이 없을 때가 많다. 실제로 그 트릭을 사용하려고 하면 여러 가지 장애물에 가로막힐 수 있다.

"살인이 아닐 가능성도 있다, 그런 말이야?"

나가토가 불만스러운 듯이 물었다.

"단정 짓기는 이르다는 말이다. 얻을 수 있는 증거를 최대한 모으는 것이 우선이야."

쓰키시마는 그렇게 말하며 다시 방 안을 둘러보았다. 다다미 위에는 피를 밟은 발자국 같은 것이 남아 있었다. 경찰의 과학수사팀이 들어오면 거기서 범인을 찾아내기 위한 실마리를 얻을 수 있을 테지만, 지금은 그럴 수가 없다. 현장을 훼손하는 것이 내키지 않았지만, 우두커니 서 있어 봐야 소용이 없다.

쓰키시마는 신발을 신은 채로 방 안쪽에 쓰러져 있는 시마다 곁으로 다가갔다. 그의 몸 주위에 피가 잔뜩 고여 있었으나 위를 향해 누운 상태에서 확인할 수 있는 상처는 눈에 띄지 않았다. 쓰키시마는 시마다의 몸을 굴리듯이 하여 거꾸로 뒤집었다. 시마다의 등은 온통 피로 시뻘겋게 물들어 있었다.

어깨뼈 아래에 한 곳, 등판에 세 곳, 허리 부근에 한 곳, 날카로운 것에 찔린 자국이 있었다. 등 뒤에서 수차례 칼에 찔린 것으로 보였다.

"끔찍하군."

나가토가 욕지기가 나는지, 저도 모르게 입을 막았다.

"그러게."

"등을 여러 번 찔린 것으로 인한 출혈성 쇼크사로 보이네. 등에 칼을 맞고 뒤로 넘어졌다."

나가토가 입을 막은 채 웅얼웅얼 말했다.

"동감이다. 단 시마다는 앞으로 쓰러졌을지도 몰라."

"범인이 나중에 몸을 뒤집었다는 건가?"

"응."

"왜?"

"그건 몰라. 하지만, 적어도 시체의 상황에서 추정컨대, 먼저 살해당한 사람은 시마다였을 거야."

"왜 그렇게 생각하는데?"

"혈액 응고 상태로 판단했지. 단 어디까지나 아마추어의 견해니까 너무 믿지는 마라."

"그 외에 또 알아낸 건?"

과학수사에 의한 정보가 없는 상태에서 아마추어 탐정이 할 수 있는 것이란 사실 뻔하다. 그 한계를 지금 새삼 뼈저리게 느낀다. 하지만 잘 모르는 와중에도, 마음에 걸리는 점이 있었다.

"범행 상황에서 보면 범인은 엄청난 피를 뒤집어썼을 거야. 그런데 방 밖에는 어디에도 그 흔적이 남아 있지 않아. 그뿐만이 아니야. 만약 우리 중에 범인이 있다면 그자는 언제 어디에서 범행 시 뒤집어쓴 피를 닦은 거지?"

이벤트에 참가한 멤버 중에서 옷을 갈아입은 사람은 한 명도 없었다.

"범행 시 비옷 같은 걸 몸에 걸쳤던 거 아냐? 그리고 범행 후에 그것을 비닐봉지 같은 거에 넣어서 가져갔다면 흔적을 남기지 않을 수 있잖아."

"그것도 하나의 방법이 되겠다."

"모두의 짐 검사도 해 보자. 혈흔이 묻은 비옷 같은 걸 소지하고 있을 가능성이 높잖아. 어차피 펜션 밖으로 나갈 수가 없으니까."

"비옷을 처분하려고 굳이 밖에 나갈 필요는 없어."

쓰키시마의 지적에 나가토는 "응?" 하고 고개를 갸웃했다.

"간단하잖아. 봄은 밖으로 나갈 수 없어도 쇠창살 틈새로 비옷만 버릴 수는 있어. 밖에 버린 거라면 우리가 확인할 방법이 없지."

"그렇네……."

"역시 밀실이라는 최대 트릭을 풀지 않으면 범인에게 도달할 수는 없겠군."

이렇게 말함과 동시에 쓰키시마는 미소를 지었다. 정말로 사람이 죽은 상황에 추리를 즐기고 있는 자신을 발견한 쓰키시마는 당황하여 웃음을 거두었다. 마음 한구석에서 이것은 소설의 소재가 될지도 모르겠다는 속셈이 싹텄다. 작가로서의 습성이긴 하지만, 아무리 그래도 역시 부적절하다. 목숨이 걸려 있는 상황이다. 진지하게 임할 필요가 있다. 쾅당……무언가가 넘어지는 소리에 쓰키시마의 사고가 차단되었다.

…… 뭐지?

고개를 들자마자 "하지 마!" 하는 비명이 귓가에 날아들었다. 레이의 목소리다. 설마 그녀가…… 가슴 속에 번져가는 불길한 예감을 끊어내려는 듯이, 쓰키시마는 뛰기 시작했다.

<5>

"자네는 진짜로 최면술 따위로 기억이 돌아올 거라고 생각하는 거야?"

사와는 노기등등해서 쩌렁쩌렁 소리를 지르는 후루타의 얼굴을 경멸에 찬 눈초리로 쳐다보고 있었다. 어제 늦은 밤까지 제 나름대로 최면요법 사례를 조사했다. 그 외에도 구가가 여태까지 제출한 사건 리포트도 훑어보고 참고가 될까 하여 그가 읽고 있던 《호반의 미궁》이라는 소설까지 사서 대략의 줄거리를 파악했다. 속독에는 자신이 있지만, 분량이 워낙 방대하여 거의 잠을 못 자는 바람에 머리가 지끈거렸다. 그런 와중에 출근하자마자 후루타에게 호출을 받아 얼토당토않은 질책을 받고 있다.

…… 진짜 지긋지긋하다.

"저는, 전문가가 아닙니다. 궁금하신 게 있으면 구가 씨에게 문의해 주세요."

사와가 지난번의 앙갚음을 했더니 후루타의 얼굴이 삶은 문어처럼 시뻘게졌다.

"어쭈! 언제부터 그렇게 건방을 떨게 된 거지?"

…… 처음부터요.

하마터면 그렇게 말할 뻔했다. 더는 시간 낭비하고 싶지 않다. 어떻게 하면 후루타를 따돌릴 수 있을까 생각하고 있을 때 시라이가 후루타를 불렀다.

"후루타 과장님. 서장님이 그 사건 보고를 하라고 말씀하셨습니다."

"뭐라고?"

"지금 바로 오라고 하셨는데요. 어떻게 하시겠습니까?"

시라이가 의미심장한 미소를 지으며 말했다. 후루타는 머뭇거렸으나 곧 쯧, 혀를 차고 나서 사와 앞을 지나갔다.

"수고 많다."

시라이가 히죽히죽 웃으며 사와의 옆자리에 앉았다.

"날 구해준 거야?"

사와도 자리에 앉으며 물었다.

"그렇게 거창한 건 아니고. 그냥 아침 댓바람부터 저 인간 호통 소리가 듣기 싫어서. 그보다 최면술사라도 한번 해 보게?"

시라이가 책상 위에 잔뜩 쌓인 최면요법 관련 서적을 신기하다는 듯이 집어 들었다.

"설마. 다만 궁금한 건 그냥 지나치지 못하는 성미라서."

"흐-음. 이것도 그런 거야?"

시라이가 《호반의 미궁》을 손에 들며 말했다.

"그건 구가 씨가 읽었던 소설."

"미스터리 소설 같은 건 학생 때 이후로 읽어본 적이 없다."

"좀 예스러운 느낌은 있었지만, 꽤 재미있었어. 관심 있으면 빌려줄게."

"그렇게 한가하지 않거든. 그보다 네가 궁금한 게 최면요법이냐, 아니면 구가 경감의 관심사냐?"

"당연히 최면요법이지."

구가는 여태까지 사와가 만나본 적 없는 스타일의 남성이다. 매력을 느끼지 않는다고 하면 거짓말이지만, 제대로 알지도 못하면서 와-, 꺄-, 하고 수선을 피울 나이는 이미 지났다.

"글쎄, 어떨까나."

"농담 따먹기를 할 여유는 있는 거야? 그쪽은 진척되고 있어?"

사와가 묻자 시라이는 옳거니 기다렸다는 듯한 표정을 지었다.

"어제, 행방불명된 미오가 일했던 유흥업소에 탐문을 갔는데, 여러모로 문제 있는 업소여서 말도 마, 고생했다."

"어떤 문제?"

"종업원 이력서는 보관하고 있지도 않지, 본인 확인도 하지 않고 미성년자를 고용하고 있지, 애초에 영업 허가도 받지 않았더라고. 중간부터는 가택 수색 같은 분위기였다니까."

시라이는 한숨 섞인 목소리로 말하며 넥타이를 느슨하게 풀었다. 이제 보니 어제와 똑같은 셔츠를 입고 있다. 탐문을 위해 갔을 뿐인데 업소의 불법 행위가 줄줄이 발각되어 그대로 검거로 이어지는 바람에 퇴근하지 못한 모양이다.

"보통 일이 아니었구나. 그래서 본래 목표였던 미오 씨 정보는 손에 넣었어?"

"업소 사람들도 가명밖에는 몰랐다나 봐. 당연히 고용 서류도 없고 급여는 요즘 같은 세상에 현금으로 직접 전달했다더라고."

"허술한 것도 정도가 있지."

"정말이지. 결국, 지금까지도 미오는 신원 불명 그대로다."

"어쩌면 미오는 일부러 그런 업소를 택해서 일했던 걸지도 몰라."

어디까지나 감에 불과하지만, 우연히 그런 업소를 만난 게 아니라 자신의 신원을 감추기 위해 일부러 고른 듯한 느낌이 들었다.

"나도 그렇게 생각해. 미오라는 여자는 이런저런 트러블이 많았다는 모양이야."

"트러블?"

"응. 손님들에게는 평판이 상당히 좋아서 매상은 항상 으뜸이었다는데, 업소 사람들과는 거의 교류하지 않았다더군."

"그러면 트러블이 일어날 일이 없잖아?"

"아니, 반대겠지. 평소 아무 교류도 없이 매상만 높으면 시기하는 무리가 있기 마련이지."

"음, 그도 그렇네."

사와는 밤의 세계에 관해서는 잘 모르지만, 다른 업종에 대입해 보더라도 주변과 전혀 교류하지 않으며 실적만 좋으면 괜한 질투를 살 거라는 것은 불 보듯 훤했다.

"그래서 온갖 괴롭힘이 있었다나 봐."

"어떤?"

"처음에는 뒤에서 험담하는 정도였대. 하지만, 미오는 일절 개의치 않았다더군. 그러면 더 부아가 나는 법이라 면전에 대고 욕을 하거나 소지품을 숨기고 드레스에 물을 쏟는 등 갖가지 방법으로 괴롭혔다고 하더라."

"음험하네."

"그야말로 여자들의 세계라는 느낌이지."

"성별로 싸잡아 욕하지 마. 여성 모두가 그런 짓을 하는 건 아니니까."

"그건 그래. 남자 중에도 후루타 과장처럼 음험한 사람은 있으니까. 뭐, 이런저런 핑계로 온갖 괴롭힘을 당했지만, 미오는 눈 하나 까딱하지 않았어. 그래서 화가 난 넘버 2가 자기 패거리와 짜고 미오를 습격한 일이 있었더라고."

최악이다. 질투심 때문에 폭력까지 동원하다니, 쓰레기도 그런 쓰레기가 없다.

"그래서 어떻게 됐어?"

"도리어 역습을 당했대."

"미오가 격투기 같은 거라도 했대?"

"아니. 행동에 옮긴 건 미오의 남자친구라는 이야기."

"남자친구?"

"응. 미오의 남자친구가 상당히 위험한 사람이었던 모양이야. 넘버 2가 선동한 패거리를 반쯤 죽여 놨다더라고. 그날 이후, 아무도 미오에게 손을 대지 않게 됐대."

졸렬한 결말이자 자업자득이었다.

"미오에게 남자친구가 있었다면 그 남자를 찾아내면 미오에 관해 알아낼 수 있잖아?"

"당연히 그러려고 여러모로 조사했어. 그런데 일이 묘하게 되었단 말이지."

"꼬여?"

"응. 그 넘버 2는 미오의 남자친구가 폭력적이고 위험한 사람이라고 말했어. 그런데 다른 종업원들의 증언은 전혀 달랐어."

"어떻게 다른데?"

"오타쿠스러운 남자였다고 말하는 사람도 있고, 깔끔한 엘리트였다는 이야기도 있어. 미오가 스토킹을 당했었다는 말을 나미가 했었지?"

"남자친구가 여러 명이었다는 거 아냐? 밤일을 했다면 그리 드문 일도 아니잖아. 미오가 넘버 1이었다며? 게다가 엄청난 미인이었고."

남자친구가 여러 명 있었다고 해도 이상할 게 없다.

"남자를 홀리는 마성의 여자였던 거지. 너랑 정반대구나."

시라이가 소리 내어 웃었다. 딱히 화가 난 건 아니었으나 시라이의 어깨를 쿡 찔렀다.

"그런 것보다, 어떻게 나미와 미오는 룸셰어를 할 만큼 사이가 좋아진 걸까?"

사와는 문득 떠오른 의문점을 말했다. 지금 들은 이야기에 따르면 미오는 같은 업소 여성들과 거리를 두었다. 여차하면, 그녀를 도와줄 남자친구도 있었다. 그런데 왜 나미와는 교우 관계가 있었던 걸까? 게다가 나미는 의존성이 높고 손목에 자해 시도를 하는 여성이다. 사람과 관계 맺는 것을 귀찮아했다면 나미는 가장 경계해야 할 상대였을 것이다.

"나도 그 부분을 의아하게 생각했어. 여러 사람에게 물어봤지만, 밝혀낼 수 없었어. 어쩌다 보니 같이 있는 때가 많아졌다는 식인 것 같더라."

"하긴, 친구 관계란 그런 걸지도 모르지."

경찰이라는 직업상, 항상 이유와 동기를 생각하곤 하지만, 사람과 사람의 관계란 그렇게 딱딱 떨어지는 것은 아닐지도 모른다. 게다가 지금은 다른 사건에 머리를 쓸 여유가 없다. 곧 최면요법을 이용한 A 씨의 사건 조사가 실행될 것이다.

사와가 이야기를 끊으려고 할 때 마침 시라이의 휴대전화가 울렸다. 시라이는 "미안. 다음에 다시 이야기하자."라고 말하고는 황급히 자리를 떴다. 지나칠 때 한순간이지만 시라이의 스마트폰 화면이 보였는데, 전화를 건 사람은 나미였다. 그녀는 시라이에게 전적으로 의존하고 있다. 시라이도 처음에는 싫어했으나 오늘은 그녀에게 푹 빠져 있는 것처럼 보였다.

남자의 마음은 알다가도 모르겠다…….

<6>

쓰키시마가 로비로 돌아왔을 때 소년은 혼자서 원탁 의자에 앉아 울고 있었다.

…… 레이는 어디 갔지?

두리번거리고 있을 때 로비에서 객실로 연결되는 통로 쪽에 나쓰노와 함께 있는 레이의 모습이 보였다. 나쓰노는 레이의 어깨를 껴안고 강제로 자신의 방으로 끌고 가고 있었다.

"이거 놔."

레이는 몸을 비틀며 나쓰노에게서 벗어나려고 했지만, 나쓰노는 놓칠세라 더욱 세게 레이를 끌어당겼다.

"이제 와서 내숭 떨지 마. 네가 어떤 여자인지 다 안다고."

나쓰노의 목소리가 끈적하게 들러붙었다.

"지금 뭐 하는 겁니까?!"

쓰키시마가 따져 물으며 나쓰노에게 다가섰다. 쓰키시마의 존재를 알아챈 나쓰노가 작게 한숨을 뱉은 후 혀를 찼다.

"쓰키시마 씨랑은 상관없는 일이에요. 이건 나와 이 여자의 문제예요. 그렇지?"

나쓰노가 레이에게 동의를 구했지만, 레이는 겁에 질린 듯이 어깨를 웅크릴 뿐 아무 대답도 하지 않았다.

"나에게는 그렇게 보이지 않는데요. 레이 씨가 싫어하잖아요."

"아니요, 싫어하지 않습니다. 그런 여자거든요."

…… 그런 여자라니, 무슨 의미지?

의구심을 느끼면서도 쓰키시마는 레이에게 말했다. "빨리 이쪽으로." 레이는 그 틈을 타서 나쓰노의 손아귀에서 벗어나 재빨리 쓰키시마에게 달려왔다. 레이의 달콤한 향기에 마음이 동요했다.

"흥? 정의의 수호자라도 된 양, 쓸데없는 일에 나서지 말라고! 이 쓰레기가!"

쓰키시마에게 방해받은 게 어지간히 분한지, 나쓰노는 욕설을 퍼부으며 저열하게 눈을 희번덕거렸다. 여태까지와는 전혀 다른 태도였다. 이렇게 쉽사리 본색을 드러내다니, 역시 겉모습처럼 아직 어린애구나.

"무슨 일이 있었는지 모르겠지만, 싫다는 여성에게 이상한 짓을 하려 하다니 가당치 않군요."

"아무것도 모르는 주제에 가타부타 씨불이지 말라고!"

"좀, 진정하고……"

말이 끝나기도 전에 쓰키시마는 왼쪽 뺨에 강한 충격을 느꼈다. 나쓰노가 주먹을 날린 것이었다. 두 발로 버티려 했으나 몸이 말을 듣지 않아 비틀비틀 뒷걸음치다가 꽈당 엉덩방아를 찧고 말았다. 입안이 찢어졌는지 혀에 피 맛이 퍼졌다.

"어디서 건방지게 설교질이야! 그 여자는 무슨 짓을 당해도 싸다고!"

나쓰노가 다시 주먹을 번쩍 올렸다. 쓰키시마에게 달려들 기세였다.

…… 큰일이다.

그렇게 생각한 순간 누군가가 나쓰노에게 돌진하여 그를 들이받았다. 신조였다. 시끄러운 소리를 듣고 뛰어온 모양이다.

"레이 씨에게 무슨 짓을 하려는 겁니까?"

"시끄러! 이거 놔!"

나쓰노는 집어던지듯이 신조를 내동댕이쳤다. 벌러덩 자빠진 신조는 허리를 누르며 신음했다.

"이놈이고 저놈이고 방해하지 말라고."

나쓰노의 목소리 톤이 바뀌었다. 완전히 분노에 휩싸여 이성을 잃은 것이다. 그는 난로 곁으로 다가가더니 부집게를 손에 들었다. 뜨겁게 달궈진 부집게 끝에서 연기가 피어올랐다. 나쓰노는 쓰키시마를 향해 부집게를 번쩍 올렸다. 저런 거로 맞으면 버틸 수가 없을 것이다. "멈춰." 하고 소리를 질렀지만, 눈이 뒤집힌 나쓰노의 귀에 들릴 리 없다.

…… 끝장이다.

그렇게 생각한 순간, 나쓰노가 큰 소리를 내며 뒤로 나동그라졌다. 부집게가 나쓰노의 손에서 떨어져 회전하며 바닥 위를 굴러갔다. 서슬이 퍼런 앗슈가 그 자리에 우뚝 서 있었다. 그가 나쓰노를 후려갈긴 모양이다.

"이, 이 새끼가……."

나쓰노가 신음하듯이 말하며 일어서려고 했으나 앗슈가 더 빨랐다. 앗슈는 나쓰노 위에 올라타더니 얼굴을 주먹으로 마구 내리쳤다.

"뭐 하는 거야! 비켜!"

벌러덩 자빠진 나쓰노가 몸을 비틀면서 빠져나오려고 했지만, 앗슈에게 완전히 제압당한 채 꿈쩍도 하지 못했다. 앗슈의 몸놀림은 예사가 아니었다. 아마도 앗슈는 격투기 경험자일 것이다. 앗슈는 나쓰노의 얼굴에 두 방, 세 방 연거푸 주먹을 날렸다. 온 힘을 실어 치는 것과 달랐다. 상대가 의식을 잃지 않을 정도로 힘을 조절하고 있었다. 마치 고문을 하는 것처럼.

나쓰노는 코뿐만 아니라 입에서도 피를 흘리며 "그, 그만해." 하고 필사적으로 애원했지만, 앗슈는 귓등으로도 듣지 않았다.

"네 놈은 그만하라고 했을 때 그만했어?"

차갑게 쏘아붙이며 앗슈는 나쓰노의 얼굴을 계속 때렸다.

"앗슈 씨. 더 이상은 안 됩니다."

보다 못한 쓰키시마가 끼어들어 앗슈를 말렸다. 하지만, 앗슈의 분노는 조금도 가라앉지 않았다.

"나는 이런 자식이 제일 싫어! 경박한 쓰레기 새끼!"

마치 이전부터 나쓰노를 알고 있었던 듯한 말투다.

"심정은 이해하지만, 너무 심해요."

"맞아. 이대로 가면 당신이 살인범이 돼 버릴 거야."

아이카까지 달려와서 만류하자, 앗슈는 겨우 주먹질을 멈췄다. 공포에 사로잡힌 나쓰노는 벌벌 기어가듯이 앗슈에게서 도망치더니 쏜살같이 제 방으로 달려갔다. 앗슈는 나쓰노의 방문을 노려보았으나, 뒤쫓아가지는 않았다.

"봉변당했네."

나가토가 익살스럽게 말을 건네왔다.

"좀 도와주지 그랬어."

쓰키시마는 원망을 담아 말했다. 신조 일행이 와 주었으니 망정이지 그렇지 않았으면 쓰키시마도, 레이도, 어떻게 되었을지 모른다.

"내가 돕기 전에 저들이 왔잖아."

"말이나 못 하면……."

쓰키시마가 투덜거리고 있을 때 누군가 눈앞으로 손수건을 내밀었다. 아이카였다.

"코피 나네. 자, 이거."

"고맙습니다."

쓰키시마가 손수건을 받으려 하자 아이카가 아양을 떨 듯이 몸을 바짝 붙여왔다.

"잠깐만. 내가 닦아 줄게."

아이카는 쓰키시마에게 자신의 가슴을 밀착하며 손수건으로 쓰키시마의 코피를 닦았다.

"이제 괜찮습니다. 고맙습니다."

쓰키시마는 곧장 아이카에게서 떨어지려 했으나 아이카에게 팔을 붙잡혔다.

"용감하셔라. 아니면 레이여서 용기를 내신 건가?"

아이카가 쓰키시마의 귀에 속삭였다.

"네?"

"가능하면 나도 그렇게 지켜 주면 좋으련만."

"물론입니다."

쓰키시마는 쓴웃음을 지으며 도망치듯이 아이카에게서 떨어졌다. 아이카의 말과 행동에서는 상냥함이라기보다 교활함이 느껴졌다. 필요하면 아무에게나 교태를 부리는 듯이 보였다. 아이카 곁을 떠난 쓰키시마는 앗슈에게 다가갔다. 그는 주먹에 묻은 나쓰노의 피를 바지에 문질러 닦고 있었다.

"도와주셔서 감사합니다."

쓰키시마가 고맙다는 말을 하자 앗슈는 "그쪽을 도울 생각은 없었어."라며 시선을 레이에게 돌렸다. 앗슈의 시선을 느낀 레이는 아무 말도 하지 않았지만, 살짝 턱을 당기며 고개를 끄덕였다.

"앗슈 씨는 레이 씨, 나쓰노 씨와 이전부터 아는 사이셨습니까?"

확증은 없지만, 그런 느낌을 받았다.

"당신하고는 아무 상관 없어."

앗슈는 내뱉듯이 말하고 그대로 계단을 올라가 버렸다. 뒤쫓아갈까 생각했지만, 지금처럼 흥분한 상태로는 무슨 질문을 해도 소용없을 것이다.

"무, 무슨 일이 있었습니까?"

뒤늦게 로비에 도착한 아토무가 물었다. 방금 급히 달려온 것처럼 행동하고 있지만, 실은 무서워서 다가오지 못했던 게 틀림없다.

"나쓰노 씨가 저를 강제로 방으로 끌고 가려고 해서……"

새파랗게 질린 표정으로 레이가 설명했다.

"저 자식, 인간말종이네. 레이, 괜찮아?"

아이카가 레이의 어깨를 감싸며 말했다.

"네. 아무렇지도 않아요."

레이는 미소를 지어 보이긴 했지만, 손가락 끝이 떨리고 있었다.

"그, 그건, 그러니까 나쓰노 씨가 범인이고 레이 씨를 죽이려고 했다는 거네요."

아토무는 의기양양한 표정으로 말했으나 쓰키시마는 그 의견에 찬성할 수 없었다.

"아마 그건 아닐 거예요."

"왜, 왜요? 실제로 끌고 가려고 했잖아요."

"정말 죽이려고 한 것이라기엔 범행이 너무 두서가 없어요. 레이 씨는 아이와 함께 있었고, 저도 바로 근처 스태프 룸에 있었어요. 그렇게 무계획적으로 살해하리라는 생각은 들지 않아요."

쓰키시마에게 부정당한 것이 자못 불쾌했는지 아토무는 어린아이처럼 입을 뾰로통하게 내밀었다.

"그, 그러면, 왜 나쓰노 씨는 레이 씨를 습격한 건데요?"

"레이. 뭔가 짚이는 거라도 있어?"

아토무에 이어서 아이카까지 레이의 얼굴을 들여다보며 물었다.

"아니요. 전혀요······."

레이는 고개를 가로저었으나 마음의 동요를 완전히 감출 수는 없었다. 그 순간, 레이와 눈이 마주쳤으나 그녀는 곧바로 아랫입술을 살짝 깨물며 고개를 떨구었다. 말과는 달리 짚이는 데가 있는 것이 분명했지만, 그것을 이 자리에서 추궁하면 안 될 것 같다.

"뭐, 좀 진정된 후에 나쓰노 씨에게도 왜 그런 짓을 했는지, 이야기를 들어 봅시다. 그건 그렇고 신조 씨. 탈출은 가능할 것 같습니까?"

화제를 딴 데로 돌리는 의미도 담아 쓰키시마는 신조에게 물었다.

"아뇨. 유감스럽게도 도망갈 길은 없었어요."

신조는 힘없이 고개를 가로저었다.

"이 건물의 창문에는 전부 쇠창살이 끼워져 있어서 탈출 불가능. 그리고 뒷문으로 보이는 문을 발견했는데, 문 자체가 용접되어 있어서 두 손 들었지."

아이카가 보충 설명을 하며 양손을 들어 올렸다. 열쇠라면 대처할 방법이 있을지도 모르지만, 용접된 거라면 여는 것이 불가능하다. 주최 측은 무슨 일이 있어도 참가자들을 밖으로 내보낼 마음이 없는 모양이다.

"쇠, 쇠창살을 부술 만한 도구도 찾아봤지만, 아무것도 없었어요."

아토무가 그렇게 덧붙였다. 그야말로 철옹성이다. 탈출은 포기하는 게 좋을 듯하다.

"그래서, 그쪽은 어땠어? 뭔가 수확이라도 있었어?"

아이카가 다가오며 물었다. 쓰키시마가 현장 검증을 한 범위 내에서 알아낸 것은 얼마든지 말해 줄 수 있다. 하지만, 유감스럽게도 어디까지나 아마추어의 소견이다.

"아무래도, 각자 검증하는 게 좋을 것 같네요."

쓰키시마의 제안에 아이카는 "그도 그렇네." 하고 대답했다. 신조도 수긍하는 눈치였다. 아토무는 주저하는 듯했다.

"무서운 거야? 또 토할 것 같으면 안 봐도 돼."

아이카가 놀리는 투로 말하자 아토무는 "아, 아무렇지도 않거든요."라고 약이 오른 듯이 말하며 선두에 서서 스태프 룸으로 향했다. 아이카와 신조는 쓴웃음을 지으며 아토무의 뒤를 따랐다. 갑자기 피곤이 몰려왔다. 아직 일일한 동증이 남아 있는 볼을 어루만지며 쓰키시마가 무심코 시선을 돌렸을 때 원탁에 앉아 있는 마네킹과 눈이 마주쳤다. 마네킹의 눈 자리가 움푹 패기는 했으나 눈은 그려져 있지 않았다. 그런데 분명히 눈이 마주친 것처럼 느껴졌다.

<7>

사와는 카운슬링 룸의 구석에 놓인 의자에 앉아 있었다. 방이 온통 흰색인 탓에 리클라이닝 의자에 앉은 A도, 그 건너편 소파에 앉은 구가도 환각처럼 보인다.
…… 이것은 현실이다.
사와는 자신에게 타이르듯이 마음속으로 중얼거렸다. A는 병원에서 경찰 차량으로 이송되었다. 그와 동행한 경찰은 만일의 사태에 대비하여 방 밖에서 대기하고 있다. 구가가 사와 쪽으로 눈짓을 했다. 이제부터 최면요법을 시작한다는 신호다. 사와가 고개를 끄덕이자 구가는 자리에서 일어나 재킷을 벗어 옷걸이에 걸고, 와이셔츠 소매를 걷어 올리고 나서 다시 소파에 앉았다.
"그러면 시작하겠습니다. 괜찮겠습니까?"
구가는 A에게 시작을 알리며 조끼 주머니에서 회중시계를 꺼내어 테이블 위에 올려놓았다. 어제 사와에게 최면요법 실험을 했을 때와 완전히 똑같은 동작이었다. 아마도 구가가 최면요법을 시작하기 전에 하는 의식일 것이다.

"저…… 진짜로 최면요법으로 기억이 돌아올까요?"

A가 시선을 좌우로 움직이며 물었다. 사전에 최면요법이 어떤 것인지 구가가 대략 설명했지만, 그래도 불안을 완전히 씻어내지 못한 듯하다.

"보장할 수는 없습니다. 그러나 가능성은 있습니다."

"돌아올지 어떨지 모른다는 건가요?"

"네. 그에 관해서는 이미 설명했습니다만……"

"보장이 없다면 할 의미가 없지 않습니까?"

A의 목소리는 미세하게 떨렸다. 그가 두려워하는 것은 기억이 돌아오지 않는 것이 아니라, 기억이 돌아오는 것 같다는 느낌이 든다. 그것도 이해는 간다. 기억을 되찾으면 자신이 살인범이 될지도 모르기 때문이다.

"의미는 있다고 생각합니다. 단, 무리할 필요는 없습니다. 싫으면 그만둡시다."

구가는 의외로 선뜻 물러났다.

"그래도 되나요?"

"물론입니다. 하지만 알고 싶지 않습니까? 당신에게 무슨 일이 있었는지……."

"알고 싶긴 합니다. 하지만……"

"사전에 설명해드린 대로 최면요법은 당신의 의지를 박탈하고 강요하는 것이 아닙니다. 당신은 이야기하고 싶은 것만,

이야기하면 됩니다."

구가가 하는 말의 의미를 이해한 듯, A는 "정말 말하고 싶은 것만 해도 되나요?" 하고 되물었다.

"당연합니다. 기억이 난 것을 말할지 말지 선택은 당신이 하는 겁니다."

구가는 그렇게 말하고는 미소를 지었다. 어디까지나 선택권은 A에게 있다는 것을 강조함으로써 최면요법에 동의하게끔 유도하고 있다.

"아, 알겠습니다."

긴 침묵 후에 A는 각오한 듯이 고개를 끄덕였다.

"최면요법을 승낙해 주신 것으로 생각해도 되겠습니까?"

"네."

"죄송하지만, 본인의 입으로 정확히 그 뜻을 말씀해 주시겠습니까?"

구가는 사와 옆에 설치된 비디오카메라로 시선을 돌렸다. 최면요법 과정은 녹화하는 것이 방침이다. 어디까지나 본인의 의지로 참가한다는 증거가 필요하다.

"저는 최면요법을 받는 데 동의합니다."

A는 크게 고개를 끄덕이며 말했다.

"고맙습니다. 그러면 본격적으로 시작하겠습니다."

구가는 앉은 자세를 바로 하고 A를 다시 바라보았다. 온화하고 품위 있는 미소를 짓고 있지만, 눈빛은 날카롭게 빛나고 있었다.

"저는 당신에게 이미 예비 최면을 시행했습니다."

"그렇습니까?"

"네. 미리 최면에 관해 설명해 드렸지요. 그것과 함께 가벼운 카운슬링도 했습니다. 그것이 예비 최면입니다. 당신은 이미 최면에 걸리기 쉬운 상태가 되었습니다."

"아, 네."

"우선은 눈을 감아 주시겠습니까?"

"네."

A가 눈을 감았다.

"지금은 아무것도 보이지 않지요."

"네."

"지금부터는 시각에 의존하지 말고 제 목소리에만 집중해 주세요."

구가가 목소리 톤을 바꾸었다. 한층 더 크게 고막에 울리는 그 목소리는 다른 모든 소리를 삼켜버린 듯했다. 이 세상에 그의 목소리만이 존재하는 듯한 기묘한 느낌…….

"알겠습니다."

"저와 함께 심호흡을 합시다."

구가는 가슴을 쫙 펴고 소리를 내면서 크게 숨을 들이마셨다. 그 모습을 따라 A도 크게 숨을 들이마셨다. 두 사람이 동시에 소리를 내며 숨을 내뱉었다. 그것을 몇 차례인가 반복했다. 저도 모르는 사이에 사와도 함께 호흡을 맞추고 있었다. 그저 심호흡일 뿐인데, 방금까지 팽팽하게 긴장되었던 공기의 밀도가 조금은 이완된 느낌이 들었다.

"의자에 깊이 앉아서 온몸의 힘을 빼세요."

구가가 심호흡을 하며 말했다. "네."라고 대답한 A의 몸에서 힘이 빠지는 것이 보였다.

"당신의 발은 바닥에 붙어 있지요?"

"네."

"등은 등받이에 붙어 있지요?"

"네."

구가는 당연한 것을 묻고 그에 대해 동의하도록 하고 있다. 이것은 최면 상태로 유도하는 단계 중 하나다. 구가가 하는 말이 옳다는 것을 인식시키고 있는 것이다.

"어깨 힘을 빼고 온몸의 긴장을 푸세요."

"네."

"힘을 더 빼 봅시다."

"네."

"지금부터 초읽기를 할 것입니다. 수가 줄어들 때마다 당신의 몸에서 점점 힘이 빠질 거예요. 지금까지보다 훨씬 몸이 무겁게 느껴질 것입니다."

"네."

"10, 9, 8…… 몸의 긴장이 점점 풀립니다. 이곳은 안전한 곳입니다. 몸을 맡겨 주세요."

"네……."

A의 대답 끝이 방금 전보다 더 무거워졌다. 마치 꿈결 속에 있는 듯한 목소리다.

"7, 6, 5…… 어깨에 힘이 빠집니다. 무거워졌지요?"

"네."

A의 팔이 팔걸이에 툭, 하고 떨어졌다. 그저 보고만 있을 뿐인데 사와의 팔까지 무거워지는 느낌이 들었다.

…… 안 돼.

사와는 당황하여 고개를 흔들며 긴장의 끈을 다시 조였다. 무의식중에 구가의 최면에 끌려가고 있었다. 여기에서 사와까지 최면에 걸린다면 그야말로 본말전도다.

"4, 3…… 머리도 점점 무거워집니다."

"네……에……."

"2, 1…… 완전히 힘이 빠졌습니다."

구가의 초읽기가 끝났을 즈음에는 완전히 의식이 떠난 듯이 A의 몸이 축 늘어져 있었다.

"잠들어 버린 건가요?"

173

사와가 작은 목소리로 묻자 구가는 입 앞에 검지를 세워 조용히 하라는 신호를 하고 나서 A 쪽으로 다시 돌아섰다.

"제 말이 들립니까?"

"네. 들립니다."

구가가 묻자 목소리에 힘은 없었으나 분명한 대답이 들려왔다. 이렇게 묻는 말에 대답한다는 것은 A가 잠이 들지 않았다는 것을 의미한다. 이것이 최면 상태. 구가는 최면술은 걸리는 쪽의 능력이 더 중요하다고 말했으나, 지금까지의 과정에서는 시행자인 구가의 응축된 기술이 힘을 발휘한 것 같다. 단, 문제는 지금부터다.

지금은 청년이 최면 상태에 들어간 것에 불과하다. 지금부터 대체 어떻게 잃어버린 기억을 불러일으킨다는 걸까? 사와는 마른침을 삼키며 지켜보았다.

<8>

"쓰키시마 씨."

누군가가 부르는 소리에 쓰키시마는 퍼뜩 정신이 들었다. 어느새 레이가 바로 옆에 서 있었다.

"구해 주셔서 감사합니다."

레이가 우아하게 고개를 숙였다.

"아닙니다. 저는 아무것도 한 게 없는걸요."

겸손을 떠는 것이 아니라 그것이 사실이다. 신조와 앗슈가 달려오지 않았다면 쓰키시마는 나쓰노에게 굴복했을 거고, 레이는 그대로 끌려갔을 것이다.

"아니에요. 쓰키시마 씨가 제 목소리를 듣고 달려와 주셨잖아요."

"누구라도 그랬을 겁니다."

"그렇지 않아요."

레이는 사랑스러운 미소를 지으며 말했다. 지금 로비에는 쓰키시마와 나가토 그리고 소년뿐이다. 아까 품었던 의문점에 관해 묻기에는 좋은 타이밍일지 모른다.

"한 가지 여쭤도 되겠습니까? 나쓰노 씨는 왜 레이 씨를 끌고 가려고 했던 건가요? 무언가 마음에 짚이는 것이 없습니까?"

쓰키시마가 질문을 던진 순간, 레이의 표정이 굳었다. 역시 무언가 있는 듯하다. 그리고 그것에 관해 말하고 싶지 않다는 의지가 느껴졌다. 관심이 없다면 거짓말이겠지만, 억지로 캐내고 싶지는 않았다.

"지금 질문은 잊어 주세요."

쓰키시마가 웃으며 말하자 레이는 눈을 내리깐 채 고개를 가로저었다.

"아니에요. 이런 상황이기도 하고, 제대로 말씀드리지 않으면 오해를 낳을 수도 있지요."

다시 쓰키시마를 응시하는 레이의 눈에는 강한 의지가 깃들어 있었다.

"무슨 일이 있었던 겁니까?"

"여기 왔을 때, 나쓰노 씨가 모르는 체하길래 저도 아무 말 하지 않았는데 실은 예전부터 나쓰노 씨와 아는 사이였어요."

나쓰노가 처음부터 흘긋흘긋 레이를 쳐다보는 것을 느꼈는데 그때는 단지 레이에게 매력을 느꼈기 때문이라고 생각했다. 그러나 그것만이 아니었다는 것일까.

"그럼, 두 분은 함께 이벤트에 참가하신 건가요?"

"아니요. 순전히 우연입니다. 설마 나쓰노 씨가 이 이벤트에 참가할 줄은 꿈에도 몰랐습니다."

"어떻게 아는 사이신가요?"

"나쓰노 씨는 중학교 시절 같은 반이었어요."

"같은 반…… 이라고요?"

예상외의 대답이었다.

"네."

"친한 사이였습니까?"

"그 정도는 아니었어요. 다만 이런저런 일들이 있어

서……."

레이는 그다음에 이어질 말을 하기 어려운 듯이 삼키고 말았다. 그녀가 말한 '이런저런'이란 무엇일까? 조급한 마음이 들었지만, 쓰키시마는 재촉하지 않고 레이의 말을 기다렸다.

"나쓰노 씨는 저를 연애 상대로 봤던 것 같은데요……."

긴 침묵 후에 레이는 쥐어짜듯이 말했다. 왠지 쿡쿡 바늘로 가슴을 찌르는 듯한 통증이 스쳐 지나갔다.

"그래서요."

쓰키시마가 다음 말을 재촉했다.

"몇 번이나 데이트 신청을 받았는데 거절했어요."

"왜죠?"

쓰키시마가 묻자 레이는 기분이 상한 듯이 조금 화난 표정을 지었다.

"왜라니요…… 나쓰노 씨는 평소에는 사교적이지만, 자기 생각대로 되지 않으면 욱하는 면이 있거든요."

"분명히 그런 것 같긴 하군요."

쓰키시마가 나쓰노의 행동을 나무랐을 때 그의 태도는 그때까지와는 완전히 딴판이었다. 마치 생떼를 쓰는 어린아이 같았다. 아마도 자신의 감정을 억제하지 못하는 타입일 것이다.

"게다가 나쓰노 씨처럼 자기중심적이고 남을 과도하게 의식하는 사람은 좀…… 아시겠죠?"

"거기까지는 잘 모르겠군요. 저와 레이 씨는 이제 막 만난 사이니까요."

"만난 지 얼마 되지 않았더라도 알 수 있는 게 있죠. 쓰키시마 씨가 상냥한 분이라는 건 곧바로 알았거든요."

레이는 쓰키시마의 의중을 살피는 듯이 바라보았다.

"상냥한 것이 아니라 단지 겁쟁이일 뿐입니다."

"왠지 하드보일드 소설에 나오는 탐정 같은 말투네요."

레이의 말에 쓰키시마는 그만 웃고 말았다.

"정말 그렇군요."

"어쨌든 저와 나쓰노 씨는 단순히 같은 반 동창 관계일 뿐이에요."

"알겠습니다. 믿습니다."

…… 정말로 믿어도 될까? 귓속에서 누군가의 말소리가 들렸다. 나쓰노는 레이에 대해 "그 여자는 무슨 짓을 당해도 싸다고!"라고 말했다. 만약 레이가 말한 정도의 관계라면 그런 말은 하지 않았을 것이다. 두 사람 사이에 무언가 큰 트러블이 있었던 것은 분명하다. 하지만…… 레이를 믿고 싶은 마음이 앞서 더는 물을 수가 없었다.

"이제 안심이 되네요. 쓰키시마 씨에게 나쓰노 씨와의 관계를 오해받고 싶지 않거든요."

레이가 목에 건 묵주를 누르면서 후, 하고 긴장이 풀린 듯한숨을 내쉬었다.

"처음부터 오해 같은 건 하지 않았습니다."

쓰키시마는 레이의 시선을 피하며 대답했다.

"실은 한 가지 더 쓰키시마 씨에게 말씀드릴 것이 있는데요……."

그렇게 말한 후, 레이는 원탁에 앉아 있는 소년에게로 시선을 돌렸다. 옆자리에는 나가토의 모습이 보였다.

"말씀하시려는 것이 저 아이에 관한 것입니까?"

쓰키시마가 묻자 레이가 고개를 끄덕였다.

"사건에 관한 것이라면 참가자 전원과 공유하는 게 좋겠죠. 모두를 부릅시다."

"공유할지 어떨지는 쓰키시마 씨에게 맡길게요. 하지만 조금 조심스러운 이야기여서 가능하면 아이 귀에 닿지 않는 곳에서 이야기하고 싶어요."

레이가 쓰키시마의 귓가에 속삭이듯이 말했다. 레이의 입김이 귀에 닿아 간지러웠지만, 쓰키시마는 겉으로 드러내지 않고 참았다.

"알겠습니다. 자리를 옮기죠."

나가토가 소년과 함께 있으니 잠시 자리를 비워도 괜찮을 것이다. 하지만, 어디로 가야 할지 바로 떠오르지 않았다.

"제 방 괜찮으세요?"

레이는 그렇게 말하고는 쓰키시마가 대답도 하기 전에 자기 방을 향해 걷기 시작했다. 방금 전에 나쓰노와 그런 일이 있었다. 밀실에 이성과 단둘이 있는 것에 거리낌은 없는 것일까?

물어보려 했지만, 그만두었다. 그런 것을 묻는 것은 눈치 없는 짓이다. 레이는 쓰키시마를 신뢰하기에 방으로 가자고 한 것이다. 레이의 신뢰를 저버려서는 안 된다.

레이의 뒤를 따라 로비를 가로질러 그녀에게 배정된 103호실로 들어갔다. 그녀가 사는 집의 방에 들어온 것도 아닌데, 쓰키시마는 왠지 안절부절못했다. 너무 뚫어지게 관찰하는 것은 실례인 줄 알면서도 슬며시 방안을 둘러보았다. 마루가 깔린 약 $13m^2$ 넓이의 방으로 쓰키시마와 나가토의 방과 마찬가지로 창문에는 쇠창살이 끼워져 있다. 왼쪽 벽에는 흰 목제 침대가 있고 반대쪽에는 웬일인지 피아노가 놓여 있었다.

"피아노가 있군요."

"네. 저도 놀랐어요."

레이의 목소리는 조금 들뜬 듯했다. 그녀의 목소리가 귓가에 듣기 좋게 울렸다. 레이 씨가 더욱 기뻐하면 좋겠다. 문득 그런 생각이 들었다. 하지만, 이 방에는 놀러 온 것이 아니다. 쓰키시마는 "그래서……" 하고 레이를 재촉했다.

"네. 실은 쓰키시마 씨가 범행 현장을 보러 가신 동안 저 아이에게 여러 가지 이야기를 물어봤거든요."

"그러셨군요. 감사합니다."

그 아이는 사건의 유일한 목격자일지도 모른다. 안 그래도 조만간 아이에게 이야기를 들어봐야겠다고 생각했다. 레이가 쓰키시마에게 따로 이야기를 하자고 한 것은 무언가 중요한 정보를 얻었기 때문일지도 모른다.

"아이의 이름은 아쓰시예요. 나이는 열 살이고요. 가나에 씨는 아쓰시의 친모이고 시마다 씨는 엄마의 연인이라고 해요."

"그렇군요."

M이 스피커로 알려 준 정보와 일치하는 인물 관계다.

"아쓰시의 말에 따르면 시마다 씨와 가나에 씨가 사소한 일로 말다툼을 했다고 해요. 그래서 아쓰시는 도망치듯이 스태프 룸을 뛰쳐나와서 원탁 의자에 앉아 있다가 잠이 들어버린 것 같아요."

"그게 언제쯤이죠?"

"정확히 기억하지는 못하더라고요. 하지만 언쟁이 시작된 것은 우리가 체크인을 마친 직후였다는 것 같아요."

"아쓰시는 말다툼의 원인을 알고 있나요?"

"그건 잘 모르겠다고……"

"그렇군요."

아마 체크인할 때 일어난 소동이 말다툼의 원인이었을 것이다. 그때부터 시마다와 가나에 사이에는 험악한 기운이 감돌았다.

"아쓰시가 잠들어 있을 때 여자의 비명이 들렸다고 해요."

"그래서 어떻게 되었지요?"

"비명 때문에 잠에서 깬 아쓰시는 무슨 일이 일어났다는 걸 깨닫고 스태프 룸 안으로 들어가려고 했는데 문이 열리지 않아서 그곳에서 웅크리고 있었다더라고요."

문은 쓰키시마와 나가토 두 사람이 억지로 밀어서 겨우 열릴 정도였다. 열 살 어린아이인 아쓰시에게는 어쩔 도리가 없었을 것이다.

"아쓰시가 방에 드나든 사람을 보지는 못한 건가요?"

"네. 자고 있어서 모른다고 해요."

"그런가요……?"

쓰키시마는 낙담의 한숨이 절로 나올 뻔했으나 간신히 참았다. 아쓰시가 무언가를 보았다면 사건 해결을 위한 결정적인 실마리가 될지도 모르지만, 졸지에 부모를 모두 잃은 소년에게 그것을 요구하는 것은 가혹하다.

"그리고 또 한 가지……"

레이가 쓰키시마에게 몸을 가까이 붙이며 한층 더 목소리를 낮췄다. 다른 뜻은 없겠지만, 레이가 내뿜는 달콤한 향기에 숨이 턱 막혔다.

"뭔가요?"

"아쓰시의 팔과 다리요. 그리고 배 부근에도 멍 같은 게 있었어요."

레이의 말을 듣고 쓰키시마의 심장이 쿵쿵 고동쳤다. 이마에는 축축하게 식은땀이 배어 나왔다.

"멍……이요?"

목구멍이 바짝바짝 타들어 가는 것을 느끼면서도 쓰키시마는 다음 말을 재촉했다.

"아쓰시는 아무 말도 하지 않았지만, 학대당해 온 것이 아닌가 싶어요."

뒤통수에 욱신욱신 찌르는 듯한 통증이 스쳤다. 호흡을 통제할 수가 없고 정신을 잃기 직전처럼 지면이 흔들흔들 흔들렸다.

"그렇습니까……."

쓰키시마는 쥐어짜듯이 말했다. 어느 정도 짐작은 했지만, 아쓰시가 학대당했다는 사실을 확인하자 쓰키시마의 심장박동이 가라앉지 않았다. 게다가 멍 자국이 남아 있다는 것은 나가토가 말한 것처럼 연출한 것이 아니라 실제로 심한 폭력을 당했다는 의미다. 잊으려 발버둥 쳤지만, 쓰키시마의 뇌리에 학대당한 어린 시절의 기억이 생생하게 되살아났다.

"쓰키시마 씨. 괜찮으세요?"

바로 곁에 있는 레이의 목소리가 아득히 먼 곳에서 들려왔다. 마음을 진정시키려고 안간힘을 썼으나 그러면 그럴수록 의식이 흐릿해져 가는 듯한 느낌이 들었다.

"괜찮습니다."

대답과 동시에 눈앞이 깜깜해졌다……

<9>

사와는 방 안의 무거운 공기에 현기증이 났다. 산소가 부족해진 것일까? 아니, 그렇지 않다. 구가와 A의 모습을 지켜보는 데 너무 몰입한 탓에 호흡하는 것을 잊어버렸다. 사와는 천천히 심호흡하며 마음을 가라앉혔다. A가 거짓말할 가능성도 있고, 기억을 날조할지도 모른다. 그런 정보에 휘둘리지 않기 위해서라도 침착하게 상황을 주시할 필요가 있다.

"지금부터 당신의 과거로 거슬러 올라가겠습니다."

구가는 자세를 바로 하고 말했다. 낮고 부드러운 목소리지만, 그 표정은 얼어붙은 듯이 냉담하다.

"어떻게 과거로 돌아가는 건가요?"

A는 미세하게 고개를 갸웃했다. 사와도 그 점이 마음에 걸렸다. 구가는 어떤 방법으로 과거 기억을 불러올 생각인 걸까?

"음 그건 말이죠. 머릿속에 계단을 떠올려 보세요."

"계단……."

A는 눈을 감은 채 의아한 표정을 지었다. 사와도 같은 심정이었다. 계단 같은 걸 떠올려서 어쩌겠다는 걸까? 묻고 싶었지만, 질문을 꾹 눌렀다.

"그렇습니다. 어떤 형태든 상관없습니다. 당신이 생각하는 계단의 이미지를 떠올리세요."

"네…… 떠올렸습니다."

"그건 어떤 계단입니까? 똑바로 죽 뻗은 계단인가요? 나선형 계단? 아니면 층계참이 있는 계단인가요?"

"층계참이 있습니다. 학교 같은 데 있는 그런 계단입니다."

A의 말을 듣고 사와의 머릿속에도 그녀가 다니던 고등학교 건물에 있던 계단이 떠올랐다. 방과 후의 소란과 왁스 냄새까지 콧속에 되살아나는 것 같았다.

"지금부터 당신은 그 계단을 올라갑니다……."

"올라가……"

"그렇습니다. 계단을 한 층 올라갈 때마다 당신은 과거로 거슬러 올라갑니다."

"정말 그런 일이 가능할까요?"

"시험해 봅시다. 천천히 해도 괜찮으니 계단을 올라가세요."

구가가 입꼬리를 올리며 미소를 지었다.

"네, 네."

겁먹은 듯이 대답한 A의 허벅지가 미세하게 움직였다. 상상 속에서 천천히 계단을 올라가고 있는 것 같았다. 이윽고 A가 무언가에 반응하듯 뒤를 돌아보았다.

"뭐가 보입니까?"

구가가 질문했다.

"아니요. 아무것도. 그런데…… 목소리가……"

"목소리요?"

"네, 네. 여자 웃음소리가……"

A의 말과 동시에 사와의 귓가에도 여성의 웃음소리가 들린 듯했다. 주위를 둘러보았지만, 거기에는 흰 벽이 있을 뿐이었다.

…… 안 돼.

사와는 강하게 자신을 다그쳤다. 완전히 페이스에 말려들고 있다. 사와는 일단 양쪽 귀를 막고 환청을 떨쳐버렸다.

"좀 더 계단을 올라가 봅시다."

구가가 재촉하자 A는 "네." 하고 공허한 목소리로 답했다.

"앗."

잠시 후, 무언가를 발견한 듯이 A가 짧게 소리를 질렀다.

"뭔가 보입니까?"

"벚나무가……"

"그 외에는 무엇이 보입니까?"

"호수…… 그, 그리고 여, 여자아이가 저를 보고 웃고 있습니다."

A의 표정이 누그러졌다.

"아는 소녀입니까?"

"네. 그런 것 같아요. 하지만…… 이름은 떠오르지 않습니다."

그렇게 말하며 A는 가볍게 손으로 머리를 눌렀다. 중요한 부분이 떠오르지 않아 조바심이 나는 듯했다.

"그 외에 무엇이 보입니까?"

"문이 보입니다."

"어떤 문인가요?"

"철제문입니다. 파란색이고 군데군데 색이 벗겨져 있습니다."

"그 문을 열어 봅시다."

구가의 제안에 A의 표정이 갑자기 굳었다.

"제가 여는 건가요?"

그 목소리는 당장에라도 울음을 터뜨릴 듯이 떨리고 있다. 네, 구가가 미소를 지은 채 답하자 A는 침을 꿀꺽 삼켰다. 이마에는 송골송골 구슬땀이 맺혔다. 잠시 후 잔뜩 굳어 있던 A가 이윽고 천천히 손을 뻗어 문손잡이를 잡는 듯한 동작을 했다. 그곳에서 무언가를 보았는지 A의 눈꺼풀이 떨렸다.

"무슨 일입니까?"

구가가 묻자 A는 등을 구부리고 목을 움츠리더니 "그, 그 사람이 와요……."라고 대답했다. 잔뜩 굳은, 쉰 목소리였다. 겁에 질린 듯했다.

"그 사람이란 누구입니까?"

"아, 아야…… 그, 그만해요……."

A는 자신의 머리를 보호하려는 듯이 양손으로 감싸고 몸을 'ㄱ'자로 웅크렸다. 마치 격렬한 폭력을 당하고 있는 듯했다.

"자, 잘못했어요. 죄, 죄송해요. 자, 잘못했어요."

A는 쉰 목소리로 반복했다. 대체 누구에게 용서를 비는 걸까? A가 보고 있는 세계를 볼 수 없으니 초조하다.

"괜찮습니다. 그것은 지금 일어나고 있는 일이 아닙니다."

구가가 말하자, A의 움직임이 갑자기 멈췄다. 침착을 되찾은 줄 알았으나 그게 아니었다. 갑자기 고개를 들더니 A가 눈을 감은 채로 양손을 앞으로 뻗었다. 그 반동으로 셔츠 소매가 획 하고 걷혔다. 소매 아래 드러난 살갗을 보고 사와는 소스라치게 놀랐다. 그의 팔에는 무수한 흉터가 있었다. 화상 흔적도 보였다. 최근에 생긴 것은 아니다. 아주, 오래된 흉터다. 자해한 것으로 보이는 자국도 있었다.

"제, 제가 모, 못생겨서 죄송해요…… 제가 더러워서…… 뚱뚱해서……"

대체 무슨 말을 하는 걸까? A의 얼굴 생김새는 반듯하고 몸이 뚱뚱하지도 않다. 그런데 이토록 자기 존재를 깎아내리는 이유는 뭘까?

"어, 엄마……."

A가 갑자기 돌변하여 온화한 표정을 지으며 애정이 가득 담긴 어조로 말했다. 하지만…… 그것은 금세 사라져버렸다. 순식간에 얼굴이 파랗게 질리더니, 감은 눈꺼풀 사이에서 눈물이 뚝뚝 떨어졌다.

"자, 잘못했어요…… 어, 엄마를 방해해서, 죄, 죄송해요…… 태, 태어나서…… 죄, 죄송해요……."

A의 입에서 쥐어짜듯 나온 말은 비통에 잠겨 있었다. 그는 어머니에게 자신이 세상에 태어난 것을 사과하고 있었다. 그건 자기 존재를 완전히 부정하는 것이다. 그런 말을 하다니, 너무도 애처로웠다.

"괜찮습니다. 진정하세요."

구가가 말을 건네자 A는 고개를 좌우로 저으며 도리질하더니 뚝 하고 움직임을 멈췄다. 잠시 꼼짝 않고 굳어 있었으나 마침내 웅크리고 있던 등을 쭉 펴고 고개를 들었다.

"나는 죽어야 해……."

A는 그렇게 말하자마자 리클라이닝 의자에서 스르륵 미끄러져 바닥에 떨어졌다. 구가가 곧바로 A에게 달려갔다. 사와도 참지 못하고 의자에서 벌떡 일어서서 A 곁으로 다가갔다.

"정신 차리세요."

바닥에 옆으로 쓰러진 A는 구가의 외침에 대답하지 않고 자신의 목을 꽉 누르며 괴로운 듯이 몸부림치고 있었다. 호흡이 멈춘 듯했다. A는 고통이 더 심해졌는지 손발을 버둥거리며 경련을 일으켰다.

…… 아무래도 큰일난 것 같다.

사와가 구급차를 부르려고 스마트폰을 꺼내 들었으나, 구가가 그런 사와를 제지했다.

"기다리세요."

"하, 하지만……"

"지금 떠올리고 있는 것은 대단히 중요한 기억입니다."

그렇게 말하는 구가의 입가에는 미소가 떠올라 있었다. 설마 즐기고 있는 건가? 이 상황을? 이제까지 사와가 품고 있던 구가에 대한 이미지가 순식간에 무너졌다. 어찌 되었든지 이대로 놔둘 수는 없는 노릇이다. 사와가 구가의 손길을 뿌리치고 119에 신고하려고 하는 참에 A가 콜록콜록 기침을 하며 정신을 차리는 게 느껴졌다. 여전히 숨이 가쁜 듯했지만, 호흡이 돌아온 듯이 어깨를 크게 들썩거렸다. 안색도 어느 정도 정상으로 돌아온 듯했다.

"지금부터 수를 세겠습니다. 그에 맞춰서 당신은 최면에서 점점 깨어납니다. 5, 4…… 신체 감각이 돌아왔습니다. 3, 2…… 빛이 보입니다. 1, 0…… 당신은 완전히 깨어났습니다."

구가가 수 세기를 마침과 동시에 A가 경련을 일으키면서 눈을 떴다.

"괜찮습니까?"

구가가 묻자 A는 이마에 맺힌 땀방울을 닦으며 고개를 끄덕였다.

"우선은 자리에 앉아 심호흡을 합시다."

A는 구가의 손을 빌려 의자에 앉고는 구가의 말대로 심호흡을 했다. 그 사이에 구가는 일단 방의 안쪽으로 들어가서 물이 든 페트병을 가지고 돌아와서 A에게 건넸다. A는 "고, 고맙습니다." 하고 인사하며 페트병 안의 물을 한 모금 입에 머금었다. 흐트러졌던 호흡도 안정을 되찾은 것처럼 보였다. 사와도 조금 전까지 앉아 있던 의자에 다시 앉았다.

"이야기할 수 있겠습니까?"

구가의 물음에 A는 앞으로 몸을 살짝 굽힌 자세로 고개를 끄덕였다.

"당신이 본 것을 알려 주실 수 있겠습니까?"

"네, 네."

A가 등을 구부리며 겁에 질린 듯이 불안정하게 시선을 움직이며 대답했다. 그의 정체가 밝혀질지도 모른다고 생각하니 사와의 주먹에 자연스럽게 힘이 들어가 땀이 흥건해졌다.

"누군가에게 폭력을 당한 것 같았습니다. 상대는 누구였습니까?"

"어, 엄마의 여, 연인입니다······."

A가 무릎 위에 올려놓은 주먹을 강하게 움켜쥐었다. 당시의 공포가 되살아난 걸까, 말을 더듬고 있었다. 몸에 남은 상처가 학대의 흔적이라면 상당히 가혹한 학대를 당했던 것이 분명하다.

"왜 어머니의 연인은 당신에게 폭력을 휘둘렀습니까?"

"제, 제가 전부 잘못한 거예요. 그, 그림만 그리고 아, 아무것도 할 줄 몰라서. 제가 못생긴 돼지라서······"

A는 으으윽, 신음하더니 새빨개진 얼굴로 고개를 떨구었다.

"어머니가 당신을 구해주지 않았나요?"

"그, 그 사람은 제가 걸리적거린다고······ 빨리, 죽으라고 몇 번이나 말했어요······."

…… 못생겼다.

최면 중에 나왔던 말을 통해 대강 짐작은 했지만, 이렇게 다시금 들으니 사와의 마음속에서 분노가 치밀어올랐다. 자기 자식의 죽음을 바라고 그것을 말로 표현하다니 패륜도 정도가 있다.

"그, 그래서 죽어야겠다고 생각했어요. 그, 그리고 스스로 호수에 들어갔어요……."

A는 말을 마침과 동시에 어린아이처럼 소리를 높여 울기 시작했다. 많은 말은 아니었지만, 어린 A에게 어떤 일이 있었는지 충분히 짐작할 수 있었다. 어머니의 연인으로부터 집요한 학대를 받았을 뿐 아니라, 가장 중요한 어머니에게도 존재를 부정당함으로써 자살을 기도할 정도로 궁지에 몰렸던 것이다.

"오늘은 이 정도로 해 둡시다."

구가는 조용히 최면요법의 종료를 고했다.

<10>

어디선가 울음소리가 들린다. 그것이 제 울음소리라는 것을 알아차리기까지 꽤 시간이 걸렸다. 누군가가 쓰키시마를

빤히 들여다보고 있었다. 새까만 그림자였기에 생김새는 알 수 없었다. 하지만 어찌 된 영문인지 눈만은 또렷이 보였다. 누렇고 탁한 안구에 가느다란 실핏줄이 사방으로 뻗어 있다.

섬뜩한 눈…….

말로 하지 않아도 이제부터 무슨 일을 당하게 될지 알고 있다. 느닷없이 배를 걷어차였다. 숨이 턱 막히고 이마에서 진땀이 넘쳐흐른다. 배를 부둥켜안고 둥글게 몸을 말았지만, 배를 걷어차는 발길은 멈추지 않았다. 쓰키시마의 몸 위로 쉴 새 없이 발길질이 떨어졌다. 마치 감정이 없는 존재인가 싶을 만큼 인정사정없는 폭력이었다. 쓰키시마는 부서질 것 같은 자신의 몸과 마음을 보호하기 위해 몸을 둥글게 말고 모든 감각을 차단한 후, 폭력의 폭풍우가 지나가기를 기다릴 수밖에 없었다.

시간이 얼마나 흘렀을까?

딩동…….

높고 맑은 소리가 귓가에 울렸다. 대단히 아름다운 음색이었다.

딩동…….

딩동…….

처음에는 제각각이었던 음이 점점 리듬을 입어 물 흐르는 듯한 멜로디로 변모해갔다. 이것은 피아노 선율이다. 이윽고 피아노의 선율에 아름다운 노랫소리가 포개어졌다. 맑고 투명하게 흐르는 물처럼 청량하고 아름답고 어딘가 애수가 담긴 노랫소리였다.

…… 아, 그리웠던 멜로디.

분명 처음 듣는 노래인데 그런 느낌이 들었다. 상쾌하고 기분 좋은 노랫소리를 듣고 있으니 몸과 마음을 덮었던, 열을 품은 통증이 점차 수그러드는 느낌이 들었다. 쓰키시마는 노래에 이끌리듯이 눈을 떴다. 천장의 전등 불빛에 눈이 부셔서 저도 모르게 눈을 깜빡거린다. 점점 눈이 익숙해진다. 머릿속에 자욱했던 안개가 걷히고 자신이 놓인 상황이 점점 파악되었다. 쓰키시마는 침대에 누워 있었다.

…… 그렇다.

레이의 방에서 이야기를 하다가 발작을 일으켜 의식을 잃고 만 것이다. 몸을 일으키려고 하는 순간, 노랫소리와 피아노 소리가 멎었다.

"괜찮으세요?"

어디선가 들려온 소리에 쓰키시마의 의식은 더욱 선명해졌다. 레이의 목소리다. 시선을 돌리자 레이가 침대 옆에 무릎을 꿇은 자세로 쓰키시마를 바라보고 있었다. 그 모습은 마치 기도를 올리는 성녀의 모습 같았다.

"노랫소리가……"

"깨워버렸군요. 죄송해요."

"아닙니다. 그 노래는 레이 씨가?"

"왠지 부끄럽네요."

레이가 조금 얼굴을 붉히며 고개를 숙였다.

"아니에요. 노래 덕분에 돌아올 수 있었습니다."

쓰키시마는 농담조로 말하며 윗몸을 일으켜 주위를 둘러보았다. 쓰키시마가 잠든 침대와 검은 피아노가 눈에 익었다. 아무래도 이곳은 레이의 방인 듯하다. 쓰러진 쓰키시마를 레이가 침대에 눕힌 것이리라.

"아까는 잠깐 어떻게 되시는 건 아닌지 걱정했어요······."

레이가 가슴에 손을 얹으며 후, 하고 안도의 숨을 내쉬었다. 그저 무심한 몸짓이 아니라 진심으로 쓰키시마를 걱정하는 마음이 전해졌다.

"정말 큰 폐를 끼쳤습니다."

"이런 일이 자주 있나요?"

어떻게 대답해야 할지 망설였다. 솔직한 심정으로는 과거에 관해 별로 말하고 싶지 않다. 하지만, 펜션에 온 후 쓰키시마가 쓰러진 것이 벌써 두 번째다. 이대로 얼버무리면 쓸데없는 걱정을 끼치게 될 것이다.

"가끔······. 몸에 이상이 있는 것은 아니고 정신적인 부분이 영향을 받는 거예요."

"정신적인 부분이요?"

"네. 간단히 말하면 어린 시절의 트라우마가 아직 남아 있어요. PTSD라는 건데 기억이 플래시백함에 따라 현기증이 나거나 과호흡을 일으키기도 하고 심할 때는 아까처럼 의식을 잃는 경우도 있습니다."

"혹시 아쓰시의 이야기가……"

레이는 아차, 하는 표정을 지으며 자신의 입을 손으로 막았다. 직감이 뛰어난 여성이다.

"네, 그런 것 같군요. 저도 아쓰시와 마찬가지로 부모에게 학대를 당했습니다. 아쓰시의 이야기를 들으며 예전 제 모습과 겹쳐졌나 봅니다."

"쓰키시마 씨……."

"아이는 태어날 집을 고를 수 없지요. 아무리 괴로워도 도망갈 수도 없고요. 폭력을 당해도 본능적으로 부모를 미워할 수가 없어요. 필사적으로 사랑받으려고 매달리는 법입니다. 그것을 폭력으로 갚다니, 짐승만도 못한 행동이지요."

이 말을 하는 동안 쓰키시마의 몸을 흐르는 혈액이 열기를 띠어가는 것이 느껴졌다. 어머니와 어머니의 연인에게 당한 온갖 잔혹한 폭력이 주마등처럼 뇌리를 스치자 또다시 숨이 가빠졌다. 하지만 한번 빗장이 풀린 감정에 제동이 걸리지 않았고 봇물 터지듯 말이 쏟아졌다.

"먹을 것도 제대로 주지 않고 옷도 같은 옷만 계속 입었습니다. 조금이라도 울면 욕설과 폭력이 폭풍같이 쏟아졌고요. 그래도 저는 어머니를 싫어할 수는 없었어요. 달리 갈 곳이 없기도 했지만, 저를 봐주었으면 했던 마음이 가장 컸던 것 같습니다."

"………."

"단 한 번이라도 좋으니 저를 제대로 봐주길 바랐어요."

저절로 주먹에 힘이 들어갔다. 손톱이 손바닥을 파고들어 통증이 느껴졌다.

"………."

레이는 아무 말도 하지 않았으나 그 눈에도 눈물이 어른거렸다.

"죄송합니다."

쓰키시마는 당황하여 사과했다. 심정을 토로하고 나니 그의 기분은 훨씬 편해졌지만, 그만큼 레이에게 마음의 짐을 지우게 되었다.

"아니에요. 그런 거……."

레이는 살짝 눈길을 떨구며 고개를 가로저었다.

"이런 말을 하면 무자비하다고 생각될지 모르겠지만, 아쓰시가 해방되었다는 면에서는 시마다와 가나에 두 사람이 죽은 게 다행일지도 모릅니다."

쓰키시마는 말하고 나서 아차, 했다. 무거운 분위기를 떨쳐 내려고 한 말이었지만, 그 말은 배려가 없는 것이었다.

"죄송합니다. 말이 지나쳤습니다."

황급히 말을 무르려 했으나 이미 늦었다. 비록 어린아이를 학대하는 인간쓰레기였다고 해도 사람이 두 명 죽었다. 그것을 다행이라고 말해서는 안 되는 것이었다.

"아니에요. 저도, 그렇게 생각해요."

레이가 조용히 말했다.

"네?"

"쓰키시마 씨가 한 말, 저도 이해해요. 아이는 부모를 고를 수 없어요. 하지만 부모라는 이유만으로 아이는 얽매이게 되죠. 그건, 저주예요."

자기소개할 때 레이는 성씨로 불리는 것을 꺼리며 저주라고 표현했다. 그 말의 이면에는 쓰키시마와 마찬가지로 가정 내의 문제가 숨어 있는지도 모른다. 자신의 말이 레이의 괴로운 과거를 헤집어 놓은 것은 아닐까 생각하니 마음이 더욱 무거워졌다. 침묵이 쓰키시마의 내면에 있는 죄책감을 순식간에 증폭시켜, 마음만이 아니라 육체마저 천근만근 부서워지는 듯했다. 급기야 자신의 머리를 지탱하는 것조차 힘들어져서 툭 하고 고개를 떨구었다.

어느 정도 시간이 흘렀을까? 따뜻하고 부드러운 무언가

가 포근하게 쓰키시마의 몸을 감쌌다. 쿵쿵, 자신의 것이 아닌 심장 소리가 아주 가까운 데서 들렸다. 그것이 레이의 심장 소리라는 것을 깨닫는 데는 시간이 걸렸다. 레이는 아무 말도 하지 않고 그저 쓰키시마를 껴안고 있었다. 상냥한 포옹이었다. 만약 어머니가 껴안아 주었더라면 이런 느낌이었을까? 자신과 나이 차도 거의 나지 않는 여성에게서 모성을 찾다니…… 쓰키시마는 자조 섞인 미소를 지었다.

"괜찮아요. 쓰키시마 씨는 괜찮을 거예요."

레이의 목소리가 쓰키시마의 마음속 텅 비어 있었던 곳을 채워 주는 느낌이 들었다.

<11>

사와는 조금 전까지 청년이 앉아 있었던 리클라이닝 의자에 앉았다. 건너편 소파에는 구가가 앉아 있다. 이렇게 마주 보고 있으니 마치 사와가 카운슬링을 받고 있는 듯한 착각이 들었다.

"그는 괜찮은 건가요?"

사와는 분위기를 전환하듯이 물었다.

"조금 혼란에 빠진 듯했지만, 괜찮을 겁니다. 만약을 위해 오이카와 선생님에게 진료를 부탁해 두었습니다."

구가가 말한 대로 A는 카운슬링이 끝나고 병원으로 돌아가 다시 진료를 받기로 했다. 하지만, 문제는 그런 것이 아니다. 사와가 질문을 계속하려던 차에 구가가 자리에서 일어섰다.

"홍차라도 드시겠습니까?"

"아니요. 괜찮습니다."

사와의 말이 구가에게는 들리지 않았는지 구가는 방을 나갔다. 이렇게 되면 계속 거부하는 것이 오히려 실례가 된다. 리클라이닝 의자의 등받이에 몸을 맡기고 가볍게 눈을 감자 사와의 의지와 상관없이 조금 전 광경이 뇌리에 되살아났다.

A는 최면요법의 힘으로 일부 기억을 되찾았다. 하지만, 그것은 사건과 관계된 것이 아닌, 어린 시절에 당했던 괴로운 학대의 기억이었다. 사와는 부모님께 사랑받으며 자랐다고 생각한다. 아버지가 가끔 머리를 쥐어박은 일은 있지만, 그것이 불합리한 폭력은 아니었다. 수긍할 만한 이유가 있었고, 절제된 행위였다. 그렇기에 자기 아이에게 울분을 풀며 폭력을 휘두르는 인간이 있다는 것을 이해할 수 없었다.

이것은 아이에 대한 폭력만은 아니다. 나미의 남자친구처럼 데이트폭력을 행사하는 남자도 근본은 같다. 방어수단이 아니라 상대를 굴복시키기 위해 태연하게 타인에게 폭력을 행사하다니 인간으로서 중요한 무언가가 결핍되었다는 생각밖에는 들지 않는다. 환경 때문에 그렇게 된 걸까? 아니면 선천적인 기질일까?

"드세요."

걷잡을 수 없는 생각에 빠져들고 있을 때 구가가 사와 앞에 찻잔을 내밀었다.

"고맙습니다."

사와는 구가에게서 찻잔을 받아들었다.

"설탕이나 우유, 드릴까요?"

"아니요. 이대로 괜찮습니다."

"그렇습니까?"

구가는 살짝 고개를 끄덕이고는 건너편 소파에 앉았다. 사와는 김이 피어오르는 찻잔에 입을 대고 홍차를 한 모금 마셨다. 깊고 풍부한 홍차의 향 덕분에 조금은 마음이 진정되는 듯했다.

"그는 유년기에 학대를 당했군요."

무슨 말부터 해야 하나 망설이면서 사와는 말을 던졌다.

"그런 것 같군요……."

구가는 찻잔에 입을 가져가 홍차를 음미하고 나서 선선히 대답했다.

"알고 계셨던 건가요?"

"아니요. 단, 추측은 했습니다. 오이카와 선생님 진료 기록 카드에 그런 내용의 기술도 있었고, 병원에서 사건 조사를 할 때도 그의 몸에서 오래된 흉터를 봤으니까요."

"그러셨군요……."

세상사에 관심이 없는 듯한 얼굴을 하고 있지만, 봐야 할 것은 똑똑히 보고 있다. 통찰력이 뛰어난 것이리라.

"현 단계에서는 어디까지나 추측에 불과하지만, 한 가지 맘에 걸리는 것이 있습니다."

구가가 그렇게 말하며 검지를 세웠다.

"무엇인가요?"

"그가 기억을 잃은 것이 사건으로 인한 충격이라고 생각했었는데 그렇지 않을지도 모른다는 겁니다."

"사건이 일어나기 전에 기억을 이미 잃었다…… 이런 말씀인가요?"

"네. 그것도 빈번하게 말입니다."

"그게 무슨……"

"음, 어디까지나 가능성일 뿐이지만, 그는 유년기에 당한 학대에서 도피하기 위해 그 기억을 봉인했을지도 모릅니다."

"그런 일도 있습니까?"

"네. 트라우마가 되는 기억을 봉인함으로써 과거에 학대당한 사실을 잊은 채 성장하는 거죠."

"하지만 그렇다면 기억의 앞뒤가 안 맞지 않나요?"

사와가 질문을 던지자 구가는 자기 생각과 같다는 듯이 엷은 미소를 지으며 말했다.

"바로 그게 문제입니다."

"무슨 말씀이죠?"

"이전에 기억을 잃은 사람은 잃어버린 기억을 메우기 위해 앞뒤를 꿰맞추려고 무의식적으로 기억을 날조하고 만다는 이야기를 했었죠."

"네."

"만약 그가 사건 전부터 빈번하게 기억을 잃었다고 하면 상당히 성가신 일이 되는 거죠."

"발언의 상당수가 날조되었을 가능성이 있다는 말씀이신가요?"

"그렇습니다. 오늘 유년기의 학대에 관한 기억을 떠올렸지만, 그것을 곧이곧대로 신뢰할 수는 없습니다."

"그가 한 증언의 신빙성을 입증하기 위해서라도 객관적인 사실이 필요하겠군요."

사와의 대답이 만족스러운지 구가는 기쁜 듯이 웃었다.

"과연 두뇌 회전이 빠르시군요."

"누구라도 이 정도는 생각해 낼 겁니다."

"그렇지 않습니다. 사와 씨는 사물을 조망하는 능력이 있습니다. 최면요법의 한중간에도 침착을 잃지 않고 그를 관찰했습니다. 누구나 할 수 있는 일은 아닙니다."

"그렇게 치켜세우셔도 아무것도 안 나옵니다."

칭찬에 익숙하지 않은 사와가 괜히 겸연쩍게 말했다.

"딱히 치켜세우려는 것은 아닙니다만…… 음, 어쨌든 그가 한 증언의 진위를 확인할 필요가 있습니다."

"알겠습니다. 가능한 범위 내에서 사실관계 확인을 해 두겠습니다."

사와는 그렇게 말하며 머릿속으로 정보를 정리했다. 학대를 당했다면 아동상담소 등에 어떤 식으로든 기록이 남아 있을지도 모른다. 우선 인근 아동상담소에 A의 사진을 보내 조회를 요청해야겠다. 또, 호수에서의 투신자살 미수는 사실 여부가 불분명하지만, 누군가에게 구조를 받았다면 소방서에 기록이 남아 있을지도 모른다. 아울러 병원에도 문의해 볼 필요가 있다. 아직 무엇 하나 확실한 것은 없지만, 아무것도 하지 않는 것보다는 낫다.

"구가 씨는 어떻게 하실 생각인가요?"

일단 그와 콤비를 이루었으니 상황에 따라서는 힘께 수사해야 한다.

"저는 카운슬러들에게 문의해보겠습니다. 지금까지 빈번하게 기억을 잃었다고 가정한다면 이미 어딘가에서 카운슬링 등을 받았을 가능성이 있으니까요."

"알겠습니다. 잘 부탁드립니다."

사와는 식은 홍차를 단숨에 마신 후 자리에서 나서 일어서서 순백색의 방을 뒤로했다. 문을 닫음과 동시에 현기증이 났다. 단순히 앉았다 일어서서 어지러운 걸까? 아니면 사와 자신이 최면요법의 영향을 받은 걸까? 생각해 보았지만, 답은 나오지 않았다.

제3장

관

<1>

호숫가에 한 여성이 서 있다. 얼굴은 보이지 않지만, 그녀를 안다. 사와는 그런 느낌이 들었다. 그녀가 갑자기 고개를 들더니 무언가를 중얼거렸다. 목소리는 바람 소리에 흩어져 뭐라고 말했는지 알 수가 없었다. 하지만, 그럼에도 불구하고…… 사와에게는 그 목소리가 노래로 들렸다.

"사와……."

등 뒤에서 누군가가 사와를 부르고 있다. 귀에 익은 목소리였다.

"어-이. 언제까지 잘 거야?"

갑자기 누군가 어깨를 툭툭 두드리는 바람에 사와는 움찔 몸을 떨며 일어났다. 시야에 날아든 것은 호숫가의 풍경이 아니라 경찰서의 책상이었다.

"아직 잠이 덜 깬 거야?"

시라이가 사와의 얼굴을 들여다보며 말했다.

"일어났다니까."

대답하면서 사와는 점점 정신을 차렸다. 어제 최면요법 중에 A에게 얻은 정보를 바탕으로 무언가 단서를 잡을 수 없을까 하고 관계 각처에 조회를 요청하고 과거 사건들도 찾아보았다. 늦은 밤, 조금만 쉴 요량으로 책상에 엎드렸는데 그대로 잠든 채 아침을 맞이한 모양이다.

"고전 중인 모양이군."

"응."

사와는 크게 기지개를 켰다. 뼈마디에서 우두둑우두둑 소리가 났다. 최면요법을 통해 다양한 정보를 끌어내긴 했으나, 정보가 너무 모호하다 보니 문자 그대로 등골 휘는 작업을 하고 있다. 후루타에게 인력 지원을 요청했으나 "그런 어중간한 수사에 인원을 배치할 수는 없다."라며 일축당했다. 최면요법을 통한 사건 조사에 대해 회의적인 이유도 있겠지만, 그보다는 사와에 대한 적개심이 더 강한 것 같다.

"자, 받아."

시라이가 옆자리에 앉으며 캔커피를 내밀었다.

"고마워."

캔커피를 받아들고 풀탭을 열어 한 모금 마셨다. 구가가 내준 홍차 같은 섬세함은 없지만, 카페인을 섭취하니 머릿속이 꽤 맑아졌다.

"그쪽은 어떻게 되고 있어?"

시라이에게로 화제를 돌리자, 그는 머리를 긁적긁적 긁으며 깊은 한숨을 뱉었다.

"전혀 진전 없음. 부동산 회사에도 가봤는데 계약서 이름 칸에는 사쿠라 미오(佐倉澪)라고 쓰여 있긴 한데 업소에서 쓰는 이름하고 똑같아서 본명인지는 의심스러워."

시라이가 메모지에 미오(澪)라는 한자를 쓰면서 중얼거렸다.

"그렇네. 유흥업소에서 쓰는 이름에 본명을 쓰지는 않았을 테니 아마도 가짜 이름이겠지."

"이쯤 되면 미오라는 여자는 나미가 공상 속에서 만들어낸 인물이 아닐까 생각될 정도야."

시라이가 의자 등받이에 기대어 천장을 올려다보며 몸을 축 늘어뜨렸다.

"여태까지 들은 이야기로는 미오가 의도적으로 또 철저하게 자신의 신분을 숨기려 했다고밖에 보이지 않아."

"그러게. 그렇다면 문제는 왜 신분을 숨겨야 했는가……겠지."

"위험한 업자에게 빚을 졌다든가?"

"그럴 수도."

빚쟁이를 피하려고 신분을 위장하고 각지를 전전하며 살아가는 사람이 적지 않다. 그대로 노숙자가 되는 사례도 많다고 한다.

"아니면 미오 자신이 범죄자 신분으로 도주 중이라는 가능성도 부정할 수는 없어."

"그것도 있을 법한 이야기군. 그럼 과거 범죄자 데이터와 조회를 좀 의뢰해 볼까. 하지만 아는 건 업소에서 쓴 이름뿐이라. 적어도 지문이라도 있으면 조회해 볼 수 있을 텐데 말이야."

"지문이라면 입수할 수 있잖아?"

"어떻게?"

"미오의 소지품은 방에 그대로 남아 있는 거 아냐? 나미에게 그걸 제출하라고 해서 지문을 채취하면 되지."

"그렇구나! 그럼 되겠구나!"

기력을 되찾았는지, 시라이는 좋았어, 하고 몸을 일으켰다.

"그 외의 단서는 없어?"

"글쎄. 나미가 말하기로는 노래 솜씨가 상당히 뛰어나서 자주 노래를 불렀다더라고."

"노래라……"

"미오가 특히 어느 아티스트의 노래를 즐겨 불렀다나 봐. 뭐라더라…… 노라랬나, 노로랬나, 그런 이름이었던 것 같은데."

"'놀'이야."

"알아?"

"가끔 들어. 동영상 공유 사이트에서도 화제가 된 적이 있어. 정식 데뷔는 하지 않아서 CD 같은 건 없지만……"

"무슨 곡인데?"

"교회음악 같은 분위기이고 곡조는 무척 아름다운데 가사가 어두워. 오히려 그래서 좋다고 화제가 되기도 했지. 노래도 노래지만, 영상이 신비로워서 매료당했어."

설명하면서 스마트폰을 꺼내어 동영상 공유 사이트를 열고 '놀 노래'라는 키워드로 검색하자 찾고 있던 동영상이 떴다. 큰 음량으로 틀어 놓을 수는 없어서 이어폰을 연결하여 한쪽을 시라이에게 건네주고 나서 플레이 버튼을 눌렀다.

푸르스름한 달이 떠 있는 호숫가에 말라버린 벚나무가 서 있다. 거기에 흰색 원피스를 입은 여성이 맨발로 다가와서 애정이 가득 담긴 손길로 벚나무 줄기에 손을 댔다. 여성은 머리 위의 달을 바라보며 흰 입김을 내뿜으며 노래를 시작했다. 처음 들었을 때 비애감으로 가득 찬 노랫소리가 발산하는 압도적인 아름다움에 사와는 크게 감동하여 눈시울이 서서히 뜨거워졌었다. 자신을 죽여달라고 애원하는 어둡고 음울한 가사이지만, 그럼에도 불구하고 강렬한 흡인력을 가진 노래였다. 그녀의 노래에 응답하듯이 말라붙었던 벚나무에 봉오리가 맺히고 순식간에 꽃이 피어난다. 컴퓨터그래픽을 사용한 것이겠지만, 그 몽환적인 광경은 이성을 송두리째 빼앗아 가 버릴 정도였다.

그런데…….

이렇게 다시 영상을 보고 있으니, 노래를 부르고 있는 놀의 얼굴에서 기시감이 느껴졌다. 영상은 어둡고 또렷이 얼굴을 클로즈업하여 찍은 장면도 없지만, 이 여성을 어디선가 본 적이 있는 것 같은 느낌이 들었다.

"잠깐. 미오 씨 사진 좀 줘봐."

사와가 말하자 시라이가 사진을 책상 위에 올려놨다. 사진과 동영상을 비교해 보던 사와는 기시감의 정체를 깨달았다.

"어어어. 이건……."

시라이도 같은 느낌을 받았는지 흥분한 듯이 목소리를 높였다.

"가능성은 있어."

"땡큐. 좀 알아볼게."

시라이는 이어폰을 사와에게 던져 주고는 부리나케 뛰어나갔다. 그 뒷모습을 지켜보다가 사와는 다시 스마트폰 화면에 비친 놀의 얼굴을 바라보았다. 나미가 미오의 사진을 보여 주었을 때는 A가 갑작스럽게 나타나는 바람에 철저히 확인하지 못했기에 눈치채지 못했다. 눈물을 흘리며 노래를 부르는 놀의 얼굴이 미오를 빼닮았다는 것을.

<2>

"안색이 안 좋은데 괜찮은 거야?"

쓰키시마가 레이와 함께 로비로 돌아오자 나가토가 물었다. 쓰키시마는 "괜찮다."라고 대답하며 로비를 둘러보았다. 아토무와 신조가 원탁의 자기 의자에 앉아 있었다. 나쓰노와 앗슈는 여전히 방에 틀어박혀 있는 것 같았는데, 아이카와 아쓰시의 모습이 보이지 않았다. 쓰키시마가 아이카와 아쓰시의 행방을 묻자 나가토가 고개를 갸웃했다.

"아쓰시라니. 그 소년 말이야?"

나가토가 아쓰시의 이름을 모르는 것도 무리는 아니었다. 쓰키시마도 방금 레이에게 들은 참이었다.

"응. 레이 씨가 그 아이 이름을 가르쳐 줬어."

"그랬구나."

"뭘 그렇게 소곤소곤 이야기하는 거야?"

계단 위에서 아이카가 말을 걸었다.

"아쓰시 때문에……"

"아쓰시는 피곤해 보여서 내 방에 데리고 갔어. 지금은 잠들었어."

아이카가 설명하며 계단을 걸어 내려왔다.

"혼자 두어도 괜찮을까요?"

"걱정도 팔자네. 괜찮아. 방문에 자물쇠를 채워놨거든."

아이카가 미소를 지으며 쓰키시마의 팔을 가볍게 두드렸다. 방문을 잠가 두었다고 해서 안전할 거라고 장담할 수는 없다. 범인은 앞으로 두 건의 살인을 저지를 계획이다. 아쓰시가 그 피해자가 될 가능성은 다분하다. 그렇게 주장하려고 할 때 아이카가 쓰키시마의 입술에 손가락을 대고 말했다.

"말하지 않아도 안다니까. 그래서 저 사람도 끌고 왔어. 이봐. 빨리 와."

아이카가 계단 위를 향해 큰 소리로 말하자 앗슈가 회색 머리카락을 쓸어 올리며 모습을 드러냈다. 범인이 이 중에 있다고 해도 모두가 한자리에 모여 있으면 범행은 일어날 수 없다. 아니, 아직 모두가 아니다.

"나쓰노 씨는……"

"말을 걸어 보긴 했는데 '시끄러!'라고 호통만 돌아오더군요. 아까 있었던 소동에 꽤나 마음이 상했는지 그때 이후 방에서 나오질 않네요."

신조가 손가락 끝으로 안경 위치를 바로잡으며 설명해 주었다. 아쓰시가 자고 있는 아이카의 방은 원탁 앞을 시나시 않으면 갈 수 없으므로 이곳에 모여 있으면 설령 나쓰노가 범인이라고 해도 범행을 저지르지 못할 것이다.

"그럼 참가자들이 거의 모였으니 한번 상황을 정리해 볼까요?"

 신조가 분위기를 바꾸려는 듯이 손뼉을 치며 제안했다. 찬성이다. 이대로 두 손 놓고 있어도 아무 소용이 없다. 사건을 해결하기 위해서라도 의견을 서로 조율해 두고 싶다.

 "나쓰노 씨는 어떻게 할까요?"

 레이의 말에 순간, 분위기가 얼어붙었다. 레이는 왜 그런 꼴을 당하고도 나쓰노에게 마음을 쓰는 걸까? 역시 두 사람 사이에 무언가 있는 것은 아닐까?

 "뭐? 그 자식을 왜 불러? 제정신이야?"

 앗슈가 레이를 노려보았다.

 "맞아. 레이. 자기가 무슨 일을 당했는지 잊은 건 아니겠지?"

 아이카가 레이의 곁으로 다가가 애정 어린 손길로 레이의 손을 잡았다.

 "저도 나쓰노 씨를 부르는 것은 찬성할 수 없습니다만……쓰키시마 씨는 어떠신가요?"

 신조가 쓰키시마에게 판단을 넘겼다.

 "상황을 정리하는 것뿐이니 지금으로서는 부르지 않아도 될 것 같습니다. 필요하다면 그때 말해 보는 것으로 하면 어떨까요?"

 쓰키시마의 의견에 나가토, 아토무, 신조, 아이카, 앗슈가 찬성의 뜻을 보였다. 레이는 조금 주저하는 듯했으나 "여러분이 그렇게 말씀하신다면."이라며 최종적으로 동의했다. 나쓰노에 대한 입장이 정리되자 전원이 원탁에 앉았다. 쓰키시마는 정면에 있는 마네킹의 존재가 역시 마뜩잖았다. 주최자는 무슨 의미를 담아 마네킹을 저곳에 앉혀둔 걸까? 그뿐만이 아니다. 마네킹조차 앉아 있지 않은 빈자리도 있다. 그저 내키는 대로 그런 것으로는 생각되지는 않는다. 틀림없이 무슨 의도가 있을 것이다.

"왜 그래?"

옆자리에 앉은 나가토가 낮은 목소리로 물었다.

"아니야. 아무것도."

"정말 괜찮아? 아까부터 상태가 이상하다."

"정말 괜찮다."

"그럼 됐고…… 솔직히 다른 멤버들은 신뢰할 수 없으니까. 의지할 수 있는 건 쓰키시마뿐이야."

"나가토."

쓰키시마가 타이르듯이 말했다. 지금 나가토가 한 말을 누가 듣기라도 하면 가뜩이나 삐걱거리는 참가자늘의 분위기가 더욱 험악해질 것이다.

"쓰키시마 씨. 왜 그러세요?"

신조가 냉담한 눈빛으로 물었다.

"아무것도 아닙니다."

쓰키시마는 웃는 얼굴로 답했다. 신조는 미심쩍은 듯이 바라보면서도 더는 추궁하지 않고 이야기를 다시 시작했다.

"그럼 곧바로 사건에 관한 정보를 공유하겠습니다만, 괜찮으시겠습니까?"

신조가 손가락 끝으로 안경을 만지며 말했다.

"조, 좋습니다."

아토무가 스케치북 위에 연필을 계속 놀리며 대답했다. 아이카, 앗슈, 레이 세 사람도 동의를 표했다. 물론 쓰키시마와 나가토도 이의는 없었다.

"그러면…… 우선, 현장 상황에 관해 알고 있는 범위에서 정리한 내용을 설명하겠습니다."

신조는 시마다와 그의 내연녀인 가나에가 살해당한 범행 현장에 관해 설명을 시작했다. 시체 상황과 혈흔의 위치 등에 관한 설명은 객관적이고 정확했다. 쓰키시마는 작가라는 직업 관계상, 쓸데없는 보충 설명을 하는 경향이 있는 만큼 신조의 간단명료한 설명 방식에 감탄을 금치 못했다. 그 내용은 대강 쓰키시마가 조사한 현장 상황과 일치했다.

"여기서 한 가지 확인하고 싶은 것이 있는데요. 쓰키시마 씨가 방에 들어가려고 했을 때 가나에 씨의 시체가 문에 기대듯이 쓰러져 있어서 열리지 않았다고 하셨는데, 그것은 틀림없습니까?"

 신조가 물었다. 동의를 구하는 것과는 다르다. 무언가 특별한 의도가 느껴진다.

 "네. 억지로 밀어서 열어야 했습니다. 그때 시체가 옆으로 쓰러졌을 겁니다."

 "그 증언이 틀림없다고 한다면, 그 방은 밀실이었다는 의미군요."

 신조가 기쁜 듯이 웃으며 말했다. '밀실'은 미스터리 작품에서는 감미로운 울림을 주는 단어지만, 현실에서는 꽤 성가신 존재다.

 "여러분. 무언가 알아낸 것이 있다면 기탄없이 의견을 들려주세요."

 신조의 말에 따라 쓰키시마는 레이에게 눈짓했다. 그녀가 고개를 끄덕였기에 쓰키시마는 손을 들어 발언을 신청했다.

 "말씀하시죠."

 신조의 말에 따라 쓰키시마는 자리에서 일어섰다.

 "가나에 씨의 아들인 아쓰시라는 소년에 관해 보충 설명할 것이 있습니다."

 쓰키시마는 아쓰시가 원탁에서 잠들어 있었던 것, 비명을 듣고 방으로 들어가려 했으나 들어갈 수 없었던 것 등, 레이가 아쓰시에게 들은 정보를 가능한 간결하게 설명했다.

"즉, 아쓰시가 범인을 목격한 것은 아니라는 거군요."

신조가 안타깝다는 듯이 말했다.

"그렇습니다. 단, 한 가지 염두에 두어야 할 점은 아쓰시의 발언이 모두 진실이라고 단정할 수는 없다는 것입니다."

쓰키시마의 발언에 수긍이 가지 않은 듯, 아이카는 "그 또래 아이가 거짓말을 할까?" 하고 의구심을 표현했다.

"꼬맹이라고 해서 거짓말을 안 하다니, 그런 건 환상이야."

내뱉듯이 말한 사람은 원탁에 다리를 올리고 몸을 뒤로 젖히고 앉아 있던 앗슈였다.

"무슨 의미야?"

"무슨 의미고 나발이고. 꼬맹이도 타인을 속인다는 거지."

"당신은 그랬겠지만, 다 당신 같진 않아."

"그럼 너는 거짓말 한 적 없어? 남자 만나러 갈 때 부모한테 섹스하러 간다고 말하고 가?"

"그럴 리 없잖아."

"그럼 거짓말한 거네."

"이봐, 당신……."

"그 이야기는 나중에 하시고 지금은 사건에 관한 이야기를 하죠."

쓰키시마가 보다 못해 끼어들었다. 이대로 두면 싸움으로 번질지 모른다. 가치관의 차이에서 비롯된 언쟁은 으레 평행선을 달리는 법이다. 앗슈와 아이카는 둘 다 불만스러워 보였으나, 더 이상의 언쟁은 무익하다고 느꼈는지 입을 닫았다.

"하나 더 아쓰시는 가나에 씨와 시마다 씨에게 학대를 당했을 가능성이 있습니다. 이것은 본인의 증언은 아니고 그의 몸에 남은 멍 자국에서 추측한 것인데……"

쓰키시마가 그렇게 덧붙여 말했다. 아이카는 "그게 뭐야!"라며 분노를 나타냈다. 앗슈도 "쓰레기잖아!" 하고 말을 내뱉으며 원탁을 발로 찼다. 이 부분에서는 두 사람의 가치관이 일치한 듯하다.

"일단 전원의 알리바이를 확인하는 게 좋을 것 같은데, 모두들 어떠신가요?"

이야기가 일단락되었을 즈음, 신조가 제안했다.

"아마 여기 있는 사람들 중 누구도 알리바이를 증명할 수 없을 겁니다."

쓰키시마가 말하자 신조가 의아한 표정을 지었다.

"이유가 뭔가요?"

"여러분은 범행 시각까지 각자 방에 계셨지요? 누군가와 함께 있었다면 또 모를까, 혼자서 방에 있었던 것은 알리바이로서 성립하지 않습니다."

신조는 "그건 그렇군요." 하고 수긍하여 고개를 끄덕였다. 다른 참가자들도 이의가 없는 것을 보니 각자 자기 방에 있었다는 의미일 것이다. 이 자리에는 없지만, 나쓰노도 마찬가지일 테고.

"우리는 알리바이가 있잖아. 같이 있었으니까."

나가토가 귀엣말을 했지만, 쓰키시마는 고개를 저었다. 쓰키시마와 나가토가 함께 있었던 것은 틀림없는 사실이지만, 두 사람은 함께 이벤트에 참가했으므로 공범으로 오해받을 수 있다. 게다가 쓰키시마에게는 의식을 잃었던 시간대가 있다. 친구를 의심하고 싶지는 않지만, 그 시간대에 나가토가 범행을 저지르는 것도 불가능한 것은 아니다.

"전원 알리바이를 증명할 수 없다면 후더닛이 아니라 하우더닛의 관점에서 트릭을 풀 수밖에 없을 것 같군요."

신조가 명탐정이라도 된 듯이 이마를 손가락으로 톡톡 두드리며 말했다.

"무슨 생각이라도 떠올랐어?"

아이카가 신조의 허벅지에 손을 올리며 물었다. 신조는 아이카의 스킨십에 당황하면서도 "유감스럽게도 아직 아무것도요."라며 고개를 가로저었다.

"비밀 통로 같은 게 있었던 거 아냐?"

앗슈가 입술의 피어싱 링을 손으로 만지작거리며 말했다.

"그러면 진즉에 알아챘겠지."

아이카는 쌀쌀맞게 대답했다. 역시 앗슈에게만은 명백하

게 태도가 쌀쌀하다.

"알아채지 못하니까 비밀 통로 아니냐고."

"뭐야, 그 말투. 레이를 대할 때랑 태도가 너무 다르잖아."

"그런 건 아무 상관 없어."

"상관있어!"

두 사람의 입씨름이 다시 격해지기 시작했다. 말싸움을 끊듯이 신조가 "그렇군!" 하며 드르륵, 의자 끄는 소리를 내며 자리에서 벌떡 일어섰다.

"지붕 아래 공간을 따라 다른 방으로 도망치는 방법을 사용했을지도 모릅니다."

마치 세기의 대발견이라도 한 듯한 말투지만, 안타깝게도 그다지 좋은 추리라고는 할 수 없다.

"그건 어려울 겁니다."

쓰키시마가 말했다.

"왜죠?"

"천장의 합판은 어른의 체중을 견딜 수 없습니다."

실제로 실험한 것은 아니지만, 소재로 판단했을 때 그리 튼튼한 것은 아니다. 위에 사람이 올라타면 곧바로 무너져 버릴 것이다.

"그런가…… 아니, 어른의 무게는 못 견딘다고 해도 어린아이라면 괜찮지 않습니까?"

"아쓰시가 했다는 의미?"

아이카가 신조의 추리에 반기를 들었다. 사사건건 과잉 반응을 보이는 걸 보니, 그녀는 아쓰시에게 특별한 감정이 있는 것 같다.

"가능성으로만 말한다면 가능하다고 생각합니다만."

"무슨 말을 하는 거야? 동기가 없잖아."

"그 아이는 부모에게 학대를 당하고 있었습니다. 그건 엄연한 동기가 되지 않습니까?"

"어떻게 그런 심한 말을……"

아이카가 신조에게 경멸의 눈길을 보냈다. 감정론은 제쳐 두고 아쓰시가 두 사람을 살해하고 지붕 밑을 통과하여 도망쳤다는 신조의 추리에는 결함이 있다.

"아쓰시가 살해했다고 가정하는 경우, 몇 가지 문제가 발생합니다."

쓰키시마는 손을 들며 발언했다.

"어떤 문제인가요?"

"아쓰시에게는 핏자국이 없었습니다. 그렇게 엄청난 양의 출혈이 발생했는데 피를 조금도 뒤집어쓰지 않았다는 것은 말이 안 되죠."

"비옷 같은 것으로 피가 튀는 것을 막을 수는 있잖아요."

신조가 안경 위치를 바로잡으며 강한 어조로 반론을 제기했다. 진심으로 아쓰시가 살해했다고 생각하기보다는, 이야기의 흐름상 뒤로 물러설 수가 없게 된 것이리라.

"분명 비옷 같은 것을 입고 있었다면 피를 뒤집어쓰지 않을 수는 있었겠죠. 하지만, 문제는 그것만이 아닙니다."

"또 어떤 게 있죠?"

"아쓰시의 키로는 지붕 아래까지 올라갈 수 있을 것 같지 않습니다."

아쓰시는 체격이 작은 편이다. 신장은 기껏해야 130cm 정도다. 천장의 높이는 2m 40cm다. 아무리 생각해도 닿을 수가 없다.

"발판 같은 걸 사용하면……"

"그 경우, 현장에 발판이 남아 있었겠죠."

범행 현장에 발판 같은 것은 없었다.

"음, 그렇긴 하지만…… 앗! 밧줄! 미리 지붕 안쪽에서 밧줄을 늘어뜨려 놓고 그걸 타고 이동한 다음에 회수하면 흔적이 안 남지 않을까요?"

분명 신조가 제시한 방법이라면 발판이 없어도 지붕 안쪽으로 이동할 수 있다. 또, 올라간 후에 밧줄을 회수하면 만사 해결이다. 하지만 그것이야말로 탁상공론이다.

"지탱해 주는 것 없이 밧줄을 팔의 힘만으로 오른다는 것은 상당히 힘든 일입니다. 아쓰시 같은 어린아이가 할 수 있을 거라고는 생각되지 않습니다."

"어려울 뿐이지 불가능한 건 아니잖습니까?"

아쓰시가 보기와 달리, 신체 능력이 탁월하다면 올라갈 수 있을지도 모른다.

"단, 아쓰시가 범인이었을 경우, 문제가 또 하나 발생합니다."

"어떤 문제죠?"

"가나에 씨의 살해 흔적이 있던 부위입니다. 가나에 씨는 경동맥을 찔렸습니다. 혈흔의 위치에서 추측건대, 서 있는 상태에서 찔린 것으로 생각됩니다. 아쓰시의 키를 생각하면 조금 무리가 있지요."

"………."

"신조 씨의 추리를 부정하는 것은 아닙니다만, 한 가지 아이디어를 고집하는 것은 추리하는 데 있어 도움이 되지 않을 것 같습니다만."

마지막 부분은 호소하듯이 말했다. 신조 역시, 지붕 아래쪽 공간을 통해 탈출한다는 생각에 집착했다는 것을 깨달은 듯이, "그렇네요."라고 익살스럽게 대답하며 더는 반론을 하지 않았다. 한바탕 오가던 대화가 끝나자 짝-, 짝-, 짝- 하고 간격을 둔 박수 소리가 들렸다. 아토무였다.

"여, 역시 추리작가는 다르군요. 쓰키시마 씨……."

말의 내용과는 다르게 아토무는 쓰키시마를 향해 찬사를 보내고 있는 것이 아닌 듯하다.

"갑자기 무슨 말이야?"

아이카가 묻자 아토무는 천천히 의자에서 일어섰다.

"저, 저는 알아버렸거든요. 이 사건의 범인을……."

아토무의 선언에 원탁의 참가자들이 웅성거렸다. 범인을 찾아냈다는 것에 대한 놀라움도 있겠지만, 어쩌면 자신이 범인으로 지명될지도 모른다는 불안감도 있을 것이다. 그런 심상치 않은 분위기 속에서 쓰키시마의 마음은 차분했다. 상황에서 유추컨대, 아토무가 어떤 추리를 세웠을지, 왠지 짐작이 갔기 때문이다.

"범인이 누군가요?"

레이의 물음에 아토무는 일그러진 미소를 지으며 천천히 쓰키시마를 검지로 가리켰다.

"버, 범인은 당신이에요. 쓰키시마 씨……."

…… 역시, 이렇게 나오는군.

원탁에 경악의 잔물결이 퍼져나가는 중에 쓰키시마는 깊은 한숨을 내쉬었다.

<3>

  온통 흰색 일색인 카운슬링룸에 들어가자 가볍게 현기증이 났다. 사와가 이곳을 찾은 것은 이번이 세 번째이지만, 이 분위기만큼은 여전히 익숙해지지 않는다. 너무 밝은 빛이 일종의 왜곡을 만들어 내는 것 같다.

  A는 어제와 똑같이 흰 리클라이닝 의자에 앉았다. 눈을 감고 푹 고개를 떨구고 손발은 힘없이 축 늘어뜨리고 있다. 자는 것처럼 보이지만 그렇지는 않다. 그는 깊은 최면 상태에 빠져 있을 뿐이다. A의 건너편에 앉은 구가는 어제와 마찬가지로 탁자 위에 회중시계를 올려놓고 셔츠 소매를 걷었다. 그의 표정은 온화하지만, 그가 풍기는 분위기는 차갑고 딱딱하다.

  "그럼 어제와 마찬가지로 눈앞에 있는 계단을 올라가 봅시다."

  구가는 상냥하게 말을 걸듯이 세션을 시작했다.

  "네……"

  대답하는 A의 표정은 공허해 보였다. 어제의 최면요법으로 기억 일부를 되찾았으나, 그것은 유년기에 학대를 당했던 불행한 기억이었다. 망설임이 싹트는 것도 당연했다. 이대로 그만둘 수도 있겠다고 생각했으나, A의 허벅지가 미세하게 움직였다. 상상 속에서 계단을 오르기 시작한 것 같았다.

"뭐가 보입니까?"

구가가 물었다.

"아니요. 아무것도…… 그저 계단이 이어져 있을 뿐입니다."

"그렇군요."

"좀 더 올라가 볼까요?"

구가는 밝은 어조로 말했으나, 표정에는 낙담한 기색이 역력했다. 그것은 사와도 마찬가지였다. 어제처럼 계단을 올라가 도달한 곳에서 과거를 떠올리게 될 거라 생각했으나, 그렇게 호락호락하지는 않을 듯하다.

"아직 아무것도 보이지 않습니까?"

"네."

"그렇군요. 그러면 조금 자극을 추가해 봅시다."

구가는 그렇게 말하고는 소파에서 일어서더니 일단 방을 나갔다. 뭘 할 셈이지? 5분이 채 지나기 전에 구가는 높이가 5cm 정도 되는 갈색 차광 병을 들고 돌아왔다.

"그게 뭔가요?"

사와가 묻자 구가는 "곧 알게 됩니다."라고 간결하게 답하고는 병마개를 열어 A의 코앞에 가까이 댔다. 사와가 앉은 곳까지 서서히 벚꽃 향기가 풍겨왔다. 구가가 들고 있는 것은 아마도 벚꽃 에센스가 포함된 오일인 듯했다.

"향유⋯⋯ 인가요?"

"그렇습니다. 인간의 기억은 향기와 밀접한 연관이 있다고 알려져 있습니다. 어제, 우리가 벚나무 이야기를 했잖습니까? 향기를 맡으면 무언가 기억이 떠오를지도 모른다는 생각이 들어서요."

구가의 말을 뒷받침하듯이 A의 볼 근육이 움찔움찔 움직였다.

"무언가 보입니까?"

구가가 다시 같은 질문을 하자 A는 도리질하듯이 격렬하게 고개를 가로저었다.

"부탁이야. 제발 그만⋯⋯."

말을 하던 도중에 A는 "윽." 하고 오열하는 듯한 소리를 냈다. 입속을 무언가가 꽉 막고 있는 건지 괴로운 듯이 발을 버둥거렸다.

"괜찮습니까?"

구가가 몸을 내밀며 A에게 물었다. A는 그런 구가의 팔을 붙들었다. 그대로 고개를 들고 입술을 바들바들 떨며 한숨을 쉬고는 말했다.

"알았어. 말한 대로 할게. 아프니까 그만해."

A는 애원하듯이 말한 후, 몸에 힘이 빠진 듯이 리클라이닝 의자에 기댔다. 의식을 잃은 줄 알았으나 그렇지는 않았다. A

는 미간을 찌푸리며 무언가 혼잣말을 중얼거렸다. 귀를 쫑긋 세우고 들어도 무슨 말을 하는 건지 알아들을 수 없었으나 리듬과 음정을 따라가는 것처럼 들렸다. 마치 노래를 부르는 것처럼…… 이건 무슨 대체 의미일까? 사와는 구가에게 답을 구하는 시선을 보냈으나, 그도 잘 모른다는 듯이 고개를 좌우로 저었다. 잠시 있으니 A의 말소리가 뚝 하고 끊겼다.

"괜찮습니까?"

구가가 묻자 A는 천천히 고개를 들며 말했다.

"아무렇지도 않아. 이런 건 아무것도 아니니까."

A는 지금까지의 험악한 표정과 정반대로 입가에 미소를 지으며 즐거운 듯이 허밍을 시작했다.

"정말로 괜찮습니까?"

구가가 다시 물었다.

"노래가 들리거든."

"노래요?"

"얌전하게만 굴면 그자는 만족하니까."

"어떻게 된 건가요?"

"그런 표정 하지 마. ……가 내 곁에 있어 순다면 무슨 일이 있어도 괜찮아……."

A가 또 웃었다. 대화가 따로 논다. 아마도 A는 구가와 대화하고 있는 것이 아니라 기억 속에서 누군가를 만나 그 사람과

말을 주고받고 있는 것이리라.

"지금 당신은 누구와 함께 있습니까?"

구가도 사와와 생각이 같은지 앉은 자세를 바로 하고 질문을 던졌다.

"친구…… 아주 소중한 사람."

"친구?"

"응. 그녀만 있다면 무슨 일이 있어도 상관없어."

"그 친구는 어떤 사람인가요?"

"천사……."

A가 황홀한 표정을 지으며 대답했다. 비유라기보다 정말 그렇게 생각하는 듯한 어조였다.

"그 친구는 사람이 아닌가요?"

"응. 왜냐하면, 그녀는……."

A는 말을 멈추고 공포에 질린 듯이 주위를 두리번거렸다.

"왜냐하면, 뭔가요?"

"또 그자가 왔다……."

A는 그렇게 말하고는 다시 험악한 표정을 짓고 중얼중얼 뭐라고 말하기 시작했다.

"대체 무슨 일이 일어난 건가요?"

사와가 더는 못 참고 구가에게 물었다. 어제와 달리 A가 하는 말의 내용이 획획 바뀌어서 상황을 파악하기가 힘들었다.

"짐작일 뿐이지만, 다양한 기억이 그의 머릿속에서 플래시백하고 있는 것 같군요. 시계열이 뒤섞인 건지도 모르겠습니다."

구가는 목소리 톤을 낮추고 대답했다. 다양한 시기의 기억이 단편적으로 뇌리에 되살아나서 A가 하는 말이 이랬다저랬다 한 것이란 뜻일까? 잠시 후, 중얼거림이 멈추자 A는 온몸의 힘이 빠진 듯이 푹, 하고 고개를 떨구었다.

"제 목소리가 들립니까?"

구가는 부드러운 어조로 A에게 말을 걸었다.

"네, 네."

A는 눈을 감은 채로 꾸벅 고개를 끄덕였다. 지금까지와는 말하는 상태가 다르다. 이번에는 확실하게 구가의 말에 반응하고 있는 듯하다.

"지금 당신에게는 무엇이 보입니까?"

"이곳은 저의 집이에요. 좁고 곰팡내 나는 방. 다다미가 더러워요. 이건······"

거기까지 말하고 나서 A는 겁에 질린 듯이 등을 동그랗게 말고 달달 떨기 시작했다.

"왜 그러세요?"

구가의 질문에 대답하지 않고 A는 으―, 으― 하고 신음하듯이 소리를 지르기 시작했다. 이번엔 신음하던 A가 괴로워하기 시작했다. 그리고 안색이 순식간에 나빠졌다. 과호흡 상태에 빠진 듯했다.

"괜찮습니다. 진정하고 숨을 뱉으세요."

구가의 말소리를 지우듯이 A는 벌떡 일어서서 "으악!" 하고 몸을 비틀며 절규했다. 구가는 그 모습을 보고 더는 무리라고 판단한 모양인지, 어제와 똑같은 순서로 A에게 걸린 최면을 풀었다. 구가가 0까지 수를 세고 나서 핑거스냅을 하자 A는 천천히 눈을 떴다.

최면이 풀린 모습에 안도한 사와는 자신이 어느새 일어서 있다는 것을 깨달았다. 손바닥에 흥건하게 땀이 배어났다. 흥분한 사람이 A만은 아니었던 모양이다. 사와는 심호흡을 하고 나서 다시 의자에 앉았다. A도 구가의 지시에 따라 리클라이닝 의자에 앉았다. 아직 머리에 통증이 남아 있는지 A는 붕대를 감은 손으로 자신의 이마를 눌렀다.

"물 좀 드시겠습니까?"

구가는 청년에게 물병을 내밀었다. 그는 물병을 받아들고는 꿀꺽 소리를 내며 물을 마시고 크게 숨을 내쉬었다. 아직 호흡이 불안정했지만, 안색은 정상으로 돌아온 듯했다.

…… 그는 대체 뭘 본 걸까?

사와는 추궁하고 싶은 심정을 가까스로 억눌렀다. 여기서 참견하면 모든 것이 엉망이 될지 모른다. 구가에게 맡기는 수밖에 없다. 그 사실이 너무나 답답했다.

"무엇을 보았는지 말씀해 주실 수 있습니까?"

구가의 물음에 A는 붕대를 감은 자신의 손을 물끄러미 바라보았다.

"사람이…… 죽었어요……."

A의 말에 사와는 저도 모르게 엉거주춤 일어났다. 소년 시절로 돌아간 것이라고만 생각했는데 어쩌면 사건에 관련된 무언가를 떠올렸는지도 모른다. 사와의 조바심을 눈치챈 구가가 아무 말도 하지 말라는 신호로 검지를 세웠다.

"죽은 사람은 누구입니까?"

"아마 어머니의 연인. 그리고 어머니도…… 두 사람 다 피투성이인데."

"그건 언제 일이지요?"

"자세히는 모르겠습니다. 하, 하지만…… 초등학생쯤 되었을 때 같아요."

"왜 그렇게 생각하시죠?"

"이유는 잘 모르겠어요. 하지만 왠지, 그런 느낌이, 어렸을 때 일어났던 일 같은 느낌이 들어요."

A의 어깨가 툭 하고 처졌다.

"당신의 어머니와 그 연인이 죽은 원인이 무엇인지 아십니까?"

구가가 신중한 어조로 물었다. 방금 A는 두 사람이 다 피투성이였다고 대답했다. 그러면 생각할 수 있는 것은 교통사고 혹은 어떤 형태든 사건에 휘말렸을 가능성이다.

"살해당했다고 생각……"

A가 뱉은 말에 사와는 마음이 꽉 죄어들었다.

"누구에게요?"

"모르겠어요……. 하지만 어머니는 피투성이가 된 채로 저를 향해 '너 때문이야.'라고……"

A가 고개를 가로저었다. 사와는 그 반응에 의구심이 들었다. 그저 느낌에 지나지 않지만, 그가 무언가를 알고 있으면서 감추고 있는 것처럼 보였다. 구가도 같은 생각을 했는지 "정말 기억나지 않습니까?"라고 재차 물었다.

"거짓말 아니에요. 정말로 몰라요. 믿어 주세요."

A는 리클라이닝 의자에서 일어나 구가의 팔을 잡고 매달렸다. 그 눈에는 눈물이 어른거렸다.

"알겠습니다. 지금은 믿습니다."

구가가 달래듯이 말하자 A는 무릎에 힘이 풀린 듯이 그 자리에 주저앉고 말았다.

"부탁이에요. 선생님. 살려주세요. 이대로라면 나는……"

"최선을 다하겠습니다. 지금은 불안을 제거하기 위해서라도 마음에 쌓여 있는 감정을 토해버리는 것이 좋겠습니다."

구가의 말이 스위치가 되었는지 A는 목놓아 울기 시작했다. 마치 어린아이처럼 구가에게 매달려서 울고 있는 A를 사와는 멍하니 바라볼 수밖에 없었다.

<4>

"제가 범인이라고 단정 짓는 이유를 말해 줄 수 있을까요?"

쓰키시마는 진절머리를 치면서도 아토무에게 물었다. 신조, 아이카, 앗슈 세 명은 자신만만한 아토무의 태도에 넘어간 듯 이미 쓰키시마에게 의심의 눈길을 보내고 있다. 특히 앗슈는 무시무시한 위압감을 뿜고 있었는데 쓰키시마가 진짜 범인으로 판명되기라도 하면 폭력도 불사할 듯한 눈초리였다. 그런 와중에도 나가토만이 천진난만하게 이 상황을 즐기고 있는 듯이 보였다.

"다른 사람은 몰라도 쓰키시마 씨가 사람을 죽인다는 건 있을 수 없는 일이에요."

레이가 강한 어조로 주장했다. 그녀만큼은 아토무에게 휩쓸리지 않고 쓰키시마가 범인이 아니라는 것을 믿어 주었다.

"이, 있을 수 없는 일이라고 단정할 정도로 레이 씨는 쓰키시마 씨를 잘 압니까?"

아토무가 반박할 수 없는 논리를 들이대자, 레이는 "그건……" 하고 말문이 막혔다.

"아토무 씨는 왜 나를 범인이라고 생각한 겁니까? 그렇게 단정 지은 데는 그만한 근거가 있겠죠?"

쓰키시마가 다시 묻자, 아토무는 "무, 물론."이라며 자신감 넘치게 고개를 끄덕이고 나서 설명을 시작했다.

"우, 우선, 범행 현장의 상황이에요. 가나에 씨의 시체가 문을 누르고 있어서 문을 열 수 없는 상태라고 했었죠."

아토무는 자기가 그려서 탁자 위에 놓아둔 도면을 가리켰다.

"밀실이었다는 거잖아. 쓰키시마 씨가 어떻게 밀실을 만든 건데?"

질문을 던지는 아이카의 눈은 호기심으로 가득했다.

"그, 그 밀실이야말로 제가 쓰키시마 씨가 범인이라고 단정하는 이유예요."

아토무는 등을 구부정하게 굽힌 채 쓰키시마에게 흘끗 눈길을 던졌다. 도발하려는 모양인데 일일이 반응하는 것도 귀찮다. 쓰키시마는 "계속하시죠."라고 재촉했다.

"아, 아쓰시의 증언을 정리하면 시마다 씨와 가나에 씨의 싸움에서 도망치려고 방을 나왔다. 그, 그리고 원탁 의자에 앉아 있다가 잠이 들었다. 그 후, 비명을 듣고 방으로 돌아가려고 했으나 문이 열리지 않아서 그 자리에 주저앉아 울었다…… 그런 이야기죠. 여, 여기까지 됐나요?"

아토무가 원탁의 참가자들을 바라보았다. 아무도 이의를 제기하지 않았고 쓰키시마를 포함한 전원이 고개를 끄덕였다.

"다, 다음으로 각자 알리바이에 관해서. 객관적인 알리바이가 있는 사람은 한 명도 없어요."

"그렇다면 더더욱, 쓰키시마 씨가 범인이라고 단정 지을 수는 없잖아요?"

레이가 손을 들고 발언했다. 한 명이라도 이렇게 결백을 믿어 주는 사람이 있다는 것이 이루 말할 수 없이 든든했다.

"아, 압니다. 지금은 어디까지나 참가자 전원이 범행 가능했다는 저, 전제조건을 설명하는 것에 불과합니다."

"………."

"다, 다시 이야기로 돌아가죠. 시체를 최초로 발견한 사람은 쓰키시마 씨였지요."

"저도 같이 있었습니다."

레이가 다시 말했다.

"그, 그랬죠. 누군가가 신음하는 듯한 소리를 듣고 스태프룸으로 발길을 옮겼다……라고 하셨죠."

"그렇습니다."

"이, 이때 문 틈새에서 흘러나오는 피를 발견하신 거죠."

아토무는 쓰키시마에게 동의를 구했다. 쓰키시마는 "그렇습니다."라고 순순히 대답했다.

"그, 그 후, 쓰키시마 씨는 억지로 문을 밀어서 열고 스태프 룸으로 들어가서 시, 시체를 발견했다, 여기까지도 문제없는 거죠?"

"네."

쓰키시마의 대답에 만족했는지 아토무는 씩 웃었다.

"쓰, 쓰키시마 씨의 증언을 뒷받침하듯이, 시체는 옆으로 쓰러져 있었고 문에도 끈적하게 혈흔이 남아 있었습니다."

"그러면 역시 스태프 룸은 밀실이었던 거 아닌가요?"

신조가 의문을 제기했다. 아토무는 조금도 동요하지 않고 "마, 맞아요."라고 말하며 검지를 세웠다.

"다, 단, 조금 전에도 말한 대로 이것은 쓰, 쓰키시마 씨의 증언이 올바르다면…… 이라는 전제하에서 그런 거죠."

"무슨 말씀이죠?"

"아, 아주 단순한 이야기입니다. 범행 현장은 밀실이 아니었던 겁니다."

원탁에 앉은 참가자들은 일제히 경악에 찬 표정을 지었으나, 쓰키시마는 매우 침착했다.

"혀, 현장을 본 여러분은 알고 계시리라 생각하지만, 방에는 피로 흠뻑 젖은 수건이 남겨져 있었지요."

"있긴 있었죠. 그런데 그게 어떻다는 거죠?"

신조가 묻자, 그 질문을 기다렸다는 듯이, 아토무가 가슴을 쫙 펴고 답했다.

"버, 범인인 쓰키시마 씨는 시마다 씨와 가나에 씨를 살해한 후, 가나에 씨의 피를 이 수건에 흡수시켜 문에 바른 겁니다. 목적은 굳이 말할 필요도 없겠죠. 가, 가나에 씨가 피를 흘리는 상태로 문에 기대었다는 증거로 혈흔을 위장하기 위해서입니다."

"증거조작이라는 건가요?"

신조의 말에 아토무가 크게 고개를 끄덕였다.

"그, 그래요. 가나에 씨의 시체는 애초에 문에 기대어 있지 않았던 겁니다. 즉, 이 방은 밀실이 아니었던 거죠."

"하지만, 분명히 문이 열리지 않았어요. 저도 같이 있었거든요."

레이가 쓰키시마를 두둔하는 발언을 했다. 하지만, 그 말을 듣고도 아토무는 조금도 동요하지 않았다.

"쓰, 쓰키시마 씨는 문이 열리지 않는 것처럼 연기를 한 겁니다."

"그럴 리 없어요."

"어, 어떻게 그렇게 확신할 수 있습니까? 레이 씨가 직접 문을 밀어봤습니까?"

"그건……"

레이의 반론은 허무하게 봉쇄되었다.

"계, 계속하겠습니다. 쓰키시마 씨는 증거를 조작한 후, 문이 열리지 않는 것처럼 연기했습니다. 그, 그렇게 해서 범행 현장이 밀실이었다는 인상을 심은 거예요."

"하지만, 그런 짓을 할 필요가 있었을까요?"

신조가 안경을 손가락 끝으로 만지며 질문을 던졌다.

"이, 이것이 일반적인 살인 사건이라면 범행 현장을 밀실로 만들어서 얻는 이득은 하나도 없습니다. 제삼자의 개입을 스스로 나타내는 것이니까요. 자, 자살로 위장하거나 시, 시체가 발견되지 않도록 처분하는 것이 범행 은폐에는 가장 좋습니다."

"그렇다면 더더욱 밀실로 위장할 이유가 없잖아요."

"아, 아까 저는 일반적인 살인 사건이라면, 이라는 전제를 달았습니다. 이번 사건은 미스터리 이벤트로서 발생한 겁니다. 사, 살인 사건이 일어날 것, 이 중에 범인이 있다는 것을 M이 미리 제시했잖아요."

"그건 그렇군."

"버, 범인인 쓰키시마 씨는 앞으로 두 건의 살인 사건을 일으켜야 합니다. 그, 그사이, 시간을 벌 필요가 있어요. 그래서 있지도 않은 밀실을 만들어 냄으로써 우리의 사고를 후더닛에서 하우더닛으로 유도한 겁니다."

"하지만……"

반박하려는 레이를 아토무가 손으로 제지했다.

"그, 그리고…… 우리가 범행 현장을 밀실이라고 믿게끔 유도할 수 있었던 사람은 이 중에서 단 한 사람. 쓰, 쓰키시마 씨, 당신뿐입니다."

아토무가 과장스러운 몸짓으로 쓰키시마를 손가락으로 가리켰다.

"나 원. 골치 아프게 됐네."

쓰키시마의 혼잣말이 들렸는지 나가토가 풋, 하고 웃음을 터뜨렸다. 정말 태평스럽기도 하다.

하지만, 이 느긋함이 나가토의 장점이기도 하다. 어찌 되었든 여기까지 와버렸다면 조용히 지켜보고만 있을 수도 없다. 쓰키시마는 각오를 다지고 천천히 자리에서 일어서려 했으나 제동을 건 사람이 있었다. 바로 아이카였다.

<5>

"드세요."

구가가 사와에게 찻잔을 내밀었다. 고맙다고 말한 후 찻잔을 들고 홍차를 한 모금 머금으니 허브 향기가 퍼졌다. 어제와 다른 홍차다. 이렇게 여러 종류의 홍차를 갖추고 있다니, 구가는 인상 그대로 한 가지에 몰입하는 스타일인 듯하다.

"이번 세션도 일보 전진이라고 할 수 있겠지요."

구가가 우아하게 홍차를 마시며 말했다.

"네."

"그의 말대로라면 그의 어머니와 어머니의 연인은 누군가에게 살해당했습니다. 그리고 그는 그 시체를 목격했다."

살인 사건이었다면 해당 사건의 기록이 남아 있을 테고 그것을 조사하면 A의 신원 파악에 한걸음 더 다가갈 수 있을 것이다.

"제가 과거 살인 사건 기록을 조사해 보겠습니다."

조사할 수 있는 부분은 그 외에도 있었다. A가 어렸을 적에 어머니를 잃었다면 보육원 같은 곳에서 지냈을 가능성도 있다. 큰 기대는 하지 않지만, 조회해 볼 가치는 있다. 많은 정보를 얻긴 했지만, 사와는 왠지 모르게 침울해졌다.

"이대로 최면요법을 계속 진행하실 겁니까?"

연일 계속되는 최면요법으로 인해 A에게 피로가 상당히 쌓이고 있는 듯했다. 그 증거로 지리멸렬한 언행을 하거나 감정이 불안정한 모습을 보이고 있었다. 최면요법을 계속하는 것이 옳은지, 판단하기 어려웠다.

"그럴 생각입니다."

구가는 사와와 달리 조금의 망설임도 없는 듯했다.

"하지만……"

"무슨 말씀을 하고 싶은지 압니다. 그 청년에게 가해지는 부담이 너무 크다고 생각하시는 거죠?"

"네. 여기서 더 그에게 최면요법을 강요하는 것은……"

"저는 강요하지 않습니다. 최면요법의 지속 여부는 어디까지나 그 자신의 의지에 달려 있습니다. 그건 녹화영상에도 기록되어 있습니다."

구가가 삼각대 위에 놓인 카메라를 흘긋 보며 말했다.

"그렇긴 하지만……"

"사와 씨는 감수성이 풍부한 분이군요."

구가가 웃으며 말했다. 본인은 그런 의도가 없겠지만, 무시당하는 듯한 느낌이 들었다.

"그런 말이 아닙니다. 저는 단지 휴식도 필요하다는 겁니다."

"한 가지 사실을 잊고 계신 거 아닌가요? 그는 피범벅인 채로 경찰서에 나타났어요. 이것이 무슨 의미인지 알고 계시죠?"

사와의 뇌리에 그날 밤의 광경이 떠올랐다. 그때 맡았던 살육의 냄새가 되살아나 가볍게 욕지기가 났다.

"네. 그가 누군가를 살상했거나 그 범행 현장에 있었을 가능성이 크다는 거죠."

"그렇습니다. 피해자가 있는 거예요. 우리는 그 피해자를 아직 찾지 못하고 있잖아요."

구가의 진지한 눈빛이 사와의 마음을 꿰뚫었다.

"분명히 그렇긴 하지만……"

"솔직히 말하면 저는 좀더 강수를 두어야 한다고 생각합니다. 왜냐하면, 우리의 목적은 치료가 아니라 사건의 진상 규명이니까요."

병원에서도 같은 실랑이가 있었다. 담당 의사인 오이카와는 치료를, 구가는 진상 규명을 우선시하여 의견이 대립했다. 그때 사와는 구가의 생각에 찬성하지 않았던가? 그런데 뭔가 석연치 않은 느낌이 든다.

"그건 이해합니다. 그러나 아무리 그가 가해자였다고 해도, 인권은……"

"사와 씨는 가해자의 인권도 지켜야 한다고 생각하십니까?"

구가는 사와가 하고자 하는 말을 예측하고 질문을 던졌다.

"저는 그래야 한다고 생각합니다."

경찰 신분인 이상, 규칙은 준수해야 한다. 그렇지 않으면 단순한 무법자가 되어버린다. 사와의 대답이 불만스러운지, 구가는 쓴웃음을 지었다.

"왜죠?"

"왜라니요…… 가해자니까 무슨 짓을 해도 좋다는 생각이 만연하면 그건 그저 복수일 뿐이죠."

"그렇군요. 사와 씨는 정론을 펼치고 계시네요. 그러나 사람의 감정이라는 건 그런 논리로 무 자르듯이 정리되는 게 아닙니다."

"구가 씨 생각은 다른가요?"

"네. 저는 가해자의 인권을 보장한다는 발상에는 찬성할 수 없습니다. 피해자의 인권은 빼앗아 놓고는 자신들의 권리를 주장하다니, 뻔뻔함에도 정도가 있다는 생각이 들지 않습니까?"

구가의 말에 사와는 소름이 돋았다. 그 심정이 이해되지 않는 바는 아니다. 하지만, 그래서야 중상비방을 일삼는 네티즌과 똑같지 않은가? 구가가 이렇게 극단적인 사고를 하는 사람이라는 것에 실망감을 느꼈다.

게다가…….

"경찰의 일은 처벌하는 것이 아닙니다. 진상을 밝히는 것입니다."

"아닙니다."

구가는 후, 하고 한숨 쉬듯이 웃으며 말했다.

"뭐가 아닙니까?"

"사와 씨는 그의 처지를 동정하고 있군요."

"그런 건……"

스스로도 뾰족이 대꾸할 말이 없었다. A의 과거를 듣고 그에게 동정심을 느꼈던 것은 사실이다.

"심정은 이해합니다. 그러나 과거에 학대를 당했다고 해서 누군가의 목숨을 빼앗아도 되는 건 아닙니다."

"그건 그렇지만……"

"가해자가 어떤 상황이라고 해도 죄는 그대로 존재하는 겁니다. 과거나 정신상태에 따라 양형이 달라지는 건 부당하다고 생각되지 않습니까?"

구가의 말에 의구심을 느꼈다.

"구가 씨는 심신상실에 의한 무죄 판결에 이의가 있나요?"

현행법에서는 가해자가 심신상실 상태에 있었던 경우, 책임 능력이 없다고 판단하여 형사책임을 물을 수가 없으므로 범행의 흉악성 여부와 관계없이 무죄가 된다.

"네. 그렇습니다. 예전에 스물네 명의 인격을 가진 빌리 밀리건이라는 남자가 해리성 정체감 장애를 이유로 무죄 판결을 받은 적이 있습니다."

"알고 있습니다."

1977년, 오하이오주의 한 대학교 주차장에서 세 명의 여성이 성폭행을 당하고 금전을 갈취당한 사건이 일어났다. 그 범인으로 지목된 남자가 빌리 밀리건이었다. 그는 내면에 스물네 명의 인격이 존재하는 해리성 정체감 장애로 진단을 받아 세간의 주목을 끌었다.

"저는 그 사건에 의혹을 느낍니다. 주 인격인 빌리 밀리건은 범행을 저지르지 않았습니다. 그러나 그의 속에는 범행을 저지른 인격이 분명히 존재합니다. 그럼에도 불구하고 무죄 판결이 내려졌어요."

구가는 담담하게 말했다. 그래서 공연히 더 무섭게 느껴진다. 그의 내면에는 사와가 상상조차 하지 못할 암흑 같은 사상이 도사리고 있을 것만 같다.

"구가 씨는 빌리 밀리건을 처벌해야 한다는 생각인가요?"

"아니요. 빌리 밀리건은 범행을 저지르지 않았으니 그에게 벌을 내릴 필요는 없겠죠."

"그렇다면……"

반론을 제기하려는 사와를 제지하며 구가가 말을 이었다. "그러나 그의 내면에 범행을 저지른 인격이 있습니다. 그렇다면 그 인격을 처벌해야 한다고 저는 생각합니다."

구가가 뱉은 말이 거대한 덩어리가 되어 사와의 몸을 짓눌렀다.

"이론적으로는 알겠습니다. 하지만 그건 과격한 생각 같은데요."

"저만 과격한 걸까요?"

"무슨 의미인가요?"

"실제로 행동에 옮길지 말지는 별개지만, 누구나 부조리에 대한 분노를 마음속에 품고 있지 않습니까?"

숨이 콱 막혔다. 이대로 구가와 마주보고 있으면 나 자신까지 어둠으로 물들어 버릴 것만 같다. 당장 도망치고 싶은 심정이 굴뚝같지만, 그것은 사와의 신념에 어긋난다.

"구가 씨가 말씀하시고자 하는 바는 이해합니다. 그러나 그것을 통제하는 것이 인간 본연의 자세가 아닐까요?"

사와가 간신히 말하자 구가의 입가가 일그러졌다.

"결벽적인 분이군요."

"그런 이야기를 하고 있는 것이 아닙니다."

"같은 이야기입니다. 단, 그렇게 이상론을 펼칠 수 있는 것은 사와 씨가 당사자가 된 적이 없기 때문입니다."

"무슨 의미인가요?"

"사와 씨도, 피해자 유가족이 되어 보면 아실 겁니다."

"피해자 유가족이 되신 적이 있다는 말씀인가요?"

"죄송합니다. 관계없는 이야기를 하고 말았군요."

"질문의 답이 되지 않습니다······."

"최면요법을 시행할 때는 대상자의 의사를 존중하고 동의를 얻고 나서 할 테니 안심하세요."

구가는 사와의 말을 가로막듯이 말하고는 천천히 찻잔을 들고 홍차를 마셨다. 방금까지 형형하던 두 눈의 광채는 온데간데없고 평소의 신사적인 구가로 돌아와 있었다. 하지만 그래서 더 섬뜩해 보였다.

"저는……"

"그 이야기는 이제 그만할까요?"

"하지만……"

"더 이야기해 봤자 평행선을 달릴 뿐입니다."

"의견 대립이 있으면 수사를 계속하는 데 지장이 생깁니다."

"걱정하지 마세요. 저도 이성이 있고 직업상 윤리관도 가지고 있습니다. 공식적인 자리에서 의견을 요청받는다면 사와 씨와 같은 답변을 할 겁니다. 방금 이야기한 것은 어디까지나 그런 것을 배제한 본심을 말한 것입니다. 사와 씨에게도 그런 감정은 있잖습니까?"

구가의 말을 반박할 수가 없었다. 그의 말이 맞기 때문이다. 조금 전의 논쟁만 하더라도 사와는 원론적인 이야기를 했을 뿐이다. 말의 형태로 입 밖에 내지 않을 뿐, 불합리한 것에 대한 분노와 증오는 사와에게도 있다. 그러나 사와뿐만 아니라 본심을 억누르고 정론을 내세우는 것이 인간이라는 존재다.

"저는……"

"지금 한 논쟁은 잊고 수사에 전념합시다."

"그게 좋겠네요……."

사와는 대답을 한 후, 찻잔의 홍차를 입에 머금었다. 그렇게 풍부하고 그윽했던 향이 이미 사라져 있었다.

<6>

"재미있는 추리라고는 생각하지만, 그 추리에는 결함이 있는 것 같단 말이지."

아이카가 긴 머리카락을 손가락으로 꼬면서 말했다. 방관자적 입장이었던 아이카가 이런 식으로 발언하는 것이 쓰키시마에게는 의외였다. 그만큼 그녀가 무슨 말을 할지 궁금했다.

"어, 어떤 결함인가요? 쓰키시마 씨를 두둔하는 것뿐이잖아요? 어, 어차피 멋있다고 편드는 거겠죠."

아토무의 주장은 마치 생떼를 쓰는 어린아이가 하는 말 같았다.

"하긴 쓰키시마 씨는 매력적인 남성이지……."

아이카는 쓰키시마에게로 다가오더니 손가락 끝으로 스르륵 어깨를 쓰다듬었다. 쓰키시마가 당혹스러운 표정을 지으니 아이카는 장난치다가 들킨 어린아이처럼 어깨를 으쓱하며 웃었다.

"여, 역시 그렇잖아요. 당신은 언제나 남자 생각뿐이에요. 마, 맘에 드는 남자라고 두둔하는 거잖아요."

아토무는 벌게진 얼굴로 주장했다.

"아무리 남자가 매력적이라고 해도 살인범을 감쌀 정도로 바보는 아니라고. 난 당신과 달라서 어린애가 아니거든."

"나, 나는 어린애가 아니야! 우습게 보지 마!"

아이카에게 어린애 취급당한 아토무는 더욱 격분했다. 이제라도 졸도해 버릴 듯한 모습이다. 그 모습을 보고 아이카는 깊은 한숨을 쉬었다.

"당신의 그런 모습이 어린애라는 거야. 사사건건 호들갑 떨지 좀 마."

"그, 그럼 내 추리의 결함이 뭔지 설명해 봐요. 결함이, 있다면 말이지만."

기세등등한 아토무에게 아이카는 태연한 표정을 지으며 말했다.

"물론, 그럴 생각이야. 우선 피를 적신 수건을 사용해서 가나에 씨가 문에 등을 댄 채 미끄러진 것처럼 위장했다는 이야기 말인데, 좀 억지스러워."

아이카는 왼쪽 어깨에 닿은 긴 머리카락을 만지작거렸다.

"뭐, 뭐가요?"

"분명, 그 방법이라면 가나에 씨의 시체가 문에 기대어 있었던 것처럼 위장할 수 있을 것 같긴 해."

"그럼 뭐가……"

"하지만, 문에 몸이 미끄러져 내릴 때 생긴 혈흔만 있었던 건 아니잖아."

"네?"

"못 보고 놓친 것 같네. 뭐, 현장을 보고 토해 버릴 정도니까 어쩔 수 없긴 하지만."

"………."

아토무는 분한 듯이 입술을 깨물었다. 처음에 범행 현장을 봤을 때, 아토무가 구역감을 참지 못하고 화장실로 뛰어간 것은 사실이다.

"문에는 핏방울이 튄 흔적이 있었어. 딱 내 눈높이 정도에. 대략 이 정도."

아이카는 손바닥으로 자신의 눈높이를 표시했다.

"………."

"가나에 씨는 키가 나보다 조금 컸으니까, 가나에 씨로 보면 딱 목 정도네."

"무, 무슨 말이 하고 싶은 거예요?"

"그러니까, 이 높이에 핏방울이 튄 흔적이 남아 있다는 건 가나에 씨가 칼에 찔렸을 때 문 앞에 서 있었다는 말이 되잖아."

갸루 같은 외모도 한몫하여, 경박하고 변덕스럽게 보였는데, 의외로 통찰력이 뛰어난 듯하다. 다른 참가자들도 아이카의 설명에 수긍한 듯이 고개를 끄덕였다.

"하, 하지만, 그건 칼에 찔렸을 때 서 있는 상태였다는 증명일 뿐, 쓰키시마 씨가 범인이 아니라는 증명은 되지 않아요."

아토무의 반론에 아이카는 "그건 그렇지." 하고 선뜻 대답했지만, 패배를 인정한 것은 아니었다.

"모순점은 그것만이 아니야."

"어, 어떤 모순인데요?"

아토무의 이마에 서서히 땀이 배어났다.

"쓰키시마 씨. 잠깐 일어서 줄 수 있을까?"

"네."

쓰키시마는 아이카가 하라는 대로 자리에서 일어섰다. 아이카는 쓰키시마의 주위를 빙글빙글 돌며 유심히 관찰했다.

"역시. 쓰키시마 씨 옷에는 혈흔이 묻지 않았어."

"그, 그런 건 아까 신조 씨가 말했잖아요. 비옷이든 뭐든 입고 있으면 막을 수 있어요."

"그렇지. 그럼 다시 한번 묻겠는데, 당신의 추리는 쓰키시마 씨가 비옷을 입고 범행을 했다는 거지?"

"그, 그래요. 설마 모순이라는 게 뒤집어쓴 피에 관한 거예요?"

"아니야. …… 레이."

아이카가 이름을 부르자 레이는 "네." 하고 대답하며 일어섰다.

"시체를 발견하기 전에 문 아래 틈새에서 피가 흘러나오는 걸 본 거지?"

"봤어요. 피가 흘러나오는 걸 보고 쓰키시마 씨랑 문을 열려고 했던 거예요."

"그렇군. 그렇게 된 건가……?"

신조는 이다음에 이어질 이야기의 흐름을 이해한 듯이 짝 손뼉을 쳤다. 물론 쓰키시마도 알고 있다. 하지만 아토무는 아직 혼란 속에 빠져 있는지 연신 이마의 땀을 닦고 있었다.

"무, 무슨 말을 하는 거예요?"

"아직도 모르겠어?"

아이카가 익살스럽게 말했다.

"어, 어차피 나한테 딴지 거는 거잖아요."

"아니라니까. 잘 생각해 봐. 레이와 쓰키시마 씨가 달려왔을 때, 문 틈새에서 피가 흘러나오고 있었어. 그 말은 그 단계에서는 아직 혈액이 응고되지 않았다는 말이잖아?"

"그, 그렇죠……."

아토무도 아이카가 무엇을 지적하려는 것인지 이해한 듯, 목소리에서 조금 전까지의 당당한 위세가 사라졌다.

"당신 추리대로라면, 쓰키시마 씨가 가나에 씨를 살해한 후, 시체를 옆으로 쓰러진 위치로 이동시킨다. 그러고 나서 흘러나오는 피를 수건에 흡수시켜 문에 혈흔을 만들고 문에 기대 있었던 것처럼 위장한다. 그 후, 일단 현장을 떠나 피가 묻는 것을 막기 위해 입고 있던 비옷을 정리하고 아무 일 없었던 얼굴로 현장에 다시 나타났다는 거잖아."

"이, 이상한 점은 없을 텐데요."

"아니. 이상한 점이 두 가지 있어."

"두, 두 가지?"

"그래. 첫 번째는 아쓰시의 존재. 아쓰시는 원탁에서 자고 있었어. 그리고 비명을 듣고 잠에서 깨서 스태프 룸 앞으로 이동했어."

"그, 그게 어떻다는 거예요?"

"쓰키시마 씨가 당신 추리대로 움직였나먼 스태프 룸을 나온 단계에서 아쓰시와 마주쳤을 거야."

아이카의 지적에 아토무는 "윽." 하고 숨이 막힌 듯한 소리를 냈다. 비록 말은 하지 않았지만, 아픈 곳을 찔렸다는 것이 얼굴에 역력히 드러났다. 그래도 아토무는 쓰키시마 범인설을 포기하지 않았다.

"그, 그건 로비를 통하지 않고 방으로 가는 비밀 통로가……"

아토무가 땀을 닦으며 반박했다.

"비밀 통로는 없었을 거야. 그런 게 있다면 애초에 문이 열리지 않는 척을 할 필요도 없잖아."

"그, 그렇다면 아쓰시를 위협한 거예요. 그러고 나서 증언을 강요한 거죠."

아이카는 아토무의 억지 논리에 질렸는지, 왼쪽 어깨에 드리워진 머리카락을 만지작거리며 한숨을 쉬었다.

"고집쟁이네. 설령 그렇다고 해도 문제가 하나 더 있어."

"뭐, 뭔데요?"

"레이가 스태프 룸으로 들어가려 했을 때 문틈에서 피가 흘러나오고 있었다고 했어. 혈액 응고가 시작되는 시간은 대체로 10~15초 사이. 당신 추리대로 실행하기에는 시간이 너무 짧아."

"그, 그러면 레이 씨가 거짓말을 하는 거예요. 쓰키시마 씨를 감싸기 위해서……"

아토무가 군색한 반박을 계속했다.

"이제 오기는 그만 부리는 게 좋겠어."

"오, 오기 부리는 게 아니에요. 나는 단지 가능성을······"

"그게 바로 오기 부리는 거야. 피가 흘러나왔을 때 쓰키시마 씨가 문 앞에 있었다는 객관적 증거도 있거든."

"네?"

"스태프 룸 문 앞의 혈흔을 확인해 보는 게 어때. 쓰키시마 씨의 구두 형태로 패여 있거든. 그걸 보면 응고한 혈액이 아니라 흐르고 있는 혈액을 밟았다는 걸 알 수 있을 거야."

아이카는 하고 싶은 말이 있으면 얼마든지 해 보라는 듯이 재촉했으나 그는 입을 꾹 다문 채 고개를 숙였다. 이 자리에 있는 모두가 아토무의 패배를 감지했다. 그 덕에 쓰키시마 범인설이 뒤집혔다.

"아주 총명한 여성이군."

나가토가 쓰키시마에게 귀엣말을 했다.

"동감이다."

사람을 외모로 판단하는 우를 범했다. 관찰력과 논리적 사고를 겸비한 아이카 덕분에 쓰키시마는 혐의를 벗을 수 있었다.

"뭐라고 했어?"

아이카가 물었다.

"아니요. 아무것도 아닙니다. 그보다 고맙습니다."

쓰키시마가 감사를 표하자, 아이카는 심기가 불편한 듯이 한숨을 쉬며 말했다.

"공을 양보할 속셈인지 모르겠지만, 알아차렸으면 스스로 논박해 줬으면 좋았잖아."

······ 들켰다.

역시 상당한 관찰력의 소유자다. 아이카가 지적한 대로 쓰키시마도 같은 순서로 아토무의 추리의 허점을 지적할 수 있었지만, 굳이 입 밖에 내지 않았다. 단, 그 사실을 순순히 인정하기는 왠지 겸연쩍었다.

"그런 거 아닙니다. 아이카 씨 덕분입니다."

"겸손도 도가 지나치면 얄미울 뿐이야."

"아닙니다. 그런······"

"저, 저의 추리에 오류가 있었다는 건 인정합니다!"

격파당한 아토무가 느닷없이 큰 소리로 말하며 자리에서 일어섰다.

"인정하면 얌전히 있는 게 어때?"

아이카가 어이가 없다는 듯이 말했으나 아토무는 귓등으로도 듣지 않았다.

"하, 하지만, 오류가 있었다는 건 살해 트릭의 규명 부분일 뿐, 쓰키시마 씨가 범인이라는 게 뒤집힌 건 아닙니다."

아토무는 무슨 수를 써서라도 쓰키시마를 범인으로 만들고 싶은 모양이었다. 물론 개인적인 원한은 아닐 것이다. 단지 자신이 펼친 추리가 부정당하는 것을 견딜 수 없는 것이다. 오기도 이 정도면 존경심이 든다.

"그렇게까지 말한다면 다른 트릭이라도 생각난 건가요?"

쓰키시마가 묻자 아토무는 분하다는 듯이 입술을 깨물었다.

"저……"

대화를 가로막듯이 손을 든 사람은 신조였다.

"범인을 알 것 같습니다."

알 것 같다…… 조심스러운 표현을 썼지만, 그 표정은 자신감이 넘쳤다. 안경을 밀어 올리는 손짓에서도 그것이 전해졌다.

"어, 어떤 추리인지 말해보세요."

아토무가 흥분 상태로 말했다. 신조가 쓰키시마를 범인으로 지목하리라고 믿어 의심치 않는 듯하다.

"물론이죠."

신조가 자리에서 일어서자 교대하듯이 아토무가 자리에 앉았다. 그 자리에 있는 모두의 시선이 신조에게 향했다. 그는 주목의 대상이 된 자신의 모습을 즐기는 듯이 충분히 뜸을 들이고 나서 입을 열었다.

"범인은 그 방에서 나오지 않은 겁니다……."

신조가 뱉은 말이 큰 파문이 되어 원탁의 분위기를 뒤흔들었다.

<7>

"그래서 할 이야기란 게 뭐죠?"

오이카와가 물었다. 최면요법을 통한 A의 사건 조사를 마친 후, 사와는 오이카와와 면담 예약을 잡았다. 두 번째 최면요법 후에 구가와 나눈 이야기가 뇌리에서 떠나지 않았다. 그때 구가가 한 말은 여태까지 사와가 갖고 있던 그에 대한 이미지와는 너무 다른 것이었다. 그중에서도 "피해자 유가족이 되어보면 아실 겁니다."라는 말이 마음에 걸렸다. 그 말은 구가 자신이 피해자 유가족이었다는 것을 시사하기 때문이다.

사와는 곧바로 과거 사건 데이터베이스를 검색해 보았으나 해당하는 사건은 발견할 수 없었다. 하지만, 구가가 그런 말을 한 데는 무언가 이유가 있을 것이다. 대학 시절부터 구가와 알고 지낸 오이카와라면 뭔가 알고 있을지도 모른다고 생각했다. 다만, 사와의 마음속에 떠오른 의문을 그녀에게 직설적으로 물어봐도 될지는 망설여졌다.

"그 환자의 상태는 어떻습니까?"

망설인 끝에 사와는 A의 용태부터 묻기로 했다.

"뒤통수 상처도 아물었고 손의 화상은 시간이 걸리겠지만, 신체적으로는 순조롭게 회복해 가고 있는 것 같아요."

"심리적인 부분은 어떻습니까?"

"지쳐 있는 것은 틀림없는 사실이에요. 하지만, 전보다 말수가 많아진 듯해요. 기억을 되찾아감에 따라 변화가 일어나고 있는지도 모르죠."

"그렇군요."

"그의 용태를 확인하려고 일부러 예약을 잡은 거예요?"

"네."

오이카와는 흰 의사 가운의 주머니에 양손을 찔러 넣고는 사와의 얼굴을 물끄러미 바라보았다. 잠시 대화가 끊기고 침묵이 찾아왔다.

"사와 씨는 경찰치고는 거짓말이 서투르네요."

마침내 어이가 없다는 듯이 오이카와가 말했다.

"네?"

"사와 씨가 정말 궁금한 건 구가에 관한 거잖아요?"

부정할 말도 얼버무릴 말도 찾을 수가 없었다. 처음부터 찾아온 목적을 간파당했는데 이제 와서 둘러대 봐야 아무 의미가 없다.

"맞습니다."

"구가의 무엇을 알고 싶은데요?"

"지난번에 오이카와 선생님은 구가 씨가 정상인인 척하지만 비정상이라는 말씀을 하셨습니다. 그 말의 진의를 여쭙고 싶었습니다."

사와는 솔직하게 질문을 털어 놓았다.

"구가와 무슨 일이 있었군요."

오이카와는 진찰실 구석에 있는 냉장고를 열고 안에서 녹차 페트병을 꺼내와서 사와에게 내밀었다. 사와는 고맙다는 말을 하고 받았다.

"무슨 일이 있었던 것은 아닌데요. 단지 구가 씨의 언행에 의구심이 든 것은 사실입니다."

"어떤 의구심이죠?"

"구가 씨는 겉으로 보기에는 이지적이고 온화한 인상을 줍니다. 하지만, 그 이면에 뭔가 다른 감정을 품고 있고 그것을 감추고 있는 게 아닐까…… 하고요."

사와의 말을 듣고 오이카와가 풋, 하고 웃음을 터뜨렸다. 뭐가 그렇게 우스운지 모르겠지만, 오이카와는 웃음을 참지 못하고 점점 크게 웃더니 결국 배를 움켜잡고 웃기 시작했다.

"역시 알아챘군요."

오이카와는 아직 웃음기가 남은 목소리로 말했다.

"알아채다니요?"

"처음 만났을 때부터 느꼈어요. 사와 씨는 직감이 뛰어난 사람이라서 틀림없이 구가의 이상한 부분을 알아챌 거라고요."

"구가 씨는 이상한 사람인가요?"

"괴짜 중의 괴짜죠. 지금은 사와 씨도 그걸 알고 있잖아요?"

대답은 삼갔다. 아닌 게 아니라 사와는 구가에게 꺼림칙한 감정을 느꼈다. 하지만, 그것은 단순히 괴짜라는 말로 정리할 수는 없을 것 같았다. 좀 더 심각한 무언가. 이를테면 뒤틀림 같은 것이었다.

"학생 시절의 구가는 타인과 자연스럽게 의사소통하고 주위 사람에게 공감도 잘해 주었어요. 남을 배려할 줄도 알고 신사적이고 매너도 완벽했죠. 사와 씨도 처음에는 그렇게 느꼈죠?"

"네, 맞습니다."

약속 시각을 기다리며 소설을 읽거나 회중시계를 가지고 다니는 등 조금 특이한 면모는 있지만, 신사적이고 친근하고 지성적인 느낌이었다. 결점이나 콤플렉스와는 거리가 먼 사람이라는 인상을 받았다.

"하지만, 그건 구가의 본모습이 아니에요."

"본심을 감추고 있다는 말씀이신가요?"

"아니요."

오이카와는 곧바로 부정했다. 그러고는 아름다운 미간을 찌푸리며 험악한 표정을 지었다.

"그렇다면?"

"그에게 본심 따위 없어요."

"본심이 없다고요?"

"그래요. 감정이 없다고 말하는 편이 맞겠네요. 구가는 늘 타인을 관찰하고 그 속에서 최적화된 답을 끌어내요. AI처럼요."

"AI라뇨……."

"과장 같아요? 하지만, 나는 그렇게 느껴요. 그가 정신의학을 공부한 것도 인간이라는 존재를 지식의 대상으로 이해하기 위해서가 아닐까 하는 생각이 들 정도예요."

오이카와의 입에서 나온 날 선 표현에 사와는 말문이 막혀버렸다. 지금 그녀의 말투로 봐서는 '괴짜'라는 가벼운 표현을 썼지만, 사실상 구가를 정신이상자로 단정하는 듯하다.

"오이카와 선생님이 그렇게 느끼신 데는 무언가 근거가 있는 건가요?"

사와의 물음에, 오이카와는 옛 추억에 잠긴 듯한 아련한 눈빛을 보인 후, 쓴웃음을 지으며 대답했다.

"구가에게 연애감정을 느꼈던 시기가 있었어요. 신사적이고 유머 감각도 있고, 멋진 사람이라고 생각했었어요."

설마 연애 이야기가 튀어나올 줄이야. 사와는 당혹스러움을 느끼면서도 두 사람 사이에 무슨 일이 있었는지 호기심이 솟아나 이야기를 재촉했다.

"어느 날, 구가에게 내 마음을 고백했는데, 아주 정중하게 거절당했어요. 내가 상처받지 않도록 세심하게 배려해 주었는데, 그런 마음 씀씀이에 전보다 더 강한 호감을 느꼈죠."

여기까지 말하고 나서 오이카와는 후, 하고 한숨을 내쉬며 웃었다. 과거의 씁쓸한 추억에 잠긴 것이라기보다는 자신을 조소하는 듯한 미소였다.

"그런데 말이죠…… 보고 말았어요."

잠시 말을 끊고 나서 오이카와는 불쑥 말했다.

"뭘, 보셨는데요?"

"구가의 노트요."

"노트요?"

"네. 그가 학부 관계자들의 인물 관계도를 만들어 놨더라고요. 그것뿐이라면 인간 관찰을 좋아하는 사람, 정도로 생각했을지도 몰라요. 하지만, 그것만이 아니었어요."

"또 뭐가 있었는데요?"

"관계있는 모든 사람의 인격을 카테고리화해서 분석했더라고요. 상대에 대해 자신이 어떻게 느끼는지는 일절 언급이 없었어요. 마치 도감을 보는 듯한 느낌이더군요. 자세하게 대화의 흐름도까지 만들어 놨더라고요."

"흐름도……."

"그래요. 상대를 어떻게 대해야 할지, 감정이 아닌 이성으로 관리하고 있었던 거예요."

"대체 왜 그렇게까지……"

"아마도 인간의 감정을 이해하지 못하는 것 같았어요. 그래서 이성을 사용해 대책을 준비하는 거죠. 마치 시험공부를 하는 것처럼요."

"………."

"저에게 고백받았을 경우의 시뮬레이션도 해놨더군요."

"네?"

"슬프다, 그런 감정보다 먼저 무서웠어요. 그렇잖아요. 구가는 마치 개미집 짓기를 관찰하듯이, 인간의 습성을 관찰하고 있었어요. 그건 정상적인 인간의 행동이 아니에요."

오이카와의 말에 사와는 섬뜩했다. 지금 말한 에피소드에는 구가의 비정상성이 응축되어 있다. 방금, 오이카와가 구가를 AI라고 말했는데 그것도 이해가 된다. 오이카와는 이전에 구가에게 "환자는 네 장난감이 아니야."라고 격분했던 적이 있는데, 지금 보니 그것도 그의 이런 비정상적인 모습을 알고 있기에 했던 말이었다. 실험하듯이 환자의 마음을 가지고 놀지 말라는 진심 어린 경고였다.

하지만…….

오이카와의 말은 어딘가 어긋나 있는 것 같다. 신사적인 구가의 이면에 무언가가 숨어 있다는 인식까지는 사와와 일치했으나, 바라보는 방향이 전혀 달랐다.

"구가 씨에게 감정이 없다는 말씀은 틀린 것 같습니다."

사와는 저도 모르게 말했다.

"무슨 말이에요?"

"말 그대로예요. 구가 씨는 감정이 없는 것이 아니에요. 감정을 강제로 억누르고 있어서 되레 감정을 잃어버린 것처럼 느껴집니다."

말을 뱉고 나서 사와는 후회했다. 오이카와 같은 전문가를 상대로 이런 발언을 하다니. 하지만, 아무 근거도 없이 한 말은 아니었다. 심신상실 상태에서 저지른 범죄에 관해 이야기했을 때 구가가 했던 말에는 명백하게 강렬한 증오가 담겨 있었다. 그 증오는 분명 구가의 내면에서 솟구쳐 나온 감정이었다.

잠시 멍하니 있던 오이카와가 이윽고 후후, 소리를 내며 웃었다.

"사와 씨, 정말 재미있는 사람이네요."

"재미있다니요?"

"강하다고 말하는 편이 맞으려나?"

"강하지 않습니다."

"아니요. 아주 강해요. 타인에게 휩쓸리거나 주위 사람들에게 억지로 동조하지 않아요. 자신의 느낌을 믿을 수 있다는 것은 강인함의 증거죠."

"그런가요?"

"내게도 사와 씨 같은 강인함이 있었다면 결과는 달랐을지도 모르겠네요."

오이카와가 불쑥 중얼거렸다.

무슨 의미인지 물어보려는 사와를 가로막듯이, 오이카와에게 긴급 호출 연락이 오는 바람에 이야기는 거기서 중단되고 말았다.

<8>

"그게 무슨 뚱딴지같은 말이야?"

아이카가 의아한 표정으로 신조에게 물었다. 그 자리에 있는 모두가 신조의 말을 이해하지 못한 듯, 당혹스러운 표정을 짓고 있었다. 하지만, 쓰키시마에게는 놀라울 것이 없었다.

"범인은 그 방에서 나오지 않았다."라는 신조의 말에서 어떤 추리를 세운 것인지 추측할 수 있었기 때문이다.

"말 그대로의 의미예요. 범행 현장은 쓰키시마 씨가 증언한 것처럼 가나에 씨가 문에 기댄 채로 죽었기 때문에 밀실이었어요. 이것은 틀림없어요. 비밀 통로도 존재하지 않아요.

그러면 남는 가능성은 단 하나. 범인이 그 방에서 나오지 않은 거죠."

신조가 어린아이처럼 눈빛을 반짝이며 말했다.

"쓰, 쓰키시마 씨와 레이 씨가 범인이 방에서 도망가는 것을 못 보고 놓쳤다는 겁니까?"

아토무의 질문에 신조는 "아닙니다."라며 일축했다.

"범인은 지금도 저 방에 있습니다."

"아까부터 대체 무슨 말을 하는 거야? 저 방에는 피해자밖에 없었잖아."

"나도 확인했지만, 사람이 숨을 만한 공간은 없었다고."

아이카와 앗슈가 잇따라 말했다. 신조는 고개를 끄덕끄덕하며 "그렇습니다." 하며 두 사람의 의견을 긍정했다.

"앞뒤가 안 맞잖아."

입술에 단 피어싱 링을 만지작거리며 말하는 앗슈의 목소리는 짜증으로 가득했다. 하지만, 신조는 동요하지 않았다. 승자의 여유라는 듯이 싱긋 웃으며 말했다.

"앞뒤가 맞는답니다."

"그러니까 그걸 설명해 보라는 거잖아."

성미가 급한 앗슈가 인내의 한계를 넘어선 듯이, 원탁을 난폭하게 발로 차며 말했다. 신조는 우월감에 좀 더 취해 있고 싶은 것 같았지만, 더 질질 끌어봐야 분위기만 험악해질 뿐이다.

"뜸 들이는 건 이 정도로 하시고 슬슬 신조 씨의 추리를 들려주시겠습니까?"

쓰키시마가 재촉하듯이 말하자 마침내 신조가 "그럴까요?"라고 말하며 손가락 끝으로 안경 위치를 바로잡았다.

"그러면 외람되오나 저의 추리를 말씀드리겠습니다."

신조는 거만하게 말하고는 원탁 주위를 천천히 걷기 시작했다. 원탁에 앉은 사람들의 시선이 신조를 뒤쫓아갔다.

"제가 이 추리에 도달한 것은 아이카 씨의 추리를 들었기 때문입니다."

신조는 계단 앞까지 걸어가서 아이카에게 시선을 돌렸다.

"잘됐네."

아이카는 나른한 목소리로 대답하며 제 머리카락을 만지작거렸다.

"아, 아이카 씨가 한 말은 추리가 아니에요. 그저 모순을 지적했을 뿐이에요."

아토무가 흥분한 듯이 자리에서 일어섰다. 음, 그 말도 일리는 있다. 틀림없이 아이카가 말한 것은 어디까지나 아토무의 추리에 대한 문제 제기일 뿐, 트릭을 푼 것은 아니다.

"그건 알고 있습니다. 그래서 제가 그것을 보충해서 트릭을 풀 테니 잠시 조용히 해 주시겠습니까?"

신조가 나무라자 아토무는 분하다는 듯이 씩씩거리면서도 자리에 바로 앉았다. 헛기침하여 다시 좌중을 정리한 신조는 세 계단 정도 올라가 높은 위치에서 그 자리에 있는 모두를 둘러보았다. 행동 하나하나가 연극 같다. 역시 자의식으로 가득한 사람인 듯하다.

"우선 확실히 해 두어야 할 것은 시마다 씨와 가나에 씨, 두 사람 중 누가 먼저 죽었는가, 하는 점입니다."

"시마다 씨지요."

쓰키시마는 손을 들고 답했다. 왠지 신조의 수업을 듣고 있는 기분이다.

"맞습니다. 방금 아이카 씨가 혈액 응고에 관한 이야기를 했습니다. 그 상황에서 유추컨대, 가나에 씨가 죽은 것은 쓰키시마 씨와 레이 씨가 방에 들어가기 직전입니다. 필연적으로 시마다 씨는 그보다 먼저 죽었을 것으로 추측됩니다."

"그, 그런 건 알고 있어요. 문제는 '누가 죽였는가?'잖아요."

아토무가 재촉하듯이 말했다. 신조는 싱긋 입꼬리를 올리며 웃었다.

"시마다 씨를 죽인 사람은…… 가나에 씨입니다."

신조의 말이 끝나자마자 원탁은 술렁댔다.

"무슨 말이에요?"

"무, 무슨 말을 하는 건가요? 그런 말도 안 되는……"

"왜 가나에 씨가……"

각자가 한마디씩 하는 중에 나가토도 신조의 추리를 이해했는지, 수긍한다는 듯이 몇 번이나 고개를 끄덕였다.

"이번 사건의 경우, 우선 범행동기부터 설명하는 게 좋을 듯하군요."

신조는 다시 안경에 손가락 끝을 가져다 대고는 천천히 계단을 내려와 카운터 쪽으로 걸음을 옮기며 설명을 시작했다.

"시마다 씨와 가나에 씨의 관계가 그다지 양호하지 않았다는 것은 접수대에서의 반응을 보면 명백하지요. 아쓰시에 대한 학대도 두 사람의 불화의 연장이라고 볼 수 있습니다."

신조의 말을 들으며 쓰키시마의 뇌리에 과거 기억이 플래시백했다. 부부 불화의 배출구로서 아이를 학대하는 행위는 용서받을 수 없다. 그건 인간쓰레기나 하는 짓이다. 레이가 쓰키시마를 걱정스러운 눈빛으로 바라보았다. 학대 이야기가 나오는 바람에 또 발작을 일으키지 않을까 걱정하는 것이리라. 쓰키시마는 "괜찮아요."라고 소리 내지 않고 입술만 움직여서 답한 후 미소를 지었다. 혀를 차는 소리가 들렸다. 신조였다. 그는 쓰키시마를 비난하듯이 쏘아보았다. 쓰키시마와 레이가 서로 눈빛을 주고받는 것이 마음에 들지 않았던 모양이다.

"그래서 그다음은?"

아이카의 말에 신조는 정신을 차린 듯, 헛기침을 하고 이야기를 다시 시작했다.

"우리가 체크인을 끝낸 후, 시마다 씨와 가나에 씨가 언쟁을 시작했어요. 그 화풀이로 아쓰시에게 폭력을 휘둘렀죠. 평소에 그 두 사람은 아쓰시를 억눌린 감정의 배출구로 삼아 진정되었을 테지만, 이번엔 아쓰시가 못 견디고 방에서 뛰쳐나오고 말았죠. 결과적으로 두 사람의 다툼이 점점 더 격해진 거예요. 그래서……"

"가나에 씨가 시마다 씨를 칼로 찔렀다는 건가?"

아이카가 신조의 설명을 이어받듯이 말했다.

"그렇습니다. 아까 아토무 씨가 이야기했던 피에 젖은 수건. 이건 가나에 씨가 자신의 얼굴과 몸에 묻은 시마다 씨의 피를 닦아낸 거겠죠."

"그렇군."

"또 하나, 시마다 씨의 시체는 쓰키시마 씨가 발견했을 때 위를 향해 누워 있었다고 했는데 등에 칼을 맞았다는 점을 고려하면 다소 부자연스럽죠."

"원래는 엎드려진 상태였다는 거야?"

"맞아요. 가나에 씨는 앞으로 고꾸라진 시마다 씨의 시체를 이동시키고 증거 인멸을 하려 했습니다. 그러나 시마다 씨가 워낙 거구이다 보니 몸을 위로 눕힌 게 고작이었던 거죠."

"무, 무슨 소리예요. 그게 사실이라면 가나에 씨를 죽인 사람은 대체 누군데요?"

아토무의 지적은 지당하다. 하지만, 그 답은 쉽게 상상할 수 있었다.

"가나에 씨는…… 자살한 거예요."

신조의 말은 원탁에 정적을 불러왔다. 하지만, 정적은 오래가지 않았다.

"자, 자살이라고? 그런 마, 말도 안 되는……"

아토무가 쿵, 하고 원탁을 쳤다.

"충분히 생각할 수 있는 일이에요. 사람을 죽인 것을 비관한 가나에 씨는 스스로 자신의 목을 칼로 찔렀어요. 그리고 칼을 뽑은 후 문에 기댄 채 절명하는 바람에 의도치 않게 밀실이 만들어진 겁니다."

신조는 가나에가 했을 것으로 추측되는 행동을 재연하며 설명했다. 일단, 신조의 설명은 일견 타당해 보였다. 원탁의 참가자들도 그렇게 느끼고 있다는 것은 분위기로 알 수 있다. 쓰키시마 역시 신조와 같은 결론에 도달했었으나, 그것을 말하지 않은 데는 이유가 있다. 신조의 추리대로라면 도저히 설명할 수 없는 의문점이 남기 때문이다.

"지금 추리대로라면 이번 사건은 우발적으로 발생한 것이 되잖아요."

쓰키시마가 문제를 제기하자 신조는 의아한 표정을 지었다.

"뭐, 그렇지요. 무슨 불만이라도 있습니까?"

"불만이 있는 건 아니고 이건 미스터리 이벤트예요. 우발적인 사건을 문제로 제시할까요?"

신조의 추리는 앞뒤가 맞고 모순도 없어 보인다. 하지만, 이 사건이 트릭 풀이 중 하나라는 점을 고려하면 부자연스럽다.

"진짜로 사람이 죽었는데 아직도 이벤트 운운하는 건가요?"

신조의 말에 아이카와 앗슈가 동조했다. 하지만, 쓰키시마는 수긍할 수 없었다.

"M은 세 건의 연쇄살인 사건이 일어날 것이라고 했습니다. 가나에 씨가 범인이라면 다음 사건이 발생할 수 없겠죠."

"꼭 그렇다고는 할 수 없어요. 범인은 따로 있지만, 연쇄살인으로 위장하는 패턴일지도 모르죠."

미스터리 소설이라면 그래도 되겠지만, 연쇄살인이라고 정의한 미스터리 이벤트에서 그런 수법을 쓸까?

게다가……

"이 펜션 곳곳에 숨어 있는 수수께끼가 어느 것 하나 해결되지 않은 것도 마음에 걸립니다."

"곳곳에 숨어 있는 수수께끼라뇨?"

신조가 고개를 갸웃했다. 다른 참가자들도 눈만 말똥말똥

하고 있다.

　……알아채지 못한 건가?

"원탁의 배치. 주인 없는 자리. 단 한 개 놓인 마네킹. 벽에 걸린 그림, 〈라자로의 부활〉의 의미. 이벤트의 타이틀 등. 그런 복선을 회수하지 않았다는 것도 도저히 납득되지 않습니다."

다른 참가자에게는 굳이 설명하지 않았지만, 방문 틈에 끼워져 있었던 자칭 최초의 사도에게서 온 기묘한 편지도 있었다. 그것들이 모두 단지 분위기를 자아내기 위한 설정은 아닐 것이다. 틀림없이 무언가 의미를 지니고 있다. 그 답이 우발적 살인이라는 것은 아무리 생각해도 너무 조악하다.

"미스터리 작가다운 의견이네요. 그렇다면 확인해 보면 되겠네요."

"확인이요?"

"M은 틀림없이 이 대화도 모니터하고 있을 거예요. 그러니까 정답인지 아닌지 확인하면 되죠."

"정말 모니터링하고 있을까?"

아이카가 주변을 두리번거렸다. 감시 카메라 같은 건 지금으로서는 눈에 띄지 않았지만, 신조의 말대로 틀림없이 감시하고 있을 것이다.

"듣고 있을 거예요. 그렇죠, M 씨? 제 추리가 정답이죠?"

신조는 양손을 펼치고 천장을 향해 소리쳤다. 마치 신에게 구원을 청하는 듯한 그 모습이 쓰키시마의 눈에는 기묘하게 비쳤다. 하지만, 반응은 없었다.

"뭐야. 아무도 안 보고 있잖아."

앗슈는 혀를 차며 말했다.

"M! 듣고 있죠? 제 추리가 정답이라고 말해요!"

신조가 다시 한번 천장을 향해 외쳤다. 잠시 후 지직, 하고 잡음이 들렸다. 방송이 연결된 모양이다. 원탁에 모인 모든 사람이 기대에 찬 눈빛으로 천장을 올려다보았다.

〈유감이지만 정답이 아닙니다. 쓰키시마 씨가 지적한 대로 이것은 연쇄살인 사건입니다. 범인이 사망하면 다음 살인을 실행할 수 없습니다.〉

스피커에서 내려온 계시는 무자비한 것이었다.

"그럼 대체 누가 죽였다는 겁니까?"

신조는 수긍이 가지 않는 듯이 거친 목소리로 말했다.

〈그것을 추리하는 것이 여러분의 역할입니다. 조속한 해결을 기원합니다.〉

M은 일방적으로 전달한 후, 뚝, 방송을 끊어버렸다.

"듣고 있잖아! 대답해!"

그 후, 신조가 아무리 소리를 질러도 응답은 없었다.

<9>

 귀에 거슬리는 전자음이 울렸다. 그 소리는 점점 커지더니 칠흑 같은 어둠 속에 떨어져 있던 사와의 의식에 빛을 비추었다. 정신을 차리니 익숙한 천장이 사와의 시야에 들어왔다. 어제 오이카와와 이야기를 마친 후, A의 모친 및 그 연인과 관련이 있을 만한 사건을 조사하고 보육원에 문의하는 등 매우 바쁜 하루를 보냈다. 집에 돌아와서는 너무 지친 나머지 옷도 갈아입지 않고 침대에 쓰러져 그대로 잠이 들었던 모양이다. 호주머니 속에서 휴대전화가 계속 울렸다.
 "네. 미나미입니다."
 사와는 침대에서 몸을 일으켜 세우고 헛기침을 하여 목을 가다듬은 후 전화를 받았다.
 - 언제까지 자는 거야.
 눈 뜨자마자 후루타의 목소리를 듣는 것만큼 언짢은 일도 없다.
 "아닙니다. 이미 일어났습니다."
 - 그럼 전화를 빨리 받든가.
 "죄송합니다."
 쓸데없이 옥신각신하고 싶지 않아서 말뿐인 사죄를 하며 손목시계를 확인했다. 오전 7시가 막 지났다.

― 이래서 젊은 여자들은…….

후루타는 입만 열었다 하면 나오는 단골 대사를 뱉었다. 젊은 여자들에게 뭐 원한이라도 있는 건가? 아니면 사춘기 콤플렉스에서 아직도 벗어나지 못한 건가? 어찌 되었든 속이 뒤집히는 후루타의 설교를 듣고 있을 여유는 없었다.

"무슨 용건이신가요?"

― 자네가 보육원에 문의했던 건 중에서 대상자를 기억한다는 회신이 한 건 왔다.

"정말인가요?"

생각지도 않은 소식에 사와는 흥분하며 물었다.

― 내가 뭐 하러 자네한테 거짓말을 하겠어.

후루타의 핀잔이 득달같이 날아들었다. 그 말본새에 부아가 났지만, 반가운 정보라는 것은 변함이 없었다. A가 어머니를 잃었다는 이야기에서 보육원에 맡겨졌을 가능성을 고려하여 닥치는 대로 그의 사진을 보내어 조회를 의뢰했다. 친척이나 친지가 거두었다면 헛수고로 끝났을 것이다. 설령 보육원에 들어갔다고 해도 정확한 시기를 모를뿐더러, A의 얼굴 생김새도 시간이 지나며 변했을 것이다. 거의 기대하지 않았는데 반응이 왔다는 것만으로 큰 성과다.

― 게다가 일일이 수선을 피우지 말라고. 그저 닮은 사람일 뿐, 확증이 있는 것도 아니잖아.

"알겠습니다."

말투는 거슬리지만, 후루타의 말이 옳다. 현 단계에서 서두르다 보면 편견에 사로잡힐 수도 있다. 냉철하고 침착하게 판단해야 한다.

- 애초에 최면술로 얻어낸 진술 따위 믿을 수 있겠어? 그런 거로 정보를 얻을 수 있으면 누가 고생하겠냐고.

후루타는 여전히 최면요법에 따른 사건 조사에 부정적인 입장이다. 그런 불만이라면 내가 아니라 윗선에 항의하라고 말하고 싶은 심정이지만, 그만한 배짱은 없을 것이다. 이렇게 사와에게 불평을 늘어놓으며 화풀이를 하는 것이 고작이다.

"상대편 연락처를 알려 주시겠습니까?"

사와는 후루타의 불평이 길어지기 전에 강제로 대화를 끌고 갔다. 후루타는 혀를 차면서도 보육원 연락처를 가르쳐 주었다. 주소가 인근 현으로 되어 있었다. 거리가 꽤 있으므로 우선 전화 등으로 약속을 잡는 편이 좋겠다.

- 알겠어? 모쪼록 문제 일으키지 말라고. 자네가 뭔가 저지르면 내 책임이 되니까. 그리고 뭔가 진전이 있으면 곧바로 나한테 보고해.

요컨대 책임은 조금도 지지 않겠지만, 성과는 넘기라는 말이다. 그야말로 후루타의 업무태도 그 자체다. 욕이라도 퍼붓고 싶지만, 공교롭게도 사와에게 그런 시간의 여유는 없다.

"알겠습니다."

적당히 대답하고 전화를 끊었다. 사와는 곧바로 보육원에 연락하려고 했으나 잠시 멈췄다. 이 건은 구가에게도 알려 줘야겠다는 생각이 들어 그에게 전화를 걸었다. 신호음이 울리는 동안, 어제 오이카와가 한 말이 뇌리를 스쳤다. 구가는 정말 오이카와의 말처럼 감정이 없는 사람일까? 사와는 도저히 그렇게 생각되지 않았다. 그가 괴짜라는 의견에는 동의하지만, 그 해석은 서로 크게 달랐다. 대체 어느 쪽이 진짜 구가일까? 이런 생각에 잠겨 있을 때 구가가 전화를 받았다.

- 안녕하세요. 구가입니다.

평소와 마찬가지로 차분한 구가의 목소리가 들려왔다. 목소리에서 어제 있었던 대립의 흔적은 전혀 느껴지지 않는다. 그래서 오히려 어색하다.

"이른 아침에 죄송합니다."

- 아닙니다. 신경 쓰지 마세요. 이미 일어나 있었습니다.

사와와 달리, 구가는 정말로 이미 일어나 있었음이 틀림없다. 우아하게 티타임이라도 즐기고 있었을 것이다. 사와는 얼굴을 마주하고 있는 것도 아닌데 손가락으로 머리카락을 성돈한 후 용건을 구가에게 전했다.

- 알겠습니다. 저도 동석하겠습니다.

"괜찮으시겠습니까?"

― 물론입니다. 일반적인 탐문이 어떤 것인지 궁금하기도 하고요.

이 대화의 흐름도도 사전에 만들어 놓은 것일까? 생각하고 싶지 않아도 저절로 그런 생각이 든다.

"알겠습니다. 그러면 상대편에게 연락하여 약속을 잡겠습니다. 나중에 다시……"

전화를 끊으려 할 때 구가가 말을 가로막았다.

― 어제 오이카와 선생님을 만나셨더군요.

구가의 말에 그만 뜨끔했다. 단정적인 말투로 보아 이미 그 사실을 알고 있는 것이다. 시치미 떼봐야 의미가 없다.

"네. 잘 알고 계시네요."

― 오이카와 선생님에게서 연락이 왔습니다.

"그랬군요."

― 오이카와 선생님을 만나시는 거면 말씀을 해 주시지…….

"다음부터 그렇게 하겠습니다."

― 오이카와 선생님과는 무슨 이야기를 하신 건가요?

그 순간, 말문이 막혔다.

"오이카와 선생님께 아무 말씀도 못 들으셨나요?"

― 네. 여자들 모임이라고 하셨습니다.

사와는 저도 모르게 웃음을 터뜨릴 뻔했으나, 가까스로 참았다. 하필이면 여자들 모임이라니…….

"비슷한 겁니다."

사와는 오이카와가 둘러댄 말에 편승하기로 했다.

- 그러셨군요. 두 분이 그 정도로 가까워지셨다니 의외였습니다.

"그렇습니다."

적당히 맞장구를 쳤다.

- 실은 오이카와 선생님께 '나에게 했던 대로 사와 씨에게는 하지 말라.'라는 충고를 들었습니다.

"그건 무슨 의미죠?"

- 저도 그걸 몰라서 여쭈려고 생각했습니다만……

"죄송합니다. 저도 모르겠네요."

오이카와가 하고자 한 말의 진의를 사와도 알 수 없었다.

- 그렇습니까. 그럼 나중에 뵙죠.

서로 의중을 떠보는 듯한 대화 후 통화는 끝났다. 오이카와가 구가에게 한 충고의 의미가 마음에 걸렸으나 새삼스레 그걸 따져 물을 기분은 들지 않았다. 오이카와가 무언가를 걱정하는 듯한데, 그녀가 인식하는 구가와 사와가 아는 구가가 본질적으로 다르다는 느낌이 든다. 사람은 다면성이 있다. 상황이나 상대, 시간의 흐름에 따라서도 변화하는 존재다. 어느 쪽이 옳은지의 문제가 아니라 양쪽 다 진실일 것이다. 현재의 구가라는 인물을 파악하면 된다. 사와는 머릿속에 있는 생각을 떨쳐버리고 화장실로 이동하여 재빨리 몸단장을 시작했다.

만약 그대가 나를 사랑한다면
부디 나를 죽여주세요

사와는 거울 속에 비친 자신과 눈이 마주쳤을 때 무의식적으로 놀의 노래를 흥얼거리고 있다는 사실을 깨닫고 몸이 굳었다. 게다가 거울 속의 사와는 웃고 있었다. 슬픈 노래인데 왜 웃고 있는 건지 모르겠다. 어쩌면 놀이 이 노래에 담은 것은 가사대로의 비애가 아닌 무언가 다른 감정이었는지도 모른다. 문득 그런 생각이 들었다.

<10>

쓰키시마는 침대에 누운 채 흰 천장을 바라보았다. 이상하게도 마음이 점점 잔잔해진다. 이대로 깊은 잠에 빠져 눈을 뜨지 않으면 좋을 텐데…… 저도 모르게 그런 불길한 소원을 빌었다.
"정말 해산해도 되는 거였나?"

소파에 앉은 나가토가 물었다. 솔직히 대답하는 것도 귀찮았지만, 나가토를 상대로 입을 꾹 닫고 있어 봐야 그가 얌전히 있을 리 만무하다.

"지금은 각자 생각할 시간이 필요하거든."

그때 이후 결국, 새로운 추리를 제시한 사람은 없었고 각자 방으로 돌아가기로 했다. 쓰키시마는 방문을 잠그고 누가 와도 문을 열지 말라고 충고는 했으나 그뿐이었다.

"모두가 뭉쳐있는 게 안전할 것 같은데."

나가토의 생각도 일리가 있다. 이런 밀실 사건을 다룬 미스터리에서는 각자가 제 방으로 흩어지는 것이 새로운 범행의 마중물이 되기도 한다.

하지만…….

"저들 중에 살인범이 있다는 생각을 하면 같이 있는 것도 내키지 않아. 게다가 함께 있다고 해서 반드시 범행을 막을 수 있는 것도 아니고."

"그런가?"

"응. 계속 같이 있는 것도 불가능하잖아. 화장실도 갈 거고. 공교롭게도 사건은 그럴 때 일어나는 법이거든."

"음, 그렇긴 하네."

"그럴 바에야 자물쇠를 채우고 방에 틀어박혀서 자기 방 화장실을 쓰는 편이 안전하지."

이런저런 설명을 늘어놓았지만, 쓰키시마는 마음속 깊은 곳에 다음 사건을 기대하는 자신이 있는 것을 느꼈다. 이 부조리한 게임을 끝내야 한다. 다만, 현 단계에서는 사건을 해결할 수 없다. 해결에 도달하기 위해서는 다음 범행이 일어나야 한다.

"끔찍하군……."

쓰키시마는 자신의 비뚤어진 생각에 전율하며 저도 모르게 혼잣말을 했다.

"뭐가?"

"아니, 아무것도 아니야."

"정말이야? 뭔가 생각나는 게 있으면 말하는 편이 나아."

아무리 친구라고 해도 자신의 비뚤어진 속내까지 털어놓을 필요는 없다.

"아니, 그냥, 원탁의 배치에 관해 생각했어."

"배치?"

"계속 마음에 걸렸어. 단순한 무작위 배치로 보이지는 않아. 빈자리와 마네킹까지 있어. 게다가 나가토의 자리는 없었어. 거기에도 의미가 있을 거야. 그것이 이번 사건의 트릭을 푸는 열쇠가 될 거야."

"응. 아닌 게 아니라 이상하네."

"마음에 걸리는 건 그뿐만이 아니야. 아마, 방 배치도 무작위는 아닐 거야."

"그래?"

"응. 스태프 룸도, 레이 씨 방도, 이 방과는 구조가 분명히 달랐어."

"그런 거 아니야? 호텔 같은 델 가도 방별로 넓이나 구조가 다르잖아?"

"그건 그렇지만, 그래도 침대 같은 가구는 통일감이 있잖아. 그런데 그게 아니더라고. 레이 씨 방에는 피아노까지 있던걸."

"과연 미스터리 작가는 눈썰미가 다르네."

나가토가 익살스럽게 말했다.

"이렇게 명백한데 아무도 지적하지 않는다는 게 더 이상하다."

아까 벌어진 추리 대결 때도 아이카와 신조의 추리는 쓰키시마도 생각하지 않은 바가 아니다. 그렇지만 말하지 않았던 것은 방의 구조 차이와 원탁의 배치에 대한 수수께끼를 밝혀내지 못했기 때문이다.

"뭔가 의미가 있을 거라고 생각했지만, 깊이 생각해 보지는 않았네."

"태평스럽기도 하다."

"그렇진 않아. 이대로 계속 펜션에 갇혀 있는 건 좀 곤란하다고."

"동감이야······."

쓰키시마는 손목시계로 눈길을 돌렸다. 오후 10시가 거의 다 되었다. 이렇게 시간은 속수무책으로 흘러가지만, 트릭을 풀지 않는 한 악몽 같은 이벤트는 끝나지 않는다. 역시, 새로운 희생자가 필요할지도 모른다.

"앗!"

생각을 내려놓으려는 순간 별안간 하늘에서 계시가 떨어졌다.

······ 아니 어떻게 이런 일이!

"시계였구나······."

쓰키시마는 침대에서 벌떡 일어나 그대로 방을 뛰쳐나갔다.

"쓰키시마. 무슨 일이야?"

나가토가 뒤따라왔지만, 쓰키시마는 상관하지 않고 복도로 달려나가서 계단 앞에서 발걸음을 멈추고 계단 아래 놓인 원탁으로 시선을 돌렸다. 열한 개의 의자가 원탁을 둘러싸고 있다. 아니, 한 개는 앗슈가 문을 열려고 하다가 부서뜨렸으니 원래 의자는 열두 개였다. 마네킹이 덩그러니 앉아 있을 뿐, 다른 사람의 모습은 보이지 않는다. 쓰키시마는 앉아 있었던 사람들의 배치를 다시금 떠올려 본다. 마네킹을 제외하면 맨 첫 단계에서 빈자리는 세 개였다.

"갑자기 왜 그래?"

쓰키시마는 나가토의 말을 들은 체 만 체하며 계단을 뛰어내려가서 빈자리였던 의자 중 하나를 손으로 잡고 등받이 부분을 확인해 봤다. 이벤트 참가자들이 앉았던 의자와 마찬가지로 이름표가 붙어 있었으나 이름은 적혀 있지 않았다.

내 생각이 틀린 걸까? 낙담했을 때 쓰키시마의 눈에 정면 문 앞에 흩어져 있는 의자 파편들이 들어왔다. 앗슈가 망가뜨린 의자의 잔해. 그 파편 중에 의자에서 분리된 이름표가 떨어져 있었다. 혹시 하는 생각에 이끌리듯이 그 이름표를 집어 들었다. 앞면에는 아무것도 쓰여 있지 않았다. 그러나 뒷면에는 '시마다'라는 이름이 쓰여 있었다.

…… 뒷면인가?

쓰키시마는 곧바로 원탁으로 돌아가, 먼저 확인했던 빈자리 의자의 이름표를 다시 확인했다. 손가락을 끼우니 쉽게 분리됐다. 이름표 뒷면에는 '가나에'라는 이름이 적혀 있었다.

"이봐. 진짜 무슨 일이야."

질문하는 나가토의 표정이 불안해 보였다. 아무것도 모르는 나가토의 눈에는 쓰키시마의 행동이 단순히 기행으로 보일 것이다. 하지만, 쓰키시마는 실성한 것이 아니다.

"알아냈다."

쓰키시마는 그렇게 말하며 이름표 두 개를 나가토에게 내밀었다.

"시마다, 가나에…… 그 두 사람이구나."

"맞아. 그뿐만이 아니야. 두 사람이 죽은 시간이 몇 시였는지 기억해?"

쓰키시마는 질문을 던져 놓고 다시 계단을 올라갔다.

"시체가 발견된 시간이 오후 9시 경이었으니까 그보다 조금 전이겠지."

"시마다는 정확하게는 모르겠지만 8시대. 가나에는 9시대였다."

"그 차이에 무슨 의미가 있어?"

"있어."

쓰키시마는 계단의 가장 위까지 올라가서 뒤를 돌아 아래쪽에 보이는 원탁을 가리켰다. 손가락 끝을 따라가 원탁을 보던 나가토의 눈이 경악으로 휘둥그레졌다. 쓰키시마가 말하려는 것이 무엇인지 이해한 듯하다.

"시계."

"맞아. 열두 개의 의자는 시계의 시간을 가리키는 거야. 빈자리 중, 8시 위치가 시마다 그리고 9시 위치가 가나에야."

보란 듯이 놓여 있던 거대한 시계는 원탁이 시계의 숫자판이라는 것을 암시하는 것이었다.

"사망한 시각과 일치한다, 그런 말인가?"

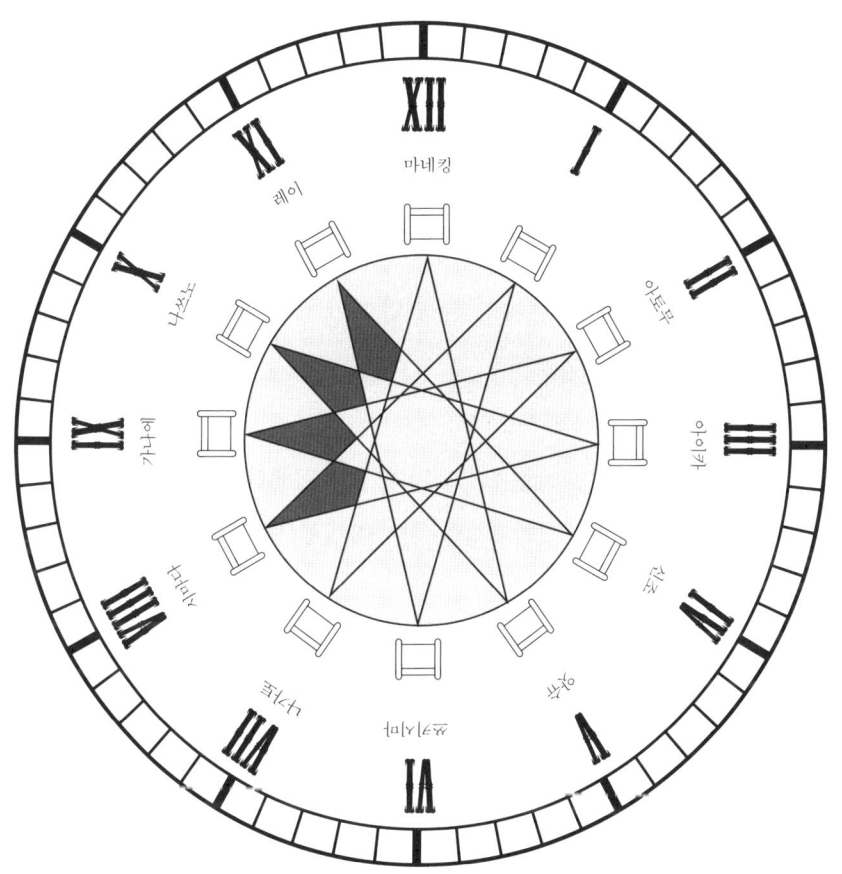

"응. 그렇게 생각하면 다른 측면이 보인다."

"다른 측면이라니?"

"원탁 중심에 있는 모양을 잘 살펴봐. 열두 개의 꼭짓점이 있는 별 모양 다각형을 이루고 있잖아."

"그렇네……."

"시마다와 가나에를 가리키는 꼭짓점 부근이 검은색으로 칠해져 있어."

"진짜 그렇네!"

"이 원탁의 배치는 예고장이었던 거야."

"예, 예고장이라고?"

나가토는 갈라진 목소리로 말했다.

"응. 별 모양 다각형의 꼭짓점이 검게 칠해진 인물이 살해당하는 대상이다. 그리고 앉는 위치로 범행 시각을 보여준 거야."

"대단하다, 쓰키시마. 이걸 알아냈다는 건 다음 범행을 막을 수 있다는 거지."

"맞아."

"다음 범행 대상은 나쓰노 씨다. 시각은…… 큰일 났다. 이미 10시를 넘겼어."

나가토가 계단을 뛰어 내려갔다. 쓰키시마도 그 뒤를 따라 뛰기 시작했다. 그대로 복도를 빠져나와 나쓰노의 방 앞까지 이동하여 문을 두드렸다.

"나쓰노 씨."

이름을 불러 보았으나 대답이 돌아오지 않았다.

"나쓰노 씨. 안에 있어요?"

다시 한번, 문을 노크해 보았지만 응답은 없었다. 역시 한발 늦은 건가? 이렇게 되니 불길한 예감만이 들었다. 사생활이고 뭐고 신경 쓸 상황이 아니다. 쓰키시마는 문손잡이에 손을 가져갔다. 문은 잠겨 있지 않았던 듯 스르륵 문손잡이가 돌아갔다. 그대로 문을 밀어 열려고 하는 순간, 빠직하고 무언가가 튀는 듯한 소리가 나더니 펜션 전체의 전등이 꺼졌다.

…… 뭐, 뭐지? 무슨 일이 벌어진 거지?

혼란에 빠진 사이, 문이 휙 하고 세게 열리더니 방 안에서 무언가가 튀어나와 쓰키시마를 들이받았다. 순식간에 벌어진 일이라 쓰키시마는 균형을 잡지 못하고 엉덩방아를 찧었다.

"윽……."

"쓰키시마, 괜찮아?"

곧바로 나가토가 물었다.

"응. 그런 것 같아."

…… 방금 그자는 어디로 갔지?

주위를 둘러보았지만, 캄캄해서 아무것도 보이지 않았다. 그자를 찾을까 생각했지만, 이 어둠 속에서는 힘들 것이다.

게다가 나쓰노가 걱정됐다. 아까부터 녹슨 쇠 냄새가 나고 있다. 쓰키시마는 자리에서 일어서서 방안을 엿보았다. 역시 어두워서 거의 아무것도 보이지 않는다. 하지만 코를 찌르는 듯한 이상한 냄새의 농도가 짙어지고 있다.

"그건 그렇고 왜 갑자기 전등이 꺼진 거지?" 나가토가 물었다.

"차단기가 내려갔거나 전기 배선 자체가 절단되었거나······."

"고의라는 거야?"

"아마도."

명확한 근거는 없지만, 타이밍으로 볼 때 누군가가 의도적으로 전기를 끊었다고 생각하는 것이 타당하다. 어찌 되었든 우선은 나쓰노의 상황을 확인할 필요가 있다.

"쓰키시마······."

나가토가 쓰키시마에게 펜라이트를 내밀었다. 쓰키시마는 나가토의 준비성에 감탄하며 불을 켰다. 한 줄기 가느다란 빛이었지만, 없는 것에는 비할 수 없다. 쓰키시마가 빛을 방 안쪽으로 비추자 바닥 전면에 붉은 액체가 퍼지는 모습이 보였다.

······ 피다.

엄청난 양의 피가 흐르고 있었다.

그리고…….

피 웅덩이 중심에는 눈을 부릅뜬 채, 깨진 두개골에서 뇌척수액이 흘러나오고 있는 나쓰노의 시신이 있었다.

제4장

혼돈

<1>

사와는 노트북 컴퓨터를 들고 회의실로 들어갔다. A에 관해 알 수도 있다는 회신이 온 보육원은 야마나시현의 미나미쓰루군(郡)에 있는 곳이다. 직접 방문하기까지는 시간이 걸리므로 일단 원격으로 이야기를 들어 보기로 했다.

후루타 같은 구시대 형사들은 쉽사리 받아들이기 힘들겠지만, 이런 경우 두말할 필요 없이 원격 회의가 효율적이다. 구가와 보육원 담당자에게는 접속할 수 있는 URL을 사전에 보냈다. 약속 시간이 되면 각자 접속할 것이다. 사와가 이어폰 마이크를 장착했을 즈음, 화면에 구가의 얼굴이 나타났다. 순백색의 벽을 보니 카운슬링 룸인 것 같았다. 강한 빛 때문인지 구가의 피부가 유독 새하얗게 보인다.

— 수고 많으십니다. 잘 들립니까?

구가가 음성 체크를 겸하여 말을 걸었다.

"안녕하세요. 잘 들립니다."

— 질문은 사와 씨께 맡겨도 되겠습니까?

"네. 문제없습니다."

구가와 말을 주고받고 있을 때 보육원 담당자도 접속했다. 50대로 보이는 중년 여성의 상체가 화면에 나타났다. 푸근한 인상의 둥글고 화장기 없는 얼굴의 여성이었다. 화면을 통해서 온화한 분위기가 전해졌다.

- 안녕하세요. 이토라고 합니다.

여성은 꾸벅 고개를 숙였다.

"시간을 내주셔서 대단히 감사합니다. 수사과의 미나미입니다."

- 구가라고 합니다.

"그럼 바로 본론으로 들어가도 되겠습니까?"

회사의 회의라면 한두 마디 잡담 정도는 하겠지만, 이 원격 회의의 목적은 어디까지나 탐문이다. 이토가 "네 물론입니다."라고 응답했으므로 곧바로 본론으로 들어갔다.

"조금 전에 사진을 보냈습니다만, 보셨습니까?"

원격 회의를 시작하기 전에 A의 사진을 메일로 보냈다. 이토는 돋보기를 끼고 쓱 화면에 얼굴을 가져다 댔다. 아마 회의에 사용하고 있는 컴퓨터에 사와가 보낸 이미지를 띄운 모양이다.

- 지금 보고 있는데요, 틀림없이 맞는 것 같습니다.

"확실한가요?"

- 그렇게 물어보시면 자신이 없습니다만. 마지막으로 본 것이 지금으로부터 10년쯤 전이니까요.

"그러시군요……."

자꾸만 실망스러운 마음이 들지만 어쩔 수 없다. 시간이 흐르면 사람의 얼굴도 변하기 마련이다.

- 하지만 무척 닮긴 했어요. 잠시만 기다려 주세요.

이토는 그렇게 말하고는 잠시 화면에서 모습을 감추었다. 잠시 후, 그녀는 책자 같은 것을 들고 다시 화면 안으로 들어왔다. 그녀가 들고 있는 것은 앨범일까?

- 분명 이쯤이었던 것 같은데…….

이토는 중얼중얼하며 책장을 들척였다. 마침내 찾으려 했던 것을 발견한 듯이 "여기 있다."라고 큰 소리로 말하며 앨범에서 사진 한 장을 뽑아 화면 가까이 가져왔다. 시설 앞에서 찍은 것으로 보이는 사진으로 이토 씨와 중학생 정도 되는 소년이 나란히 서 있었다. 사진이 오래된 데다가 화면 너머로 보려니 화질이 조악했다. 사와는 자신이 가진 A의 사진과 비교해 보았다. 성장함에 따라 이목구비가 어른스러워지긴 했지만, 대단히 닮았다.

- 동일 인물로 보이는군요.

구가도 같은 생각을 했는지 고개를 끄덕였다.

- 그렇죠? 사진을 봤을 때 아쓰야하고 너무 닮아서 깜짝

놀랐습니다.

"이 소년의 이름은 아쓰야인가요?"

― 네.

만약 사진 속 인물이 A와 동일 인물이라면 드디어 이름을 알아낸 셈이다. 단번에 시야가 넓어진 듯한 흥분감도 들었으나 객관적인 사실이 뒷받침되지 않은 단계에서 단정 짓는 것은 위험하다.

― 그가 최면요법에서 말했던 과거와 이토 씨가 아는 아쓰야라는 소년의 에피소드에 공통점이 있다면 판단 근거의 하나가 될 수도 있겠군요.

구가가 넌지시 조언해 주었다.

"아쓰야 군이 보육원에 온 이유는 무엇이었나요?"

― 싱글맘이었던 아쓰야의 어머니가 돌아가셨을 때 친척 중에서 아쓰야를 맡아 줄 사람이 없어서 저희 쪽에서 맡게 되었어요.

"아쓰야 군의 어머니가 돌아가신 이유는 아시나요?"

― 자살이라고 들었어요.

"자살이요?"

A는 어머니가 살해당했다고 말했다. 에피소드가 일치하면 동일 인물이라고 판단할 근거가 되리라 생각했는데 처음부터 어긋났다.

- 빚에 시달리다가 동반자살했다고 했어요. 아쓰야의 어머니가 진 빚이 아니라 교제하던 남자의 빚이었던 것 같아요.

"그렇군요."

다소 짜맞추는 듯한 느낌도 들지만, 실제로 살인 사건이 발생했던 것이 아니라 연인의 빚 때문에 죽음으로 몰렸다는 의미로 살해당했다고 생각했을 수도 있다.

- 경찰의 이야기로는 현장이 참혹했다고 하더라고요. 아쓰야의 어머니가 연인을 식칼로 찔러 죽인 후, 자신도······

이토는 고개를 가로저은 후 "피바다였다고 해요······."라고 덧붙였다.

"끔찍하군요."

저도 모르게 입 밖으로 말이 나왔다. 동시에 이해하기가 어려운 부분이 생겼다. 자살하는 사람 대부분은 가능한 한 통증과 괴로움이 적은 방법을 고르는 것이 일반적이다. 식칼로 찌르는 것은 상당한 고통을 동반하는데 왜 그런 방법을 택한 것일까?

- 아쓰야가 휘말리지 않았던 것만은 불행 중 다행이에요.

"아쓰야 군은 현장에 없었나요?"

- 자세한 것은 저도 잘 모르겠지만, 경찰에 따르면 방 밖에 있었던 것 같아요.

"그렇군요."

이건 나중에 사건 자료를 요청하여 자세히 조사해 볼 필요가 있겠다.

　― 이런 얘길 하면 안 된다는 건 알지만, 어머니가 돌아가신 덕분에 아쓰야가 해방되었다는 생각이 들어요.

　이토가 생각에 잠긴 듯이 말했다.

　"학대 때문인가요?"

　― 알고 계셨어요?

　"아니요. 자세히는 모르지만, 학대 가능성이 있다는 것은 파악했습니다."

　― 저희 쪽에 막 왔을 때는 차마 눈 뜨고 보기 힘들 정도로 바짝 말랐었어요. 아마 먹을 것도 제대로 못 얻어먹었던 거 같아요. 옷도 입은 옷 한 벌뿐이었고요. 게다가 온몸에 멍 자국과 흉터뿐이어서…… 그 어머니 밑에 계속 있었다면 아쓰야는 죽었을지도 몰라요.

　"그렇군요."

　학대의 상처는 신체뿐 아니라 마음까지도 좀먹는 법이다. A는 학대에 관한 기억을 떠올렸을 때 패닉 상태에 빠졌다. 그건 평생의 상처를 짊어지우는 행위인 것이다. 어쨌든 좀 더 정보가 필요하다. 학대 사실만으로 동일 인물이라고 단정 짓는 것은 시기상조다. 이전에 구가가 말했던 대로 기억을 잃어버린 사람에 대해, 어설프게 단정을 지으면 그것을 그대로 믿고 기억을 조작해 버릴 가능성도 있다. 신중하게 판단해야 한다.

"아쓰야 군은 어떤 소년이었습니까?"

— 글쎄요. 아주 명랑한 아이였어요.

"명랑하다고요?"

사와는 저도 모르게 반문했다. 고정관념에 불과하지만, 부모에게 학대당했던 아이가 보육원에서 명랑한 모습을 보였다는 것이 쉽게 이해가 가지 않았다.

— 네. 아쓰야의 처지를 생각하면 솔직히 잘 적응할 수 있을지 걱정했는데 곧바로 아이들과 친해지더군요.

"그랬군요."

— 타고난 머리가 좋은 건지, 말도 잘하고 모두에게 인기가 많았어요.

이토는 그리운 듯이 미소를 지었다.

"그 외 또 기억나시는 것은 없습니까?"

— 그림 그리는 것을 좋아하고 아주 잘 그렸어요. 저를 그려 준 적도 있는데, 마음을 써 준 건지 엄청난 미녀로 그려 주어서 제가 오히려 부끄러웠을 정도였답니다.

이토가 기쁜 듯이 웃었다.

"또 다른 기억이 있을까요?"

— 음…… 가끔 다른 사람의 눈치를 살피기는 했어요. 또,

성인 남성을 싫어했어요.

"성인 남성이요?"

─ 네. 성인 남성이 앞에 있으면 말을 더듬거나 울음을 터뜨릴 때가 있었어요.

"가정환경의 영향일까요?"

─ 그런 것 같아요. 폭력만이 아니었으니까…….

이토는 말하던 도중에 머뭇거렸다.

"그 외에도 뭔가 있었던 건가요?"

사와가 묻자 이토가 곤란하다는 듯이 난처한 표정을 지었다. 계속 이야기해야 할지 말지 망설이는 눈치다. 잠시 기다리자 이토가 이윽고 체념한 듯이 한숨을 내쉬었다.

─ 숨긴다 한들 경찰이 곧 알아내겠죠. 실은 아쓰야는 성폭행을 당했어요.

"누구에게 말입니까?"

─ 확실하지는 않지만, 어머니의 연인이었던 남자가 아니었을까 하는 이야기가 있었어요. 그 집에서 구해진 직후 의사가 아쓰야를 진찰할 때 알아냈다고 합니다.

"어떻게 그런 일이…….."

폭력뿐만 아니라 성폭력까지 가했다니 쓰레기 중의 쓰레기다. 그런 경험이 아쓰야에게 얼마나 큰 트라우마로 남았을까. 생각만 해도 속이 뒤집혔다. 이토가 말한 것처럼 아쓰야는 어머니와 그 연인의 죽음으로 겨우 자기 인생을 되찾았는지도 모른다. 솟구쳐 오르는 사와의 분노를 차단하듯 구가가 헛기침을 했다. 화면 너머로 눈이 마주치자 말은 하지 않았지만, 감정이 격앙된 사와를 나무라는 것을 알 수 있었다. 사와는 크게 심호흡을 하여 기분을 가라앉혔다.

"지금도 아쓰야 군과 연락을 주고받으시나요?"

만약, 이토가 아쓰야의 연락처를 알고 있다면 그쪽을 통해 확인할 수 있다.

- 아니요. 안타깝게도 지금은 연락이 끊겼어요. 중학교 3학년 때 친척이 맡기로 해서 저희 시설을 나갔습니다.

"친척…… 이요?"

조금 전에는 맡을 친척이 없어서 보육원에 들어왔다고 말하지 않았나?

- 네. 분명 어머니 쪽 남동생 부부였을 거예요.

"어떻게 갑자기?"

- 그때까지는 전근 때문에 외국에 나가 있었다고 했어요. 그런데 일본에 귀국하게 되어서 아쓰야를 맡기로 이야기가 진행되었어요.

현재 상태로는 이토의 증언뿐이지만, 아쓰야를 맡은 친척에게 이야기를 들으면 더욱 많은 정보를 얻을 수 있을 것이다.

"그분이 사시는 곳이 어느 쪽입니까?"

― 아마 도쿄였을 거예요. 자료가 있을 테니 찾아볼게요.

"부탁드립니다."

흩어져 있던 퍼즐 조각이 조금씩 맞춰지며 A라는 인물의 윤곽이 어렴풋하게나마 보이기 시작했다.

<2>

방의 한쪽 구석에 있는 난로의 붉은 불꽃이 〈라자로의 부활〉 그림 액자를 흐릿하게 비추고 있었다. 만약 〈라자로의 부활〉이 이 이벤트의 숨겨진 은유라고 한다면 죽은 사람이 부활하리라는 것을 의미한다. 하지만, 현실에서 그런 일은 일어날 수 없다. 죽은 사람은 두 번 다시 돌아오지 못한다. 쓰키시마는 한숨을 내쉬면서 원탁에 놓인 자기 의자에 앉았다. 원탁 중앙에 놓인 손전등은 원탁에 둘러앉은 모두의 얼굴을 비추고 있다.

"무슨 일이 있었는지 설명해 주시겠습니까?"

말문을 연 사람은 나쓰노의 자리에 앉은 신조였다.

"그, 그래요. 나쓰노 씨가 죽다니, 어떻게 된 일이죠?"

아토무는 어둠 속에서도 스케치북과 연필을 들고 있다. 동요하는 기분을 진정시키기 위함일까?

"나도 궁금해."

아이카는 옆에 앉은 아쓰시의 손을 꼭 쥐면서 말했다. 마치 엄마와 아들 같다. 앗슈는 아무 말도 하지 않고 원탁에 다리를 올린 채 입술의 피어싱 링을 만지작거리며 쓰키시마를 노려보고 있다. 그리고 레이는 슬픈 표정을 짓고 있었다.

"알겠습니다. 지금부터 설명하지요."

쓰키시마는 옆에 있는 나가토를 바라보며 고개를 끄덕이고 나서 설명을 시작했다. 우선 원탁이 범행 예고장이었다는 것부터 이야기하기로 했다. 그렇지 않으면 갑자기 나쓰노의 방으로 뛰어간 이유를 설명할 수 없기 때문이다. 원탁에 새겨진 십이각별이 피해자와 범행 시간을 암시한다는 쓰키시마의 추리를 반박하는 사람은 아무도 없었다.

모두 수긍한 것으로 판단하고 쓰키시마는 설명을 계속했다. 원탁이 예고장이라는 것을 깨닫고 나서 나쓰노가 다음 피해자일 것으로 추측했기 때문에 그의 방으로 뛰어갔다는 것. 하지만, 그때 마침 정전이 되었고, 누군가가 나쓰노의 방에서 뛰쳐나왔다는 것. 그리고 시체를 발견하기에 이르렀다는 것. 설명을 마친 쓰키시마가 자리에 앉은 후에도 아무도 입을 열지 않았다. 어둠까지 내려앉아 침묵은 한층 더 무겁게 느껴졌다.

"다음 살인이 일어나기 전까지, 무슨 일이 있어도 범인을 찾아내야겠군요."

침묵을 깬 사람은 신조였다. 그 말은 정의감이 넘치는 듯이 보였지만, 그조차 연기일지도 몰랐다.

"그, 그보다 먼저 전기를 복구하는 게 좋겠습니다."

곧바로 아토무가 반박했다.

"할 수만 있다면 그러고 싶지만, 차단기가 어디에 있는지도 모르잖아요."

"그, 그런 건 차, 찾으면 되죠. 혹시 불이 들어오면 불리한 일이라도 있는 건가요?"

"무슨 의미죠?"

손가락 끝으로 안경을 밀어 올리던 신조의 말투와 표정이 바뀌었다. 아토무의 도발에 짜증이 나기도 했겠지만, 평정을 가장하고 있는 그로서도 이 상황에 대한 스트레스가 쌓여 있을 것이다.

"마, 말 그대로예요. 신조 씨가 나쓰노 씨를 죽였다. 그래서……"

"말도 안 되는 트집은 그만두세요."

"트, 트집이 아니에요. 처음부터 신조 씨가 수상했다고요."

아토무는 처음에는 쓰키시마를 의심했었다.

"그러면 근거를 대세요."

신조가 자리에서 일어서서 아토무에게 다가갔다.

"그만들 좀 하시지. 아쓰시가 무서워하잖아."

아이카가 곁에 앉은 아쓰시의 어깨에 손을 올렸다. 그녀의 말대로 아쓰시는 양쪽 귀를 손으로 막고 고개를 숙인 채 으, 으, 으, 하며 신음 소리를 내고 있었다.

"하, 하지만 신조 씨가 범인일 가능성이 높아요."

"그러니까 근거를 대보라고요."

아토무와 신조는 여전히 서로 으르렁거렸다. 서로 멱살잡이가 벌어질 듯한 찰나, "시끄러!" 하고 호통이 날아왔다. 앗슈였다. 앗슈의 위압적인 눈초리에 기가 눌린 아토무와 신조는 둘 다 입을 꾹 닫은 채 의자에 돌아와 앉았다. 말다툼이 진정된 건 다행이었지만, 문제는 이제부터였다. 다음 희생자가 나오지 않도록 사건 해결을 서둘러야 하지만, 쓰키시마 자신도 혼란스러운 부분이 있어서 어떻게 해야 할지 판단이 서지 않았다.

"쓰키시마 씨."

레이가 쓰키시마를 불렀다. 눈이 마주치자 그녀가 무언가를 각오한 듯한 표정을 지었다.

"왜 그러세요?"

"그룹으로 나눠서 행동하는 게 좋을 것 같아요."

"그룹으로 나눠서요……?"

"네. 현장 검증을 할 그룹과 전기 복구를 할 그룹. 그리고 탈출 경로를 수색할 그룹 이렇게 셋으로 나누는 거예요."

"그건 위험합니다."

이런 어둠 속에서 그룹으로 나눠 행동하면 다음 희생자가 나올 가능성이 높아질 뿐이다.

"위험한 건 알고 있어요. 하지만 여기 이렇게 앉아 있어 봐야 시간만 낭비될 뿐이잖아요."

레이는 그녀답지 않게 강한 어조로 말했다.

"그건 그렇지만……"

"신조 씨와 아토무 씨는 전원을 복구할 방법을 찾아봐 주세요. 그리고 아이카 씨와 앗슈 씨, 아쓰시는 다시 한번 탈출 경로를 찾아봐 주시고요. 남은 우리가 현장 검증을 하는 건 어떨까요?"

레이는 주저 없이 제안했다. 각자의 적성에 딱 맞는, 좋은 편성이긴 하지만, 문제는 그게 아니다.

"레이. 잠깐만. 쓰키시마 씨가 범인이면 어쩌려고?"

아이카가 말했다.

"괜찮아요. 저는 쓰키시마 씨를 믿거든요."

"무, 무슨 말이에요. 쓰키시미 씨가 가장 수상해요. 두 건 연속으로 최초 발견자가 쓰키시마 씨였어요."

아토무가 흥분하며 말했다. 방금까지는 신조를 범인 취급하더니 손바닥 뒤집듯이 말을 바꾸었다.

"만약 쓰키시마 씨가 범인이라면 두 번 연속으로 최초 발견자가 되지 않았겠죠."

레이의 단호한 말에 아토무는 입을 다물 수밖에 없었다.

"일부러 그런 수법을 쓴 걸지도 모르죠."

이번에는 신조가 이의를 제기했다.

"그걸 확인하기 위해서라도 이렇게 나누는 게 좋다고 생각해요. 원탁의 예고장대로라면 다음 희생자는 바로 저니까요."

레이의 음성이 로비에 울려 퍼졌다. 쓰키시마는 아까 사람들에게 원탁이 범행 예고장이라는 추리를 설명할 때 다음 범행 대상이 레이라는 것은 차마 말하지 못했다. 하지만, 레이는 그런 쓰키시마의 심정을 민감하게 알아챈 듯했다.

"그러니까 더욱 쓰키시마 씨랑 함께 있는 것은 위험하지 않겠어?"

아이카가 레이의 손을 잡으며 말했다.

"조금 전에도 말했잖아요. 저는 쓰키시마 씨가 범인이 아니라고 믿어요. 그래서 그와 함께 있는 것이 가장 안전해요."

레이가 말을 마치자 로비는 찬물을 끼얹은 듯이 조용해졌다. 지금 그 말은 쓰키시마 이외의 사람을 의심하고 있다는 말과 같은 의미이기 때문이다.

"하지만, 굳이 그룹으로 나눌 필요는 없잖아? 모두가 함께 움직여야 다음 범행을 막을 수 있지 않을까?"

아이카가 다시 반론을 제기했다.

"시간이 없어요……."

레이가 시계를 손가락으로 가리켰다. 원탁의 예고장에는 또 하나의 의미가 있다. 그것은 시간이다. 살해 시간도 예고한 것이다. 즉 레이의 피살 예정 시각인 11시까지는 30분도 채 남지 않았다.

"저는 죽고 싶지 않아요. 그러니 부디 여러분의 힘을 빌려주세요."

레이가 정중하게 고개를 숙였다. 이렇게 된 이상 아무도 반박할 수가 없었다.

"알겠습니다. 레이 씨의 의견에 따릅시다."

신조가 재촉하듯이 말하자 각자 자리에서 일어서서 레이가 지정한 멤버끼리 모였다. 쓰키시마가 레이의 곁으로 다가갔을 때 아토무가 끼어들었다. 그는 아무 말도 없이 레이에게 접은 종이를 건넸다. 대체 무엇을 건넨 것일까? 물어보려던 차에 신조가 쓰키시마에게 말했다.

"레이 씨를 잘 부탁합니다. 그녀에게 무슨 일이 있으면 제가 가만 안 둡니다."

신조는 웃는 얼굴로 쓰키시마에게 다가와 귓가에 속삭였다. 그의 말에서 레이에 대한 남다른 애정이 엿보였다. 이전부터 줄곧 레이를 알고 있었던 듯한…… 그에 대해 신조에게 질문하려고 했으나 그는 아토무와 함께 걸어가 버렸다.

"정말 레이는 여전히 고집쟁이라니까. 뭐 어쩔 수 없지. 우리도 가자."

아이카도 아쓰시의 손을 잡고 앗슈와 함께 걸어갔다. 세 사람이 계단에 발을 디딘 순간, 동시에 뒤를 돌아 쓰키시마 쪽으로 눈길을 돌렸다. 그 눈초리는 날카로운 적의로 가득했다. 왜 저들은 나를 이렇게 적대시하는가? 온갖 의문이 쓰키시마의 마음속에서 소용돌이치며 생각을 어지럽혔다. 저들을 붙들고 따져야 할까? 발길을 떼려고 할 때 나가토가 툭 하고 어깨를 두드렸다.

"대단한 여성이군."

나가토가 히죽히죽 웃으며 귀엣말을 했다. 쓰키시마는 계단을 올라가는 아이카, 앗슈, 아쓰시 세 사람을 눈으로 좇으며 "그러게." 하고 동의를 표했다. 청초한 외모 때문에 섬세하고 여려 보이지만, 이런 위기의 순간에 자신의 의지를 관철하는 강한 심지에 감탄하지 않을 수가 없었다. 게다가 그 결단에 걸려 있는 것은 다름 아닌 그녀 자신의 목숨이다.

"정말 괜찮겠습니까?"

쓰키시마는 레이의 곁으로 다가가며 물었다. 조금은 겁먹지 않았을까 생각했으나 레이는 의외로 평온한 미소를 지으며 "네." 하고 고개를 끄덕였다.

"지켜 주실 거죠."

레이의 투명한 목소리가 쓰키시마의 마음속 깊은 곳으로 파고들었다. 자세히 보니 레이는 미소를 짓고 있지만, 입술이 미세하게 떨리고 있었다. 당연하겠지만, 그녀라고 아무렇지도 않은 것이 아니다. 두려워서 견딜 수 없는 것이다. 그러면서도 쓰키시마를 믿고 의지해 주었다.

"이렇게 되면 무슨 일이 있어도 범인을 찾아낼 수밖에 없겠다."

나가토가 농담조로 말했다.

"응. 알고 있어."

쓰키시마는 중얼거리듯이 말한 후 다시 레이에게로 고개를 돌렸다. 무슨 일이 있어도 레이를 지켜야 한다. 아니 반드시 지켜내고 말겠다. 여태까지 느껴 본 적 없는, 강한 사명감에 사로잡혔다.

<3>

사와는 야마나시현 경찰본부에 문의하여 받은 아쓰야라는 소년의 사건 자료를 자리에 앉아 차분히 훑어보았다. 이토가 말한 대로 동반자살 사건으로 처리되어 있었다. 아쓰야의 어머니가 그 연인을 살해하고 스스로 목숨을 끊은 참혹한 사건이었다. 자료에는 사진 외에 범행 현장의 도면도 첨부되어 있었다. 아쓰야는 어머니의 죽음을 어떤 식으로 받아들였을까? 역시 충격이 컸을까? 아니면 이토가 지적한 것처럼 학대에서 해방되었다는 기쁨을 느꼈을까?

"빙고였다!"

사와의 귓가에 흥분한 듯한 시라이의 목소리가 날아와 꽂혔다.

"갑자기 무슨 말이야?"

사와는 가볍게 짜증을 내며 답했다.

"어제 말했던 거 말이야. 행방불명 상태인 미오와 동영상 공유 사이트에서 유명해졌다는 싱어송라이터 놀이 동일 인물이었어!"

"진짜야?"

사와 자신의 목소리 톤도 단숨에 높아졌다.

"응. 틀림없어. 놀은 정식 데뷔 이야기가 있었다고 하더라. 그래서 그녀에게 러브콜을 보냈던 음반회사 담당자에게 사진을 보여 줬더니 동일 인물이 틀림없다고 하더라고."

"그래서 신원은 알아냈어?"

"응. 그 기획사에 소속하기로 이야기가 진행되었었다니까. 불법 유흥업소와는 달리, 면허증으로 확실하게 신원을 확인했지."

　공적 서류에 의해 확인이 이루어졌다면 틀림없다.

"큰 진전이네."

"응. 그녀의 이름은 쓰지무라 레이."

"그렇구나. 그래서 활동명이 '놀'이었구나."

　사와의 말에 시라이는 "무슨 말이야?" 하고 미간을 찌푸리며 고개를 갸웃거렸다.

"놀이란 스웨덴어로 숫자 0을 의미하거든."

"그런 거였구나. 본명인 레이를 숫자 0으로 바꾸고 스웨덴어로 읽으면 '놀'이 된다는 거군."

"그뿐만이 아니야. 그녀가 유흥업소에서 가명으로 쓰던 미오도 언어유희였을 거야."

"무슨 뜻이야?"

　시라이가 얼빠진 목소리로 물었다.

"부동산 회사 계약서에 그녀가 사쿠라 미오라고 썼잖아. 그 미오라는 한자는 '레이'라고도 읽히거든."

　사와는 메모지에 한자를 쓰며 설명했다. 완전히 다른 이름이 아니라 이렇게 언어유희로 가명을 정한 것은 레이라는 여성이 신분을 감추려고는 했으나 동시에 자신의 모든 것을 버릴 수 없었기 때문이리라. 레이, 미오, 제로, 놀이라는 단어 교체에서 리셋 욕구도 느껴지긴 하지만.

"그런 거였구나!"

시라이가 흥분하여 큰 소리로 말했다.

"조금은 머리를 써 보는 게 어때."

"시끄러."

"그런데 정식 데뷔 이야기가 있었다면서, 왜 불법 유흥업소 같은 데서 일했던 거야?"

"그게 말이야, 결국 데뷔 이야기가 무산되었다나 봐."

"왜?"

그녀 정도의 가창력이 있는 가수는 그리 흔하지 않다. 문외한에 불과하지만, 가사와 멜로디 모두 입에 딱 붙으면서도 독창적이고 탁월한 센스가 있다. 무엇보다 그녀의 청량하고 아름다운 음색은 영혼에 울림을 준다. 게다가 뛰어난 미모까지 겸비했다. 데뷔했으면 폭발적인 인기를 끌었을 것이다.

"실력은 두말할 필요 없으니, 데뷔를 위해 음반 녹음 등 여러 준비를 추진하고 있었다고 해. 그런데 그녀의 신변 조사를 하는 동안 과거에 여러 문제가 있다는 게 밝혀졌어. 담당자는 레이 씨에게는 그런 것을 불식시킬 만큼의 파워가 있다고 강하게 밀어붙였다는데, 결국 윗선에서 허락이 떨어지지 않았대."

"어느 업계든 융통성 없는 사람들이 있구나."

사와의 뇌리에 후루타의 얼굴이 떠올랐다.

"그러게. 담당했던 사람도 그녀의 데뷔가 무산된 건 음악계의 손실이라고 아직도 후회하고 있더라."

마치 자신이 담당자라도 되는 것처럼 시라이는 깊은 한숨을 내쉬었다.

"레이 씨의 과거에 무슨 문제가 있었던 거야? 빚? 불륜?"

요즘은 불륜 스캔들이 치명타가 된다. 특히 최근 수년 동안, 과도한 언론 보도에 SNS를 통한 비난까지 가세하여 사죄 회견을 여는 정도로는 사태가 진정되지 않아 은퇴 위기에 몰리는 연예인도 적지 않다. 사와를 비롯한 일부 사람은 불륜에 대한 사죄라면 텔레비전에서 방송할 것이 아니라 가정 내에서 하는 게 마땅하다고 생각하지만, 그런 논리대로만은 되지 않는 세상이 되었다.

"과거사니까 빚이나 불륜 정도라면 어떻게 무마될 수 있었을 텐데 좀 더 심각했더라고."

시라이가 뜸을 들이며 말했다.

"뭔데?"

"실은 그녀는……"

"미나미!"

시라이의 이야기를 싹 지워버리려는 듯이 쩌렁쩌렁한 후루타의 목소리가 들려왔다. 형사부실 앞에 호주머니에 양손을 푹 찔러 넣은 후루타가 서 있었다. 후루다는 사와를 보자 이쪽으로 오라는 듯이 턱을 까딱거렸다. 레이 이야기가 좀 더 듣고 싶었다. 후루타 따위 못 본 체하고 싶은 심정이지만, 그런 짓을 했다가는 죽은 후까지도 잔소리를 들을 게 뻔하다.

"미안. 나중에 봐."

사와는 시라이에게 손을 모아 사과한 후, 후루타에게로 뛰어갔다.

"대체 무슨 꿍꿍이야?"

후루타가 불편한 심기를 노골적으로 드러내며 질책했다.

"무슨 일이시죠?"

"그 남자 신원이 밝혀졌으면 제꺽제꺽 연락하라고."

…… 아. 그 일인가.

"죄송합니다. 과장님이 최면요법으로 수집한 정보는 믿지 않으신다고 하셔서."

사와의 말에 후루타의 표정이 일그러졌다.

"어디서 말도 안 되는 억지를 쓰는 거야. 대체 자네는……"

"현재 상태로는 어디까지나 사진과 비슷하다는 것뿐이지 확정된 것도 아니라서 보고드릴 정도는 아니라고 생각했습니다."

"그럼 그쪽에서 멋대로 조사하면 되잖아. 이쪽으로 넘기지 말라고. 보육원을 나온 후의 행적을 조사하고 있을 만큼 한가하지 않아."

그렇게 된 거군, 사와는 그제야 이해했다. 아마도 구가가 윗선에 보고를 올렸고 그래서 아쓰야가 보육원을 나온 후 행적을 조사하라는 지시가 떨어진 모양이다. 자신들이 심부름꾼 취급받는 것에 대한 불만도 있겠지만, 부정적으로 보았던 최면요법에 의한 조사 성과가 나오기 시작했다는 것 자체가 달갑지 않은 것이다.

"제가 의뢰한 것은 아닙니다. 의견이 있으시면 구가 씨에게 직접 말씀해 주세요."

사와는 온당한 말이라고 생각했으나, 후루타에게는 통하지 않았다.

"파트너니까 자네가 어떻게 해 보라고."

얼토당토않은 논리에 마음속 깊이 넌더리가 나서 반박할 마음조차 들지 않았다. 후루타가 본격적으로 잔소리를 늘어놓으려는 찰나에, 휴대전화 벨이 울렸다. 공교롭게도 발신자는 구가 씨였다.

"구가 씨입니다. 의견이 있으신 것 같으니 지금 말씀하시죠."

사와는 휴대전화 송화구를 후루타에게 가까이 가져다 댔다. 후루타는 잠시 입을 뻐끔뻐끔하다가 이윽고 "됐어." 하고 혀를 차며 말하고는 사와의 앞을 떠났다. 사와는 절대 저렇게는 되지 말아야지, 마음 깊이 생각했다.

- 무슨 일 있습니까?

사와가 휴대전화를 자신의 귀에 가져다 대자 구가가 여느 때와 같은 말투로 물었다. 사정을 설명할까 잠시 고민했으나, 이쪽의 집안싸움에 구가를 끌어들이는 것도 미안하다는 생각이 들었다.

"아니요. 아무것도 아닙니다."

- 그런가요. 갑작스럽긴 합니다만, 그 청년에게 최면요법을 시행하려고 생각합니다.

"지금, 말인가요?"

- 신원을 확인하기 위해서라도 오늘 입수한 정보를 제시해 볼까 싶습니다.

이토에게 들은 정보를 제시하면 A가 어떤 반응을 보일지 사와도 대단히 궁금했다.

"알겠습니다. 바로 가겠습니다."

여러 생각들이 떠올랐지만, 사와는 상념들을 머릿속 구석으로 몰아넣고 나서 대답했다.

<4>

"괜찮으세요?"

나쓰노의 방 앞에 이르러 쓰키시마는 등 뒤에 서 있는 레이에게 물었다. 그녀는 손으로 가슴을 지그시 누르면서도 "네." 하고 고개를 끄덕였다. 원래도 흰 그녀의 피부가 더욱 창백해진 듯했다. 이제부터 나쓰노의 방 현장 검증을 할 참이다. 처참한 시체를 직접 확인해야 한다는 두려움도 있겠지만, 다음 범행 대상이 자신이라는 사실로 인해 불안에 짓눌려 있을 것이 틀림없었다. 누구라도 제 죽음이 코앞에 다가온다면 평정심을 유지할 수는 없을 것이다.

　"무서우면 안에 들어가지 않아도 됩니다."

　쓰키시마는 레이에게 말하고 나서 나쓰노의 방문을 열었다. 아까보다 더 짙은 피 냄새가 쓰키시마의 콧속을 뚫고 들어왔다. 구역감이 솟구쳐 올라 왔지만, 침을 삼켜 억지로 눌렀다. 손전등으로 방안을 구석구석 비춰보았다. 이렇게 다시 보니 이 방은 정상이 아니다. 이건 간소하다고 할 수준이 아니었다. 바닥도 벽도 콘크리트로 발라진 채 방치되었고 모래 먼지가 여기저기 쌓여 있다. 철제 침대 같은 것이 있긴 했지만, 매트리스도 얼룩투성이에 지저분했다. 방에 따라 이 정도로 차이가 난다는 것에 놀랐다. 이런 방을 배정받고도 나쓰노가 아무 말도 하지 않은 것이 맘에 걸렸지만, 이제는 확인할 방법이 없다.

　쓰키시마는 웅크리고 앉아 나쓰노의 시체를 세세히 관찰

했다. 둔기 같은 것으로 머리를 맞은 것일까? 두개골이 깨졌고 그 속에서 피와 뇌척수액이 흘러나오고 있다. 상처는 한 군데가 아니라 여러 군데다. 특히 뒤통수 쪽에 집중되어 있었는데 보는 것만으로도 처참했다. 잘 보니 오른손의 손가락이 부자연스럽게 휘어 있었다. 구타에 저항하다가 생긴 방어흔인지도 모른다. 그 외의 상처는 눈에 띄지 않았다. 다만, 상반신의 옷 앞자락이 벌어져 있는 것과 바지에 허리띠가 풀려 있는 것이 마음에 걸렸다.

 범인은 옷을 벗김으로써 무언가 위장 공작을 하려고 했던 것일까? 도중에 쓰키시마가 문을 열고 들어오는 바람에 황급히 도망쳤다고 생각하면 조리에 맞는다. 벽 쪽에 쇠파이프가 굴러다니는 것이 눈에 띄었다. 끈적하게 피가 묻어 있다. 아마 이것이 흉기일 것이다.

 "뭔가 알아내셨나요?"

 문 쪽에서 쓰키시마의 모습을 지켜보던 레이가 물었다.

 "누군가에게 머리를 구타당한 것에 따른 뇌타박상이 사인으로 생각되긴 하는데······."

 "뭔가 걸리는 것이라도 있나요?"

 "네. 피가 튄 형태 등으로 보아 나쓰노 씨는 이미 쓰러진 후에 수차례 구타당한 것 같습니다."

 쓰키시마는 바닥에 광범위하게 흩어져 있는 혈흔을 손전

등으로 비추어 보여 주었다.

"참혹하네요."

레이는 손전등에 비친 혈흔을 바라보았으나, 이내 고개를 떨구고 말았다.

"그렇지요. 너무나 잔혹하죠."

상대가 움직일 수 없는 상태라는 것을 알면서도 몇 번이고 머리를 구타했다. 강렬한 살의 혹은 증오가 있었다는 것을 짐작할 수 있다. 시마다도 칼로 등을 수차례 찔렸다. 범인은 대단히 잔혹한 성정을 가진 인물이라는 것을 추측할 수 있다. 쓰키시마는 일어서서 철제 침대 쪽으로 이동했다. 살살이 주변을 살핀 후, 침대 밑을 들여다보았다. 손전등 불빛에 무언가가 반짝였다. 손을 뻗어 그것을 집었다. 그것은 체인 부분이 금색인 묵주였다. 아주 미세하게 핏자국이 묻어 있었다. 원래부터 침대 밑에 떨어져 있었을 수도 있겠지만, 체인이 끊어져 있다는 것이 맘에 걸렸다. 게다가 핏자국도 묻어 있다.

방에서 나쓰노와 범인이 몸싸움을 벌이다가 끊어져 침대 밑으로 들어가 버린 것 같았다. 이 묵주는 나쓰노의 소지품일까? 아니면 범인의 소지품일까? 어느 쪽이든 사건의 수수께끼를 푸는 중요한 실마리라는 것은 틀림없다. 그 순간 처음 이 펜션에 도착했을 때의 광경이 쓰키시마의 뇌리를 스치고 지나갔다.

"이건······."

쓰키시마는 저도 모르게 입 밖으로 나온 말을 삼키며 묵주를 꽉 움켜쥐었다. 이 묵주의 주인이 누군지 알것 같았다.

"무언가 발견했나요?"

레이가 물었다.

"아니요. 아무것도······."

쓰키시마는 순간적으로 거짓말을 했다. 묵주를 호주머니에 넣으며 자리에서 일어선 쓰키시마는 레이의 얼굴을 제대로 볼 수가 없었다.

······ 그럴 리 없다.

마음속으로 중얼거리며 앞서가는 생각에 제동을 걸었다.

"쓰키시마 씨. 안색이 안 좋아요."

"괜찮습니다. 일단 원탁으로 돌아가죠."

쓰키시마는 레이를 재촉하여 나쓰노의 방을 나와 로비로 돌아가기로 했다.

"묵주에 관해서 레이 씨에게 안 물어봐도 되는 거야?"

로비로 걸어가며 나가토가 작은 목소리로 물었다. 아무래도 나가토도 묵주의 주인이 누군지 눈치챈 모양이다.

"알고 있어. 나중에 확인할 테니까 지금은 잠자코 있어 줘."

쓰키시마가 딱 잘라 말하니 나가토는 항복했다는 듯이 양

손을 들어 올리고 입을 닫았다. 쓰키시마에게 맡기기로 판단한 듯하다. 원탁으로 돌아온 레이는 어깨를 축 늘어뜨리며 자기 의자에 앉았다. 상당히 피폐해진 모습이다. 이대로 호주머니 속 묵주의 존재를 모른 체한다는 선택지가 머리에 떠올랐다.

하지만…….

그러면 사건을 해결할 수 없다. 거절당한다고 해도, 미움받는다고 해도 레이를 지키기 위해서는 피해 갈 수 없는 일이다. 쓰키시마는 천천히 레이의 곁으로 걸음을 옮겨 그녀의 옆자리인 나쓰노의 의자에 걸터앉았다.

"범인은 알아내셨나요?"

레이가 촉촉한 눈빛으로 바라보며 질문했다.

"아니요. 아직 모르겠습니다. 다만 계속 맘에 걸리는 일이 있습니다."

"뭔가요?"

반문하는 레이의 눈동자가 불안하게 흔들렸다. 그녀는 쓰키시마가 무슨 말을 하려는지 짐작하고 있는 듯했다.

"레이 씨는 나쓰노 씨와 중학교 동창이라고 하셨죠."

"네."

"이전부터 알고 있었던 사람은 나쓰노 씨뿐인가요?"

"무슨 의미시죠?"

레이는 당황한 듯한 표정을 짓고 있지만, 그것이 거짓이라는 것이 뻔히 보였다.

"말 그대로입니다. 레이 씨는 나쓰노 씨 외의 참가자도 알고 있었던 것 아닙니까?"

레이는 아무 반응도 하지 않았다. 숨 막히는 정적이 흘렀다.

"설마요. 제가 아는 사람은 나쓰노 씨뿐이에요."

잠시 후, 레이는 쥐어짜듯이 대답했다. 손전등의 불빛에 비친 레이의 얼굴에서는 표정이 사라졌다. 그런 레이의 얼굴은 보고 싶지 않았다. 이쯤에서 "그렇군요." 하고 수긍한 척하면 레이는 표정을 되찾을까? 그런 생각도 해 보았지만, 그래서는 그녀를 지켜 낼 수가 없다.

"아니요. 레이 씨는 다른 참가자들도 알고 있을 겁니다."

"왜 그렇게 생각하시는 거죠?"

바로 곁에 있는데도, 레이의 존재가 아득히 멀게 느껴졌다.

"몇 가지 이유가 있습니다. 우선 아이카 씨와의 거리감입니다. 오늘 처음 만난 사이라고는 생각되지 않을 정도로 친근해 보였습니다."

"그건 쓰키시마 씨의 느낌일 뿐이잖아요."

"느낌만이 아닙니다. 아이카 씨는 바로 조금 전에도 '레이는 여전히 고집쟁이라니까.'라고 말했습니다. 그런 말은 이전부터 레이 씨를 알고 있기에 할 수 있는 말이지 않습니까?"

"한두 마디 말로 단정 짓는 것은 조금 성급한 것 같은데요."

"그뿐만이 아닙니다. 신조 씨와의 관계도 마음에 걸립니다."

"어떤 면에서요?"

"조금 전에 신조 씨가 제게 이런 말씀을 하셨는데요. '그녀에게 무슨 일이 있으면 제가 가만 안 둡니다.'라고요. 만약 오늘 처음 만난 사이라면 그렇게까지 말할까요?"

"신조 씨가 무슨 생각으로 그런 말씀을 했는지 저는 모르지요."

레이는 고개를 가로저었다. 평정을 위장하고 있으나 점점 목소리가 떨리기 시작했다.

"아토무 씨와도 이미 알고 있었던 것 아닌가요?"

"왜 그렇게 생각하시죠?"

"레이 씨. 아토무 씨에게 무언가 받으셨죠?"

"아니요. 아무것도……."

끝까지 시치미를 떼겠다는 선택을 한 모양이다. 하지만, 쓰키시마는 그 순간을 놓치지 않았다.

"받았을 겁니다. 스케치북을 접은 종이 말입니다. 아마 그 종이에는 레이 씨의 초상화가 그려져 있을 거고요."

"제 초상화요?"

"아토무 씨는 줄곧 레이 씨를 그리고 있었거든요."

지금은 확실히 안다. 아토무가 그리던 여성의 초상은 레이를 닮은 것이 아니라 다름 아닌 레이였던 것이다.

"저 같은 건 모델이 될 가치도 없습니다."

레이는 쓰키시마에게서 시선을 돌렸다.

"그런 이야기를 하는 게 아닙니다."

"설령, 그가 그린 것이 저였다고 한들, 그게 이전부터 아는 사이였다는 근거는 되지 않아요."

"그럴 수도 있지요. 그럼 앗슈 씨는 어떤가요?"

"어떻다니요?"

"시마다 씨가 레이 씨의 어깨를 잡았을 때 격노한 앗슈 씨의 모습도 예사롭지 않았습니다."

"........."

"나쓰노 씨가 레이 씨를 끌고 가려고 했을 때도 앗슈 씨는 불꽃처럼 분노했고요."

"쉽게 흥분하는 분인 것 같다고 생각했습니다."

"물론 그런 면도 있겠죠. 하지만, 저는 조금 다른 인상을 받았습니다."

"뭐가 다르다는 말씀이시죠?"

"저에게는 앗슈 씨가 레이 씨를 지키려는 것으로 보였거든요. 적어도 레이 씨에 대해 특별한 감정을 품고 있는 것 같았어요."

"그래서, 무슨 말씀이 하고 싶으신 거죠?"

레이가 의아한 표정을 지으며 말했다.

"사실대로 말씀해 주세요."

"전 사실대로 말씀드렸어요."

"아니요. 레이 씨는 거짓말을 하고 있습니다."

"저를 의심하시는 건가요? 저는 쓰키시마 씨를 믿는데 쓰키시마 씨는 저를 믿지 않는군요."

레이의 목소리는 실망으로 가득 차 있었다. 쓰키시마는 지금 이 순간에 레이의 신뢰를 잃었는지도 모른다. 하지만, 그럼에도 불구하고 레이를 구하고 싶다.

"알겠습니다. 레이 씨를 믿겠습니다. 괜한 의심을 해서 죄송합니다."

쓰키시마는 꾸벅 고개를 숙였다.

"아니 그렇게까지…… 제 마음을 아셨으면 됐습니다."

레이의 얼굴에 미소가 돌아왔다. 그 모습이 기쁜 한편, 서글프기도 했다. 레이는 쓰키시마를 진정한 의미에서 믿고 있지 않다. 하지만, 그것을 책망할 수는 없다. 쓰키시마 역시 마찬가지이기 때문이다.

"아 맞다. 레이 씨에게 전해 드리려던 것이 있습니다."

"저에게요?"

"네. 이거 레이 씨 거지요?"

쓰키시마는 호주머니에서 묵주를 꺼내어 레이에게 보여

주었다. 레이는 자신의 가슴에 손을 가져다 대더니 묵주가 없다는 것을 깨달은 듯이 "앗." 하고 작게 소리를 질렀다.

"고맙습니다. 어디에서 이걸?"

레이가 묵주를 받으려고 했으나, 쓰키시마는 건네지 않았다.

"저는 이것을 나쓰노 씨의 방 침대 밑에서 주웠습니다."

"………."

레이가 허를 찔린 듯한 표정을 지었다. 그러나 그녀의 표정은 곧 고통스러운 듯이 일그러졌다. 자신이 큰 말실수를 했다는 것을 깨달았기 때문이다. 레이는 이미 이 묵주가 자기 물건이라는 것을 인정해 버렸다. 비겁한 수법이라는 것은 알지만, 이렇게라도 하지 않으면 레이는 사실대로 이야기해 주지 않을 것이다. 쓰키시마는 설령 자신이 악인이 되더라도 진실을 밝혀내고 레이를 구하는 쪽을 선택한 것이다.

"왜 나쓰노 씨 방에 이 묵주가 떨어져 있었는지, 이유를 말씀해 주시겠습니까?"

긴 침묵이 흘렀다. 초침이 움직이는 소리가 공연히 크게 울렸다. 이윽고 레이는 천천히 쓰키시마 쪽으로 고개를 돌렸다.

"전부 제 탓이에요. 저 때문에……"

조용하게 말하는 레이의 눈에서 눈물이 뚝뚝 떨어졌다.

<5>

세 번째 최면요법에 따른 사건 조사가 시작되었다. 장소는 여느 때처럼 흰색의 카운슬링 룸이었지만, 이전 세션들과 달리, 구가는 스마트폰으로 쇼팽의 곡을 틀어 놓았다. 여태까지는 무음이었던 방의 분위기가 갑자기 바뀌었다. 이전 최면요법 때, A가 허밍을 하는 모습을 보고 음악에 관심이 있다고 추측하여 후각 다음으로 청각을 자극함으로써 여태까지와는 다른 기억을 떠올리게 하려는 의도였다. 사와는 회의적이었으나, 그 효과는 즉시 나타났다.

"누군가 부르고 있어요."

최면 상태에 들어가자마자 A가 공허한 목소리로 말했다. 그 표정은 무척 평온했다. 자세도 편안해 보이고 감고 있는 눈도 똑바로 앞을 향하고 있다. 학대 기억을 떠올렸던 여태까지와는 분명히 다른 반응이다.

"구가 씨. 이건……"

사와가 구가에게 시선을 돌리자 구가는 크게 고개를 끄덕였다.

"지난번까지와는 다른 시기의 기억이 떠오른 것으로 보입니다."

만일 A의 기억 속 시간을 진행시켰다면 큰 진전이라고 할 수 있다. 새로운 정보를 얻을 수 있을지도 모른다.

"소리가 들리는 방향으로 가 봅시다."

구가는 A 쪽으로 몸을 돌리고 말했다. A는 무언가를 생각하는 것처럼 미간에 손가락을 가져다 대고는 "네." 하고 대답했다.

"지금, 무엇이 보입니까?"

구가가 입가를 손으로 가리고 물었다.

"복도가 이어져 있습니다."

"어떤 복도인가요?"

"병원…… 아니, 아니에요. 아마 학교 복도인 것 같아요. 교복을 입은 사람들이 잔뜩 있습니다. 중학생…… 정도로 보여요……."

그의 말에서 추정컨대, 그가 도달한 것은 중학생 때 기억인 듯하다. 다만, 곧이곧대로 믿으면 안 된다. A의 발언은 허위일지도 모르고, 주어진 정보에 의해 무의식적으로 조작된 것일지도 모른다.

"복도를 걸어서 당신을 부른 사람을 찾아봅시다."

"찾을 수 있을까요?"

"찾을 수 있도록 이미지를 떠올려 봅시다."

"이미지요?"

"당신을 부른 사람은 남성인가요? 아니면 여성인가요?"

"여성이요."

A는 다시 미간에 검지를 가져다 대었다.

"어떤 목소리인가요? 높은 톤 혹은 낮은 톤……"

"아주 아름다운 목소리였어요."

그렇게 말한 후, A는 기쁜 듯이 입꼬리를 올리며 미소를 지었다.

"아름다운가요?"

"네. 표현은 잘 못 하겠는데, 존재감이 있으면서도 맑고 투명하고 만지면 부서져 버릴 듯한 연약한 느낌의……"

아닌 게 아니라 표현이 서툴긴 하다. 상반되는 묘사가 중첩되어 이미지를 그릴 수가 없다. 구가도 같은 느낌을 받았는지 쓴웃음을 지었다.

"그렇습니까? 목소리 이외에 떠오른 건 없습니까?"

"목소리 이외에 떠오른 거요?"

"네. 옷도 좋고 머리 모양도 좋고 무엇이든 상관없습니다. 목소리의 주인을 마음에 떠올려 보세요."

"마음에 떠올려……"

A는 중얼거리듯이 말한 후, 갑자기 천장을 올려다보았다.

"천천히 떠올려 보세요."

"머리카락은 짧고 약간 처진 눈매……"

도중에 말을 삼킨 A는 무언가 발견한 듯 엉거주춤 일어났다.

"왜 그러시죠?"

구가의 질문에 대답하지 않고 A는 살며시 미소를 지었다. 그리고 나서…… 감은 눈꺼풀 틈으로 눈물을 뚝뚝 흘렸다. 고통이나 슬픔으로 인한 눈물이 아니다. 뭔가 다른 감정. 기쁨이나 환희의 감정에서 비롯된 눈물이라는 것이 왠지 모르게 느껴졌다.

"다시 너를 만나다니……"

A가 떨리는 목소리로 말했다. 그는 상상 속에서 누군가를 만나고 있다. 틀림없이 목소리의 주인공인 여성일 것이다. 그러고 보니 A는 유년기 기억을 회상하며 노래를 잘 부르는 소녀 이야기를 했었다. 재회 상대는 성장한 모습의 소녀일지도 모른다.

"당신은 지금, 누군가를 만나고 있습니까? 친구인가요, 아니면 연인인가요?"

구가가 묻자 A는 갑자기 몸에서 힘을 빼더니 리클라이닝 의자에 다시 앉았다.

"그녀는 가장 소중한 친구……"

A는 오른손으로 왼쪽 어깨를 긁는 시늉을 하며 높은 목소리 톤으로 말했다.

"친한 친구입니까?"

"아, 아니. 그, 그녀는 여신입니다."

"여신이요?"

"그녀는 나의 가장 소중한 여성……"

A는 미간에 손가락을 대고는 목소리 톤을 낮췄다.

"어떻게 소중합니까?"

"나는 그녀에게 어울리는 남자가 되기 위해 노력해 왔습니다. 하지만 정말로 다시 만나게 될 줄은 꿈에도 생각지 못했습니다."

"하지만 다시 만났군요."

"다시 만날 운명이었던 겁니다. 그녀야말로 운명 그 자체였습니다. 나는 그 운명에 이끌린 것이죠."

A는 도취한 듯이 말했다. 마치 사춘기 남학생이 지은 한 편의 시 같다.

"그 여성은 당신의 연인이었군요."

구가가 확인하듯이 말하자 A는 다시 고개를 가로저었다.

"그렇지 않습니다. 그녀는 나의 은인. 어머니와 같은 존재. 삶의 의미 그 자체……"

대답이 계속 바뀐다. 아니, 그렇지 않다. 아마 A가 말한 관계 모두가 진실일 것이다. 그 여성은 A에게 친한 친구이자, 연인이며 버팀목이 되어 준 은인. 그리고 그녀의 존재야말로 자신이 살아갈 의미라고 생각하는 것이다. 강렬하고 순수한 마음이지만, 그렇기에 위험하다는 느낌이 든다. 과도한 감정은 큰 왜곡을 낳는다. 스토킹 사건은 바로 그런 왜곡 때문에 발생한다.

"그 여성의 이름을 알고 있습니까?"

"그녀의 이름은……"

A는 도중에 말을 삼켰다. 무언가에 겁을 먹은 듯이 연신 주위를 두리번거렸다.

"하지 마! 그만둬! 그녀에게 손대지 마!"

A는 목이 터질 듯이 고함을 질렀다. 목의 혈관이 불끈 솟았고 얼굴은 새빨개졌다. A의 돌발 행동에 사와가 바로 달려가려 했으나 구가가 사와를 제지했다.

"무슨 일이 일어난 겁니까?"

구가는 표정의 변화 없이 담담한 어조로 질문을 계속했다.

"그만둬! 제발 부탁이야!"

A는 계속해서 소리를 질렀다. 이윽고 손과 발을 바들바들 떨며 경련을 일으켰다. 의자가 격렬하게 흔들렸다.

"대답하세요. 지금 당신은 무엇을 보고 있는 건가요?"

구가는 개의치 않고 질문을 계속했다. A의 이상 증상을 알아채지 못했을 리 없는데 아무 대처도 하려고 하지 않는다. 손으로 입가를 가리고 있으나 희미하게 웃고 있는 듯했다.

"구가 씨."

보다 못해 사와가 끼어들었다.

"잠자코 있어요. 아주 중요한 순간이니까."

구가는 사와의 말을 일축하고는 천천히 자리에서 일어서더니 A에게 다가갔다. 그 모습 속에 여태까지의 신사다운 품위는 온데간데없었다. 거만하고 부조리한 독재자와 같은, 전에 없던 기이한 존재감을 발산했다.

"자. 말해 주세요. 당신이 보고 있는 것을……"

구가는 코끝이 닿을 만큼 A에게 얼굴을 가까이 가져다 대고는 어두운 눈빛으로 다시 물었다. 그 말에 호응하듯이 A의 눈꺼풀이 떨렸다.

"이 새끼! 죽여버릴 테다!"

A는 느닷없이 의자에서 벌떡 일어서더니 그대로 구가의 얼굴을 마구 때렸다. 구가가 뒤로 나자빠졌다. A는 어깨를 들썩거리며 숨을 쉬면서 구가의 몸을 깔고 앉아 일격을 가하려고 주먹을 번쩍 치켜들었다. 사와가 A의 몸을 붙들어 가까스로 그를 저지했다.

"놔! 이 쓰레기가! 죽여버릴 테다!"

"진정하세요."

"레이에게 손대지 마!"

"어?"

…… 지금, 레이라고 했나?

A는 계속해서 난동을 부리며 소리를 질렀다. 카운슬링 룸의 분위기는 혼돈 그 자체였으나 사와는 뇌가 차갑게 식어가는 것을 느꼈다.

"죽여버린다!"

A가 고래고래 고함을 지르며 무시무시한 힘으로 사와를 밀쳐냈다. 순간 방심했다가 사와는 나가떨어지고 말았다.

"죽여 버리겠어······."

중얼거리며 A는 탁자를 번쩍 들어 올려 구가를 향해 내리치려고 했다. 저런 것으로 맞으면 살아남지 못할 것이다. 사와는 일어나서 말리려고 했다. 하지만 사와가 뛰어가기도 전에 A는 툭 하고 실이 끊어진 꼭두각시 인형처럼 그 자리에 픽 쓰러져 버리고 말았다.

"레이. 도망쳐. 제발······."

그 말을 끝으로 A는 축 늘어져 움직이지 않았다. 의식을 잃은 모양이었다. 구가가 천천히 자리에서 일어섰다.

"구가 씨. 피가······"

구가의 코에서 피가 뚝뚝 떨어지고 있었다. 그뿐만이 아니다. 안경은 금이 가고 셔츠 소매 부분이 찢어졌다.

"아. 괜찮습니다. 조금 긁혔을 뿐이에요."

구가는 셔츠 소매로 아무렇게나 코피를 훔쳤다. 결벽적인 이미지가 강했던 만큼 그 행동이 사와의 눈에는 낯설게 보였다.

"이거 쓰세요."

사와는 구가에게 손수건을 내밀었으나, 사와의 목소리를 듣지 못했는지 대답조차 하지 않았다.

"대단히 흥미롭군······."

흐트러진 머리카락을 가지런히 정리하며 구가는 피로 얼룩진 입가에 미소를 띠었다. 사와는 그 표정을 보며 등골이 오싹했다. 구가의 밑바닥에 있는 어둠이 더 깊어진 것처럼 느껴져서 견딜 수가 없었다.

<6>

눈물을 흘리는 레이를 보며 쓰키시마의 마음속에 죄책감이 퍼져갔다. 분명 나쁜 짓을 한 것은 아니었다. 범인을 색출하기 위해 레이를 다그쳤을 뿐이다. 진실에 다가가고 있는 것은 사실이다. 하지만, 동시에 그녀의 신뢰를 잃었다. 그것이 이루 말할 수 없이 슬펐다. 하지만, 레이를 구하기 위해서는 그녀를 추궁하는 수밖에 없다.

"레이 씨 때문이라니 무슨 말씀입니까?"

쓰키시마는 레이에게 설명을 재촉했다. 레이는 아무 대답도 하지 않은 채 손가락으로 눈물을 닦고는 쓰키시마에게로 고개를 돌렸다. 조금 충혈되었지만, 약간 처진 그녀의 눈은 여전히 아름다웠다. 투명하고 순수할 뿐만 아니라 곧고 강한 의지가 깃든 눈동자.

…… 제발 그런 눈으로 보지 마.

쓰키시마는 마음속으로 그렇게 빌었다. 레이가 무너져 내린다. 그런 느낌이 들었다. 타닥, 하고 난로의 장작 타는 소리가 들렸다.

"알겠습니다. 말씀드릴게요."

레이가 쉰 목소리로 말했다. 쓰키시마는 침을 꿀꺽 삼키고 잠자코 그녀의 말을 기다렸다.

"복구 불가예요. 차단기는 발견했지만, 완전히 망가졌어요."

그때 갑자기 계단 위에서 신조의 목소리가 들려왔다. 시선을 돌리니 신조와 아토무가 계단을 내려오는 참이었다.

"탈출 경로도 없는 것 같아."

잠시 후, 아이카와 아쓰시, 앗슈도 모습을 드러냈다.

"타이밍이 안 좋았구나."

나가토가 쓰키시마의 귓가에 속삭였다. 정말 그랬다. 레이가 힘겹게 진실을 말하고자 결심했는데 이렇게 사람들이 모여들면 다시 입을 닫을 것이다. 예상대로 레이의 얼굴에선 조금 전까지의 심각한 표정은 사라지고 어느새 억지웃음이 떠올라 있었다.

"그, 그래서 그쪽은 어떻습니까? 뭔가 알아낸 게 있어요?"

로비까지 내려온 아토무가 물었다. 어디까지 말해야 하나, 망설여졌다. 타이밍은 놓쳤지만, 여기서 다시금 묵주 이야기를 꺼내 보는 것도 하나의 방법이다. 아니면 이전부터 레이를 알고 있었는지 그들에게 묻는 것 역시 하나의 방법이다. 하지만, 그럴 수 없었다. 레이가 애원하는 듯한 눈빛을 보내며 쓰키시마의 옷소매를 잡아당겼기 때문이다. 제발 아무 말도 하지 말아 달라는 무언의 메시지가 전해졌다.

"나쓰노 씨는 누군가에게 구타당한 것 같습니다. 옷매무새가 흐트러진 것, 팔에 저항한 흔적이 있는 것으로 보아 격렬한 싸움이 벌어졌던 것 같고요."

쓰키시마는 목구멍까지 올라온 질문을 일단 속으로 삼키고 현장 상황을 설명했다.

"누가 범인인지 알아냈나요?"

신조가 도전적인 말투로 물었다.

"아뇨. 아직."

"저, 전혀 진전이 없잖아요."

아토무가 코웃음을 치며 말했다.

"꼭 그렇지도 않아. 어느 정도 좁혀졌잖아."

아이카가 허리에 손을 올리고 말했다.

"흐음. 그럼 아이카 씨의 추리를 들려주시죠."

신조가 다리를 꼬고 앉았다.

"딱히 범인을 알아냈다는 건 아니고. 단 소거법으로 범인이 아닌 사람을 제외할 수는 있다는 말이지."

"그러니까 그걸 얘기해 보라고요."

신조가 시비 거는 듯한 말투로 말한 탓에 험악한 분위기가 조성되었다. 이곳에 있는 모두가 초조함에 사로잡혀 있었다.

"알았어. 성미가 급한 남자는 미움을 받는 법이지."

아이카가 신조의 어깨를 살포시 어루만지며 말했다. 신조는 성가시다는 표정을 지으며 "됐으니까 설명해주세요."라며 재촉했다.

"아주 단순한 이야기야. 저항한 흔적이 있다는 것은 나쓰노 씨는 등 뒤에서 느닷없이 구타당한 게 아니라는 거잖아. 범인과 대치했다는 의미지. 게다가 범인은 나쓰노 씨를 때려죽였어. 이 사실을 보면 범인에서 제외할 수 있는 사람이 있잖아."

"그러니까 결국 체격의 문제이므로 여성과 아이는 범행이 불가능하다는 말인가요?"

"맞아."

신조는 자신만만하게 고개를 끄덕이는 아이카를 보며 깊은 한숨을 뱉었다.

"그건 너무 억지스러운 거 아닌가요?"

"뭐가?"

"뭐가, 라뇨……. 범인은 흉기를 가지고 있었잖아요. 만약 여성이라고 해도 죽일 수 있었을 겁니다."

"하지만 나쓰노 씨가 저항했다면서. 그렇다면 범인에게 아무 상처도 남지 않았을 리가 없어. 레이도 나도 아무 상처도 입지 않았잖아."

"그, 그건 근거가 약해요. 어, 어느 정도로 저항했는지도 모르고 지금으로서는 아직 단정할 수 없어요."

아토무가 끼어들었다. 아토무의 말이 맞다. 아이카의 논리는 근거가 빈약하다. 억지에 가깝다.

"그럼 레이나 내가 범인이라는 말이야?"

아이카가 토라진 듯이 입을 삐죽 내밀었다.

"그건 아닙니다. 다만, 여성들을 제외하기에는 근거가 약하다는 말입니다."

신조가 반박했다.

"불만이 있으면 다른 추리를 제시해 봐."

"무리입니다. 우리는 현장 검증을 하지 않았잖아요. 쓰키시마 씨는 어떻게 생각합니까?"

신조의 말이 끝나자마자 모두의 시선이 쓰키시마에게 향했다. 이런 식으로 갑자기 주목을 받으면 왠지 겸연쩍다. 쓰키시마는 "아직 자신 있게 펼쳐 보일 추리는 없습니다."라고 말하며 고개를 가로저을 수밖에 없었다.

"회, 회피하지 마요."

아토무가 일어서서 주장했다. 안타깝게도, 부정할 수가 없다. 아토무의 말처럼 쓰키시마는 지금 마음에 담긴 많은 말들을 회피하고 있다. 왜냐하면…… 쓰키시마는 흘긋 레이를 쳐다보았다. 그녀는 기도하듯이 손을 모으고 가만히 고개를 떨구고 있었다. 그 모습을 보자 역시 현 단계에서는 쓸데없는 말을 하지 않는 것이 좋겠다고 느꼈다.

"어. 쓰키시마 씨. 그런 묵주가 있었나요?"

신조가 쓰키시마가 들고 있는 묵주를 발견하고 손가락으로 가리켰다.

…… 아차.

신조 일행이 나타났을 때 재빨리 호주머니에 넣어 두었어야 했는데 손에 든 채로 그냥 있었다.

"방금, 복도에서 주운 겁니다. 누구 건가 하고."

쓰키시마는 순간적으로 거짓말을 했다. 로비가 쥐죽은 듯이 조용해졌다. 쓰키시마의 말이 거짓이라는 것을 모두가 눈치챈 듯했다. 이마에 송골송골 땀이 번졌다. 어쩌지? 묵주를 조사하면 핏자국이 묻어 있다는 것이 금세 들통날 것이다. 그러면 왜 거짓말을 했는지 추궁당할 것이고 혐의가 쓰키시마를 향하리라는 것은 불 보듯 뻔하다. 뒤늦게 레이의 소지품이라고 주장한다고 해도 받아들여지지 않을 것이다. 무슨 말이라도 해야 하는데…… 고심하고 있을 때 생각을 가로막듯이 누군가가 쓰키시마의 손에서 묵주를 낚아챘다. 앗슈였다.

"이건 내 거다."

앗슈는 퉁명스럽게 말하고는 묵주를 가죽점퍼 주머니에 쑥 밀어넣었다. 모두 수긍한 듯이 긴장이 일시에 풀렸다. 은으로 된 수많은 액세서리를 주렁주렁 몸에 달고 있는 앗슈가 묵주를 가지고 있다고 해서 이상할 것은 없다고 생각한 것이리라. 하지만, 그 묵주의 체인은 금이었다. 앗슈가 온몸에 달고 있는 실버 액세서리와는 명백히 결이 다르다. 그 사실은 앗슈 자신이 가장 잘 알 것이다.

그런데도 앗슈는 묵주가 제 것이라고 주장했다. 쓰키시마를 두둔하기 위해서? 아니, 그럴 리 없다. 생각할 수 있는 가능성은 단 하나…… 앗슈는 그 묵주가 레이의 것이고 핏자국이 묻어 있다는 것을 눈치챘다. 그래서 그녀를 감싸기 위해 제 것이라고 주장한 것이다. 그 순간 앗슈와 눈이 마주쳤다. 앗슈는 아무 말도 하지 않았지만, 날카로운 눈빛에서 더 이상, 아무 말도 하지 말라는 강한 경고가 느껴졌다.

"그럼 이제 어떻게 할까요?"

신조가 익살스럽게 물었다.

"일단은 우리도 범행 현장을 봐 두는 게 좋지 않을까?"

아이카의 제안에 신조가 동의를 표했다. 아토무는 잠시 주저하는 듯한 기색을 보였으나 "저, 저도 가겠습니다." 하고 그들을 따랐다. 앗슈는 "나는 방으로 가겠어." 하고 짧게 말하고는 즉시 계단으로 향했다.

"기다리세요. 혼자는 곤란합니다."

쓰키시마는 순간적으로 앗슈의 팔을 잡았으나 앗슈는 곧바로 뿌리쳤다.

"함부로 손대지 마."

"하지만, 범인은 다음 범행을……"

"알 바 아냐."

앗슈는 귓등으로도 듣지 않고 계단을 올라가 버렸다.

"뭐, 어쩔 수 없죠. 앗슈 씨는 예전부터 저랬거든요."

신조가 어깨를 으쓱하며 말했다.

"하지만……"

"그리고 어차피 다음 범행 대상은 앗슈 씨가 아니잖아요."

"아마도……"

"그럼 우리가 돌아올 때까지 그녀를 부탁합니다."

신조가 흘긋 레이를 보며 말했다. 앗슈가 맘에 걸리기는 하지만, 현재로서는 레이의 안전을 최우선으로 생각하는 것이 옳다. 쓰키시마가 그녀를 남겨 두고 이 자리를 뜨는 것은 좋은 생각이 아니다.

"금방 돌아올 겁니다."

신조는 아이카와 아쓰시, 아토무와 함께 나쓰노의 방 쪽으로 걸어가 버렸다. 다시 로비에는 쓰키시마, 나가토, 레이 세 사람이 남겨졌다. 지금이 아까 하던 이야기를 계속할 절호의 기회다. 쓰키시마가 레이 쪽으로 돌아서자 그녀는 곧바로 도망치듯이 시선을 피했다. 도망치고 싶은 심정은 쓰키시마도 마찬가지다. 할 수만 있다면 알고 싶지 않은 것도 있다. 하지만 다음 범행 대상인 레이를 구하기 위해서는 마음을 독하게 먹어야 한다. 쓰키시마는 단단히 마음을 먹고 그녀에게 다가갔다.

<7>

A에 대한 최면요법이 끝나고 사와는 서둘러 경찰서로 돌아왔다. 자기 자리에서 서류 업무를 보고 있는 시라이를 발견하자 사와는 그에게 달려갔다.

"시라이!"

사와는 저도 모르게 큰 소리로 이름을 불렀다. 시라이는 깜짝 놀라 뒤를 돌아보았으나 사와의 모습을 확인하고는 "뭐야. 사와잖아." 하고 맥 빠진 대답을 했다.

"행방불명이 된 레이 씨에 관해 알아낸 걸 전부 알려 줘."

사와는 시라이의 책상을 쿵 하고 손으로 치며 말했다. 마치 따지는 듯한 말투가 되어 버렸지만, 그런 걸 신경 쓸 여유는 없었다.

"뭐야. 무슨 자다가 봉창 두드리는 소리야. 별 관심도 없었잖아."

행방불명 상태인 레이 건에 관해 시라이와 정보를 교환하고 조언도 했으나 그건 어디까지나 잡담의 연장선이었을 뿐, 별 관심이 없었던 것은 사실이다.

"상황이 변했어."

"어떻게 변했는데?"

"A가 최면요법에 의한 사건 조사 중에 레이라는 이름을 말했어."

시라이의 눈이 휘둥그레지며 "진짜……?" 하고 중얼거렸다.

"하지만 동명이인일 뿐일지도 모르잖아."

시라이가 머리를 긁적이며 말했다.

"레이는 흔한 이름이 아니잖아. 타이밍을 보더라도 우연의 일치라고는 생각되지 않아."

"그렇긴 하지만……"

"게다가 일치하는 건 이름만이 아니야."

A가 단지 레이라는 이름을 입 밖에 냈기 때문이 아니다. 유년기의 추억 중에 노래를 잘 부르는 소녀가 등장한다. 중학생 시절에 그 소녀와 재회했을 때도 다시금 아름다운 목소리를 강조했다. 꿰어 맞추기일지도 모르지만, 그 부분도 싱어송라이터였던 레이와 일치한다. 그 점을 설명하자 시라이는 고개를 갸웃했다.

"음. 하지만, 그것만으로 동일 인물이라고 단정 짓기에는 근거가 빈약하잖아."

"그러니까 알아낸 정보를 알려 달라는 거야. 그 외에도 공통점이 나올지도 모르잖아."

만약 A가 말했던 레이라는 이름의 여성과 시라이가 찾고 있는 레이가 동일 인물이라면 조사는 단숨에 진전될 것이다.

"현재까지 알아낸 건 그리 많지 않은데 괜찮겠어?"

"응."

"본명은 쓰지무라 레이. 놀이라는 이름의 싱어송라이터로 활동했다는 것까지는 말했지?"

"응. 맞아."

"그녀의 아버지는 딸인 레이가 태어난 것을 계기로 월급쟁이 생활을 청산하고 고향인 야마나시현에서 펜션 경영을 시작했다나 봐."

"야마나시현 어디?"

"야마나카코 호수 근처였어, 분명히."

"연결됐다······."

사와는 저도 모르게 중얼거렸다.

"뭐가 연결됐는데?"

"A가 기억하는 유년기 기억 속에 호수가 나와. 그는 그곳에서 자살을 기도한 과거가 있고. 그뿐만이 아니야. 그 지역에 있는 보육원 직원이 A와 동일 인물을 알고 있을지도 모른다고 증언했어. 그 보육원이 있는 곳이 야마나시현 미나미쓰루군인데 야마나카코 호수가 있는 지역이야."

"지역적으로 보더라도 두 사람의 접점이 있었을 가능성이 높다는 말이구나?"

"거의 틀림없다고 봐."

"어떻게 이런 일이······ 하지만, 잠깐만. 그 말은 레이 씨는 어쩌면······"

시라이는 도중에 말을 삼켰다. 하지만, 굳이 말하지 않아도 무슨 말을 하려는 건지 짐작할 수 있었다. 현재 행방불명 상태인 레이. 그리고 피투성이가 되어 경찰서에 나타난 A. 두 사람의 접점이 있다면 도달하는 결론은 하나뿐이다. 레이는 A에게 살해당했다는 것.

"그걸 확인하기 위해서라도 레이 씨의 DNA가 필요해. A에게 묻은 혈흔과 대조해 보면 확실해질 거야. 나미 씨에게 부탁해서 레이 씨가 사용하던 브러시 같은 것을 받아 줄 수 있어?"

머리카락이 있으면 DNA 감정을 할 수 있을 것이다.

"알았어. 나미에게 연락해 볼게."

시라이가 의기양양하게 말했다. 어느새 시라이는 나미를 부를 때 호칭을 빼고 이름만 부른다. 분명 빈번하게 수사의 진척상황을 물어본다고 질색했었는데…… 정서불안 기질이 보이는 나미를 상대하는 동안 정에 이끌렸는지도 모른다.

"잠깐만."

곧바로 형사부실을 나가려고 하는 시라이를, 사와가 황급히 불러 세웠다.

"왜?"

"그 외에도 레이 씨에 관해 알고 있는 것이 있으면 알려 주면 좋겠는데."

"거기 자료 있으니까 맘대로 봐."

시라이는 자기 책상 위에 있는 서류 다발을 가리키며 헐레벌떡 나가 버렸다. 사와는 시라이의 자리에 앉아 자료를 끌어당겨 훑어보기 시작했다. 그 내용은 충격적이었다. 읽어 내려가는 동안, 사와는 얼굴에서 핏기가 가시고 페이지를 넘기는 손끝이 점점 떨려오는 것을 느꼈다. 동시에 수많은 것들이 이해되었다. 시라이가 추적하고 있는 레이와 A의 기억 속의 레이는 동일 인물로 봐도 무방할 것 같다. 사와는 휴대전화를 꺼내어 구가에게 연락했다.

- 그래서 어떻게 되었습니까?

신호음이 가자마자 전화를 받은 구가는 다른 말없이 곧바로 물었다. A의 입에서 나온 레이라는 이름의 여성과 현재 행방불명 상태인 여성이 동일 인물일 가능성이 있다는 사실은 이미 전달해 둔 상태였다. 그 결과를 보고하기 위한 연락이라는 것은 구가도 알고 있었다.

"지금 담당 형사가 DNA 검체를 채취할 수 있는지 확인하러 갔습니다. 정확한 것은 결과를 기다려 봐야겠지만, 자료를 검토한 바에 따르면 동일 인물일 가능성이 매우 높을 것으로 보입니다."

- 그렇군요…… 그런데 레이 씨는 어떤 여성입니까?

"그녀는 노래 실력이 뛰어났기 때문에 싱어송라이터를 꿈꿨던 것 같습니다. 동영상 공유 사이트에 업로드된 노래 동영상이 화제가 되어 정식 데뷔가 거의 확정되었지만, 무산되고 말았습니다. 그 후, 행방불명이 되기 직전까지 불법 영업을 하는 유흥업소에서 일했습니다."

- 왜 정식 데뷔가 무산되었지요?

구가는 침착한 어조로 물었다.

"그녀의 아버지에게 문제가 있었습니다."

시라이가 두고 간 자료에 상세 내용이 적혀 있었다.

─ 아버지가 범죄자였군요…….

"네. 레이 씨의 아버지는 도쿄의 회사원이었는데 직장 생활을 청산하고 고향인 야마나시현으로 돌아와 펜션 경영을 시작했습니다."

─ 그 펜션이란 혹시……

"아마도 A가 말했던 벚나무가 있는 곳이 아닐까 생각합니다."

A는 최면 중에 벚나무 아래에서 소녀를 만났다고 말했다.

─ 하나씩 연결되는군요.

구가의 말대로였다. 하지만, 여기서 끝이 아니다.

"네. 레이 씨의 아버지는 펜션 경영이 잘되지 않아 빚을 잔뜩 졌습니다. 그 후, 레이 씨가 중학교에 올라갈 즈음 펜션을 접고 레이 씨 어머니의 친정이 있는 가나가와현으로 이사했습니다."

─ 그랬군요.

"레이 씨의 아버지는 빚에 대한 부담과 환경 변화 등이 원인이 되었는지, 마음의 병을 앓은 모양입니다."

─ 그래서 어떻게 됐습니까?

"카운슬링 같은 걸 받은 모양인데 레이 씨가 중학교 2학년이 되었을 즈음 큰 사건을 일으키고 말았습니다."

― 무슨 사건이죠?

"살인 사건입니다."

― 살인…….

언제나 세상을 초탈한 듯했던 구가의 목소리가 가라앉았다. 심정은 이해한다. 사와도 그 사실을 알았을 때는 경악을 금치 못했다.

"네. 아직 자료를 대충 훑어보기만 한 상태라서 사건의 상세 내용까지는 모릅니다만, 레이 씨의 아버지는 살인 혐의로 체포, 기소되었습니다."

그래서 레이는 자신의 신분을 철저하게 숨기려고 했던 것이다. 사건의 가해자 가족은 세상 사람들로부터 공격의 대상이 된다. 괴롭힘을 당해 궁지에 몰렸으리라는 것은 쉽게 상상할 수 있었다. 공격하는 쪽은 정의를 내세우지만, 당사자가 아닌 사람들이 가해자의 가족을 공격하는 것은 이치에 맞지 않다는 것이 사와의 생각이다. 그런 것은 정의도 뭣도 아니다. 단지 구실을 만들어 자신들의 일상 속에서 쌓인 분을 푸는 분풀이에 불과하다. 무엇보다 무서운 것은 공격하는 사람들은 그런 행위가 비정상적이라는 것을 자각하지 못한다는 것이다.

"어쨌든 자세한 사실을 알게 되면 다시 연락드리겠습니다."

― 알겠습니다. 그리고 번거로우시겠지만, 레이 씨라는 분

의 사진이 있으면 저에게도 보여 주시겠습니까?

"네 알겠습니다. 유흥업소 선전용으로 찍은 것이라서 가공된 사진이지만, 지금 이메일로 보냈습니다."

사와는 설명하면서 노트북을 조작하여 구가의 메일 주소로 사진 파일을 보냈다.

-일 처리가 빠르시군요. 도착했습니다.

"그리고 놀이라는 아티스트명으로 노래를 부른 동영상이 동영상 공유 사이트에 업로드되어 있습니다. '놀, 노래'라고 검색하시면 나올 겁니다."

-알겠습니다. 확인해 보죠.

사와는 전화를 끊고 노트북으로 동영상 공유 사이트를 열어 놀의 노래를 재생했다. 그녀의 노랫소리는 몇 번을 들어도 아름다웠다. 정식 데뷔를 했다면 압도적인 가창력으로 틀림없이 큰 화제를 모았을 것이다. 음반사들도 그녀를 원하는 마음은 굴뚝 같았을 것이다. 하지만, 데뷔 후에 그녀의 아버지가 살인범이라는 사실이 세간에 알려졌다면 분명 엄청난 파문을 일으켰을 것이다. 음반의 자진 회수부터 콘서트 중지까지 사태는 일파만파로 퍼져 사태 수습이 힘들었을 것이다. 그런 리스크를 피하려고 놀, 즉 레이를 포기한 것이다.

그때 레이가 맛보았을 절망은 이루 헤아릴 수 없다. 아니, 필시 그 절망은 데뷔 과정에만 국한된 것이 아닐 것이다. 학교생활을 비롯하여 모든 일상 속에서 그녀는 자기 힘으로 바꿀 수 없는 가혹한 현실에 직면하며 살아왔을 것이다. 집단 괴롭힘을 당했을 가능성도 있다. 진학도, 꿈도 포기해야 했다. 틀림없이 연애할 때도 족쇄가 되었을 것이다. 그녀는 아무 잘못도 저지르지 않았음에도 불구하고 아버지가 살인 사건의 가해자라는 이유로 평생 벗을 수 없는 굴레를 짊어지고 만 것이다.

내 혈육에 새겨진 죄는
모든 것을 빼앗고 좀먹는다네
도저히 헤어 나올 수 없는 굴레

레이가 부른 노래 가사의 의미가 이제는 절절히 사와의 마음에 스며들었다. 그녀는 자기 인생 속에서 느낀 절망을 노래에 실었다. 그래서 가사 속에서 스스로의 죽음을 염원했다. 날개가 꺾이고 날 수 있는 도구를 모두 빼앗긴 그녀는 땅바닥에 엎드려 기며 부르짖을 수밖에 없었던 것이다. 그리하여 '소원'이라는 노래로 그녀의 심정을 토해냈다.

감상에 젖어 흔들리는 사와의 생각을 끊듯이 휴대전화 벨소리가 울렸다. 발신인은 방금 전화를 끊은 구가였다.

"무슨 일 있으세요?"

― 한 가지 제안이 있습니다.

"말씀하세요."

이번에도 바로 A를 불러 최면요법을 통해 조사를 진행할 생각일까?

― 두 사람이 유년기를 보냈던 장소에 가 보고 싶군요.

"그곳에 뭔가 있다는 말씀이신가요?"

― 그건 모르겠습니다. 그러나 그 장소를 우리가 알아 두면 향후 최면요법에 유익할 것으로 판단됩니다.

구가의 제안도 일리가 있다. 현지에 가 봄으로써 얻을 수 있는 정보도 있을 것이다. 무엇보다 사와 자신이 그곳에 가 보고 싶다는 마음이 들었다. 컴퓨터로 경로를 검색해 보았다. 자동차로 가면 두 시간도 걸리지 않는 거리였다.

"같이 가시죠."

사와는 휴대전화를 강하게 움켜쥐며 말했다.

<8>

"레이 씨."

쓰키시마가 이름을 부르자 레이가 천천히 고개를 돌렸다. 손전등 불빛을 받은 그녀의 얼굴은 이상하리만치 새하얬다.

원래 피부색이 희지만, 그것과는 달랐다. 핏기가 하나도 없이 창백하여 이미 죽은 사람 같은 얼굴빛이었다.

"사실대로 말씀해 주세요."

쓰키시마가 그렇게 말하자 레이는 살짝 고개를 갸웃했다.

"사실대로라뇨?"

레이는 시치미를 떼며 답했다. 조금 전까지 그녀는 분명 말하려고 했었다. 그러나 신조 일행이 나타나는 바람에 마음이 바뀐 것일까? 하지만, 이대로 포기할 수는 없다. 무슨 수를 써서라도 레이의 입으로 진실을 들어야 한다.

"앗슈 씨가 가지고 간 묵주는 레이 씨 것이죠?"

"왜 그렇게 생각하세요?"

"처음에 펜션에 들어왔을 때 레이 씨가 묵주를 목에 걸고 있는 모습을 봤거든요. 그건 레이 씨 묵주예요."

이번에는 단정적으로 말했다. 레이는 잠시 아무 대답도 하지 않았다. 인정할지 말지 마음을 정하지 못하고 있는 것이 틀림없다. 가능하다면 그런 계산 따위 하지 않고 솔직히 말해 주었으면 좋겠다.

"그래서요?"

레이가 희미하게 미소를 지으며 되물었다. 여태까지 레이의 이미지와 정반대로 뻔뻔한 태도였다.

"네?"

"쓰키시마 씨 말대로 그 묵주가 제 것이라고 해도 그게 뭐 어쨌다는 건가요?"

예상치 못한 대답에 추궁하고 있던 쓰키시마가 오히려 말문이 막혔다. 이래선 안 된다. 여기서 뒷걸음질치면 진실에 이를 수 없다.

"그 묵주는 나쓰노 씨 방에 떨어져 있었습니다. 게다가 피가 묻어 있었어요. 이것이 무엇을 의미하는지 아십니까?"

"아니요."

레이가 딱 잘라 말했다. 쓰키시마는 저도 모르게 한숨이 나오려고 했지만, 가까스로 참았다.

"레이 씨가 범행 현장에 있었다는 겁니다."

"그랬다면 뭐가 문제인가요?"

또다시 예상치도 못한 대답이 날아왔다. 당황하여 동요하는 쓰키시마와 대조적으로 레이는 동요하지 않고 쓰키시마를 똑바로 바라보았다.

"그 말씀은 나쓰노 씨가 살해당했을 때 레이 씨가 현장에 있었다는 것을 인정하는 거죠?"

"설마요. 저는 그런 말은 한마디도 하지 않았습니다."

"하지만, 레이 씨는……"

"저는 쓰키시마 씨가 하신 말씀의 의미를 물어본 것뿐이에요."

"그건 궤변입니다."

"아니에요. 저는 나쓰노 씨 방에 들어가지 않았어요."

"하지만, 그 묵주는 레이 씨 것이잖아요?"

"그건 앗슈 씨 물건이에요. 그가 그렇게 말했잖아요?"

"그걸 믿으라는 건가요?"

"저는 강요하지 않습니다. 쓰키시마 씨 맘이죠."

"그렇다면……"

"쓰키시마 씨는 제가 묵주를 목에 걸고 있는 모습을 봤다고 말씀하셨죠. 하지만 그건 어디까지나 쓰키시마 씨의 증언에 불과해요. 그걸 증명할 객관적인 증거가 있나요?"

의연하게 따지는 레이의 목소리는 아름다웠다. 그렇기에 등줄기가 오싹해질 정도로 무서웠다.

"객관적인 증거는 없습니다."

"그렇다면 그건 앗슈 씨의 물건이 맞는 거 아닌가요?"

"아닙니다. 그는 거짓말을 하는 겁니다."

"무엇을 위해서죠?"

"아마 당신을 감싸기 위해서 자신의 물건이라고 주장했을 거예요."

"그 사람이 저를 감쌀 이유가 뭐죠?"

"그건 레이 씨가 나쓰노 씨를……"

쓰키시마의 목소리가 힘을 잃었다. 지금 막, 자신이 치명적인 발언을 했다는 사실을 자각한 것이다. 레이와의 관계를 산산조각 내는 말을 뱉었다. 그녀는 다른 참가자들이 쓰키시마를 범인으로 의심했을 때 논리를 제쳐두고 믿어 주었는데 은혜를 원수로 갚고 말았다.

"쓰키시마 씨가 어떻게 생각하시는지 잘 알았습니다."

레이는 쓰키시마를 똑바로 바라보았다. 그 눈빛에는 여태까지의 상냥함은 없었다. 그녀가 쓰키시마에게 실망했다는 것은 명백했다.

"저, 저는……"

"변명하실 필요는 없어요. 제가 쓰키시마 씨와 같은 상황이라도 의심했을 거예요. 쓰키시마는 감정이 아니라 이성으로 상황을 판단하는 분일 뿐이에요."

"그런 게 아니……"

레이는 쓰키시마의 변명을 무시한 채 등을 돌리고 걷기 시작했다. 붙잡아야 하나? 볼품없긴 하겠지만, 레이에게 변명하고 용서를 구하면 틀림없이 받아들여 줄 것이다. 하지만 도저히 말이 나오지 않았다. 몸을 움직일 수가 없었다. 쓰키시마는 멍하니 레이가 떠나가는 모습을 지켜보았다. 쾅 하는 소리와 함께 문이 닫힘과 동시에 쓰키시마는 쓰러지듯이 옆에 있는 의자에 주저앉았다.

…… 대체 내가 지금 무슨 짓을 한 거지?

마음속으로 중얼거리며 머리를 감싸 안고 한숨을 내쉬었다. 그녀의, 레이의 향기가 콧속에 남아 있는 듯하다. 하지만, 그녀는 다시 돌아오지 않을 것이다.

쓰키시마는 그녀를 본 순간부터 줄곧 그녀에게 마음이 끌렸다. 그 사실이 지금에 와서 더욱 무겁게 쓰키시마를 짓눌렀다. 쓰키시마는 레이가 말한 대로 모든 일을 논리로 판단해 왔다. 레이를 향한 감정도 그랬다. 처음 본 순간부터 그녀에게 끌렸지만, 만난 지 몇 시간도 되지 않은 여성을 사랑할 리가 없다는 생각으로 감정을 억제했다.

"쓰키시마."

나가토가 이름을 부르며 쓰키시마의 어깨에 손을 얹었다. 가볍게 닿았을 뿐인데 그 무게에 몸이 산산이 부서져 버릴 듯한 느낌이 들었다.

"내가 잘못한 걸까?"

쓰키시마는 머리를 감싸 안은 채 물었다. 대답을 기대한 것은 아니다. 다만 입 밖에 내지 않으면 자신이 무너져 버릴 것만 같았다.

"아닌 게 아니라, 방금은 좀 치졸하긴 했지."

가차 없는 나가토의 말에 쓰키시마는 저도 모르게 고개를 들었다. 나가토는 웃고 있었다.

"위로는 안 해 주는 거야?"

"위로해 주면 좋겠어?"

쓰키시마는 "아니." 하고 고개를 가로저었다. 지금 누군가에게 위로를 받는다고 해서 해결되는 것은 아무것도 없다. 나가토의 허심탄회한 말이 오히려 고마웠다.

"나는 너무 이성과 논리에만 의지했어."

쓰키시마의 말에 나가토는 미간을 찌푸리더니 고개를 갸웃했다.

"그건 아닌 것 같은데."

"아니라니?"

"쓰키시마는 이성과 논리에 지배당한 게 아니라, 감정에 휩쓸렸던 거야."

레이와는 정반대의 견해다.

"그게 무슨 말이야? 나는……"

"쓰키시마는 레이 씨에게 감정적으로 끌렸기 때문에 그런 말을 한 거야. 그녀가 다른 참가자들과 알고 지내던 사이일지 모른다고 추측하니 질투에 사로잡힌 거지."

"질투? 내가?"

"그래. 쓰키시마는 레이 씨가 뭔가를 숨기고 있는 것을 용납할 수 없었어. 그래서 그녀에게 해명할 기회도 주지 않고 섣부른 논리로 공격하며 몰아세운 거다."

뼈아픈 지적이었다. 부인할 여지가 없다. 레이가 다른 참가자를, 사전에 알고 있었을지도 모른다는 생각에 이르렀을 때 몹시 심한 배신감을 느꼈다. 앗슈가 레이의 물건인 묵주를 자기 것이라고 주장했을 때는 두 사람이 특별한 관계일지도 모른다고 의심했다. 그래서 레이의 해명을 들어 보려 하지도 않고 그렇게 단정 지은 채 추궁했다. 무엇보다 그녀의 말에 귀를 기울여야 했다. 그런데…….

"나는……"

"게다가 쓰키시마는 감정에 사로잡혀 자신의 말에 모순이 있다는 것도 눈치채지 못했다."

"내 말의 모순?"

"그래. 범인 한 명이 세 건의 연쇄살인 사건을 저지른다는 것이 전제조건이잖아. 그리고 다음 범행 대상은 레이 씨라는 건 틀림없어. 그렇다면……"

"레이 씨가 범인이라는 건 있을 수 없는 일이다."

쓰키시마는 나가토의 말을 이어받아 말했다. 너무나 명백했다. 이벤트의 전제조건을 생각하면 레이는 범인일 수 없다. 그리고 그녀의 위기가 코앞까지 다가왔다는 사실도 변함이 없다.

"레이 씨를 구할 수 있는 사람은 쓰키시마뿐이야. 감정에 휩쓸려선 안 돼. 사고를 풀가동하여 사건의 범인을 찾아내는 거야."

나가토의 격려는 비틀비틀 흔들리다가 붕괴 직전이었던 쓰키시마의 마음에 쐐기가 되었다. 이 남자가 친구여서 정말 다행이다.

"고맙다."

"인사는 모든 게 끝난 후에 해도 늦지 않아. 그보다 지금 바로 할 수 있는 일을 하자. 시간이 별로 없어."

나가토가 시계로 눈길을 돌렸다. 시곗바늘은 10시 40분을 가리키고 있었다. 남은 시간은 20분뿐이다. 아니, 생각을 바꾸자. 20분이면 충분하다. 그 정도 시간이면 사건을 해결할 수 있을 것이다.

"일단 뭐부터 시작할까?"

나가토가 물었다. 이제 와서 레이를 쫓아간다 한들, 그녀는 아무 이야기도 하지 않을 것이다. 서로 머리를 식힐 필요가 있다.

"앗슈 씨에게 사실관계를 확인하러 가자."

왜 그가 레이의 묵주를 제 것이라고 주장했는지, 그 이유를 밝히자. 그러고 나서 레이와 다시 이야기해야 한다.

"그렇네. 그게 좋겠다."

나가토가 웃는 얼굴로 대답했다.

<9>

저녁 해가 눈부셨다. 사와는 실눈을 뜨면서도 핸들을 요리조리 돌리며 구불구불한 급경사 길을 달렸다. 연휴 기간이라 고속도로 교통 체증 때문에 일부러 고갯길을 선택했다. 모퉁이를 돌 때마다 몸이 좌우로 흔들리는 바람에 운전하고 있는 사와가 멀미가 날 지경이었다.

"피곤하면 말씀하세요. 언제든지 교대하겠습니다."

구가가 조수석에서 말을 걸었다.

"괜찮습니다. 운전하는 걸 싫어하지 않거든요."

사와의 대답에 "그렇군요."라고 중얼거리는 구가의 눈빛은 먼 곳을 향해 있었다. 그의 눈에 비친 것은 끝없이 이어지는 능선인가, 아니면 다른 무엇인가. 사와는 후자일 거라는 느낌이 들었다.

"구가 씨. 한 가지 여쭤봐도 될까요?"

사와가 묻자 구가가 "물론이죠." 하고 대답했다.

"구가 씨는 왜 경찰청에 들어오셨나요?"

사와가 이 질문을 한 것은 일전에 오이카와와 했던 대화가 뇌리에 남아 있기 때문이다. 그녀는 구가에게 감정이 없다고 말했다. AI와 같이 어떻게 대답할지를 다양한 데이터에서 취사선택하여 대답한다고 했다. 하지만, 그것은 사와가 생각하는 구가의 이미지와는 동떨어진 것이었다. 분명 자기 감정을 잘 드러내지 않는 타입이긴 하지만, 감정 자체가 없는 것으로 보이지는 않았다. 오히려 이성을 누름돌로 사용하여 가슴 속에 잠든 감정을 꾹꾹 누르고 있는 듯한 느낌이 들었다.

"저는 곧바로 경찰청에 들어온 게 아닙니다. 한동안은 정신과 의사로서 카운슬링 일을 했습니다."

"그러셨군요."

그러고 보니 A에게 최면요법을 시행하는 카운슬링 룸은 과거에 구가가 사용했던 곳이라고 했었다.

"학생 시절에 범죄심리학을 공부한 이력이 있어서 카운슬링을 할 때부터 담당 교수님을 통해 경찰청에 들어오지 않겠느냐는 제안을 받았어요."

"그럼 그때 조건 협의가 잘되어서 들어오게 되신 건가요?"

"아니요. 그런 건 아닙니다. 계기가 있었습니다."

"어떤 계기였나요?"

"어느 날, 한 여성이 저를 찾아왔습니다."

구가가 지난날을 그리워하는 듯이 눈을 가늘게 뜨고 미소를 지었다. 황홀에 빠진 듯한 표정이었다. 역시 구가는 감정이 없는 게 아니다.

"구가 씨에게 특별한 여성인가요?"

"결과적으로 그녀의 존재로 인해 제가 경찰청에 들어오게 되었으니 특별하다고 생각하긴 합니다만, 사와 씨가 생각하는 그런 감미로운 관계는 아닙니다."

사와의 오해를 꿰뚫어 본 듯하다.

"그럼 어떤 관계였나요?"

"그녀는 저에게 도움을 구하러 왔습니다. 아니, 지금 와서 생각하면 저에게 용서를 구했던 건지도 모르겠습니다."

"용서라니 무슨 말씀이시죠?"

도움을 구한다는 것은 이해가 되는데, 용서라는 건 무슨 의미인지 와닿지 않는다.

"상세한 내용은 비밀 유지 의무에 어긋나므로 말씀드릴 수가 없군요."

"그렇군요."

환자의 사생활에 관한 부분을 억지로 캐물을 수는 없다.

"그녀가 고민하던 문제에 관해 말씀드릴 수는 없지만, 결과적으로 저는 그녀의 바람을 들어줄 수 없었습니다."

"카운슬링이 순조롭지 않았다는 말씀인가요?"

"결론만 말하자면 그렇게 되는군요."

클라이언트의 요청에 부응하지 못했다는 이유로 구가는 자신의 무력함을 느꼈는지도 모른다. 하지만…….

"구가 씨가 다루는 대상은 사람의 마음이니만큼 매번, 생각대로 되는 것은 아닐 겁니다. 요청에 부응하지 못할 때도 있는 것 아닌가요?"

"그건 그렇습니다. 하지만, 그녀는 저에게 특별한 감정을 품은 사람이었습니다. 어떻게든 그녀만큼은 구하고 싶었어요……."

구가의 표정에서 자책감이 절절히 전해졌다. 역시 그 여성은 구가가 연애감정을 느꼈던 상대일지도 모른다. 그렇기에 후회에 시달리는 것이다.

"애초에 그 여성에게 구원이란 무엇이었나요?"

사와가 묻자 구가는 뉘엿뉘엿 지는 해를 바라보며 입을 닫고 말았다. 어느 정도 시간이 흘렀을까? 구불구불한 길을 빠져나올 무렵, 마침내 구가가 입을 열었다.

"죽음입니다."

"네?"

전혀 예상치 못한 답이었다.

"그녀는 자신이 놓인 환경 때문에 마음의 병을 앓았습니다. 수차례 자살을 기도했지만, 죽지 못했어요."

"자살 희망자……."

"간단히 말하면 그런 거겠지만, 좀 더 안 좋은 경우였는지도 모릅니다. 그녀는 실은 살고 싶었던 겁니다."

"그럼 살면 되잖아요?"

사와의 말에 구가는 큰소리로 웃었다.

"사와 씨는 망설임이 없어서 좋군요."

"무시하시는 건가요?"

"아니요. 칭찬입니다. 사와 씨는 분명 모든 상황을 긍정적으로 변화시킬 수 있는 사람입니다. 무슨 일이 있어도 자신이 결단한 것을 믿고 돌진하는 강인함이 있지요."

"고민하는 시간이 아깝다고 생각할 뿐, 강인함과는 다른 것 같은데요."

사와는 단지 효율을 중시할 뿐이다. 쓸데없는 낭비는 하지 않고 최단거리로 직진. 그런 자신이 스스로도 단순하다고 생각한다.

"아니요. 적어도 그녀도 사와 씨 같은 사고방식을 가졌다면 좀 더 편하게 살 수 있었을지도 모릅니다."

"저라고 편하게 사는 건……"

"그렇군요. 실례했습니다. 사와 씨는 자신의 내면에 무엇을 우선시해야 할지가 명확하지요. 그래서 망설임이 없는 겁니다. 하지만, 여러 선택지 중에서 하나를 잘 고르지 못하는 사람들이 수없이 많습니다. 단순히 우선순위를 매기지 못하는 경우도 있겠지만, 대부분 타인의 시선을 신경 쓰느라 그렇게 되어버리는 것이지요."

"저는 타인이 어떻게 생각하든 신경 쓰지 않는다는 말씀인가요?"

"그런 말은 아닙니다. 사와 씨는 남이 어떻게 생각하는가에 판단 기준을 두지 않는다는 뜻입니다."

똑같은 말 같긴 하지만, 그것을 따져 물으면 이야기가 옆으로 샐 뿐이다. 지금은 구가를 찾아온 여성 이야기를 하는 중이다.

"제 이야기는 이 정도로 해 두고 그 여성은 어떻게 되었죠?"

"아, 이야기가 옆길로 샜군요."

구가는 자조하듯이 웃은 후, 잠시 잠자코 있다가 이야기를 계속했다.

"그녀는 저에게 와서 자신을 죽여달라고 간청했습니다."

"구가 씨에게 죽여달라고 부탁했다는 건가요?"

사와가 깜짝 놀라 되묻자 구가는 슬픈 눈빛으로 "네." 하며 고개를 끄덕였다. 사와는 등줄기가 얼어붙는 듯했다.

"왜 그런 부탁을?"

"그녀에게는 죽음이야말로 구원이었던 거죠."

"그건 말도 안 돼요. 목숨을 빼앗아 구원할 수 있는 것은 무엇 하나 없습니다."

"지당하신 말씀입니다. 그러나 그녀에게는 그것 외의 방법이 없었습니다. 그것밖에 없다고 생각할 정도로 궁지에 몰렸던 겁니다."

여러 가지 마음에 걸리는 것은 있었지만, 그 여성이 떠안고 있던 문제를 모르는 이상, 사와는 이해할 수 없을 것이다.

"구가 씨는 어떻게 하셨나요?"

"저는 필사적으로 그녀를 설득했어요. 삶의 의미를 설명했습니다. 그러나 제 말이 그녀에게 닿지 않았습니다. 그녀는 저에게 실망한 채 돌아갔고 그 후, 연락이 끊겼습니다."

"그럴 수가."

사와가 입을 연 순간 휴대전화가 울렸다. 하필이면 이런 타이밍에. 무시하려고 했으나 전화를 건 사람은 후루타였다.

"네. 미나미입니다."

사와가 핸즈프리 기능을 사용해 전화를 받았다.

- 자네, 지금 어디야?

언짢은 듯한 후루타의 목소리가 차내에 울렸다.

"야마나시현에 가는 중입니다."

- 뭐? 왜 그런 데 가는 거야? 무슨 소용이 있다고. 망할 놈의 최면술 다음은 야마나시 관광이라니, 팔자도 좋군.

"관광은 아닙니다."

사와가 상황 설명을 하기에 앞서 구가가 대화에 끼어들었다.

- 뭐야? 당신은 또 누구야?

"망할 놈의 최면술을 제안한 장본인입니다."

구가가 가볍게 말했다. 전화의 반대편에서 후루타가 숨을 삼키는 소리가 들렸다. 지금쯤 온몸의 땀샘에서 식은땀을 뿜어내고 있을 것이다. 사와는 코미디 같은 상황이 우스워서 웃음을 참기가 힘들었다.

- 큰 실례를 범했습니다. 설마 구가 경감님께서 함께 계실 줄은……

"저에 대한 실례를 책망할 생각은 없습니다. 그보다 부하 직원을 늘 지금 같은 태도로 대하십니까?"

- 그건, 그러니까……

"당신의 근무 태도는 여러모로 문제가 있는 듯하군요."

- 저, 그게……

당황하는 후루타의 반응을 좀 더 즐기고 싶은 마음은 굴뚝같았지만, 지금은 그런 데 시간을 쓰고 있을 때가 아니다.

"무슨 용건이시죠?"

후루타를 곤경에서 구해 주는 모양새가 되었지만, 사와는 다음 말을 재촉했다.

- 아쓰야라는 남자 건이다.

후루타가 헛기침을 하고 나서 대답했다.

"뭔가 밝혀졌습니까?"

- 그가 중학교 3학년 때 일본에 귀국한 삼촌 부부가 거두기로 해서 보육원을 나갔다지.

"네."

거기까지는 보육원의 이토 씨에게 들어서 아는 내용이다.

— 그를 맡은 삼촌은 병으로 세상을 떠났지만, 그 아내에게 이야기를 들을 수 있었다. 아쓰야는 삼촌 부부와 살면서 도쿄의 중학교에 다녔는데, 성적도 좋고 성격도 쾌활하고 대단히 명랑한 아이였다고 한다. 친구 관계도 양호해서 학교생활에 특별한 문제는 없었다.

"그렇군요."

친척 집으로 간 후에도 아쓰야가 환경에 매우 잘 적응했다는 것이 엿보인다.

— 그런데 전학하고 반년 정도 지났을 무렵, 한 사건을 일으켰다고 한다.

"사건…… 이요?!"

— 그렇다. 동급생을 상대로 상해치사 사건을 일으켜 지도를 받고 소년분류심사원에 송치되었다.

"상해치사 사건이요?!"

— 아, 귀청 떨어지겠네.

이런 충격적인 일을 무덤덤하게 말하는 후루타가 오히려 이상하다.

"죄송합니다. 하지만, 그런 거라면 좀 더 일찍 신원이 판명되었을 텐데요."

그렇게 큰 사건을 일으킨 이력이 있다면 A가 아쓰야라는 것이 금세 판명되었을 것이다.

– 손의 화상 때문에 지문을 채취할 수 없었잖아.

…… 맞다, 그랬지.

그렇다면 A는 자신이 아쓰야라는 사실을 숨기려고 일부러 손바닥에 화상을 입음으로써 지문을 채취하지 못하도록 잔꾀를 쓴 것일지도 모른다.

"아쓰야 군이 일으킨 사건의 개요를 자세히 알려 주시겠습니까?"

– 같은 학교 남학생에게 공격을 당해서 저항하다가 실수로 죽이고 말았다는 거다. 자료를 보내 둘 테니 나중에 스스로 확인하도록.

후루타는 짧게 명령하고는 전화를 끊었다. 길게 통화하다가 구가 앞에서 책잡힐 일이 생길까 봐 겁이 났는지도 모르겠다.

"흥미롭군요."

구가가 자신의 입가를 가리듯이 손을 가져다 댄 채로 말했다.

"그러게요. 설마 과거에 상해치사 사건을 일으켰을 줄은……"

"네. 지난번 최면 때, 그는 느닷없이 격노하며 '죽여버릴 테다!'라고 소리쳤지요."

"그러니까 그때 보인 행동은 상해치사 사건을 일으킨 기억을 떠올렸기 때문에……"

"아마 그럴 겁니다. 그 사건도 레이라는 여성과 관계가 없다고 할 수는 없겠군요."

구가는 사와를 보았다. 구가의 시선에 담긴 뜻을 읽고 사와도 수긍했다.

"아, 맞아요. 그 최면 중에 A, 그러니까 아쓰야 씨가 '레이에게 손대지 마.'라고 외쳤어요. 그녀가 관련되어 있기에 나온 말이었다는 거네요."

"억지 추측일까요?"

구가가 눈을 가늘게 뜨며 웃었다.

"아뇨. 저도 같은 의견이에요."

뿔뿔이 흩어져 있던 퍼즐 조각이 조금씩 맞아들어가는 느낌이 들었다.

<10>

쓰키시마는 정면 계단을 올라가 앗슈의 방인 205호실 문 앞에 섰다.

"앗슈 씨."

이름을 부르며 문을 두드렸다.

"뭐야."

곧바로 문이 열리고 앗슈가 얼굴을 내밀었다. 이렇게 쉽게 문을 열어버리다니, 경계심이 너무 없다. 그 점을 지적했으나 "시끄러!" 하고 일축당했다. 앗슈 입장에서는 범인이 나타난다고 해도 완력으로 지지 않을 자신이 있는 것이리라. 이러니저러니 해도 이렇게 얼굴을 마주할 수 있었으니 결과적으로는 다행이다.

"그래서 무슨 일이야?"

앗슈는 회색 머리카락을 득득 긁으며 방으로 들어갔다. 쓰키시마는 나가토와 마주 보고 고개를 끄덕이고는 앗슈의 방으로 들어갔다. 다다미가 깔려 있고 개켜진 이불이 놓여 있다. 마치 유치장 같은 구조의 방이었다.

"한 가지, 묻고 싶은 것이 있습니다."

"그러니까 뭐냐고."

앗슈는 벽에 기대듯이 앉았다.

"아까 그 묵주에 관한 겁니다."

"묵주?"

"네. 앗슈 씨는 제가 들고 있던 묵주를 자신의 것이라고 주장했습니다."

"그게 어쨌는데?"

"묵주를 복도에서 주웠다고 말했는데 사실은 나쓰노 씨 방에 떨어져 있었어요. 그의 혈흔이 묻은 상태였고요. 당신도 그것을 알아채지 않았나요?"

"내가 나쓰노를 죽였다는 거야?"

앗슈의 말투는 될 대로 되라는 식이었다.

"그런 게 아닙니다. 왜냐하면, 그 묵주는 레이 씨의 물건이거든요."

"………"

"앗슈 씨도 그것이 레이 씨의 묵주라는 것을 알고 있었어요. 그리고 혈흔이 묻은 것을 보고 사건의 증거가 될 것으로 생각했죠. 그래서 자기 것이라고 주장하며 저에게서 빼앗아간 거죠?"

"알고 있으면 꼬치꼬치 캐묻지 말라고."

분명히 그건 그렇다. 하지만……

"제가 묻고 싶은 것은 '왜 앗슈 씨가 레이 씨를 두둔했는지'입니다."

"………"

"당신은 레이 씨와 무슨 관계인가요?"

쓰키시마는 앗슈의 정면에 앉아 두 눈을 똑바로 보며 물었다. 앗슈는 휴, 하고 한숨을 쉬듯이 웃었다.

"그쪽이 생각하는 그런 관계 아니니까 걱정 마."

"무슨 말이죠?"

"레이에게 반했지?"

"노코멘트입니다."

"정치가야 뭐야. 뭐, 상관없어. 나에게 그녀는 인생의 전부야. 하지만, 나 같은 놈은 그녀에게 어울리지 않는다는 것도 너무 잘 알아. 그래서 나는 멀리서 지켜보기로 했어. 나 같은 놈과 엮여서 좋을 리 없거든."

앗슈는 미소를 지었지만, 그 표정은 더없이 슬퍼 보였다.

"………."

"나는 수호자가 되기로 정했어. 레이의 인생을 방해하는 모든 것으로부터 그녀를 지키는 존재가 되기로."

앗슈는 회색 머리카락을 쓸어 올리며 천장을 올려다보았다.

"수호자란 구체적으로 어떤 의미인가요?"

"말 그대로야. 그녀를 해코지하는 놈들은 닥치는 대로 제거했어. 예를 들면, 나쓰노 같은 놈."

"예전부터 나쓰노 씨를 알고 있었나요?"

"그랬지. 같은 중학교였으니까. 그 자식은 진짜 쓰레기야!"

레이는 나쓰노와 중학교 동창이라고 말했다. 거기에 앗슈도 포함되었던 것이다.

"나쓰노 씨는 어떤 사람이었습니까?"

"겉으로는 성격 좋은 부잣집 도련님이지. 학급의 리더 격이었어. 하지만, 제 맘에 들지 않는 사람은 음습한 방법으로 철저하게 밟아 버리는 놈이야."

"무슨 의미인지 알 것 같습니다."

앗슈가 말한 나쓰노의 이미지에 괴리감은 없었다. 처음 만났을 때부터 친화력은 좋지만, 어딘가 남을 깔보는 듯한 인상을 받았다. 레이 역시 나쓰노에게 비슷한 인상을 가지고 있었다.

"나쓰노는 금방 반하는 성격이라 닥치는 대로 여자들에게 껄떡거렸어. 물론 레이에게서도 눈독을 들였지. 하지만, 레이는 상대도 해 주지 않았어."

"그랬군요."

그 이야기는 레이에게서도 들었다.

"나쓰노는 레이가 자기에게 마음을 주지 않자, 레이 아버지 일을 떠벌리고 다녔어."

"아버지 일이라뇨?"

"레이의 아버지는 그녀가 중학교 2학년 때, 살인 사건을 일으켰어. 그걸 계기로 레이는 어머니와 함께 이사 와서 도쿄의 학교에 다니게 되었거든. 사건에 대한 건 숨기고 조용히 살아가고 있었는데……"

"그랬군요."

설마, 레이에게 그런 과거가 있었을 줄이야. 처음 만났을 때 레이는 자신의 성씨를 싫어한다고 했는데, 그건 아버지의 그림자가 드리워지기 때문이었을 것이다. 그녀의 구슬픈 노랫소리의 의미를 이제야 겨우 깨달았다. 동시에 부끄러워졌다. 레이는 쓰키시마를 걱정하고 이해해 주려고 했다. 학대 사실을 알았을 때 괜찮다며 안아 주었다. 그런데 쓰키시마는 레이가 품고 있는 슬픔과 괴로움을 눈치챘으면서도 아무것도 하려 하지 않았다. 이기적이고 구제 불능인 인간이다.

"그 자식은 어디선가 레이 아버지의 일에 관해 듣고 자기와 사귀지 않으면 그 일을 폭로하겠다고 회유했어."

"그런 비겁한. 그건 협박 아닌가요?"

"응 그렇지. 그래도 레이가 자기에게 넘어오지 않자, 선언한 대로 사방팔방 레이 아버지의 이야기를 퍼뜨리고 다니며 그녀를 고립시켰어. 학교에서 몇몇 패거리는 나쓰노의 사주를 받아 레이를 집요하게 괴롭혔고."

"말도 안 돼. 레이 씨가 저지른 일도 아닌데 그녀가 괴롭힘을 당할 이유가 없잖아요."

쓰키시마의 마음속에서 분노가 점점 커졌다. 앗슈는 흥, 하고 코웃음을 쳤다.

"나도 그렇게 생각해. 하지만, 세상 사람들은 그렇지 않거든. 자신의 울분을 풀려고 정의의 심판이라는 구실로 약자를 괴롭히지."

앗슈의 어두운 목소리가 납덩이가 되어 쓰키시마의 가슴을 짓눌렀다. 정의의 심판이라는 구실…… 정말 절묘한 표현이다. 사람은 언제나 감정의 배출구를 찾는다. 그 대상은 누구라도 상관없다. '정의'를 핑계 삼아 그런 비뚤어진 감정을 남김없이 토해내는 것이다. 쓰키시마를 학대했던 어머니의 연인이 그랬다. 훈육이라는 핑계로 감정의 빗장을 풀고 마구잡이로 주먹을 휘두르지 않았던가?

"형편없는 남자군요."

"동감이야. 하지만 레이는 그래도 굴하지 않았어."

"강한 여성이군요."

"응. 하지만 그 강인함이 나쓰노는 못마땅했던 거지."

"또 무슨 짓을 했나요?"

쓰키시마가 묻자 앗슈는 뿌드득, 하고 엄지손톱을 깨물었다.

"그 자식은 하교 중이던 레이를 폐건물로 끌고 가서 강간하려고 했어. 살인범의 딸은 무슨 짓을 당해도 싸다며. 얼토당토않은 억지지."

앗슈는 다다미를 주먹으로 내리치며 말했다. 그의 격렬한 분노에서 레이에 대한 애정이 절절히 전해졌다.

"그녀는 어떻게 됐습니까?"

앗슈는 '강간하려고 했다.'라는 표현을 썼다. 즉, 미수에 그친 걸까?

"내가 구해냈어. 나쓰노를 두드려 패고 레이를 도망치게 했지."

"그랬군요······."

앗슈는 수호자로서의 제 역할을 다한 것이다.

"나는 경찰에 잡혔지만, 레이 이름은 입 밖에도 내지 않았어. 어디까지나 나와 나쓰노의 싸움으로 매듭지어졌어."

앗슈가 입을 닫은 이유를 알겠다. 나쓰노도 쓸데없는 말을 하면 자신이 레이를 강간하려 했다는 것이 들통나니, 그럴 바에야 피해자 행세를 하겠다는 선택을 한 것이리라. 지금까지 앗슈에 대해 거칠고 난폭하고 불량한 남자라는 인상이 강했는데 그게 아니었다. 자기 인생을 희생해서라도 레이를 지키겠다는 강한 의지의 소유자였다. 어디까지나 순수한 마음이기에 그것을 자랑하지도 않고 입을 닫은 것이다. 그렇기에 앗슈가 거짓말을 하고 있는 것은 아니라는 생각이 들었다. 동시에 그는 범인일 수 없다. 다음 범행 대상은 레이다. 이토록 레이에게 강한 연정을 품고 있는 앗슈가 그녀를 해칠 리가 없기 때문이다.

"여러모로 감사합니다."

쓰키시마가 인사를 하고 방을 나가려고 할 때 앗슈가 불러

세웠다.

"무슨 일인가요?"

"나도 당신을 믿어. 그러니까 무슨 일이 있어도 범인을 찾아줘. 그렇지 않으면 레이가······"

"알고 있습니다."

쓰키시마는 크게 고개를 끄덕이고는 방을 뒤로했다.

"지금 들은 이야기까지 고려해서 다시 한번 레이 씨와 이야기할 거지?"

복도로 나왔을 때 나가토가 물었다.

"응. 그러려고."

"알았다. 내가 있으면 이야기하기 거북할 테니 일단 방에 돌아가 있을게. 끝나면 불러."

쓰키시마의 심정을 헤아려 주는 나가토의 마음 씀씀이가 고마웠다.

"고맙다."

"마음 쓰지 마."

나가토는 가볍게 손을 흔들며 방으로 향했다. 쓰키시마는 그 모습을 지켜본 후 계단을 내려가 복도 안쪽에 있는 레이의 방 앞까지 걸어가서 방문을 두드렸다. 반응이 없었다.

"쓰키시마입니다."

문을 향해 말했으나 역시 응답은 없다. 가능하다면 그녀의 얼굴을 보고 이야기하고 싶었으나, 문을 열어 주지 않으면 하는 수 없다.

"아까는 죄송했습니다…… 제가 틀렸습니다."

아무 반응도 없었으나 안에서 듣고 있을 것이라고 믿고 말을 계속 이어갔다.

"제가 반드시 범인을 찾아낼 겁니다. 그러니까 그때까지 절대로 방에서 나오지 마세요. 누가 와도 방 안에 들이지 말고요."

그 말만 하고 몸을 돌려 방문을 등진 순간, "알겠습니다." 하고 레이의 목소리가 들렸다. 다시 뒤를 돌아보니 레이가 방문을 열고 서 있었다.

"아까는 제가 잘못했습니다. 저는 레이 씨를 구하고 싶어요. 그러니까 힘을 빌려주세요."

쓰키시마가 고개를 숙이며 말하자 레이는 작게 미소를 지었다. 아직 어색하긴 하지만, 이렇게 마주 보고 이야기할 마음은 생긴 듯하다.

"뭘 알고 싶으신데요?"

"레이 씨에 관한 것을 저에게 가르쳐 주세요. 저는 당신에 대해 알고 싶습니다."

"저에 관한 것……이요?"

"네."

쓰키시마가 크게 고개를 끄덕였을 때 레이가 갑자기 입에 손을 가져다 대며 눈을 부릅뜨고 경악에 찬 표정을 지었다. 내 말이 그렇게 의외인 걸까? 쓰키시마는 곧 그 생각이 빗나갔다는 것을 깨달았다. 등 뒤에서 인기척을 느꼈기 때문이다. 오싹 등줄기가 얼어붙었다.

황급히 뒤를 돌아보려 했으나 이미 늦었다. 쓰키시마는 뒤통수에 강한 충격을 느끼며 의식이 시커먼 어둠 속으로 빠져들어가는 것을 느꼈다.

<11>

드디어 자동차가 아쓰야가 살았던 연립주택 앞에 도착했다. 하지만 주소가 확인되었을 뿐 건물은 이미 철거되어 남아 있지 않았다. 잡초만 무성하게 우거진 공터가 된 채 방치되어 있었다. 이 근방은 펜션이나 호텔이 즐비한 관광지에서 떨어져 있는 데다가 동반자살 사건이 있었던 흉흉한 장소라서 사람의 왕래가 끊겼는지도 모른다. 기운이 빠졌지만, 여기서 다 끝난 것은 아니다. 사와가 이곳에 발길을 옮긴 목적이 또 하나 있다. 레이의 아버지가 경영했던 펜션을 찾는 것이다. 그 펜션의 주소는 아직 손에 넣지는 못했지만, A와 아쓰야가 동

일 인물인 경우, 이 근방에 있을 것이다. 물론, 경영이 파탄났으므로 건물이 남아 있을 가능성은 낮다.

사와가 걷기 시작할 때, 찬 바람이 불어왔다. 사락사락 소리를 내며 조금 떨어진 곳에 있는 나무의 가지가 흔들렸다. 아직 움이 트기에는 이른 계절이다. 잠든 벚나무…….

"저 건물, 맘에 드는군요."

사와의 옆에 선 구가가 벚나무에서 조금 떨어진 곳을 가리켰다. 그 손끝에는 프로방스풍의 오래된 서양식 건물이 서 있었다. 예전에는 꽤 멋스러운 건물이었을 텐데 지금은 왠지 을씨년스러운 분위기를 자아내고 있다. A는 최면요법 중에 소녀와 함께 벚나무 아래에서 소녀의 노래를 들었다고 말했다. 어쩌면 저 서양식 건물이 레이의 아버지가 경영했던 펜션일지도 모른다.

"가 보시죠."

사와는 앞서서 건물을 향해 걸었다. 현관까지 이어지는 작은 길을 따라 걷다 문 앞에 섰다. 건물은 낡고 인기척이 없었지만, 관리가 잘 된 듯이 보였다. 사와는 문 고리쇠를 두드려 보았다. 콩콩 아름다운 소리가 울렸으나, 그들을 맞으러 나오는 사람은 없었다. 제멋대로 들어갈 수는 없었다. 관리자를 찾아 출입 허가를 받아야 했다. 그렇지 않으면 불법 조사가 되고 만다. 분명히 부지 입구 쪽에 간판이 세워져 있었다. 관리하는 부동산 회사명이 적혀 있을지도 모른다. 확인하러 가려던 찰나, 구가가 "사와 씨." 하고 불렀다.

"이건……"

구가가 그렇게 말하며 문손잡이를 가리켰다. 그곳에는 무언가를 문지른 듯한 검붉은 얼룩이 묻어 있었다.

"이건……"

사와는 몸을 굽혀 문손잡이를 찬찬히 관찰했다. 말라붙기는 했지만, 아마도 핏자국이 맞을 것이다.

"안으로 들어가 보시죠."

구가는 호주머니에서 흰 장갑을 꺼내어 끼고는 그대로 문에 손을 가져갔다. 문은 잠겨 있지 않았는지 쉬이 열렸다. 바람이 흘러들어와 사와의 얼굴을 스쳐 지나갔다. 지독한 피비린내가 났다.

실내로 들어가자 단숨에 어둠이 내려앉았다. 이 상태로는 아무것도 보이지 않는다. 그렇게 생각하고 있을 때 구가가 호주머니에서 소형 손전등을 꺼내어 스위치를 켰다. 가느다란 불빛이 실내를 비췄다. 들어오자마자 바로 로비, 그리고 2층까지 천장이 뚫려 있었다. 정면에는 부채꼴로 펼쳐진 계단이 있었다. 들어와서 오른쪽에 난로가 있었는데, 그 근처에 무언가가 떨어져 있는 것이 보였다. 구가도 그것을 알아챈 듯이 난로 쪽으로 다가갔다. 사와도 그 뒤를 따랐다.

난로 옆에 떨어져 있는 것은 부집게였다. 사와는 웅크리고 앉아서 부집게를 확인했다. 뾰족한 끝부분에 검은 그을음이 묻어 있다. 그뿐만 아니라 탄화된 무언가의 파편 같은 것이 붙어 있었다. 최근에 사용한 것이 틀림없다. 난로로 시선을 옮기자 이쪽에도 사용한 흔적이 남아 있었다.

"이걸 보세요."

구가가 그렇게 말하며 난로 옆을 손전등으로 비추었다. 그곳에는 백 엔짜리 동전 크기의 검붉은 얼룩이 묻어 있었다. 하나가 아니다. 복도 안쪽으로 점점이 이어져 있다.

"혈흔이군요."

"그런 것 같네요."

사와는 구가와 마주 보고 고개를 끄덕인 후, 그 혈흔을 따라 로비 안쪽 복도로 걸어갔다. 복도에는 두 개의 문이 나란히 있었는데 혈흔은 안쪽 문 앞에서 끊겼다. 그 문 너머에 무언가가 있다. 사와는 구가와 나란히 문 앞에 섰다.

"열겠습니다."

사와가 말하자 구가는 크게 고개를 끄덕였다. 사와는 문손잡이에 손을 가져갔으나 몸이 굳었다. 틀림없이 이 안에 중요한 무언가가 있다. 그러나 이 문을 한번 열면 두 번 다시 돌아갈 수 없을 것 같다는 생각이 들었다. 근거는 없지만, 그런 예감이 엄습했다. 두렵긴 하지만, 여기에 우두커니 서 있어 봐야 소용이 없다. 사와는 마음을 굳게 먹고 손잡이를 돌렸다. 문은 잠겨 있지 않았다. 문을 천천히 열었다. 불쾌한 냄새가 났다.

피와 썩은내가 섞인, 뭐라 형용할 수 없는 강렬한 악취. 그것은 살육의 냄새였다. 어둠이 삼켜 버린 방이 구가가 손에 든 손전등 빛 아래에 모습을 드러냈다.

"……."

빛에 드러난 광경을 보고 사와는 할 말을 잃었다. 바닥에 피 웅덩이로 보이는 얼룩이 퍼져 있었다. 그뿐만 아니라 벽 이곳저곳에 핏방울이 튄 흔적이 남아 있었다. 잘 보니 살점으로 보이는 덩어리가 이곳저곳에 떨어져 있다. 위가 수축하며 신물이 목구멍까지 치밀어 올라왔지만, 사와는 꾹 참았다. 시체는 눈에 띄지 않지만, 혈흔의 양으로 볼 때 이곳에서 사람이 살해당한 것이 틀림없다.

그리고…….

단지 죽이기만 한 것이 아니라 이곳에서 시체를 토막 냈다. 흩어져 있는 살점이 그 범죄의 흔적이었다.

<12>

"쓰키시마……."

멀리서 이름을 부르는 소리가 들렸다. 그 목소리는 나가토 같기도 하고 아닌 것 같기도 했다. 대답하려고 했으나 목이 꽉 잠겨서 목소리가 나오지 않았다. 졸음에 취했을 때처럼 몸의 감각이 느껴지지 않았다.

"쓰키시마! 눈 떠!"

누군가 강하게 이름을 부르며 쓰키시마의 뺨을 때렸다. 통증이 퍼짐과 동시에 몸의 감각이 돌아왔다. 아무래도 벌러덩 누운 채 정신을 잃었던 모양이다. 뒤통수에 욱신거리는 통증이 느껴졌다. 그뿐만이 아니다. 양 손바닥에서 타는 듯한 통증이 느껴졌다.

"괜찮아? 정신 차려."

나가토가 쓰키시마의 얼굴을 들여다보고 있었다.

"다행이다. 눈을 떠서."

나가토가 푹 고개를 떨구며 긴 한숨을 내쉬었다.

…… 뭐야? 무슨 일이 일어난 거지?

손바닥의 통증이 점점 심해졌다. 화끈화끈 열기를 띤 통증이 마치 인두로 지진 듯하다. 제 손바닥으로 눈길을 돌린 쓰키시마는 그만 흠칫했다. 양 손바닥이 데어서 짓물러 있었다. 피부가 짓물러 붉은 속살이 드러나 있을 뿐만 아니라 군데군데 검게 타버린 듯한 자국도 있었다.

"뭐야, 이게……."

쓰키시마는 제 손바닥에 무슨 일이 일어났는지 자각함과 동시에 몰려오는 더 큰 통증에 저도 모르게 비명을 질렀다.

"괜찮아. 다행히 열상은 피부 표면에 그쳤어."

나가토는 손수건을 꺼내어 쓰키시마의 양 손바닥의 상처에 대고는 응급처치를 해 주었다. 상처가 스칠 때마다 쓰키시마는 통증 때문에 비명을 지르며 식은땀을 줄줄 흘렸다.

"어쩌다 이렇게 된 거냐?"

처치를 끝낸 나가토가 물었다.

"모, 몰라……."

쓰키시마는 고개를 가로저었다. 주위를 둘러보았다. 로비에 있는 난로 앞이었다. 근처에 부집게가 나뒹굴고 있다. 설마 저걸 손에 쥔 건가? 아니, 문제는 그보다 전이다. 쓰키시마는 레이와 이야기하고 있었다. 그녀에게 여러 가지를 묻고 있었다. 그때의 광경이 뇌리에 생생하게 되살아났다. 등 뒤에서 인기척을 느끼고 쓰키시마가 뒤를 돌아보려 한 순간, 뒤통수를 세게 맞고 의식을 잃었던 것이다. 무슨 일이 일어났는지 기억해 내자마자 쓰키시마의 얼굴에서 핏기가 가셨다.

"레, 레이 씨는?"

쓰키시마가 묻자 나가토는 회피하듯이 시선을 돌렸다.

…… 왜 그런 표정을 짓는 거야?

"대답해. 레이 씨는 어떻게 됐어? 무사한 거야?"

쓰키시마는 나가토의 팔을 붙들고 흔들었다. 뇌 전체로 퍼지는 불안 때문에 손바닥의 통증 따위 잊었다.

"알았으니까 일단 진정해."

나가토는 쓰키시마의 팔을 부축해 일으켜 세우고는 원탁의자 쪽으로 끌고 갔다. 왜 아무 대답도 하지 않는 걸까? 마치 뭔가를 숨기려는 듯하다.

"난 레이 씨가 괜찮냐고 물었다."

"알아. 그러니까 일단 자리에 앉아서 진정하라고. 이야기는 그다음이다."

…… 대체 뭐야?

나가토가 답해 주지 않는다면 스스로 확인할 수밖에 없다. 쓰키시마는 나가토를 밀쳐내고 원탁에 놓여 있던 손전등을 손에 들고 레이의 방 쪽을 향해 걷기 시작했다.

"그만둬! 보지 마!"

나가토의 목소리가 등 뒤에서 들려왔으나 쓰키시마는 들은 체도 하지 않고 복도를 걸어갔다. 나가토도 쓰키시마를 말리는 것을 포기했는지 더 이상 따라오지 않았다. 레이의 방 앞까지 고작 몇 미터인데 꽤 멀게 느껴졌다. 마치 쓰키시마의 의식에 그곳에 가는 것을 거부하는 듯했다. 그러나 쓰키시마는 발걸음을 옮겨 간신히 레이의 방 앞에 이르렀다. 문이 살짝 열려 있었다.

"레이 씨······."

쓰키시마는 이름을 부르며 문을 열었다. 어두워서 잘 보이지 않는다. 방에 들어가 발을 내딛자 신발 밑에서 철벅하고 뭔가 축축한 것을 밟은 감촉이 전해졌다. 손전등으로 발밑을 비추니 새빨갛게 물든 바닥이 눈에 들어왔다. 레이의 방바닥이 이런 색이었나? 아니다, 이건 피다. 레이의 방 전체가 피바다였다.

그리고······.

방 한가운데 붉은 원피스를 입은 여성이 쓰러져 있었다. 참가자 중에 붉은 원피스를 입은 여성이 있었나? 아니다, 그렇지 않다. 저건 흰 원피스가 피에 젖어 붉게 물든 것이다. 그 옆에는 피에 젖은 칼이 떨어져 있었다. 그것을 본 순간, 쓰키시마는 이 방에서 무슨 일이 일어났는지 알아차렸다.

"그래서 보지 말라고 했잖아."

쓰키시마의 등 뒤에 선 나가토가 조용히 말했다.

"말도 안 돼······ 어떻게 이런 일이······."

쓰키시마는 잠꼬대를 하듯이 같은 말을 반복하며 방 안으로 들어섰다. 피 웅덩이에 발이 미끄러져 넘어지고 말았다. 이미 아무 고통도 느껴지지 않았다. 천천히 몸을 일으켰을 때 바로 눈앞에 엎드려진 채 누워 있는 레이의 모습이 보였다.

······ 반드시 구해주겠다고 맹세했는데.

쓰키시마는 손을 뻗어 레이의 등에 대었다. 아직 온기가 남아 있었다. 한순간이었지만, 레이의 손끝이 움찔하고 움직였다. 그걸 본 순간 쓰키시마를 지배하던 절망이 순식간에 사라졌다. 레이가 아직 살아 있다! 쓰키시마는 환희에 몸을 떨었다. 이렇게 넋을 놓고 있을 때가 아니다. 곧바로 처치하면 레이를 살릴 수 있다. 다시 한번 그녀의 노래를 들을 수 있다. 지켜 주겠다는 약속을 지킬 수 있다. 쓰키시마는 레이의 몸을 껴안고 뒤집어 위를 향하게 했다. 그녀의 얼굴은 피로 물들어 누군지 알아볼 수 없을 정도였다. 심장 마사지는 어떻게 하는 거지? 기억을 일깨운다. 분명, 늑골 위에서 체중을 실어 압박하면 될 것이다. 쓰키시마는 레이의 가슴 위에 손을 올리고 양손으로 체중을 싣듯이 누르려 했지만, 나가토가 말렸다.

"그만둬. 이미 그녀는 죽었다."

…… 죽었다고? 무슨 말을 하는 거야?

"레이는 살아 있어. 방금 전에 손가락을 움직였어."

"그건 근육 수축이야."

"시끄러! 비켜! 나는 레이를 살릴 거야!"

쓰키시마는 나가토를 밀쳐내고 레이에게 심장 마사지를 계속했다. 하나, 둘, 셋 리듬에 따라 흉부를 누른다. 그녀의 몸에서 피가 뿜어져 나왔으나 신경 쓸 여유는 없었다. 가슴에 귀를 가져다 대고 심장 고동을 확인했다. 아니다. 아직 심장

소리가 들리지 않는다. 그렇다. 혼란에 빠져서 순서를 틀렸다. 심장 마사지뿐만 아니라 인공호흡도 필요하다. 턱을 들어 올리고 코를 누르며 입에 숨을 불어넣는다. 이 과정을 머릿속으로 반복하며 실행하려고 하는 찰나, 쓰키시마의 동작이 멈췄다. 코를 잡으려 해도 어디가 코인지 알 수 없었다. 코만이 아니다. 턱도 눈도 함몰되어 있다. 그렇게 아름다웠던 레이의 얼굴이 마치 진흙 인형처럼 뭉그러져 버렸다.

…… 대체? 왜?

"이제 그만해."

나가토가 진지한 어조로 말하며 살며시 쓰키시마의 어깨에 손을 올렸다. 쓰키시마의 마음속에 서서히 현실이 밀려들었다. 망연자실하여 자신의 손바닥을 바라보았다. 바르르 떨리는 손바닥은 나가토가 감아 주었던 손수건과 함께 레이의 피로 새빨갛게 물들어 있었다. 아니, 그뿐만이 아니다. 얼굴도 그가 입은 옷도 레이의 피로 흠뻑 젖었다.

"말도 안 돼……."

쓰키시마의 입에서 절로 그 말이 새어 나왔다. 이건 현실이 아니다. 인정할 수 없다. 틀림없이 뭔가 잘못된 거다. 그렇다면 어디에서부터 잘못된 걸까? 레이의 방 앞에서 이야기했던 때인가? 아니면 묵주에 관해 그녀를 추궁했을 때인가? 아니면 각자 개별 행동을 하도록 허락했을 때인가? 아니다. 그보다 전이다. 이 이벤트에 참가한 것 자체가 근본적인 문제였다. 집에서 혼자 원고를 쓰고 있었으면 이런 참극의 한가운데 있을 일도 없었고 애초에 레이를 만나지도 않았을 것이다. 그렇다. 만나지 않았다면 사랑하지도 않았을 것이다. 이런 슬픔과 절망에 전율하는 일도 없었을 것이다. 텔레비전 뉴스를 보고 펜션에서 일어난 사건을 알게 되고 피해자인 그녀의 사진을 보더라도 '아름다운 여성이군, 불쌍하다.' 같은 상투적인 감상을 한마디 하고 지나쳤을 것이다.

  이렇게 만난 것이 잘못이었다. 이런 처참한 사건이 있었다는 사실을 기억 속에서 지워버리고 싶었다. 쓰키시마는 힘껏 고함을 질렀다. 그러면 이 참혹한 현실이 무너질 것이라고 믿었다.

제5장

참극

<1>

쓰키시마는 마냥 울부짖고 있었다. 그러면 마음속에 남아 있는 레이의 기억이 전부 사라질 것처럼. 그녀를 모르던 때로 돌아갈 수 있다면 이렇게 슬픔에 잠길 일은 없을 것이다. 하지만, 울부짖으면 울부짖을수록 쓰키시마의 뇌리에 레이에 대한 기억이 점점 더 깊이 새겨지는 듯했다.

얼마나 지났을까, 울음도 더 나오지 않았다. 뒤틀린 현실을 무너뜨릴 수 있다고 생각했는데 그것은 헛된 환상에 불과했다. 피투성이가 된 채 옆에 누워 있는 레이가 쓰키시마에게 바꿀 수 없는 현실로 다가왔다. 레이를 만난 건 고작 몇 시간 전이다. 그런데도 그는 훨씬 오래 전부터 그녀를 알고 있었던 듯한 느낌이 들었다.

…… 시간이 무슨 상관있어요?

레이의 목소리가 갑자기 뇌리를 스쳤다. 그녀의 말이 옳다. 함께 지낸 시간의 길이 따위, 중요치 않다. 그녀에게 안겼던 그 순간부터 쓰키시마에게 레이는 무엇과도 바꿀 수 없는 특별한 존재가 되었다. 레이와 함께 있으면 진정으로 평온한 시간을 보낼 수 있었다. 그녀는 줄곧 학대의 기억에 시달려 온 쓰키시마가 겨우 찾아낸 오아시스였다. 그러나 그것은 신기루에 불과했고, 그녀는 쓰키시마의 눈앞에서 홀연히 사라져 버렸다.

······ 이제 틀렸다.

마음속으로 중얼거림과 동시에 쓰키시마는 이 슬픔과 괴로움에서 벗어날 수 있는 방법을 떠올렸다. 그리고 바닥에 떨어져 있던 피투성이 칼자루를 손에 쥐었다. 끈적한 피의 감촉이 느껴졌으나 이것이 레이의 피라고 생각하니 애틋한 감정이 차올랐다. 쓰키시마는 손에 쥔 칼의 끝을 자신의 목에 가져다 대었다. 이대로 찌르면 된다. 쓰키시마의 죽음과 함께 레이는 기억에서 사라질 것이다. 고통은 있겠지만, 이 상실감과 비애를 짊어지고 사는 것보다 낫다.

"그만둬! 무슨 짓을 하는 거야!"

나가토가 쓰키시마의 어깨를 꽉 붙들었다.

"이거 놔! 전부 잊어버릴 거야!"

쓰키시마는 몸을 비틀며 고래고래 소리를 질렀다. 그 바람에 칼이 손에서 미끄러져 떨어졌다.

"바보 같은 짓은 그만둬! 너는 사건을 해결해야 해!"

"그녀가 죽었어! 사건 따위 내 알 바 아니야!"

그렇다. 레이는 이미 죽었다. 쓰키시마가 이제 와서 사건을 해결한다 한들, 그녀는 돌아오지 않는다. 게다가 연쇄살인 사건은 전부 세 건이었다. 레이가 세 번째였으니, 더 이상 누구도 살해당하지 않는다.

"그렇지 않아. 사건을 해결하지 않으면 아무도 여기서 나갈 수가 없어."

"상관없어."

"뭐?"

"밖으로 나가도 그녀는 이미 없어. 그러면 이대로도 상관없다고."

"상관없을 리 없잖아!"

"왜 방해하는 거야!"

쓰키시마가 소리치자 나가토는 슬픈 표정을 지었다.

"친구니까. 난 네가 죽길 원치 않아."

"친구라면 이제 그만 놔 줘."

"그럴 수는 없어. 사건을 해결하는 게 쓰키시마의 역할이잖아."

나가토의 말에 쓰키시마는 왠지 모를 꺼림칙함을 느꼈다.

"강요하지 마. 사건 해결을 원한다면 다른 사람을 알아봐."

"네가 아니면 안 돼. 이 이벤트는 너를 위한 것이기도 해."

대체 왜 나가토는 이토록 사건 해결에 집착하는 걸까? 역할이라니 무슨 의미일까? '너를 위한'이라는 말도 찜찜하다. 마치 나 아닌 다른 사람이 사건을 해결하면 곤란하다는 식의 말투다. 사건을 해결하는 건 누구라도 상관없을 텐데.

…… 혹시.

처음에는 작은 의혹이었다. 하지만, 그것은 점점 부풀어 올라 이미 그렇게밖에는 생각할 수 없을 정도로 커졌다.

"그렇구나. 너는……"

쓰키시마가 입을 열자 나카토는 고개를 갸웃했다.

"왜?"

"너는 주최 측 사람이었구나."

"무슨 말을 하는 거야?"

"이 펜션에 온 뒤로 계속 이상했어. 너는 미스터리 이벤트에 나를 억지로 끌고 와 놓고 정작 추리는 나한테 전부 떠넘겼잖아."

"그건 설명했잖아. 나보다 쓰키시마가 적임자니까 나는 조수 역할에 충실할 거라고."

분명 나가토가 그렇게 말하긴 했다. 하지만…….

"그렇다고 하기엔 다른 참가자들과 접촉을 거의 하지 않았잖아. 조수라면 정보를 모아야 하는 거 아니야?"

쓰키시마가 아는 한, 나카토는 펜션에 들어온 뒤 누구와도 대화하지 않았다. 마치 자신의 존재를 감추려는 듯이…….

"내 행동에 문제가 있었다면 그건 고칠게."

"이상한 건 그것만이 아냐. 나가토는 사건이 일어났을 때마다 한결같이 침착했어. 다른 참가자들이 당황해서 우왕좌왕할 때도 너만 초연했지. 마치 처음부터 사건이 일어날 줄 알고 있었던 것처럼."

"그럴 리 없잖아. 오해야."

나가토는 미소를 지으며 말했지만, 그 모습이 더없이 수상쩍다.

"지금도 그래. 친구에게 의심을 받는데도 전혀 동요하지 않아."

"그건 쓰키시마를 믿기 때문이야."

"거짓말하지 마."

"정말이야."

쓰키시마를 향해 다가오는 나가토는 어느샌가 손에 칼을 쥐고 있었다. 아마도 방금 쓰키시마가 떨어뜨린 것을 주운 듯했다.

"오지 마!"

쓰키시마는 소리치며 뒷걸음질쳤다.

"쓰키시마. 우선 내 이야기를 들어 봐. 쓰키시마는 레이 씨의 죽음 때문에 이성을 잃은 거야. 우선은 정신을 차려."

"난 제정신이야. 그러니까 너의 수상함을 알아챈 거지."

나가토는 다시 쓰키시마에게 다가오려 했다.

"나도 죽일 생각이야?"

쓰키시마가 묻자 나가토는 자신이 손에 들고 있는 칼을 내려다보았다. 그때 순간의 틈이 발생했다. 쓰키시마는 재빨리 레이의 방을 뛰쳐나왔다.

<2>

— 자네는 대체 무슨 생각을 하는 거야.

휴대전화 건너편에서 날아오는 후루타의 호통을 들으며 사와는 깊은 한숨을 뱉었다. 이 사람은 늘 화를 내지 않으면 직성이 풀리지 않나 보다.

"죄송합니다."

사와는 말뿐인 사죄를 하며 펜션으로 시선을 돌렸다. 평소라면 펜션 건물은 어둠 속에 가라앉아 있었겠지만, 지금은 마치 야간 조명을 밝힌 듯이 옥외등을 받아 환하다. 아까, 구가가 곧바로 현지 야마나시현 경찰본부에 신고하고 15분도 지나지 않아 한적했던 곳이 경찰들로 북적대기 시작했다.

사와와 구가는 각자 야마나시현 경찰본부 형사에게 상황을 설명했다. 얼추 이야기를 끝냈을 무렵 후루타에게 연락이

와서 욕을 먹고 있는 중이었다.

문득 범행 현장의 처참한 광경이 뇌리를 스쳤다. 그 방에 이곳저곳 튀어 있던 피는 살해했을 때 발생한 것만은 아니었다. 정밀한 검증은 향후 이루어지겠지만, 시체를 그곳에서 토막 낸 것이 틀림없어 보였다. 문제는 '그 시체가 어디로 사라졌는가.'다. 혈흔과 살점은 남아 있었지만, 시체 자체는 사라졌다.

왜 범인은 굳이 그런 짓을 한 것일까? 가장 먼저 떠오른 생각은 범행 은폐를 위한 것인데, 그렇다면 시체만 옮겨서는 소용없다. 현장에 남은 혈흔 등도 제거하지 않으면 의미가 없다. 시체를 옮긴 후, 혈흔을 지우려는 단계에서 어떤 이유로 도중에 작업을 중지했다고도 생각할 수 있겠지만, 사와 생각에는 아무래도 뭔가 다른 이유가 있는 것 같다.

- 듣고 있는 거야?

후루타가 한층 더 큰 소리로 호통을 치는 바람에 문득 정신이 들었다.

"물론 듣고 있습니다."

- 그럼 뭐라도 말을 해 봐. 자네는 이번 일에 대한 책임을 어떻게 질 셈이야?

…… 대체 무슨 책임을 지란 거지?

사건의 큰 진전에도 불구하고 후루타의 머릿속은 온통 야마나시현 경찰본부와의 알력 문제로 가득 찬 모양이다. 경찰의 오랜 알력 따위 정말 어리석기 그지없다.

"저에게 책임이 있다면 징계는 달게 받겠습니다. 어찌 됐든 구가 씨와 향후 대응에 관해 상의하겠습니다."

후루타는 아직 할 말이 남아 있는 듯했으나, 사와는 일방적으로 전화를 끊었다. 근처에 있는 나무에 등을 기댄 채 머리 위를 올려다보니 희푸른 달이 두둥실 떠 있었다. 호수에서 불어오는 차가운 바람이 상쾌하게 느껴졌다. 문득 놀의 뮤직비디오 영상이 머릿속에 떠올랐다. 몽환적인 정경은 컴퓨터그래픽으로 만든 것이겠지만, 원본 영상을 촬영한 곳은 이 벚나무 아래가 아니었을까?

다시금 달을 바라보았을 때 휴대전화가 울렸다. 화가 머리 끝까지 난 후루타가 다시 전화를 건 줄 알았는데, 화면에 표시된 것은 시라이의 전화번호였다.

– 또 자근자근 밟혔다지?

전화기 건너편에서 시라이가 쿡쿡 숨죽이며 웃는 소리가 들렸다. 근처에서 사와를 질책하는 후루타의 목소리를 듣고 있었던 모양이다.

"딱히 아무렇지도 않아. 나 이제 그 사람 목소리가 잘 안 들리거든."

– 그런 태도로 대하니까 공연히 더 공격을 당하는 거야. 좀

더 영리하게 처신하지 그래.

"갑질 아재의 비위 맞추는 것처럼 효율성 떨어지는 일은 없어. 그보다 용건이 뭐야?"

- 아. DNA 감정 결과가 나왔어.

시라이가 던진 말 한마디에 맘속 깊은 곳이 꽉 죄어오는 느낌이 들었다.

"그래서 어떻게 됐어?"

- 레이의 모발에서 채취한 DNA와 A에게 묻어 있던 혈흔의 DNA는 99% 동일 인물의 것이라는 결과야. 두 사건이 연결됐다는 뜻이지.

"그렇네……."

어느 정도 예상했던 일이긴 했지만, 충격이 커서 목소리가 조금 떨렸다.

- 반응이 시원찮네.

"충분히 놀랐어. 이걸로 완전히 신원이 판명되었네."

- 응. 그쪽에서도 대량의 혈흔이 발견되었다며?

"응. 이쪽에서 채취한 혈흔과도 대조해야겠지."

- 일치하는 경우, 범행 현장도 확정되는 거야. 이제야 수사가 진척되기 시작한 느낌이네.

시라이는 흥분한 듯했지만, 사와는 순순하게 기뻐할 수 없었다. 그 이유는 사와 자신도 잘 모르겠다.

- 그리고 또 한 가지 밝혀진 게 있어.

"뭔데?"

- 레이의 행적을 추적한 결과, 그녀가 실종 전에 렌터카를 빌린 것이 밝혀졌어.

"렌터카?"

- 응. 그런데 그 렌터카가 경찰서 인근 공용 주차장에 주차되어 있는 걸 찾아냈어. 게다가 좌석에서 혈흔까지 발견되었지.

"그렇다는 건, 혹시……"

- 레이가 빌린 렌터카를 A가 이동할 때 사용한 게 거의 확실해.

지금 눈앞에 있는 펜션의 객실이 범행 현장이었다면, A는 어떻게 이동했을까 하는 의문이 들었는데 레이가 빌린 렌터카를 사용했다고 생각하면 앞뒤가 맞는다.

"레이 씨는 왜 렌터카를 빌렸을까?"

- 글쎄. 그것을 포함해서 확인을 위해서라도, 다시 한번 나미를 직접 만나서 이야기를 하기로 했는데……

"언제?"

사와는 틈을 주지 않고 물었다.

- 내일 아침 일찍.

"나도 갈게."

피해자인 레이에 관해 더 알고 싶다. 그러기 위해서는 룸셰어를 했던 나미의 증언이 더 중요해진다.

— 알았어. 준비해 두지.

"부탁해."

고개를 드니 조금 떨어진 곳에 서 있는 구가의 모습이 보였다. 사와의 통화가 끝나기를 기다린 눈치였다.

"일단 끊을게. 자세한 것은 다음에······."

사와는 전화를 끊고 구가에게 다가갔다.

"괜찮습니까?"

구가는 사와가 손에 들고 있는 휴대전화를 보며 말했다.

"네. 끝났습니다. A에게 묻어 있던 혈흔과 레이 씨의 모발 DNA가 일치한 모양입니다."

사와가 말하자 구가는 살짝 눈을 가늘게 뜨며 "그렇군요······." 하고 무심하게 대답했다. 그 모습을 보고 왜 자신이 수사의 진전을 기뻐할 수 없었는지 알 것도 같았다. 패륜 부모에게 학대당하며 자란 아쓰야. 아버지가 일으킨 사건 때문에 신원을 위장하며 숨어 살아온 레이. 두 사람에게 감정을 이입하여 연민을 느꼈다. 그래서 선뜻 수사의 진전을 기뻐할 수 없었던 것이다.

"구가 씨는 레이 씨를 살해한 사람이 A······ 아쓰야 씨라고 생각하세요?"

"아마도 그럴 겁니다."

구가가 크게 고개를 끄덕였다. 여기까지는 사와도 같은 생각이다. 문제는 그다음이다.

"아쓰야 씨는 왜 레이 씨를 살해한 걸까요?"

최면요법 중에 아쓰야는 레이를 친한 친구이자, 연인, 은인이자 어머니와 같은 존재라고 말했다. 재회하여 눈물을 흘릴 정도인데 그런 여성을 왜 살해한 걸까? 그것이 가장 큰 수수께끼이자 사건을 풀 열쇠라는 느낌이 든다.

"라자로……."

구가가 머리 위의 달을 바라보았다.

"네?"

"병원에서 사건 조사를 했을 때도 그는 라자로라는 말에 민감하게 반응했었죠. 라자로의 의미를 풀지 않으면 사건은 해결할 수 없을 거라는 생각이 듭니다."

구가의 말이 맞다. 신약성서에서 라자로는 예수 그리스도에 의해 부활했다. 그래서 요즘에도 라자로는 부활의 상징으로 사용되는 경우가 많다. 처참한 살인 사건의 은유로서는 너무도 어울리지 않는 말이다. 그래서 생각할수록 영문을 모르겠다.

"구가 씨는 짐작 가시는 바가 있으신가요?"

"아니요. 도무지 모르겠습니다. 그러니까 본인에게 물어봅시다."

구가의 입가에 어렴풋이 미소가 떠올랐다. 사와에게는 그가 마치 이 상황을 즐기고 있는 것처럼 보였다.

<3>

쓰키시마는 레이의 방을 뛰쳐나왔다. 이대로 있다가는 나가토에게 살해당할 것이라는 공포감이 덮쳐왔다. 묘한 기분이었다. 조금 전까지는 죽으려고 했는데 지금은 살해당하지 않으려고 도망치고 있다.

…… 난 여기서 대체 뭘 하고 있는 거지?

이대로 도망친다 한들, 어디에도 갈 곳은 없다. 레이를 잃고 나서 감정과 이성이 뒤죽박죽 섞여서 스스로도 어떻게 해야 할지 도무지 모르겠다. 쓰키시마는 복도를 빠져나와 로비로 향하고 있었는데 난로 앞을 지날 때 갑자기 지면이 기우뚱하고 흔들렸다. 두 발로 버티려 했으나 소용없었다. 무중력 공간에 내던져진 것처럼 몸이 한순간, 공중에 떠 있다가 바닥에 떨어졌다.

…… 무슨 일이지?

쓰키시마가 통증을 참으며 어떻게든 몸을 일으키려고 할

때 손가락 끝에 뭔가가 닿았다. 그것은…… 그림이었다. 난로 위에 걸려 있던 〈라자로의 부활〉이 바닥에 떨어졌다. 생기를 잃고 온몸에 힘이 하나도 없이 팔을 축 늘어뜨리고 있던 라자로를 사람들이 옮기고 있는 모습이 담겨 있다.

…… 라자로.

쓰키시마는 마음속으로 중얼거렸다. 이 미스터리 이벤트는 '라자로의 미궁'이라는 이름을 내걸었다. 라자로는 부활의 상징이다. 어쩌면 레이가 죽은 후에 부활하는 건 아닐까? 문득 그런 생각이 스쳤다.

"레이가 라자로였다면 좋았을 텐데……."

그러나, 그런 일은 있을 수 없다. 죽은 사람이 부활하다니, 그런 터무니없는 망상을 할 정도로 어린애는 아니다. 이제 그만 생각하자. 빨리 나가토에게서 도망쳐야 한다. 뭐 때문에? 모르겠다. 모르겠지만, 그래야 할 것 같다.

"뭐 하는 거야?"

쓰키시마가 다시 발걸음을 떼려는 찰나, 목소리가 들렸다. 시선을 돌려 보니 원탁 쪽에 아이카가 서 있었다. 그 그늘에 모습을 숨긴 듯한 아쓰시도 있다.

"쫓기고 있어요."

"쫓기다니 누구한테?"

"나가토!"

"나가토가 누군데?"

"무슨 말이에요. 나가토는 나가토지."

쓰키시마는 뒤를 돌아보았으나, 그곳에 뒤쫓아 오고 있어야 할 나가토의 모습은 없었다. 추적을 포기한 걸까? 아니, 그럴 리 없다. 나가토는 반드시 쓰키시마를 다시 찾아올 것이다.

"잠깐…… 많이 다쳤잖아."

아이카가 놀라 언성을 높였다. 쓰키시마의 몸에 묻은 피를 보고 상처를 입은 줄로 착각한 모양이다.

"괜찮아요. 이건 아니에요."

쓰키시마가 비틀비틀 걸어서 원탁 의자에 앉았다. 상황을 설명하려고 했지만, 레이의 죽음부터 나가토에 관한 것까지 너무 많은 일이 있어서 어디서부터 말해야 할지 모르겠다.

"뭐가 아닌데?"

"이건 제 피가 아니에요. 레이 씨의 피인데……"

"뭐? 레이의 피라니, 그게 무슨 말이야?"

아이카가 한층 더 큰 소리로 말하며 쓰키시마에게서 떨어지려는 듯이 뒷걸음질쳤다. 설명이 부족한 탓에 엉뚱한 오해를 부르고 만 모양이다.

"아니에요. 저는 레이 씨를 구하려고 했는데…… 하지만……"

빨리 오해를 풀어야 한다고 생각했으나, 조바심 때문인지 생각처럼 말이 나오지 않았다. 아이카의 얼굴이 순식간에 얼어붙었다.

"무슨 일인가요?"

소란스러운 소리를 들었는지 신조가 계단을 걸어 내려왔다.

"쓰키시마 씨. 그 피는……"

신조가 떨리는 목소리로 물었다. 제대로 설명을 하려고 했으나 나중에 온 아토무가 쓰키시마를 보며 "피, 피다!" 하고 큰소리로 외쳤다.

"그러니까……"

입을 열려고 하는 순간 갑자기 누군가 쓰키시마의 멱살을 추켜잡았다. 앗슈였다. 그도 어느새 로비에 와 있었던 듯, 무시무시한 표정으로 쓰키시마를 노려보았다.

"어떻게 된 거야. 말해."

"이건 레이 씨의 피예요. 레이 씨가……"

쓰키시마는 간신히 말을 시작했다. 앗슈는 쓰키시마를 확 밀쳐내고는 로비 안쪽에 있는 복도를 향해 달려갔다. 쓰키시마는 무너지듯이 그 자리에 주저앉았다. 몸이 납덩이처럼 무거웠다. 문득 고개를 드니 아이카, 신조, 아토무 세 사람이 쓰키시마를 둘러싸고 있었다. 그들의 눈은 하나같이 오물을 보는 듯한 혐오로 가득 차 있었다. 상황을 제대로 설명해야겠다는 생각으로 쓰키시마가 입을 열려고 하는 순간, 복도 안쪽에서 절규하듯 레이의 이름을 부르는 목소리가 들려왔다. 아마도 앗슈가 레이의 시체를 발견한 것이리라.

"레이 씨를 구하지 못했어……."

다시금 레이를 잃은 비통함에 사로잡힌 쓰키시마가 바닥을 주먹으로 쳤다.

"그게 무슨 의미인가요?"

신조가 쓰키시마의 얼굴을 들여다봤다. 쓰키시마가 대답하려고 할 때 앗슈가 로비로 돌아왔다. 그 얼굴에는 여태까지의 위압감은 온데간데없이 사라지고 망연자실한 표정뿐이었다.

"대체 무슨 일이야?"

아이카가 묻자 앗슈는 "레이가 죽었어……." 하고 조용히 고했다. 그 자리에 있는 모두의 시선이 일제히 쓰키시마를 향했다. 모두가 의혹의 화신이 되어 있었다.

"쓰키시마 씨. 당신이 레이 씨를 죽였군요……."

신조의 목소리가 로비에 딱딱하게 울렸다.

<4>

사와는 몰라보게 바뀐 나미의 인상에 깜짝 놀랐다. 처음 만났을 때와 마찬가지로 경찰서 응접실에서 이루어진 면회였

는데 딴사람인가 싶을 정도로 모습이 변했다. 부스스했던 머리카락은 깔끔하게 빗어 정돈했고 어두운색으로 바뀌어 있었다. 화려했던 화장도 자연스러운 스타일로 변했다. 지난번에 느꼈던 피폐한 분위기는 온데간데없고 지금의 그녀에게서는 품위까지 느껴질 정도다. 그녀가 변한 원인은 사와 옆에 앉은 시라이의 존재일 것이다.

나미가 시라이에게 반했다는 것은 눈빛을 보면 확실하다. 연애는 사람을 극적으로 변화시키는 법이다. 특히 여태까지 피폐한 생활을 해 온 나미가 정반대의 세상에 있는 경찰 남성에게 반했다. 틀림없이 그에게 맞추기 위해 최선을 다해 자신을 바꾸려 노력했을 것이다. 시라이 역시 나미에게 끌리고 있다는 것이 눈에 보였다. 물론 직무와 사생활은 구분하고 있을 것이므로 관계를 진전시키지는 않겠지만, 사건이 해결된 후, 맺어질지도 모르겠다. 그녀 같은 여성과 사귀려면 시라이도 꽤 고생일 테지만, 서로가 원한다면 사와가 감 놔라 배 놔라 참견할 일은 아니다.

"가즈나리 씨. 레이는 찾았나요?"

나미는 시라이를 성씨가 아닌 이름으로 부르더니 무릎 위에 올리고 있던 손을 움켜쥐었다. 잔뜩 긴장한 목소리였다. 이제 듣게 될 현실을 어렴풋이 예견한 걸까?

"후지키 씨. 실은 안타까운 소식을 전하게 됐습니다."

사와가 옆에 있어서인지 시라이는 예를 갖추어 무거운 어조로 말했다.

"각오는 했습니다."

나미가 가볍게 아랫입술을 깨물었다. 시라이는 고개를 끄덕이고는 아쓰야의 옷에 묻었던 혈흔과 레이의 소지품 DNA 감정 결과가 일치했다는 사실을 간결하게 전달했다.

"미오는, 아니. 레이 씨였죠. 그 남자에게 살해당한 건가요?"

나미에게 레이는 아직 미오로 남아 있으리라.

"아니요. 단정하기는 아직 이릅니다. 그녀의 혈흔은 발견되었으나, 아직 시신은 발견되지 않았거든요."

시라이는 힘주어 말했다. 용기를 주려고 하는 말이겠지만, 그렇게 기대를 품게 했다가 나중에 자기 목을 조르게 될지도 모른다.

"레이 씨가 있는 곳을 알아내기 위해 나미 씨가 알고 있는 것을 가르쳐 주세요."

시라이의 말에 나미는 살짝 고개를 끄덕였다.

"전에도 말씀드렸지만, 미오는…… 죄송합니다. 아직은 도저히 받아들여지지 않아서……"

나미는 쓴웃음을 지었다.

"지금까지처럼 미오 씨라고 하셔도 됩니다."

마음의 정리가 되지 않았는데 억지로 호칭을 강요할 수는 없다. 사와가 끼어들어 말하자 나미는 "고맙습니다."라고 중얼거리고는 다시 이야기를 시작했다.

"미오는 사람을 잘 챙긴다고 해야 하나. 아주 상냥한 사람이었어요. 미오와 가까워진 것은 제가 사는 게 싫어졌던 시기였어요……."

"무슨 일이라도 있었나요?"

"저는 여태까지 남자 운이 없어서…… 항상 이상한 남자에게 걸렸어요. 그때도 호스트 바의 호스트였던 남자친구가 넘버원이 되면 결혼하자고 해서 그 말을 믿고 열심히 가게에 다녔는데 정신을 차리고 보니 빚이 엄청난 금액이 되어버린 거예요."

나미처럼 호스트에게 돈을 갖다 바치다가 결국 파멸한 여성의 이야기는 드문 일이 아니다.

"그래서 어떻게 되었나요?"

"부모님께 사정사정했더니 갚아주시긴 했는데 그때 절연당했어요. 저는 대학도 안 나온 데다가 이런 식이다 보니 줄곧 미운 오리 새끼였어요. 앞으로 어떻게 해야 할지 알 수 없어서 전차에 뛰어들어 죽으려고 했어요."

나미의 눈에서 뚝 하고 눈물이 떨어졌다. 나쁜 남자에게 걸려든 정도로 인생이 끝났다고 생각하는 건 너무나 극단적이다. 게다가 부모님이 연을 끊었다고는 하나 빚은 갚아주었으니 완전히 버림받았다고 볼 수도 없다. 그렇지만, 나미는 죽기를 원했다. 근본적으로 살고자 하는 뿌리 자체가 연약한 것이리라.

"나미 씨."

시라이가 위로하듯이 나미의 손을 잡았다.

"괜찮아요. 지금은 죽으려는 생각은 하지 않아요. 왜냐하면……"

나미와 시라이의 시선이 마주쳤다. 사와는 넌더리를 내며 헛기침을 했다. 두 사람은 황급히 손을 떼고 시선을 돌렸다. 더 이상 드라마 속 연애 장면 같은 모습을 눈앞에서 보는 것은 사양이다.

"나미 씨는 전차에 뛰어들려고 하셨군요. 그래서 어떻게 되었나요?"

사와가 이야기를 본론으로 돌렸다.

"건널목 앞에 서 있을 때 우연히 지나가던 미오가 이상한 기색을 느꼈는지 팔을 붙들어 말려 주었어요. 저는 죽게 내버려 두라고 길길이 날뛰었고요."

"미오 씨가 그런 나미 씨를 달래 주었군요."

"네. 죽는 건 좋지 않다는 식의 흔해 빠진 이야기였다면 제 마음은 흔들리지 않았을 거예요. 하지만 미오는 왜 제가 죽고 싶은지 들어줬어요."

자기 생각을 강요하지 않고 우선 상대가 속을 터놓게 했다는 것이다.

"그래서요?"

"그때 미오는 가게에서 인기가 있었는데 그걸 시기한 사람들에게 괴롭힘을 당하고 있었어요. 자세한 얘기는 하지 않았지만, 집안에도 여러 가지 문제가 있는 듯했어요. 그래서 중학교 때 상당히 심각한 집단 괴롭힘을 당했다고 하더군요. 어머니도 병으로 돌아가셔서 의지할 이가 하나도 없었어요. 그래서 미오도 죽고 싶다고 하더라고요."

나미가 코를 훌쩍였다. 집안 문제란 레이의 아버지가 일으킨 사건을 의미하는 것이리라. 레이도 삶의 의미를 잃었다. 나미가 레이의 실종으로 인해 동요했던 이유는 그녀가 죽음을 암시하는 말을 한 적이 있기 때문이기도 할 것이다. 그렇게 살아갈 가치를 발견하지 못한 두 사람이 만나 함께 은밀히 살아온 것이다. 두 사람의 관계는 알겠지만, 하나 더 중요한 것을 확인해야 한다.

사와는 아쓰야의 사진을 꺼내어 탁자 위에 올려놓았다.

"이 남자를 본 적이 있나요?"

사와의 질문에 나미는 "앗!" 하고 소리를 질렀다.

"아시는군요?"

"아, 네."

"누굽니까?"

"이름은 모르겠어요. 하지만, 미오는 '앗 군'이라고 불렀어요. 미오를 따라다녔던 스토커가 이 사람이에요."

…… 또 이어졌다.

"틀림없나요?"

"네. 전에 미오가 사진을 보여 준 적이 있어요. 어렸을 때 친구인데 이사하는 바람에 헤어졌다가 그 후 다시 만나게 됐다고…… 그때부터 사귀었다 헤어지기를 반복했는데 저와 룸셰어를 하기 전에 완전히 인연을 끊었던 것 같아요. 그런데 집요하게 따라다녀서……"

어디까지나 상상에 불과하지만, 비참한 처지에 놓였다는 공통점을 가진 아쓰야와 레이는 서로 의지하며 함께 인생을 걸어왔을 것이다. 하지만, 어느 순간, 레이에게는 그 관계 자체가 속박으로 느껴졌다. 아버지가 일으킨 사건을 숨기고는 레이 입장에서는 자신의 과거를 아는 아쓰야의 존재 자체가 부담스러워진 것이다.

아니, 상상으로 이야기를 만드는 건 관두자. 나는 소설가가 아니다. 경찰로서 사실을 꿰어맞출 뿐이다.

<5>

"당신이 레이 씨를 죽였군요……."

신조의 말을 듣자 쓰키시마는 의식이 멀어져 가는 듯한 느낌이 들었다. 이 상황을 생각하면 의심받는 것은 당연하다. 쓰키시마가 신조의 입장이라도 같은 판단을 했을 것이다.

하지만…….

"내가 아니에요. 나는 레이 씨를 구하려고 했어요. 하지만……"

"당신 말고 누가 있어?"

앗슈가 쓰키시마의 머리카락을 움켜쥐고 질질 끌고 가서 바닥에 내동댕이쳤다. 차가운 바닥에 얼굴이 부딪쳤다.

"그만해요. 일단 이야기를 들어 보자고요."

"맞아. 좀 진정해."

신조와 아이카가 쓰키시마에게서 앗슈를 떼어 놓으며 말했다. 쓰키시마는 천천히 일어서서 그 자리에 있는 사람들을 둘러보았다. 앗슈는 분노가 깃든 눈빛으로 바라보고 있었다. 아토무 역시 적개심에 가득한 눈빛이었다. 앗슈를 말린 신조와 아이카 역시 쓰키시마를 믿고 있는 것은 아니라는 것이 눈빛에서 전해졌다.

"레이 씨를 죽인 것은 제가 아닙니다."

쓰키시마는 가까운 데 있는 의자에 걸터앉으며 말했다.

"쓰, 쓰키시마 씨가 아니라면 누군데요?"

아토무가 물었다.

"나가토예요."

쓰키시마가 불쑥 이름을 대자, 참가자들은 술렁이기 시작했다. 증거가 있는 것은 아니지만, 레이의 시체를 발견했을 때의 말과 행동, 지금까지의 상황으로 추정컨대, 나가토라고 생각할 수밖에 없다.

"대체 무슨 말을 하는 거야?"

아이카가 의아한 표정을 지었다.

"범인은 틀림없이 나가토예요. 그가 배신자였어요."

"그러니까 아까부터 무슨 말을 하는 건데?"

"믿기지 않을지도 모르지만, 정말입니다."

"이봐, 나가토가 누군데?"

예상치도 못한 아이카의 말에 쓰키시마는 어리둥절할 뿐이었다.

…… 왜, 이제 와서 그런 걸 묻는 거지?

"나가토가 나가토지, 누구예요. 저와 함께 참가한 나가토 가쿠 말이에요. 알잖아요."

"몰라. 쓰키시마 씨는 혼자서 참가했잖아."

…… 내가 혼자서?

"지금은 농담할 때가 아니에요. 저는 나가토와 함께……"

"그러니까 그런 사람 모른다니까."

아이카는 진지했다. 속이려는 것도 아닌 듯했다. 그런 표정을 지으니 마치 쓰키시마가 잘못된 것 같다.

"아니 그보다 쓰키시마 씨는 처음부터 좀 이상하긴 했어. 아무도 없는데 혼자서 중얼중얼 말하기도 하고…… 대체 뭐가 뭔지."

…… 내가 혼자서 중얼중얼했다고?

설마 아이카에게는 나가토가 보이지 않는 건가? 어떻게 그런 일이? 모르겠다. 모르겠지만, 잘못된 사람은 내가 아니라 아이카다.

"신조 씨는 알죠, 나가토 말이에요."

쓰키시마가 묻자 신조는 "아니요. 쓰키시마 씨는 처음부터 혼자였어요."라고 냉담하게 말했다.

"앗슈 씨. 나가토를 만났잖아요."

"그런 자식 몰라. 아무 말이나 둘러대지 마."

앗슈는 바닥에 침을 퉤 뱉었다.

…… 왜지? 왜 나가토를 모른다는 거지?

나가토는 여기 온 후 쭉 함께였다. 조금 전만 해도 쓰키시마는 나가토에게 쫓겨 로비로 도망치지 않았는가?

"쓰키시마. 진정해."

별안간 나가토의 목소리가 들렸다. 고개를 돌리자 난로 옆에 서 있는 나가토의 모습이 보였다.
　…… 이거 봐. 역시 나가토가 있잖아.
　"나가토가 저쪽에 있어요!"
　쓰키시마는 의자에서 일어서며 똑바로 나가토를 가리켰다. 모든 시선이 난로를 향했다.
　"아무도 없잖아."
　아이카가 한숨을 쉬며 말했다.
　…… 뭐?
　"아무도 없어요."
　"구라 치지 마."
　신조와 앗슈에게도 나가토가 보이지 않는지 차례로 언성을 높였다. 왜 이 사람들에게는 보이지 않는 거지.
　"거짓말 아니에요. 난로 옆에 나가토가 서 있잖아요? 보이지 않는 척하지 마세요."
　쓰키시마는 필사적으로 호소했다. 돌아버릴 것 같다. 왜 아무도 인정하지 않는 걸까.
　"나, 나가토라는 사람은 아마도 있을 거예요."
　누군가의 목소리가 끼어들었다. 아토무였다. 그가 나가토의 존재를 인정해 준 것에 대한 안도감이 쓰키시마의 마음속에 퍼졌다.

"거봐요, 아토무 씨는 나가토의 존재를 알고 있잖아요. 이상한 건 내가 아니에요."

"대체 무슨 말이야? 나는 정말 나가토 따위 모른다니까."

아이카가 혼란스러운 표정을 지었다.

"그, 그래요. 아이카 씨가 나가토 씨를 모른다고 해도 어, 어쩔 수 없는 일이에요."

"나만 그 나가토라는 사람을 만나지 않았다는 거야?"

"마, 만났을 거예요. 다, 다만 인식하지 못했던 거예요."

"점점 더 모르겠네. 대체 무슨 말을 하는 거야?"

아이카가 설명을 요구하자 아토무는 기분 나쁜 웃음을 지으며 말했다.

"나, 나가토라는 사람은 쓰키시마 씨의 머릿속에만 사는 존재거든요."

아토무가 뱉은 말 때문에 쓰키시마는 다시금 혼란의 소용돌이 속으로 내던져졌다.

"머릿속이라뇨? 무슨 말이에요?"

쓰키시마가 추궁하자 아토무는 "자각하지 못하는군요."라며 연민 어린 눈길을 보냈다.

"설명해 줘요! 대체 무슨 의미예요?"

"마, 말 그대로예요. 나가토라는 사람은 쓰키시마 씨의 머릿속에만 존재하는 거예요. 아니, 오히려 반대일지도 모르죠.

어쩌면 쓰, 쓰키시마 씨가 나가토 씨의 머릿속에 있는 존재일지도……"

…… 이 자식이 아까부터 무슨 말을 하는 거지?

나가토가 쓰키시마의 머릿속에만 있는 존재? 그럼 마치 내가…… 아니야. 쓰키시마는 뇌리에 떠오른 생각을 떨쳐버렸다. 그런 일은 있을 수 없다. 틀림없이 아토무는 나를 함정에 빠뜨리려는 것이다. 그래서 이런 얼토당토않은 이야기를 지어낸 거겠지.

"그만 해요."

"다, 당신이나 그만 해요, 쓰키시마 씨. 이, 이제 슬슬 인정하는 게 어때요?"

"대체 뭘요?"

쓰키시마가 반문하자, 아토무는 정면으로 쓰키시마를 가리켰다.

"나, 나가토는 쓰키시마 씨가 상상 속에서 만들어 낸 사람이에요."

아토무의 말에 쓰키시마는 머리를 한 대 맞은 듯 순간적으로 홀 전체가 새하얘진 것 같은 기분을 느꼈다. 잠시 그대로 넋이 나가 있던 쓰키시마였지만, 이윽고 "어이가 없군……." 하고 말을 내뱉었다. 아토무의 이야기를 도저히 받아들일 수 없었다.

"아토무 씨는 내가 해리성 정체감 장애, 즉 다중인격 같다고 말하는 건가요?"

"같은 게 아니라, 사실이에요."

의기양양한 표정으로 말하는 아토무를 향해 격렬한 분노가 북받쳐 올랐다.

…… 내가 해리성 정체감 장애라고?

이 자식은 계속 그랬다. 자존심만 세서 다른 사람을 업신여긴다. 그러나, 그에 부합하는 능력은 가지고 있지 않다. 지금 이야기도 타당한 논리가 있는 것이 아니라, 그저 즉흥적으로 떠오른 생각에 지나지 않을 것이다.

"그렇게까지 단언하는 걸 보니, 증거는 있겠죠?"

"무, 물론이죠."

"그럼 증거를 제시해 봐요."

쓰키시마가 말하자 아토무는 단행본 한 권을 꺼내더니 쓰키시마 쪽으로 던졌다. 그것은 쓰키시마의 데뷔작 《호반의 미궁》이었다.

"그, 그 책이 증거예요."

"이 책이 왜 증거라는 건가요?"

"쓰, 쓰키시마 씨는 그 책을 쓴 본인, 쓰키시마 리오지요?"

"그래요. 이 책은 내가 대학교 재학 중에 쓴 책이에요."

"저, 저자 프로필을 한번 보세요."

쓰키시마는 아토무의 말을 따라 책의 저자 프로필 페이지에 눈길을 돌렸다.

…… 앗?

영문을 모르겠다. 저자 프로필에는 쓰키시마 리오가 태어난 해가 지금으로부터 80년도 전이라고 적혀 있었다.

"뭐야, 이게……."

큰 충격에 빠진 쓰키시마는 책을 떨어뜨리고 말았다.

"대체 어떻게 된 건가요?"

신조가 끼어들었다.

"이, 이 사람은 자기가 쓰키시마 리오 본인이라고 했어요. 그런데 그건 말이 안 돼요. 쓰키시마 리오가 데뷔작을 쓴 것은 지, 지금으로부터 60년 전이거든요."

아토무는 처음 만났을 때부터 나를 거짓말쟁이라고 단정했다. 그건 나와 쓰키시마 리오의 프로필이 일치하지 않기 때문이었나? 아니! 그럴 리가 없다. 《호반의 미궁》은 틀림없이 내가 쓴 작품이다.

"나는 가짜가 아닙니다. 그 책이 위장된 거예요. 나를 속이기 위해서……."

쓰키시마는 강하게 주장했다. 프로필을 조작하여 나를 혼란에 빠뜨리려고 한 것이 틀림없다.

"그, 그럼 《호반의 미궁》의 결말을 마, 말해 봐요. 범인은?

트릭은?"

아토무가 도발하듯이 물었다. 왜 그렇게 자신만만한 거지? 내가 쓴 작품인데 트릭도, 결말도, 당연히 기억하고 있지 않겠어?

"문제없어요.《호반의 미궁》의 결말은……"

…… 어?

안간힘을 다해 떠올려 보려고 해도 작품의 결말이 머릿속에 떠오르지 않는다. 그뿐만이 아니다. 필사적으로 기억을 더듬어보았으나, 집필하고 있는 내 모습을 떠올릴 수가 없었다. 이건 내가 쓴 작품이 아닌가?

…… 그렇다면 나는 대체 누구란 말인가?

<6>

온통 흰 카운슬링 룸에서 네 번째 최면요법에 의한 사건 조사가 시작되었다. 사와는 손바닥에 땀이 배어날 정도로 주먹을 꽉 쥐었다. 방금 연락이 왔는데 간이 감정 결과, 펜션에서 채취한 혈액과 아쓰야의 몸에 묻어 있던 혈액이 동일 인물의 것으로 판명되었다. 즉, A 곧 아쓰야가 뒤집어쓴 피는 레이의 피였고 범행 현장은 그녀의 아버지가 예전에 경영했던

펜션이었다는 것이다. 수많은 사실이 명백해지면서 수사는 크게 진전되었지만, 아직 가장 중요한 것이 밝혀지지 않았다. 레이의 시신은 어디로 갔는가? 그리고 아쓰야는 어떤 형태로 사건에 관여했는가?

후루타는 아쓰야를 범인으로 몰아 서둘러 사건을 종결하려고 한다. 나미의 증언을 근거로 레이와 교제하던 아쓰야가 헤어진 후 스토커로 변모하여 그녀를 살해했다는 각본이다. 단순하고 그럴듯한 스토리지만, 사와는 왠지 석연치 않았다. 이 사건에는 다른 무언가가 숨어 있다. 그렇게 생각하는 것은 구가도 마찬가지다. 그러니까 아쓰야의 체포에 제동을 걸고 이렇게 네 번째 최면요법에 의한 사건 조사를 시행하려는 것이다.

"그럼, 시작하겠습니다."

구가는 회중시계를 탁자 위에 올려놓고 소매를 걷어 올리고 나서 말했다. 반듯한 옆얼굴에서 강한 의지가 엿보인다. 덩달아 사와도 바짝 긴장한 표정을 지었다.

"쓰지무라 레이 씨라는 여성을 아십니까?"

구가는 여태까지의 세션과는 달리, 아쓰야를 과거로 유도하지 않고 일반적으로 질문하는 형식을 취했다. 신원이 밝혀진 지금, 과거 기억을 일깨우는 것보다는 사건을 풀어내는 쪽으로 방향을 튼 것이다. 그 방침에 사와도 이의는 없다. 여기까지 온 이상, 단도직입적으로 이야기를 진행하는 것이 좋다.

"레이……."

아쓰야가 잠꼬대처럼 중얼거렸다.

"알고 계시는군요."

구가가 확인을 하자 아쓰야는 크게 고개를 끄덕였다.

"그녀는 당신에게 어떤 존재였습니까?"

"레이는…… 저의 연인입니다……."

"마지막으로 만난 것은 언제지요?"

"모르겠어요."

"당신이 레이 씨를 스토킹 했다는 말이 있습니다만……"

"무슨 말이야? 그런 적 없어."

아쓰야의 말투가 거칠어졌다.

"그런 증언이 있습니다."

구가의 말에 아쓰야는 혀를 차며 말했다.

"누가 그런 말을 한 겁니까?"

"비밀 유지 의무가 있으므로 이름은 밝힐 수 없습니다."

"그런 말도 안 되는 소리는 그만하세요. 저와 레이는 애초에 헤어지지 않았어요. 그러니까 스토킹은 있을 수 없다고요."

"알겠습니다. 그럼 질문을 바꾸지요."

구가는 평행선을 긋는 듯한 대화의 흐름을 끊고 다시 아쓰야를 향해 물었다.

"당신은 레이 씨가 살해당한 것을 알고 있습니까?"

잠시 틈을 둔 후 구가는 말했다. 아쓰야는 몸에 전류가 흐른 것처럼 움찔 떨었다.

"죽었다고? 레이가?"

"네. 모르셨습니까?"

"그럴 리가. 왜냐하면, 레이는……"

아쓰야는 푹 고개를 떨구고 등을 구부렸다. 마치 통증을 견디고 있는 듯했다.

"레이 씨의 죽음에 관해 무언가 알고 있는 것은 없습니까?"

구가가 재차 묻자 아쓰야는 등을 구부린 채 고개만 들었다.

"방은 온통 피투성이…… 거기에…… 아아…… 그럴 수가……"

아쓰야는 후-, 후- 거친 숨을 내쉬며 코를 훌쩍이기 시작했다. 표정은 보이지 않았지만, 아마도 울고 있는 모양이다.

"당신이 본 것을 정확하게 알려 주세요."

"레이가…… 방 한가운데 쓰러져 있어…… 피를 흘리며……"

아쓰야의 눈에서 눈물이 뚝뚝 떨어졌다. 이 반응. 틀림없다. 아쓰야는 레이의 시신을 목격한 것이다.

…… 이제야 겨우 도달했다.

그런 확신이 서서히 사와의 마음속에 퍼져갔다.

"레이 씨는 왜 죽은 거지요?"

구가가 핵심을 날카롭게 찔렀다. 아쓰야는 눈꺼풀을 경련하듯 떨더니 자신의 양팔을 감싸 안으며 으-, 으-, 으 하고 기묘한 신음 소리를 내기 시작했다.

"제 목소리가 들립니까?"

구가가 물음에도 아쓰야는 여전히 으-, 으-, 으- 신음하며 고개를 앞뒤로 흔들고 있을 뿐, 아무 대답도 하려 하지 않았다. 자신의 껍데기 안에 쏙 틀어박힌 듯했다. 구가는 작게 한숨을 쉰 후 아쓰야의 앞에 섰다. 그리고 호주머니에서 무언가를 꺼내어 아쓰야의 코에 가까이 가져갔다. 순간 아쓰야의 행동이 뚝 멈췄다. 희미하게 벚꽃 향기가 났다. 아마 이전 최면요법 때 사용했던 벚꽃 향 에센스를 맡게 한 듯하다. 후각을 자극함으로써 무언가를 떠올리게 하려는 것이리라.

"다시 한번 묻겠습니다. 레이 씨를 죽인 사람은 누구입니까?"

구가가 다시 물었다.

"몰라."

아쓰야는 왼쪽 어깨를 긁적이면서 고개를 옆으로 돌려버렸다.

"그 말투를 보니 당신은 무슨 일이 있었는지 알고 있군요?"

구가는 의문형을 사용하긴 했지만, 그 말투는 단정적이었다. 구가는 역시 아쓰야가 범인이라고 생각하는 듯하다.

"그러니까 모른다고. 안다고 해도 말할 생각은 없어."

"그건 안 됩니다. 아는 게 있다면 말씀해 주세요. 누가 레이 씨를 죽였습니까?"

"으-, 으-, 으-"

아쓰야는 구가의 말을 차단하듯이 양쪽 귀를 손으로 막고 다시 기묘한 신음 소리를 내기 시작했다.

"난감하군······."

구가는 혼잣말처럼 중얼거리며 자기 머리를 긁적거렸다. 단정했던 구가의 머리카락이 흐트러졌다.

"무슨 일이 일어난 건가요?"

사와가 묻자 구가는 쓴웃음을 지으며 말했다.

"보시는 대로입니다."

구가는 자못 당연하다는 듯이 말했지만, 사와는 도저히 감이 잡히지 않았다.

"보시는 대로라니······ 뭐가 어떻게 된 건가요?"

"그렇군요. 눈치채지 못하셨군요."

"그러니까 뭘 말씀이세요?"

시원하게 말해 주지 않는 구가의 태도에 사와는 조바심이 밀려들었다. 내가 중요한 무언가를 간과하고 있는 것일까?

"주의 깊게 지켜보면 아실 겁니다."

구가는 조용하게 말하고는 다시 아쓰야에게로 몸을 돌렸다. 그 눈에는 여태까지 한 번도 본 적 없는 날카롭고 서늘한 빛이 서려 있었다.

"당신에게는 볼일이 없어요. 내 말을 이해하는 사람을 여기에 데려오세요."

"지금 말씀은 무슨 의미인가요?"

참다못한 사와가 자리에서 일어서서 구가에게 질문을 던졌다. 아쓰야에게 볼일이 없다면 어째서 그를 상대로 최면요법에 의한 사건 조사를 계속하고 있는 걸까?

"의미 그대로 받아들이셔도 상관없습니다."

구가의 목소리는 여태까지와는 판이하게 걸걸하고 거칠었다.

"얼버무리지 마세요."

"그럴 생각은 없습니다. 지켜보면 알 수 있으니까요."

"모르니까 여쭙는 거예요."

구가는 아쓰야의 앞을 떠나 곧바로 사와 쪽으로 걸어왔다. 거리가 가까워질수록 구가의 섬뜩함이 덮쳐오는 듯한 느낌에 사와는 저도 모르게 뒷걸음질칠 뻔했으나 간신히 참았다. 구가는 사와의 귓가에 얼굴을 가져다 댔다. 구가의 체취가 콧속을 간질였다. 기분 좋은 냄새였지만, 그 속에 미세하게 피 냄새가 섞여 있는 듯했다.

"아쓰야 씨는 해리성 정체감 장애입니다."

구가의 목소리가 카운슬링 룸의 흰 빛에 빨려 들어갔다.

<7>

…… 나는 대체 누구인가?

쓰키시마는 서 있기도 힘들 만큼 다리에 힘이 풀려서 쓰러지듯이 무릎을 꿇었다. 눈이 빙빙 돌아간다. 구역감이 치밀어 올라왔다. 이마에서 쉴 새 없이 식은땀이 흘러내렸고 쓰키시마는 급기야 양손으로 바닥을 짚고 간신히 몸을 지탱했다.

"이 사람이 자기가 작가라고 착각하고 있었다는 거야?"

아이카가 경멸의 눈초리를 보내왔다.

…… 그런 눈으로 보지 마.

"아, 아마도. 실체는 나가토라는 사람일 거예요. 쓰, 쓰키시마 씨는 나가토 씨가 만들어 낸 인격 중 하나에 불과해요. 그것이 표면으로 드러난 것뿐이죠."

아토무의 목소리가 쓰키시마의 머릿속을 휘저었다.

…… 나는 나가토가 만들어 낸 다른 인격이라는 것인가?

둘이서 참가했다고 생각한 이벤트도 처음부터 혼자였다니…….

믿고 싶지 않지만, 지금 와서 생각하면 이상한 점이 한둘이 아니었다. 원탁에도 나가토의 자리는 없었다. 게다가 방도 일인실을 함께 사용했다. 빈 객실이 있는데도 말이다.

…… 웃기지 마. 그런 건 인정할 수 없다.

"아니야! 나는 쓰키시마 리오다!"

쓰키시마는 있는 힘을 짜내어 몸을 일으켜 아토무에게 덤벼들었으나 곧바로 누군가에게 들이받혔다. 몸을 일으키려는 쓰키시마의 앞에 앗슈가 서 있었다. 앗슈는 손에 부집게를 들고 맹금류같이 날카로운 눈으로 쓰키시마를 노려보았다.

"이 자식이 누구든 간에 아무 상관없다. 레이를 죽인 자가 누구냐?"

앗슈는 낮게 으르렁대며 말했다.

"……."

"네 놈이 레이를 죽였구나."

"아, 아니야……."

"그럼 누구라는 거야?"

"그러니까 그건 나가토가……"

"네 놈이 나가토다."

앗슈는 조용히 말하고는 쓰키시마를 향해 부집게를 번쩍

들어 올렸다. 그대로 쓰키시마를 내리쳐서 머리를 박살 내려는 것이다. 눈앞에서 끔찍한 범행이 일어나기 일보 직전인데 말리려는 사람은 한 명도 없었다. 신조, 아이카, 아토무 그리고 아쓰시까지 모두 멀찍이서 쓰키시마를 둘러싸고 생기 없는 얼굴로 노려보고 있을 뿐이다. 그 시선에 담겨 있는 것은 경멸일까? 아니면 분노일까?

"제발. 그만해."

쓰키시마가 앗슈에게 애원했다.

"닥쳐! 레이를 죽여 놓고 이제 와서 목숨을 구걸해?"

앗슈가 쓰키시마를 발로 걷어찼다. 이대로는 안 되겠다. 빨리 오해를 풀지 않으면 이 자들에게 살해당하고 말 거다.

"아니야. 내가 아니야. 나는 나가토에게 속은 거야. 나는 다중인격 따위가 아니야. 나가토는 진짜 있어. 저기 봐, 지금도 저기서 이쪽을 보고 있잖아!"

쓰키시마가 고래고래 소리치며 난로 옆에 서 있는 나가토를 가리켰다. 그 자리에 있던 사람들의 시선이 일제히 난로를 향했으나 곧바로 쓰키시마에게 돌아왔다.

"이제 그만하시지. 아무도 없잖아."

아이카가 쯧, 혀를 차며 말했다.

"정말이야! 왜 아무도 못 보는 거야!"

쓰키시마는 필사적으로 호소했다. 앗슈가 어깨를 들썩이

며 난로 앞으로 가서 나가토를 향해 부집게를 내리쳤다. 큰 소리를 내며 부집게가 벽을 뚫었다. 어느새 나가토의 모습은 난로 옆에서 사라져버리고 없었다. 마치 환각이었던 것처럼…….

"이제 알았냐? 나가토인지 뭔지 하는 놈은 없다고!"

앗슈의 목소리가 로비에 쩌렁쩌렁 울렸다.

…… 어떻게 그런.

"쓰, 쓰키시마 씨. 이제 그만 포기하세요. 당신은 나, 나가토라는 사람 마음속에 있는 다른 인격에 불과해요."

아토무의 목소리가 지금까지 쓰키시마가 믿어 왔던 것을 산산조각 냈다. 무언가가 와르르 무너지는 소리가 들렸다. 그건 틀림없이 쓰키시마의 자아일 것이다.

"역시 레이를 죽인 건 네놈이었어."

앗슈가 목을 돌려 뚝뚝 소리를 내며 쓰키시마 쪽으로 돌아온 후, 다시 부집게를 번쩍 치켜들었다.

…… 여기서 이대로 죽는 건가?

"안 돼!"

쓰키시마는 소리를 지르며 뛰기 시작했다. 웃기지 마. 이런 데서 죽을 수는 없다.

"거기 서!"

곧바로 앗슈가 뒤따라왔다. 쓰키시마는 무아지경으로 뛰

었다. 그러나, 계단을 절반쯤 올라갔을 때 앗슈에게 팔을 붙들리고 말았다.

"이거 놔!"

쓰키시마는 무시무시한 표정을 짓고 있는 앗슈의 팔을 뿌리치고 가슴팍을 확 밀쳤다. 허를 찔린 앗슈는 믿을 수 없다는 표정을 지은 채 계단에서 굴러떨어졌다. 계단 끝까지 굴러떨어진 앗슈는 위를 향해 벌러덩 누운 채 움직이지 않았다.

…… 죽은 건가? 내가 죽여 버린 건가?

마음에 걸렸지만, 그걸 확인할 여유는 없었다. 신조 역시 쓰키시마를 쫓아 계단을 뛰어 올라오고 있었기 때문이다. 쓰키시마는 발길을 돌려 다시 뛰기 시작하여 계단을 끝까지 올라가 그대로 복도로 내달려 자기 방인 206호실로 뛰어들어갔다. 바로 문을 닫으려고 할 때 신조가 문틈으로 몸을 밀어넣었다.

"오지 마!"

쓰키시마는 소리치며 신조의 팔을 꽉 물었다. 참다못해 그가 손을 잡아 뺀 틈을 타 쓰키시마는 문을 완전히 닫고 잠갔다. 하지만, 그것만으로는 완력으로 열릴 가능성이 있다. 쓰키시마는 방 안에 있는 침대와 탁자를 옮겨서 바리케이드를 만들었다.

"나와."

바깥에서 신조가 방문을 쾅쾅 치며 소리를 지르고 있었으나 쓰키시마는 일절 응할 마음이 없었다. 대신 숨을 헐떡거리며 그 자리에 주저앉아 생각했다.

…… 왜 이렇게 된 거지?

아무리 생각해도 쓰키시마는 그 답을 찾아낼 수 없었다.

<8>

"그게 대체 무슨 말씀이죠?"

사와는 떨리는 목소리로 되물었다. 구가는 아주 당연하다는 듯이 아쓰야가 '해리성 정체감 장애'라고 단언했다. 하지만 사와는 선뜻 받아들이기가 어려웠다.

"일단 자리를 옮기죠."

구가가 방 밖으로 나가라는 눈짓을 했다. 본인에게 들려주고 싶지 않은 것이리라. 사와는 고개를 끄덕이며 구가를 쫓아갔다. 구가는 방을 나와 복도 바로 앞에 있는 문을 열고 들어갔다. 사와도 뒤를 따랐다. 그곳은 구가의 서재인 듯, 책상과 책장들이 늘어서 있었다. 책상 위에 놓여 있는 사진 액자에는 교복을 입은 고등학생쯤 되어 보이는 구가와 중학생으로 보이는 소녀가 찍힌 사진이 끼워져 있었다. 옛 연인의 사진인가

하는 생각을 잠시 했지만, 이목구비가 구가를 많이 닮아 있었다. 어쩌면 여동생일지도 모른다. 어쨌든 구가가 이런 사진을 장식해 둔 점이 의외였다. 사와의 시선을 느꼈는지, 구가는 사진 액자를 엎어 놓았다.

"아까도 말씀드렸지만, 아쓰야 씨는 해리성 정체감 장애입니다."

"그렇게 생각하시는 근거가 무엇인가요?"

"사와 씨는 해리성 정체감 장애에 관해서 알고 계십니까?"

구가는 헛기침을 하고 정중하게 질문했다. 질문의 답이 되지는 않겠지만, 일단 그의 이야기를 따라가 보기로 했다.

"네. 일반적인 지식이지만, 이른바 다중인격이지요?"

일반적으로 해리성 정체감 장애란 한 사람의 육체에 그 사람 이외의 다른 인격이 깃든 정신질환으로 인식된다.

"맞습니다. 왜 이 증상이 일어나는지도 아십니까?"

"아뇨. 그것까지는……"

"견딜 수 있는 한계를 넘는 고통이나 감정을 경험했을 때, 사람은 체외 이탈 경험과 기억 상실로 고통과 감정을 끊어냄으로써 자기 마음을 지키려고 합니다."

"체외 이탈 경험이요?"

"유체 이탈처럼 타인의 시선으로 자기를 바라보고 있는 듯한 감각을 말합니다."

"그렇군요."

"음, 쉽게 말씀드리면 해리성 정체감 장애란 트라우마가 되는 경험을 했을 때 그것을 자기가 아닌 다른 누군가의 경험으로 분리함으로써 마음을 지키기 위해 자신의 내면에 자신이 아닌 다른 인격을 만들어 내는 증상입니다."

"그런 일이 아쓰야 씨의 마음속에서 일어났다는 말씀인가요?"

"네. 그는 해리성 정체감 장애를 일으킬 조건을 가지고 있었어요."

"학대 말씀이시죠?"

"그렇습니다. 그는 유년기에 학대를 당했습니다. 어머니를 원망할 수 있었다면 차라리 나았겠지만, 그럴 수 없었어요. 한계를 넘은 고통이 일상화됨에 따라 그는 다른 인격을 만들어 낼 수밖에 없었던 거죠."

구가의 설명을 들으며 사와는 보육원 이토 씨의 증언을 떠올렸다. 아쓰야는 극심한 폭력뿐만 아니라, 성적 학대까지 당했다. 그런 비정상적인 환경이 아쓰야의 마음을 파괴했을지도 모른다.

"이건 어디까지나 추측에 불과합니다만, 아쓰야 씨가 최면 요법 도중에 물에 뛰어들어 투신자살을 기도했다는 이야기를 했었지요."

"네."

과거의 기억을 떠올릴 때 아쓰야는 당시 일을 떠올리고 물에서 허우적대는 듯한 반응을 보였다.

"저는 그것이 다른 인격을 만들어 낸 계기가 아니었을까 생각합니다."

"……."

"신체적 학대를 당한 데다가 어머니가 자신이 죽길 바란다는 것을 알고 절망에 빠져 죽으려 했어요. 하지만, 동시에 그의 마음속에는 살고 싶다는 열망도 있었죠. 상반되는 감정의 충돌이 그의 내면에 처음으로 다른 인격을 탄생시킨 겁니다."

"그런 일이 정말 가능한가요?"

"네. 이전에 빌리 밀리건의 이야기를 했었죠. 그 역시 학대에서 벗어나려고 자살을 기도했던 것이 다른 인격을 탄생시킨 계기였다고 알려져 있습니다. 새로 태어난 인격이 자살을 막았던 거죠."

"아쓰야 씨에게도 그와 같은 일이 일어났다는 건가요?"

"저는 그렇게 생각하고 있습니다. 그는 살기 위해 다른 인격을 만들어 냈고 자살을 생각하는 아쓰야 씨 본인의 인격을 잠재워 버린 것이 아닐까 생각합니다."

구가의 추측은 일리가 있다.

"하지만 그건 가능성의 하나일 뿐, 그가 해리성 정체감 장애라고 단정할 수 있는 근거는 되지 못하는 것 같은데요."

구가의 설명으로, 해리성 정체감 장애 증세가 나타나는 과정과 아쓰야가 그 증세를 일으키기 쉬운 환경에 처해 있었다는 것은 이해했다. 그러나 어디까지나 추측의 범주를 벗어나지 못한 느낌이 든다.

"해리성 정체감 장애 환자들에게는 몇 가지 특징이 있습니다. 한 가지는 암시에 잘 걸린다는 점입니다."

구가가 그렇게 말하며 검지를 세웠다. 아닌 게 아니라, 아쓰야는 이상하리만치 구가의 최면 암시에 쉽게 걸렸다.

"또 한 가지 특징은 해리성 건망 즉 기억의 누락이 나타난다는 겁니다. 이것은 인격이 교체될 때 기억이 공유되지 않았기 때문에 발생합니다."

구가가 중지를 세웠다. 이전에 구가는 아쓰야가 사건 발생 전부터 빈번하게 건망증을 일으켰을 가능성을 언급했었다. 그것이 해리성 정체감 장애 증상의 하나였다는 의미일까? 아니, 단정하기는 아직 이르다.

"하지만 그것만으로는……"

"한 가지 더 아쓰야 씨를 해리성 정체감 장애로 판단하는 데 충분한, 결정적인 현상이 일어났습니다."

"결정적인?"

"네. 그에게 최면요법을 시행할 때 우리 눈앞에서 몇 번이나 인격이 교체되었잖습니까?"

반박하려고 했지만, 아무 말도 떠오르지 않았다.

<9>

흰 불빛이 보였다. 쓰키시마는 너무 눈이 부셔서 저도 모르게 눈을 몇 번이나 깜빡거렸다. 현기증이 나서 자신이 어디에 있는지 알아차리는 데 시간이 걸렸다. 이곳은 쓰키시마와 나가토에게 배정된 206호실이었다. 문 앞에 바리케이드를 만든 후, 녹초가 된 채로 주저앉아 어느샌가 잠들어 버렸던 모양이다. 의식이 서서히 돌아옴에 따라 자신이 놓인 상황이 생각나면서 마음이 무겁게 가라앉았다.

…… 어쩌다 이렇게 된 거지?

모든 것이 나가토 때문이라고 생각했다. 그런데 모두가 나가토를 모른다고 했다. 그뿐 아니라, 아토무는 쓰키시마가 해리성 정체감 장애라고 주장했다. 급기야 쓰키시마가 나가토에 의해 만들어진 '다른 인격'이라는 황당무계한 말을 지껄이는 판국이다. 골치 아픈 것은 아토무의 허점투성이 추리를 다른 참가자들이 믿고 있다는 점이다.

"그런 건 거짓이다."

…… 정말 그럴까?

쓰키시마가 중얼거림과 동시에 귓속에서 목소리가 들렸다. 부정하려고 해도 마땅한 근거를 찾을 수 없었다. 나가토와는 대학교 동아리에서 알게 되었는데 처음 만났던 때가 떠오르지 않는다. 아니, 그뿐만이 아니다. 동아리에서 함께 경험했을 구체적인 에피소드가 하나도 기억나지 않는다. 나가토에 관해 떠오르는 가장 오래된 기억은 펜션에 오는 도중에 나눴던 대화뿐이다. 그 사실을 자각함과 동시에 등줄기가 오싹해졌다. 믿고 싶지 않지만, 아토무가 말한 대로인지도 모른다.

"나는 나가토의 마음속에 있는 다른 인격인가……."

"그렇지 않아."

어디선가 갑자기 들려온 목소리에 쓰키시마는 소스라치게 놀라며 자리에서 벌떡 일어섰다. 어느새 나가토가 문 앞에 쳐둔 바리케이드 앞에 서 있었다. 언제나처럼 친근한 미소를 짓고.

"어, 어디로 들어온 거야."

문 앞의 바리케이드는 그대로였다. 방에 있는 유일한 창에는 쇠창살이 끼워져 있다. 안으로 들어올 길이 없을 텐데…… 쓰키시마의 마음속에 일파만파 번져가던 의구심이 곧 하나로 수렴되었다. 물리적으로 들어올 수 없는 장소에 이렇게 홀연히 모습을 드러냈다는 것이야말로 나가토가 실존하지 않는다는 것의 증거다.

"나는 너였구나."

이제 더는 저항할 기력을 잃어버린 쓰키시마는 벽에 몸을 기댔다.

"그러니까 그게 아니라고."

"부정해도 소용없어. 알아버렸어. 나는 나가토고, 나가토는 나다. 동일 인물이야."

즉, 레이를 살해한 건 다름 아닌 쓰키시마 자신이다.

"나와 쓰키시마는 완전히 다른 사람이다."

"이제 그만해. 두 번 다시 내 앞에 나타나지 마."

"쓰키시마. 내 말을 들어."

"싫어."

쓰키시마는 양손으로 귀를 막았다. 더는 아무 말도 듣고 싶지 않다. 무슨 말을 들어도 의미 없다.

"일단 내 말을 들어."

나가토가 쓰키시마의 손목을 잡고 귀에서 손을 떼려고 했다.

"그만하라고 했잖아!"

"그럴 수는 없어. 쓰키시마는 정말로 이대로 괜찮은 거야?

레이 씨의 원수를 갚지 않아도 상관없어?"

…… 이 자식이 무슨 말을 하는 거지?

"그러니까 그 레이를 죽인 게 너잖아! 그리고 나이기도 하고!"

"아니야. 쓰키시마는 속은 거야."

"속인 건 바로 너잖아!"

쓰키시마는 나가토를 거부하며 확 뒤로 밀쳤다. 하지만, 나가토는 체념하지 않고 곧바로 일어서서 쓰키시마에게 다가왔다. 희미하게 미소를 짓고는 있지만, 반듯한 눈썹 아래의 두 눈은 얼어붙을 듯이 차가웠다. 쓰키시마는 갑자기 두려워졌다. 이 남자에게 사로잡힐 것만 같다. 그런 강박관념이 싹텄다. 이곳에 더 있으면 안 된다.

"쓰키시마. 우선 이야기를 들어 줘."

"손대지 마."

쓰키시마는 고함을 지르며 나가토를 옆으로 밀치고 문으로 향했다. 하지만 문에는 바리케이드를 쳐 놓았다. 도망갈 길을 제 손으로 막아버린 것이다.

"제길!"

뒤를 돌아보니 나가토가 쓰키시마에게 다가오고 있다. 쓰키시마는 있는 힘껏 탁자와 침대를 밀어보려고 했지만, 꿈쩍도 하지 않았다. 속수무책이다.

"비켜!"

쓰키시마의 고함과 동시에 펑 하고 파열음이 들리더니 쌓아 올려 둔 탁자와 침대가 문과 함께 통째로 복도 쪽으로 날아갔다. 무슨 일이 일어난 건지 모르겠지만, 기회를 놓칠 수 없다. 쓰키시마는 방을 뛰쳐나갔다. 하지만 도망친다 한들, 아무 의미 없잖아? 만약 내가 나가토의 다른 인격이라고 하면 아무리 몸부림쳐도 따돌릴 수 없을 것이다.

하지만, 그렇다고 해도…….

"쓰키시마! 기다려!"

역시 나가토가 뒤쫓아 온다.

…… 잡힐까 보냐.

"오지 마."

쓰키시마가 소리를 지르며 계단을 뛰어 내려갔다. 로비를 가로질러 그대로 정면의 문으로 달려들었다. 밖으로 나가려고 문손잡이를 움직여 보았지만, 꿈쩍도 하지 않았다. 몸으로 부딪혀 보았으나 튕겨 나갈 뿐이었다.

…… 젠장!

차가운 바닥에 양손을 내려치고 있을 때 인기척이 느껴졌다. 고개를 들어보니 계단 위에 신조, 아이카, 아토무, 앗슈, 아쓰시 다섯 명이 나란히 서 있었다.

"이제 그만 인정하지 그래요? 전부 당신이 한 짓이에요."

신조가 조용히 말했다. 쓰키시마는 한숨을 내쉬며 어깨를 늘어뜨렸다. 이제는 반박할 말조차 찾을 수가 없다. 지쳤다. 저 말을 인정하고 이 자리에서 저자들의 손에 살해당하는 게 차라리 편할지도 모른다. 그런 생각에 이르렀다.

"쓰키시마. 정신 차려."

바로 옆에서 나가토의 목소리가 들렸다. 고개를 들어보니 나가토가 쓰키시마의 앞에 서 있었다.

"너는……"

"내 말 잘 들어. 저자들이야말로 다른 인격들이다."

나가토는 계단 위에 나란히 서 있는 다섯 명을 가리키며 말했다.

<10>

"몇 번이나 인격이 교체되었다고요?"

충격적인 말에 사와는 스스로도 웃음이 나올 만큼 얼빠진 목소리로 되물었다.

"그렇습니다."

구가는 아주 당연한 이야기를 한다는 듯이 대답했다.

"그럴 리가……"

"틀림없이 사와 씨도 눈치채셨을 거라 생각했습니다."

"눈치챌 리가 없죠."

"그렇지도 않습니다. 주의 깊게 관찰하셨으면 어렵지 않게 알아차릴 수 있었을 겁니다."

듣고 보니 의아하게 느꼈던 대목이 여러 번 있었다.

"설마 인격이 교체된다는 건……"

"제가 파악한 바로는 그의 내면에는 최소한 여섯 명의 인격이 존재합니다."

"여, 여섯 명이나……."

구가의 말에 사와는 경악했다. 하지만 여섯 명의 인격이 눈앞에서 바뀌고 있었다는 말을 듣고 호락호락 받아들일 사람은 없을 것이다.

"우선, 첫 번째 인격은 기억을 잃어서 아무 기억도 하지 못하는 인격입니다. 최면상태에서 각성했을 때 기본적으로 말했던 것은 이 인격입니다."

구가는 검지를 세웠다.

"……."

"두 번째 인격은 자신을 추하다고 생각하는 인격이에요. 등이 굽고 그림 그리는 것을 좋아하는 은둔 청년, 말을 더듬는 증상이 나타났습니다. 첫 번째 최면요법 때 표면에 나왔던 사람은 주로 이 청년입니다."

손가락을 하나 더 세웠다. 듣고 보니 사건 조사 시, 아쓰야에게 말을 더듬는 증상이 나타난 적이 있었다. 그때 아쓰야의 자세는 새우등처럼 굽은 모습이었다.

"아마 이 인격이 학대를 혼자서 당했던 것으로 생각됩니다. 자신이 추하기 때문에 학대를 당해도 당연하다고 스스로 수긍해 왔던 거겠죠."

구가가 보충 설명을 했다. 곰곰이 돌이켜 보니 말을 더듬는 증상이 나타났을 때는 유독 자신을 비하하는 발언이 많았다.

"세 번째 인격은 여성입니다."

펼친 손가락이 셋으로 늘었다.

"여, 여성이요? 하지만 성별은……"

"해리성 정체감 장애 환자가 만들어 내는 인격이 반드시 동성이라는 법은 없습니다. 나이, 인종까지 다른 사례도 있어요. 지능 수준뿐만 아니라, 혈당 수치 등의 체질까지 바뀌었다고 보고된 사례도 있습니다."

"그렇습니까?"

사와는 경악했다. 구가는 크게 고개를 끄덕이고 나서 말을 이었다.

"이 여성은 머리카락이 길고 젊은 여성들이 쓰는 말투를 쓰고 있으며 자유분방한 성격입니다. 스킨십도 많고 타인과의 거리가 좀 가깝습니다."

"잠깐만요. 어떻게 머리 길이까지 아시는 거죠?"

외견은 아쓰야의 모습 그대로다. 구가가 여성인 인격의 용모까지 파악할 수 있을 리 없다. 모순을 지적당했음에도, 구가는 전혀 동요하는 기색 없이 오히려 살짝 미소를 지었다.

"아쓰야 씨가 가끔 왼쪽 어깨를 긁는 듯한 몸짓을 했었지요?"

"네."

듣고 보니 그런 행동을 했던 적이 있었다.

"그건 아마도 머리카락을 만지작거리는 몸짓이었을 겁니다."

"머리카락을……"

실제로 머리카락이 없어서 어깨를 긁는 것처럼 보였지만, 머리카락이 있었다면 어깨까지 늘어뜨린 머리카락을 만지작거리는 몸짓이 된다.

"그녀는 주로 두 번째 최면요법 때 발현되었습니다. 말투도 여성스러웠죠."

"듣고 보니 그렇네요."

"그녀는 여성이라서 그런지 냄새에 민감했습니다."

"그래서 벚꽃 에센스를……"

구가는 두 번째 최면요법 때, 아쓰야에게 벚꽃 향 에센스를 맡게 했었다. 그건 여성인 인격을 끌어내기 위함이었나?

"그때는 후각을 자극함으로써 무엇이든 변화가 있으면 좋겠다는 정도의 생각이었습니다. 다만, 그녀가 모습을 드러냄으로써 아쓰야 씨가 해리성 정체감 장애라는 확신이 깊어졌던 거죠."

우연의 산물이었다는 건가? 아마도 구가는 두 번째 최면요법 때 아쓰야가 해리성 정체감 장애라는 사실을 알아챈 모양이다.

"하지만 왜 갑자기 여성이……"

"보육원의 이토 씨의 이야기를 떠올려 보세요. 아쓰야 씨는 의붓아버지에게 성적 학대도 당했을 가능성이 있어요."

"네."

"자기가 추하기 때문에 학대를 당했다고 생각한 인격에게 성적 학대는 앞뒤가 맞지 않잖아요."

"그래서 자신의 내면에 자유분방한 여성의 인격을 만들어 냄으로써 스스로를 납득시키려 했다는 말씀이세요?"

"그렇습니다."

"어떻게 그런……"

아쓰야는 가혹한 환경 속에서 살아남기 위해 계속해서 새로운 인격을 만들어 낼 수밖에 없었던 것일까?

"네 번째 인격은 쾌활하고 명랑한 청년입니다. 모두를 통솔하고 싶어 하는 일면이 있습니다. 그는 세 번째 최면요법 때 주로 발현되었습니다."

구가가 손가락 네 개를 펼쳤다. 아닌 게 아니라 세 번째 최면요법 때, 아쓰야의 말투는 그전까지보다 명료했다. 유년기가 아닌 소년기 기억을 불러왔기 때문인가 했는데 인격 자체가 바뀌었던 걸까?

"그는 안경을 쓰고 있고 말투에서부터 지적인 인물이라는 인상이 풍겼습니다."

"안경이요?"

"네. 가끔 안경을 밀어 올리는 제스처를 했었잖아요."

…… 그랬구나.

그때 아쓰야는 미간에 검지를 가져다 대는 동작을 몇 번이나 했었다. 그건 안경을 밀어 올리는 동작이었던 것이다.

"네 번째 인격은 어떻게 만들어진 건가요?"

"확실한 것은 모릅니다만, 아마도 보육원이나 삼촌 집에 맡겨지는 환경 변화 속에서 잘 적응하며 살아가기 위해서 사교성이 필요하다고 느꼈던 것이 아닐까요?"

"사교성……."

어머니와 그 연인이 죽은 후, 아쓰야는 큰 환경 변화를 맞이하게 되었다. 그 속에서 자신을 지키기 위해 주위 사람과의 불화를 피해야 했다. 그래서 의사소통 능력이 뛰어난 인격을 만들어 냈다는 것일까? 보육원의 이토 씨가 아쓰야는 "쾌활하고 명랑한 아이였다."라고 증언했는데, 그때 네 번째 인격이 표면에 나타났던 것이라고 생각하면 이해가 간다.

"덧붙여 말씀드리자면, 이 인격은 음악을 좋아하는 것 같습니다."

"음악이요?"

"네. 두 번째 최면 때, 여성인 인격이 노래 이야기를 했었어요. 그래서 시험 삼아 세 번째 최면 때 음악을 들려줘 봤거든요."

"그것이 네 번째 인격이 표면으로 나타난 계기였다……."

사와의 말에 구가는 "아마도요."라고 말하며 고개를 끄덕였다. 이미 해리성 정체감 장애라는 것을 꿰뚫어 본 구가는 의도적으로 오감을 자극하여 아쓰야의 내면에 있는 다른 인격을 끌어내려 한 것이다.

"다른 인격을 불러내야 했던 이유가 있나요?"

"해리성 정체감 장애의 인격들 사이의 관계는 서로 존재를 인지하고 있는 경우와 그렇지 않은 경우가 있습니다. 다른 인격이 경험한 기억을 일절 모르는 경우가 있는가 하면 서로 기억을 공유하고 있는 경우도 있습니다. 이것들이 복잡하게 서로 얽혀 있는 경우도 있고요."

"서로 알고 있는 경우도 있고 아닌 경우도 있다는 거군요."

"네. 그래서 아쓰야 씨의 과거를 알기 위해서는 각각의 인격이 가진 기억을 모아 볼 필요가 있었습니다."

사와는 구가가 거기까지 계산하고 있었다는 사실에 깜짝 놀람과 동시에 두려워졌다.

"……"

"원래 이야기로 돌아가죠. 다섯 번째 인격은 거칠고 난폭한 남성입니다. 그도 세 번째 최면 때 발현되었어요."

구가가 다섯 손가락을 전부 폈다. 세 번째 최면 후반부터 아쓰야는 갑자기 난폭하고 공격적인 언행을 반복하며 구가에게 덤비고 주먹질을 하기도 했다. 그것 역시 인격이 교체되었기 때문이라는 건가?

"다섯 번째 인격은 어떻게?"

"중학교 3학년 때 일으킨 상해치사 사건이 계기였던 것 같습니다."

"아 그렇군요…… 동급생 남학생에게 습격을 당하고 성폭행을 당할 위기에 처하여 반격했던 사건이었죠. 즉, 생명의 위험을 느끼고 자신의 몸을 지키기 위해 난폭한 인격을 탄생시켰다는 거네요."

"아마도 그럴 겁니다."

지금까지는 회의적이었으나 이제 의심의 여지가 없다. 아쓰야는 해리성 정체감 장애를 앓고 있다. 최면요법에 의해 기억을 되살린 것처럼 보였지만, 실제로는 그게 아니었다. 인격이 수시로 바뀌며 각각의 인격이 가지고 있던 기억을 말했던 것이다. 다만 이것이 전부는 아니다. 구가는 최소한 여섯 명이라고 말했다.

"여섯 번째는 어떤 인격인가요?"

"여섯 번째 인격은 최면요법 중에, 시시때때로 발현되었어요. 나이와 성별은 확실하지 않지만, 아마도 어린아이일 겁니다. 으-, 으- 하고 기묘한 신음 소리를 내는 버릇이 있어요."

아쓰야가 신음하는 모습은 사와도 목격했다.

"그것도 다른 인격이었다는 말씀인가요?"

"네. 추측에 불과하지만, 그가 가장 처음 태어난 인격이 아닐까 합니다."

"가장 처음이요?"

"네. 그렇게 신음 소리를 냄으로써 모든 것을 차단하고 자신의 껍데기 속에 숨는 것 같습니다."

아쓰야의 내면에 여러 인격이 존재한다는 것을 알았다. 하지만, 거꾸로 보이지 않게 된 것이 있다. 그건 바로 구가의 의도다.

"그렇게까지 파악하셨다면 최면요법에 의한 사건 조사를 할 것이 아니라 적절한 치료를 받게 해야 하는 거 아닌가요?"

"그럴 수는 없습니다."

사와의 시선을 피하듯이 구가가 등을 돌렸다.

"이유가 뭐죠?"

"해리성 정체감 장애 전문가인 콜린 A. 로스는 다음과 같이 말했습니다. '다중인격자는 여러 인격을 가지고 있는 것이 아니다. 각각의 인격은 한 인격의 단편이다. 여러 인격은 각각 비정상적인 형태로 의인화되어 서로를 분리한 채 서로 기억 상실 상태에 빠져 있다.'고요."

"무슨 말인가요?"

"전에도 말씀드렸죠. 저는 범죄를 저지르고 해리성 정체감 장애를 이유로 무죄 판결을 받는 것을 납득할 수 없다고요. 죄를 저지른 인격이 있다면 그 인격이 마땅히 벌을 받아야 한다고 생각합니다."

구가는 몸을 돌려 사와를 바라보았다. 그 눈에는 광기가 깃들어 있었다.

<11>

"무슨 말을 하는 거야?"

쓰키시마는 영문을 모른 채 눈앞의 나가토에게 반문했다.

"말 그대로입니다. 다른 인격은 저기 있는 사람들이에요."

나가토가 계단에 나란히 서 있는 다섯 명을 가리키며 말했다. 신조, 아이카, 아토무, 앗슈, 아쓰시는 아무 말도 하지 않고 그 자리에 그저 서 있었다. 미동도 하지 않고 표정도 없이, 마치 마네킹처럼······.

"저자들이 다른 인격이라고?"

"그렇습니다. 다른 인격은 제가 아닙니다. 저들입니다."

쓰키시마는 영문을 알 수 없다는 듯이 나가토를 바라보았다. 대체 아까부터 무슨 말을 하는 거지? 이해하려고 애를 썼으나 그럴수록 머리가 꽉 죄어오는 것처럼 아팠다.

"다시 한번 말하겠습니다. 저들은 당신의 머릿속에 있는 다른 인격입니다."

······ 그게 무슨.

만약 그렇다면 저들과 나는 일심동체라는 이야기다. 그런데 저들이 나를 죽이려고 했다고? 앞뒤가 맞지 않는다.

······ 정말 그럴까?

단지 이해하기를 거부하고 있는 것은 아닌가?

"그 남자의 말을 믿지 마!"

로비에 목소리가 울려 퍼졌다. 신조였다. 그는 나가토를 똑바로 가리키고 있다. 다른 사람들도 "맞아. 맞아." 하고 동조했다.

"나는······"

"레이를 살해한 현실에서 도망치지 마. 네놈은 죗값을 치러야 한다."

"그렇구나······."

······ 그랬다.

레이를 살해한 사람은 다름 아닌 나다. 여태까지 그렇게 부정해 왔는데 그 순간 그 사실이 아무 저항 없이 마음속에 쏙 스며들어 왔다.

"귀를 기울이면 안 됩니다."

나가토가 쓰키시마의 어깨를 세게 움켜쥐었다.

"이거 놔."

"그럴 수는 없습니다."

"나한테 손대지 마!"

쓰키시마는 필사적으로 나가토의 손을 뿌리치려고 했으나, 그는 절대 놔 주지 않았다.

"누차 말하지만, 나는 쓰키시마의 다른 인격이 아니야. 나와 쓰키시마는 전혀 다른 사람이다."

나가토는 작게 미소를 지으며 말했다.

"거짓말하지 마! 그럼 왜 너에 대한 기억이 하나도 없는 거야? 대학교 동창인데 너와의 기억이 하나도 떠오르지 않는건데?"

"그것에 관해서는······"

"네가 만들어 낸 다른 인격이 나이기 때문이잖아?!"

"쓰키시마. 그게 아니야."

"놔! 그 이름으로 나를 부르지 마!"

쓰키시마는 고함을 지르며 자신의 양쪽 귀를 막고 눈을 질끈 감았다. 이제 누구도 믿을 수 없다. 자신의 존재 자체가 흔들리고 있으니 당연한 일이다.

…… 사라져버리고 싶다.

"꺼져! 꺼져! 꺼져 버려!"

쓰키시마는 주문처럼 반복하여 외쳤다. 뇌 속 깊은 부분이 서서히 열기를 띠어가는 느낌이 들었다. 몸 안쪽에서 무언가가 훅 차올라 넘쳐흐르면서, 빠직하고 물건이 깨지는 소리가 들렸다.

…… 뭐지?

눈길을 돌려보니 바닥에 금이 가 있었다. 그 금을 따라 땅이 갈라지는 것처럼 우지직 소리를 내며 균열이 점점 퍼지더니, 쓰키시마가 있는 바닥이 송두리째 무너져 내리기 시작했다.

"으악!"

소리를 질렀을 때는 이미 늦었다. 쓰키시마는 별안간 바닥의 갈라진 틈새로 빨려 들어가 낙하하기 시작했다. 희한하게도 무섭지는 않았다. 이 균열이 어디로 통하는지는 모르겠지만, 어디라도 이곳을 벗어날 수만 있다면, 나쁘지 않을 것 같왔다. 하지만, 쓰키시마의 낙하는 곧바로 멈췄다. 나가토가 쓰키시마의 어깨를 꽉 붙들어 떨어지는 것을 저지했기 때문이다.

"어째서……."

"지금 여기로 떨어지는 것은 도피예요. 당신에게는 아직 해야 할 일이 있잖아요."

나가토는 그렇게 말하며 쓰키시마를 틈새에서 끌어올렸다.

"나는 이제 그만 끝내고 싶어……."

쓰키시마는 바닥에 벌러덩 누운 채로 소리 높여 울었다. 이 세상에서 지금 당장 도망치고 싶다. 그런데 왜…….

"아니요. 아직 끝낼 수는 없어요. 당신은 범인을 찾아내야 합니다."

나가토의 목소리가 차갑게 울렸다. 이 지경이 되어서도 미스터리 이벤트를 계속할 셈인가? 무엇 때문에? 대체 무슨 의미가 있는가?

"너는 대체 정체가 뭐야……."

"당신의 단 하나뿐인 친구입니다."

"웃기지 마! 이제 싫어! 싫어! 싫다고! 죽고 싶어! 죽게 놔둬! 제발!"

쓰키시마는 나가토의 다리에 매달려 애원했다.

"이제 끝냅시다."

갑자기 소리가 들렸다. 정면 현관 쪽에서 난 소리였다. 고개를 돌려보니 아까까지 굳게 닫혀 있던 정면 현관이 열려 있고 그곳에서 빛이 쏟아져 들어왔다. 그리고 그 빛 속에 서 있는 여자의 모습이 보였다.

"M……."

이벤트의 내비게이터이자 모든 악의 근원인 M이 그곳에 서 있었다.

<12>

"그를 어쩔 셈인가요?"

사와는 섬뜩하게 웃는 구가를 돌아보며 물었다. 지진이 일어난 것도 아닌데 지면이 흔들리는 느낌이 들었다. 그것은 사와 자신의 마음속 동요가 불러온 것이었다.

"물론 최면요법은 이대로 계속 진행할 겁니다."

구가는 담담하게 말하고는 서재 밖으로 나가더니 카운슬링 룸으로 향했다.

"이제 진실은 밝혀졌어요. 더 이상은 의미가 없습니다."

사와는 구가를 쫓아가면서 등 뒤에 대고 호소했다. 구가는 카운슬링 룸의 문 앞에서 발걸음을 멈추더니 의아하다는 듯이 고개를 갸웃했다.

"진실은 아직 밝혀지지 않았습니다."

"아쓰야 씨가 레이 씨를 살해했어요. 증거가 증명합니다. 그것이 진실이에요."

"그건 진실이 아닙니다. 경찰이 그를 기소하는 데 필요한 조건에 불과하죠."

"그러면 충분한 것 아닌가요?"

"진심으로 하는 말입니까?"

"물론이에요."

"그렇다면 사와 씨. 당신에게 실망했습니다."

구가는 아무 억양 없이 말했다. 억양이 없을뿐더러 감정이 깃들어 있지 않다. 그래서 더 두렵다.

"저는······."

사와의 말을 가로막듯이 구가는 문을 열고 카운슬링 룸으로 들어갔다. 방의 흰색 벽은 평소보다 한층 더 눈부시게 느껴졌다.

"그의 속에 존재하는 어느 인격이 레이 씨를 죽였는지 아직 밝혀지지 않았어요."

구가는 리클라이닝 의자에 앉아 있는 아쓰야를 가리켰다.

"그렇긴 하지만······."

"조금 전에도 말씀드렸지만, 해리성 정체감 장애라는 이유로 책임 능력이 인정되지 않아 무죄 판결을 받는 것에 저는 부당함을 느낍니다."

"하나의 견해로서 이해합니다. 범행을 저지른 인격이 있다면 그 인격을 처벌해야 한다는 말씀이시죠."

"그렇습니다."

"하지만, 그러면 죄를 범하지 않은 다른 인격에게도 벌을 주는 게 되지 않나요?"

해리성 정체감 장애라는 것은 하나의 신체 안에 복수의 인격이 존재하는 것이다. 누군가에게 준 벌은 다른 인격에도 영향을 미친다. 극단적인 예로 어느 인격을 사형시키면 다른 인격도 전부 죽이는 것이 된다.

"그래서 더욱 최면요법을 계속할 필요가 있는 겁니다."

아까부터 이야기가 헛돌고 있다.

"제 이야기 듣고 계신 건가요?"

"물론입니다. 제 말은 죄를 저지른 인격을 끌어내서 벌을 받게 해야 한다는 겁니다."

구가가 하는 말의 뜻은 알겠다. 하지만······.

"그런 건 불가능합니다."

각각의 인격이 들어갈 곳을 준비할 수는 없다. 신체는 하나뿐이기 때문이다.

"글쎄요. 현재 상태로는 어려울지도 모르지요. 우리에겐 시간도 없고요."

"시간이요?"

"네. 지금은 간신히 중지시킨 상태지만, 이제라도 경찰은 그의 혐의를 확정하고 체포를 단행하려 할 거예요. 그는 신병을 구속당한 채 정해진 절차대로 조사를 받을 겁니다. 그 후는 말하지 않아도 아시겠죠?"

틀림없이 아쓰야는 혐의를 부인한 채 제한 시간을 맞이하여 검찰에 기소될 것이다. 그리고 검찰 수사에서 해리성 정체감 장애 가능성이 제기되어 정신 감정 의뢰로 넘어가는 수순을 밟게 될 것이다. 정신 감정 결과, 아쓰야에게 해리성 정체감 장애라는 진단이 나오면 그다음은 심신 상실에 의해 책임 능력이 없다고 판단되어 무죄가 될 것이다. 구가는 어떻게든 그런 사태를 피하고 싶은 것이리라.

"심정은 이해합니다. 그러나……"

사와의 다음 말을 자르듯이 구가는 "그가……"라며 끼어들었다.

"그가 살해한 사람은 레이 씨만이 아닙니다."

"무슨 말씀이시죠?"

그 외에도 그 펜션에서 살해당한 사람이 있다는 말인가? 혈흔 등의 유류품으로 볼 때 그곳에서 죽은 사람이 레이 한 사람이라는 점은 명백하다. 사와가 그 점을 주장하자 구가는 작게 고개를 가로저었다.

"기억해 보세요. 그는 중학교 때도 상해치사 사건을 일으킨 적이 있어요."

맞다. 눈앞의 일에 사로잡혀 잊고 있었다. 아쓰야는 중학교 때 동급생에 대한 상해치사 사건으로 지도를 받았던 적이 있다. 레이를 포함하여 두 사람을 살해한 것이다.

"그뿐만이 아닙니다. 그는 어머니와 그 연인의 살해에도 관여했을 가능성이 있습니다."

"그들은 동반자살을 꾀했던 것 아닌가요?"

틀림없이 과거 자료에는 그렇게 되어 있었다.

"기록에 따르면 집 앞에서 울고 있었던 그를 경찰이 발견하여 보호한 것으로 되어 있죠."

"네."

"그 후, 경찰이 그의 집 방으로 들어갔을 때 두 사람이 사망한 것을 발견했어요. 경찰은 아쓰야 씨의 어머니가 문에 기댄 채로 쓰러져 있었다는 점에서 현장이 밀실 상태였다고 판단했고요."

"그렇습니다."

"제삼자의 개입이 없었고 밀실 상태였다는 점에서 경찰은 동반자살로 판단했던 것이었죠."

"그게 어떻다는 말씀이시죠?"

"만약 그렇다고 하면 아쓰야 씨가 최면요법 도중에 증언했던 기억과 모순이 발생합니다."

무엇이 모순이라는 건지 사와는 감이 잡히지 않았다. 사와는 당시 현장 검증 사진을 포함하여 모든 자료를 샅샅이 훑어보았다. 말다툼에서 발전하여 살해에 이르렀다는 경찰의 견해에 오류는 없었다.

"모순이 있는 것 같지는 않은데요."

"정말 그럴까요? 저는 아무래도 마음에 걸립니다."

"뭐가요?"

"그는 피투성이 시체가 된 어머니의 연인을 봤어요."

앗! 아쓰야는 피투성이가 된 어머니의 연인에 관해 말한 적이 있다. 그 기억을 떠올린 것 때문에 공황 상태에 빠져서 최면요법이 중단되었다. 경찰의 자료가 옳다면 아쓰야가 그의 시체를 봤을 리가 없다. 구가가 말하려는 것은 알겠다.

"하지만 창문으로 방 안을 엿보았을 거라는 가능성도……"

"사와 씨도 도면을 보셨죠?"

"네."

"그렇다면 아실 겁니다. 밖에서 집 안을 엿보는 것은 불가능합니다."

그렇다. 범행 현장이었던 연립주택의 내부 구조상 현관문에 면한 외부 복도 쪽에는 창이 설치되어 있지 않았다. 또한,

범행이 일어난 방은 2층이므로 다른 창문으로 엿보는 것은 불가능하다.

"경찰이 문을 열었을 때 우연히 봤다고 생각할 수도 있지 않나요?"

"그렇다고 해도 모순되는 점이 있습니다."

사와는 그때 아쓰야의 말과 행동을 머릿속에서 정리해 보았다. 그리고 저도 모르게 "앗!" 하고 소리를 질렀다.

"피투성이가 된 그의 어머니는 어린 아쓰야 씨에게 '너 때문이다.'라는 말을 퍼부었지요."

"그렇습니다. 연인의 피를 뒤집어쓰고 피투성이가 된 어머니와 말을 주고받은 겁니다."

그렇다면 사건 조서에 있었던 "방 안으로 들어가려고 했지만, 들어갈 수 없었다."라는 아쓰야의 증언은 성립하지 않는다.

"하지만 그렇다고 해서 아쓰야 씨가 살해에 관여했다고는 할 수 없어요."

"그것을 확인하기 위해서 진실을 규명해야 합니다."

구가가 말하고자 하는 바는 알겠지만……

"대체 어떻게 규명하실 생각인가요?"

"글쎄요. 그에게 스스로 트릭을 풀게 해 보죠."

"본인에게 말인가요?"

"정확히는 현재 빈번하게 표면에 모습을 드러내고 있는, 기억을 잃은 인격입니다."

"기억을 잃은 인격······."

"그렇습니다. 솔직히 현 단계에서는 어느 인격이 세 건의 살인 사건에 관여했는지 불분명합니다. 하지만 기억을 잃은 인격이 사건에 관여하지 않았다는 것만은 확실합니다."

"레이 씨 사건 이후에 탄생한 인격이기 때문인가요?"

"네."

타당한 설명이다. 하지만······.

"진심이세요?"

사와의 물음에 구가는 천진한 미소를 지으며 대답했다.

"물론입니다. 기억을 잃은 상태라면 여러모로 불편한 점이 있으니 일단은 그에게 이름을 지어 주어야겠군요."

구가는 똑바로 아쓰야 쪽으로 걸어갔다.

"당신은 자기 이름을 알고 있습니까?"

구가가 아쓰야의 귓가에 대고 물었다.

"모, 모릅니다."

아쓰야가 눈을 감은 채로 고개를 가로저었다. 구가는 잠시 생각에 잠겨 있다가 자리를 떠나더니 책 한 권을 들고 돌아왔다. 병원 앞에서 구가가 읽고 있었던 책이다.

"당신의 이름은 쓰키시마입니다. 쓰키시마 리오예요."

구가가 작품의 저자명을 댔다.

"쓰키시마……."

아쓰야가 잠꼬대처럼 곱씹었다.

"그렇습니다. 쓰키시마예요. 대학교 재학 중에 문학 신인상을 받으며 데뷔한 신진기예 소설가입니다."

구가는 기억을 잃은 인격에게 암시를 걸어서 이름과 설정을 주입했다. 진실을 규명하겠다고 하지 않았나? 제삼자의 프로필을 불어넣는다 한들, 무엇이 달라질까?

"구가 씨."

사와가 그를 부르자 구가는 손을 들어 올려 제지했다. 단호한 분위기에 압도당해 그다음 말을 입 밖에 낼 수가 없었다.

"다시 한번 묻습니다. 당신의 이름을 알려 주시겠습니까?"

구가가 다시 묻자 그는 "쓰키시마입니다."라고 이름을 댔다.

…… 어떻게 이런 일이.

구가가 부여한 암시에 의해 그는 자신이 추리소설 작가인 쓰키시마 리오라고 철석같이 믿게 되었다.

"그렇습니다. 당신은 쓰키시마 리오입니다. 그리고 지금 당신에게 말을 걸고 있는 제 이름은……."

"구가 씨?"

"아니요. 틀렸습니다."

구가는 당장 부정했다.

"대체 이게 무슨······."

보다 못한 사와가 끼어들려 하자 구가는 입술 앞에 검지를 가져다 댔다. 조용히 하라는 의미다.

"저는 이미 다른 인격들을 만났습니다. 그들은 저를 구가라는 경찰로 인지하고 있어요."

구가가 목소리 톤을 낮추고 말했다.

"그럼 어떻게 하죠?"

덩달아 사와도 목소리를 낮추며 물었다.

"다른 사람 행세를 할 겁니다. 만약을 위해 다른 인격과는 직접 접촉하지 않고 전부 쓰키시마를 통하는 것으로 할 겁니다. 쓰키시마에게만 저의 존재를 인지하게 하는 것입니다."

구가는 그렇게 말하고는 다시 아쓰야에게 몸을 돌려 말했다.

"제 이름은······ 그렇지. 나가토. 나가토 가쿠(永門学)."

구가가 내뱉은 이름은 아무렇게나 지어낸 이름은 아니다. KUGA EITO → EITO GAKU로 철자 순서를 바꾼 애너그램에 한자를 붙인 것이다(EI는 永을 일어로 음독한 것으로 훈독하면 NAGA이므로 나가토가 됨-옮긴이).

"나가토······."

"맞아 바로 그거야. 쓰키시마와는 대학교 동창이었어. 같은 동아리여서 자주 미스터리 이야기 삼매경에 빠졌었지."

구가의 말투가 갑자기 스스럼없는 말투로 바뀌었다. 그는 쓰키시마의 대학 시절 동창인 나가토라는 인물을 연기하고 있는 것이다.

"맞아…… 그랬었지……."

아쓰야는 구가의 암시를 그대로 수용한 듯 작게 미소를 지었다. 사와는 구가의 수상쩍은 행동을 제지할 생각이 사라졌다. 어느샌가 그가 무엇을 하려는 것인지 지켜보고 싶다는 욕망이 생겼다.

"지금 쓰키시마는 차를 운전하고 있어."

구가는 아쓰야의 맞은편 소파에 앉으며 말했다.

"차……."

"응. 산을 넘어가는 고갯길이다. 저녁 해가 눈부셔. 이 길은 호숫가의 펜션으로 통한다."

"왜 차를?"

"그렇군…… 이벤트에 참가하려고 차로 이동하는 중이야."

"이벤트?"

"응. 체험형 미스터리 이벤트야. 내가 가자고 했어. 이벤트 이름은…… 〈라자로의 미궁〉이다."

"무, 무슨 말을 하시는 거예요?"

사와가 참다못해 끼어들었다. 아까부터 구가는 의미를 알 수 없는 말만 하고 있다. 고갯길이라느니 미스터리 이벤트라느니 사건과는 아무 상관도 없는 이야기를 계속하고 있다.

"그가 사건을 풀게 하기 위한 연출이에요. 사건을 '재연'하는 거죠."

구가는 입술을 혀로 핥았다. 앞으로 일어날 일을 마음속 깊이 기대하고 있는 표정이었다. 그래서 섬뜩하다.

"으."

아쓰야가 신음하는 듯한 소리를 냈다.

"피곤해?"

구가가 아쓰야에게 물었다.

"괜찮아. 그냥 석양 때문에 눈이 부신 것뿐이야."

아쓰야가 눈을 비비며 대답했다. 그의 몸은 리클라이닝 의자에 앉아 있지만, 그의 의식은 산을 굽이굽이 휘감은 고갯길을 차로 달리고 있는 것이다.

"그럼 다행이고."

"그래서 무슨 이야기였지?"

"아, 맞다. 일전에 미스터리 애호가 모임에서, 아쿠타가와 류노스케의 《덤불 속》에서 진실을 말하는 사람은 누군가, 하는 이야기가 나왔거든."

구가와 아쓰야, 아니 지금은 나가토와 쓰키시마인가. 두 사람은 끝도 없이 기묘한 대화를 이어갔다. 이렇게 한다고 해서 정말 사건의 진상을 밝힐 수 있을까? 생각할수록 오리무중이다. 문득 고개를 드니 어느샌가 구가가 사와 앞에 서 있었다.

"사와 씨. 좀 도와주실 일이 있습니다."

구가가 얼굴을 쓱 가까이 가져다 댔다. 그의 숨결이 귓가에 닿으니 전신에 소름이 돋았다. 불길한 예감이 들었다. 머리로는 거절해야 한다는 것을 알면서도 왠지 저항할 수가 없었다.

"돕다니요, 뭘 말이죠……."

"내비게이터 역을 맡아 주시면 됩니다. 그리고 이름은 M이라고 해 두죠."

구가의 목소리가 아득히 먼 데서 들려오는 듯했다.

<13>

M이 천천히 쓰키시마 쪽으로 걸어왔다. 처음 봤을 때 입었던 메이드복 차림이 아니라 정장 차림이라서 그런지 인상이 여태까지와는 다르게 느껴졌다. M은 주저앉아 있는 쓰키시마에게 "괜찮으세요?" 하고 말을 걸며 가만히 손을 내밀었다. 무심코 손을 뻗으려던 쓰키시마는 황급히 손을 거두었다. M은 이벤트의 내비게이터이자 주최 측 사람이다. 단순한 호의로 손을 내민 것은 아닐 것이다.

"뭘 하는 겁니까? 멋대로 들어오지 마세요."

소리 높여 항의한 사람은 나가토였다. 나가토는 M을 밀어내려고 했으나 그녀는 꿈쩍도 하지 않고 나가토의 팔을 뿌리쳤다.

"이제 충분합니다. 이런 건 끝내도록 하죠."

"아니요. 아직 끝나지 않았습니다."

"처음부터 무리였어요. 이런 방법으로 진실을 밝힌다니……."

"판단하기는 아직 이릅니다."

쓰키시마는 옥신각신하는 나가토와 M을 멍하니 바라보았다. 이 두 사람은 대체 뭐 때문에 언쟁을 벌이고 있는 걸까? 방법? 진실? 모르겠다. 아무것도 모르겠지만, 단 한 가지 확실한 것이 있다. 이런 식으로 M과 이야기를 하고 있는 모습을 보니 나가토는 역시 주최 측 사람이다. 나가토야말로 모든 일의 배후 인물이었던 것이다.

"자. 눈을 뜨세요."

M이 쓰키시마의 어깨를 잡았다.

"네?"

…… 눈을 뜨라고?

쓰키시마는 잠든 게 아니다. 그런데 눈을 뜨라는 것은 무슨 의미일까?

"눈을 뜨고 이제 끝냅시다. 이렇게 하는 것은 더 이상 아무

의미도 없습니다."

M의 말이 쓰키시마의 마음을 건들였다.

"의미가 없다?"

"네."

"무, 무슨 말을 하는 거야. 사람이⋯⋯ 레이가 죽었는데⋯⋯."

피투성이가 된 레이의 죽은 얼굴이 쓰키시마의 뇌리에 플래시백 되자 목소리가 떨렸다.

"알고 있습니다."

"그런데 관계없다고?"

"네."

태연하게 대답하는 M에게 불길 같은 분노가 치솟았다.

"웃기지 마! 사람 목숨을 빼앗아 놓고 관계없다고 하면 끝인 줄 알아?"

"알고 있습니다."

M은 난처한 듯이 미간을 찌푸렸다. 그 표정을 보고 알아차렸다. M은 알고 있다고는 하지만, 아무것도 모른다.

"레이가 죽었어! 당신들이 내게서 레이를 빼앗은 거야!"

"그녀의 죽음은 처음부터 당신과는 관계가 없는 일입니다."

그 말을 들은 쓰키시마의 머릿속에서 무언가가 툭 하고 끊어졌다.

"관계없다니 무슨 말이야! 레이가 죽었는데 물건처럼 취급하지 마! 그녀는 나의 소중한 사람이었어!"

쓰키시마는 폭발하는 감정을 주체하지 못한 채 M에게 달려들어 목을 힘껏 졸랐다.

"아, 아니에요⋯⋯ 그녀는⋯⋯"

M은 괴로워하면서도 필사적으로 쓰키시마에게 무언가를 말하려 하고 있다. 하지만, 이제 변명은 지긋지긋하다. 숨을 쉬지 못해 새빨개진 얼굴로 몸부림치는 M의 모습을 보면서도 쓰키시마의 충동은 멈추지 않았다. 오히려 여태까지 쌓이고 쌓인 울분이 점점 부풀어 오르는 듯한 기분이 들었다. 이 사람만 없었다면 레이는 죽지 않았을 것이다.

"죽어! 죽어 버려!"

쓰키시마는 M의 목을 조르면서 여태까지 느껴 본 적 없는 흥분을 맛보고 있었다.

<14>

사와는 그저 어안이 벙벙한 채 구가와 아쓰야, 아니 나가토와 쓰키시마의 대화를 듣고 있었다. 최면요법을 사용하여

아쓰야의 잃어버린 기억을 되돌리는 것이 최초의 목적이었다. 그런데 지금 눈앞에서 펼쳐진 광경은 전혀 다른 성질의 것이었다. 구가는 아쓰야의 내면에 있는, 기억을 잃은 인격에게 쓰키시마 리오라는 이름을 붙여주었다. 그뿐만 아니라, 자신은 나가토라는 이름의 대학 시절 친구라고 주입했다. 게다가 가공의 미스터리 이벤트에 함께 참가한다는 상황을 설정하여 참가자로서 다른 인격도 끌어냈다. 급기야 아쓰야가 과거에 일으킨 사건을 이벤트 속에서 '재연'시키고 쓰키시마에게 그 트릭을 풀도록 함으로써 범행을 실행한 인격을 찾아내려 했다. 처음에는 구가의 의도대로 순조롭게 풀리는 것처럼 보였다.

아쓰야의 내면에 있는 인격이 아토무, 아이카, 신조, 앗슈, 아쓰시 그리고 쓰키시마까지 모두 여섯 명이라는 것도 밝혀졌다. 각각의 특징도 파악했고, 여태까지 보이지 않았던 사건의 개요가 서서히 모습을 드러낸 것도 사실이다. 하지만, 마지막 사건인 레이의 살해를 재연함으로써 사태는 예기치 못한 방향으로 흘러갔다. 아쓰야는 냉정을 잃고 현재 벌어지고 있는 상황을 혼란스러워하며 완전히 이성을 잃고 말았다. 구가는 상황을 다시 이어가려고 필사적으로 아쓰야, 아니 쓰키시마에게 호소했지만, 이미 그는 아무 말도 들으려 하지 않았다.

"죽고 싶어. 죽게 놔 둬! 제발!"

아쓰야는 의자에서 미끄러져 내려와 구가의 다리에 매달려 애원하기 시작했다. 자기 죽음을 갈망할 정도로 정신이 붕괴된 상태인데 최면요법을 지속한다고 해서 더 이상 무슨 의미가 있을까? 처음부터 구가의 계획은 이런 파탄이 예정된 것이었다. 해리성 정체감 장애라고 해도 죄를 저지른 인격에게는 벌을 주어야 한다는 구가의 심정을 이해하지 못하는 바는 아니다. 하지만 그것은 수사 과정에서 경찰이 할 일이 아니다. 설비를 제대로 갖춘 시설에서 오이카와처럼 치료를 목적으로 하는 의사에게 맡겨야 한다. 거의 세 시간이 넘도록 최면요법에 의한 사건 조사가 이루어지고 있었다. 문외한인 사와가 보더라도 아쓰야는 이미 한계 상태였다. 사와는 구가를 밀치고 아쓰야 앞에 섰다.

"이제 충분합니다. 이런 건 끝내도록 하죠."

"아니요. 아직 끝나지 않았습니다."

구가가 반론을 제기했다.

"처음부터 무리였어요. 이런 방법으로 진실을 밝힌다니……."

"판단하기는 아직 이릅니다."

지금, 구가가 하고 있는 것은 수사라고 할 수 없다. 최면요법을 사용한 실험이다. 이러면 미치광이 과학자와 다르지 않다. 이전에 오이카와가 했던 말이 뇌리를 스친다.

…… 환자는 네 장난감이 아니야.

구가를 잘 아는 그녀는 처음부터 이런 사태를 우려했기에 그런 말을 한 건지도 모른다. 어찌 되었든 더 이상의 논쟁을 한다고 해도 평행선을 그릴 뿐이다. 사와는 아쓰야의 어깨를 붙잡고 말했다.

"자. 눈을 뜨세요."

"네?"

"눈을 뜨고 이제 끝냅시다. 이렇게 하는 것은 더 이상 아무 의미도 없습니다."

사와가 말을 끝내자마자 아쓰야의 표정이 돌변했다.

"의미가 없다?"

"네."

"무, 무슨 말을 하는 거야. 사람이…… 레이가 죽었는데……."

"알고 있습니다."

"그런데 관계없다고?"

"네."

"웃기지 마! 사람 목숨을 빼앗아 놓고 관계없다고 하면 끝인 줄 알아?"

"알고 있습니다."

"레이가 죽었어! 당신들이 내게서 레이를 빼앗은 거야!"

"그녀의 죽음은 처음부터 당신과는 관계가 없는 일입니다."

현재, 표층에 나타난 인격 즉, 쓰키시마는 사건 후에 발현되었을 것이다. 그렇다면 실제 레이와 만난 적조차 없다. 이벤트 중에 쓰키시마가 이야기를 주고받았던 레이는 구가에 의해 유도당해 쓰키시마가 만들어 낸 이미지에 불과한 존재다. 다시 말하면 가짜다.

"관계없다니 무슨 말이야! 레이가 죽었는데 물건처럼 취급하지 마! 그녀는 나의 소중한 사람이었어!"

아쓰야는 새빨개진 얼굴로 고래고래 소리를 지르며 사와에게 덤벼들었다. 사와는 돌발상황에 곧바로 반응하지 못하고 뒤쪽으로 벌러덩 자빠졌다. 아쓰야는 사와의 몸 위에 올라타더니 양손으로 사와의 목을 조르기 시작했다. 엄청난 괴력이었다. 아쓰야의 손가락이 목구멍을 죄어와 기도와 혈관을 압박했다.

"아, 아니에요…… 그녀는……"

필사적으로 저항했으나 생각처럼 말이 나오지 않았다.

"죽어! 죽어 버려!"

아쓰야가 무시무시한 표정으로 고함을 질렀다.

"쓰키시마. 이제 그만해."

구가가 끼어들어 말렸으나 아쓰야는 사와의 목에서 손을

놓기는커녕 점점 더 강한 힘으로 목을 죄어왔다.

"당장 죽어 버려······."

아쓰야의 증오 가득한 목소리가 점점 멀어져 갔다.

······ 이젠 정말 끝이다.

그렇게 생각했을 때 별안간 카운슬링 룸 문이 열렸다.

<15>

왱왱 귀가 울렸다. 지면이 흔들린다. 호흡이 가빠진다. 이마에서 배어 나오는 땀이 멈추지 않았다. 그리고 희미한 시야의 저편에 여성의 얼굴이 보였다. 그것은 레이의 얼굴이었다.

······ 어떻게 그녀가?

의문을 품음과 동시에 레이의 얼굴이 일그러지더니 어느새 M의 얼굴로 변모했다.

"아앗."

쓰키시마는 이윽고 자신이 M의 위에 올라탄 채 목을 조르고 있었던 것을 깨닫고 황급히 손을 떼었다. 하지만, 이미 때는 늦었다. M은 눈을 부릅뜨고 몸을 축 늘어뜨린 채 벌어진 입에서 침을 흘리고 있었다. 목에는 쓰키시마의 손가락 자국이 또렷이 남아 있다. 그녀가 이미 죽었다는 것은 굳이 확인할 필요도 없었다.

"내, 내가 죽였어……."

쓰키시마는 자신의 두 손을 바라보며 말했다. 화상으로 짓무른 양손이 바르르 떨렸다. 쓰키시마는 M에게 살의를 품고 살해했다. 그 사실이 공포가 되어 덮쳐왔다.

"쓰키시마."

누군가 이름을 불렀다. 고개를 들어보니 그곳에는 나가토의 모습이 있었다.

"내가 엄청난 일을……."

쓰키시마는 나가토를 향해 용서를 구하듯이 양손을 뻗었다. 나가토는 작게 웃음을 짓더니 부드럽게 감싸 안듯이 쓰키시마의 손을 잡아 주었다.

"괜찮아. 쓰키시마는 아무도 죽이지 않았어."

형식적인 위로의 말에 쓰키시마는 실망했다.

"무슨 말이야? M이 죽었잖아! 나는 M을 죽이고 말았어!"

M은 이벤트의 내비게이터로 이런 정신 나간 게임을 기획한 주최 측 사람이다. 하지만, 그렇다고 해서 함부로 목숨을 빼앗아도 되는 것은 아니다. 쓰키시마는 인간으로서 넘어서는 안 되는 선을 넘고 말았다. 아니, 그렇지 않다. 그전에 이미 넘어버렸는지도 모른다. 자각이 없었을 뿐, 이런 식으로 제 손으로 레이를 죽였는지도 모른다.

"아니야. 쓰키시마. 그건……"

"비켜."

나가토를 옆으로 밀치고 덩치 큰 중년 남자가 둘 사이에 끼어들었다.

…… 누구지?

이벤트 참가자 중에 이런 사람은 없었다. 어쩌면 이 남자가 배후 인물일지도 모른다.

"기무라 아쓰야지?"

남자는 쓰키시마에게 질문을 던졌다.

…… 아쓰야가 누구지?

적어도 쓰키시마의 이름은 아니다.

"아닙니다."

쓰키시마가 대답하자 남자는 들으라는 듯이 깊은 한숨을 내뱉었다. 고약한 입김이 얼굴에 닿자 속이 울렁거렸다.

"이자는 자기 이름도 모르잖습니까? 시간은 들였지만 아무것도 기억해 내지 못했나 보군요."

남자는 나가토를 향해 내뱉듯이 말했다. 나가토는 아무 대답도 하지 않고 슬픈 얼굴로 쓰키시마를 바라보았다.

…… 왜 그런 표정을 짓는 거야?

"뭐 상관없어. 기무라 아쓰야, 당신을 쓰지무라 레이 살해 혐의로 체포한다. 영장이다."

남자는 쓰키시마의 눈앞에 흰 종이를 들이밀었다. 흰 종이의 체포자 칸에 아까 남자가 말했던 '기무라 아쓰야'라는 이름이 적혀 있었다.

"아니에요. 사람을 잘못 찾으셨어요. 제 이름은 쓰키시마입니다. 쓰키시마 리오예요."

쓰키시마의 말에 남자는 쯧, 혀를 차며 다가왔다.

"자세한 건 경찰서에서 듣기로 하지. 끌고 가."

남자가 턱을 까딱하며 신호를 보내자 어디선가 양복을 입은 남자 두 명이 나타났다. 그들은 쓰키시마를 강제로 일으켜 세우더니 양쪽 손목에 수갑을 채웠다. 그 상태로 쓰키시마는 남자들에게 질질 끌려가듯이 정면의 문을 향해 걸어갔다. 이 펜션에서 나가기를 고대했지만, 이런 형태로는 아니었다. 정면의 문을 빠져나갈 때 쓰키시마는 발걸음을 멈추고 뒤를 돌아보았다. 원탁 앞에 신조, 아이카, 아토무, 앗슈, 아쓰시가 나란히 서 있는 모습이 보였다. 그들은 인형처럼 미동도 하지 않고 그저 쓰키시마를 바라보고 있었다. 두 번 다시 이 펜션에 돌아올 일도 없으려니와 그들과 얼굴을 마주할 일도 없다. 그렇게 생각하자 이상하게도 허전한 기분이 들었다.

<16>

"이제 어떻게 할 생각이세요?"

사와는 조금 전까지 아쓰야가 앉아 있었던 흰 리클라이닝 의자에 걸터앉아 구가와 마주 보았다. 아쓰야에게 목을 졸린 탓인지 목소리가 다소 갈라졌다.

"어떻게 하고 말고 할 것도 없습니다. 저의 역할은 여기서 끝입니다."

구가가 조용하게 말했다. 분명 그렇긴 하다. 지금까지 구가가 그 시기를 어떻게든 늦춰 보려고는 했으나 물적 증거가 확보됨으로써 아쓰야의 체포장이 발부되었다. 그 결과, 아쓰야는 후루타 일행에 의해 체포, 연행되었다. 이제부터는 구가가 예상했던 대로 사태가 전개될 것이다.

"구가 씨는 그걸로 만족하세요?"

사와의 물음에 구가는 의아한 표정을 지었다.

"사와 씨도 저의 행동을 저지하려고 했잖습니까?"

구가의 반문에 말문이 막혔다. 틀림없이 사와는 구가의 행동을 막으려고 했었다. 하지만, 동시에 가능성도 느꼈다. 저지하려고 했던 이유는 아쓰야의 정신상태가 한계에 달했다고 느끼기도 했고 진상을 밝히고자 하는 구가의 언행이 다소 정상 범위를 넘어선다고 느꼈기 때문이다.

"구가 씨는 왜 그렇게까지 진상 규명에 집착하는 건가요?"

사와는 작정하고 물었다.

"수사란 그런 것이 아닌가요?"

"구가 씨는 극단적이에요. 비정상적인 집착이라고 해도 좋을 정도로요."

직설적으로 말을 던지자 구가는 훗, 하고 입김을 뱉으며 웃었다.

"그렇군요. 확실히 비정상일지도 모르겠네요."

"자각은 있는 건가요?"

"아니요. 없습니다. 저에게는 감정이 없거든요."

구가가 어두운 눈빛으로 말했다.

"무슨 의미죠?"

"글쎄요. 아마 말로 설명하는 것보다 직접 눈으로 보시는 게 좋겠네요."

구가는 입가를 가리듯이 손을 가져다 대며 중얼거렸다.

"본다고요?"

"따라오세요."

구가는 그렇게 말하고는 소파에서 일어서서 카운슬링 룸을 나갔다. 영문은 모르겠지만, 사와는 일단 구가의 뒤를 따라가 보기로 했다. 그는 아까 들어갔던 서재 옆에 있는 문을 열었다. 암막 커튼을 쳐 두는지 방안은 칠흑같이 어두웠다.

구가가 안으로 들어오라고 손짓했다.

…… 이 방에 무언가 있는 건가?

사와는 경계하면서도 천천히 방 안으로 들어갔다. 공기가 고여 있었다.

…… 이 방은 대체?

그때 방에 불이 들어왔고 혼란 속으로 빠져들어 가던 사와의 사고가 끊겼다. 그리고 눈앞에 펼쳐진 광경에 할 말을 잃었다. 창가에 놓인 책상 위에 교과서와 공책이 펼쳐져 있었다. 벽 쪽에는 목제 침대가, 베갯머리에는 애니메이션 캐릭터의 봉제 인형이 오도카니 놓여 있었다. 심플하고 깔끔하게 정돈된 방이었지만, 방의 이곳저곳에 검붉은 얼룩이 점점이 흩어져 있었다. 오래된 핏자국이었다. 그뿐만이 아니다. 방바닥 가운데에는 혈액 때문에 생긴 것으로 보이는 거대한 얼룩이 퍼져 있었다.

"이, 이건……."

사와는 등 뒤에 있는 구가에게 시선을 돌렸다.

"여동생의 방입니다."

구가가 무표정하게 답했다.

"여동생이 있으셨군요……."

"네. 세 살 터울이었는데 아주 사이가 좋았어요. 저에게는 둘도 없는 소중한 존재였습니다. 어머니가 싱글맘이어서 집을 비우는 일이 많았어요. 그래서 더욱더 서로를 의지했죠."

구가는 과거를 그리는 듯이 입가에 미소를 지었다. 하지만, 그다음에 기다리고 있는 결말이 행복이 아니라는 것은 이 방의 상태를 보면 명백하다. 사와는 날카로운 통증을 느꼈다.

"제가 고등학교에 입학했을 즈음 어머니가 재혼했습니다. 상대는 직장에서 알게 된 심리 카운슬러인 사야마라는 사람이었어요."

"사야마……."

"저와 여동생도 사야마 성을 따랐어요."

"그러셨군요……."

구가 자신이 피해자 유가족임을 넌지시 언급했을 때 사와는 해당하는 사건을 검색해 보았지만, 찾을 수가 없었다. 성이 바뀌었기 때문에 검색해도 나오지 않았던 것이다.

"이 아파트는 어머니가 재혼한 후, 우리 가족 네 명이 살았던 곳입니다."

"……."

"새아버지는 아주 상냥한 사람이었어요. 저에게 자주 공부를 가르쳐 주셨어요. 저는 아버지가 생겼다는 사실이 솔직히 기뻤습니다. 여동생 앞이라 참고 있었을 뿐, 사실은 제가 줄곧 외로웠다는 것을 그때 깨달았습니다."

"……."

사와는 마른침을 삼켰다. 구가가 행복한 표정을 지으면 지을수록 그다음 이야기가 듣고 싶지 않아졌다. 하지만, 들어야 한다. 그것이 사명처럼 느껴졌다.

"어느 날, 아버지의 환자 중 한 명이 아버지를 만나러 이 아파트를 찾아왔어요. 그때 아버지는 안 계셨어요. 그런데 공교롭게도 여동생이 집에 있었어요."

구가가 눈가를 손가락으로 누르며 고개를 숙였다.

"여동생이 살해당한 거군요."

사와는 가슴을 찌르는 듯한 통증을 느끼면서 말했다.

"그렇습니다. 범인은 곧바로 체포되었어요. 그러나 기소 후의 정신 감정 결과, 심신 상실에 의해 책임 능력이 부정되어 무죄가 되었습니다."

"무죄……."

"그때, 무슨 일이 있었는지, 왜 여동생이 살해당했는지, 무엇 하나 밝혀지지 않은 채, 수사가 끝나버렸습니다."

"……."

말문이 막혔다. 경찰의 일은 피의자를 송검하는 것까지다. 이번 아쓰야의 건도 그렇지만, 물적 증거가 확보되고 요건이 갖춰지면 진상이 어떻든 영장을 청구하고 체포를 단행한다. 기소 후의 재판에서도 정신 감정이 청구되어 시행되면 진상 규명이 아닌, 범인의 정신상태로 쟁점이 옮겨간다.

"결국, 범인이 무죄라는 말만 전해 들었을 뿐, 진상도 밝혀지지 않았어요. 하지만, 여동생은 살해당했어요. 그 죄는 대체 누가 짊어져야 하는 건가요? 남겨진 피해자의 유가족은 도저히 받아들일 수가 없습니다."

"……."

"판결 후, 범인은 폐쇄 병동에 입원했지만, 자살했다고 합니다. 진상은 영원히 어둠 속에 묻혀버렸어요. 그뿐만 아니라, 아버지도 책임을 느꼈는지, 그후 완전히 딴사람이 되어 결국 스스로 목숨을 끊었습니다."

구가의 새아버지에게는 자신의 환자가 일으킨 사건이다. 막을 수 있었을지도 모른다는 자책감에 시달렸음이 틀림없다.

"어머니도 자책에 빠졌습니다. 결국 마음의 병을 얻어 지금도 병원에 입원해 계세요."

구가의 과거는 상상했던 것보다 훨씬 처절했다. 그의 말을 듣고 나니 왜 그가 정신의학을 공부하고 경찰에 들어왔는지, 이유를 알 것도 같았다. 구가는 아직도 피해자 유가족이라는 속박에 얽매여 있는 것이다. 여동생이 살해당한 현장을 그대로 보전하고 있는 것이야말로 그 증거다.

"저는 그 사건 이후, 아무것도 느끼지 못하게 되었어요. 기쁨도, 슬픔도, 인간이 느끼는 거의 모든 감정을 잃고 말았습니다."

오이카와가 했던 말이 뇌리를 스쳤다. 대학생 시절의 구가는 타인의 감정과 그 감정에 대한 대응방법을 흐름도로 만들었다고 했다. 오이카와는 구가가 선천적으로 감정이 없는 남자라고 생각했던 것 같은데 그렇지 않았다. 구가는 잃어버린 감정을 되찾으려고 했던 것이다. 그래서 흐름도를 만들고 그대로 말하고 행동함으로써 감정이 있었던 시절의 자신을 불러내려고 했다.

"구가 씨는 여태까지 그것을 혼자서 떠안고 계셨던 건가요?"

사와의 질문에 구가는 쓴웃음을 지었다. 이 표정 역시 분석하여 만들어 낸 것일까?

"그렇죠. 이해받을 수 없을 테니 아무에게도 말하지 않았습니다. 쓸데없는 이야기를 하지 않는 편이 원만한 인간관계 유지에 도움이 된다는 걸 배웠거든요."

만약 구가가 오이카와에게 진실을 털어놓았다면 두 사람의 관계는 지금과 달랐을까? 이제 와서 사와가 이런 생각을 해 봐야 아무 소용 없는 일이다.

하지만 구가가 한 가지 잘못 생각하는 것이 있다.

"구가 씨. 구가 씨는 감정을 잃어버린 것이 아닙니다."

"무슨 말씀이시죠?"

구가가 이쪽으로 고개를 돌렸다. 분명히, 표정은 굳어 있어

언뜻 보면 마음이 동요하지 않는 것처럼 보인다. 하지만, 사와는 그렇게 생각하지 않았다.

"구가 씨 마음속에 강렬한 분노가 있는 것이 느껴집니다. 범인을 용서할 수 없다는 분노지요. 그래서 아쓰야 씨 조사에도 자신의 상황과 동일시하여 집착했어요."

"집착이 아닙니다. 이론만으로 움직이다 보니 선을 넘고만 거죠."

"정말 그럴까요?"

"네?"

"만약 그렇다면 여동생의 방을 사건 당시 그대로 남겨 둔 이유를 논리적으로 설명해 주세요."

"……."

"구가 씨는 아직도 여동생의 죽음을 받아들이지 못하고 있어요. 그래서 울 수도 없고 웃을 수도 없는 거예요."

"그럴 리 없습니다."

"그러면 왜 지금 울고 계신 거죠?"

사와의 말에 구가는 순간, 어리둥절한 표정을 짓더니 손가락 끝으로 눈가를 만졌다. 그 손끝에는 눈물방울이 묻어 있었다. 구가는 잠시 멍하니 그것을 바라보다가 곧 "으윽……" 하며 신음하기 시작했다. 그 신음은 점점 커지더니 마침내 오열로 변했다.

<17>

  어느새 쓰키시마는 호숫가에 서 있었다. 하늘에 떠 있는 푸른 달이 스포트라이트처럼 잎이 다 떨어진 벚나무를 비추고 있다. 밤바람은 차가웠고 입김이 하얗게 퍼졌다. 문득 인기척이 느껴져 고개를 돌려보니 흰 원피스를 입은 여성이 천천히 벚나무를 향해 걸어가고 있었다. 레이였다.

  그녀는 죽었을 텐데. 아니, 그렇지 않다. 쓰키시마가 본 것은 환각이리라. 레이는 살아 있다. 쓰키시마는 환희로 몸이 떨렸다. 레이는 한순간, 쓰키시마에게 고개를 돌리며 살며시 미소지었다. 그 천진난만한 미소 속에 어릴 적 레이의 모습이 언뜻 비친 듯했다. 레이는 벚나무 앞에 서더니 자애로운 모습으로 나무줄기에 손을 가져다 대었다. 그리고 크게 숨을 들이마시고 나서 노래를 부르기 시작했다. 그 곡조는 투명하고 아름다웠다. 자연스럽게 쓰키시마도 그 노래를 읊조렸다.

  만약 그대가 나를 사랑한다면
  부디 나를 죽여주세요

  "이봐! 듣고 있는 거야?!"
  레이와는 전혀 다른 추한 목소리가 들리더니 곧 흰 불빛이 쓰키시마의 시야를 덮고 레이를 삼켜버렸다.

……아아. 레이가 사라져간다.

쓰키시마는 손을 뻗어 그녀의 손을 잡으려고 했지만, 닿지 않았다.

"내 말을 들으라고."

다시 귀에 거슬리는 탁한 목소리가 고막에 울렸다. 쓰키시마는 좁은 방 안에 있었다. 철제 책상과 접이식 의자만이 놓여 있는 살풍경한 방이었다.

"이곳은?"

좌측 벽 전체에 큰 거울이 설치되어 있었는데 거기에 자신의 얼굴이 비쳤다. 머리카락은 부스스하고 눈 밑은 거뭇거뭇 그늘이 져 있었다. 마치 며칠은 표류한 듯한 지독한 몰골이었다.

"어딜 보고 있는 거야. 이쪽을 봐."

다시 탁한 목소리가 들렸다. 쓰키시마가 고개를 돌리자 뚱뚱한 중년 남자가 건너편 의자에 앉아 있었다.

…… 이 사람은 누구지?

아니, 이 남자가 누구든 간에 아무 상관 없다. 그보다,

"레이는? 레이는 어디 있습니까?"

쓰키시마가 묻자 남자는 찌푸린 얼굴로 혀를 찼다.

"헛소리 작작해. 기무라 아쓰야, 네가 죽였잖아."

"네?"

레이가 죽었다니, 무슨 말이지? 기무라 아쓰야는 누구지?

"시치미 떼지 마. 쓰지무라 레이는 네가 죽였어. 증거도 확보했다."

남자가 책상 위에 사진을 펼쳐놓았다. 피로 검붉게 물든 방, 혈흔이 달라붙은 칼과 의류…… 그 사진들을 보고 있으니 뒤통수에 강렬한 통증이 느껴졌다. 현기증이 난다. 견딜 수 없어 눈구석을 꾹 눌렀다. 다시 눈을 떴을 때 쓰키시마는 조금 전까지와는 다른 곳에 있었다. 침대가 있고 피아노가 놓여 있는 방이었다.

"여기는?"

문득 시선을 돌리자 바로 옆에 흰 원피스를 입은 여성이 쓰러져 있었다. 그녀는 피투성이였기 때문에 한눈에 봐도 죽었다는 것을 알 수 있었다. 너무나 처참한 광경에 쓰키시마는 그만 시선을 돌리고 말았다.

하지만, 쓰키시마는 이 광경을 본 적이 있는 듯한 느낌이 들었다. 언제? 어디에서? 그건 떠오르지 않는다. 다시 머리가 아프다. 두개골의 안쪽에서부터 강렬한 통증이 퍼져나갔다. 이마에 땀이 배어 나온다.

"있잖아……."

그 순간 쓰키시마의 귓가에 아름답고 부드러운 목소리가

들렸다. 고개를 돌리니 바닥에 쓰러져 있어야 할 피투성이 여성이 서 있었다.

"왜 나를 죽였어?"

여성은 그렇게 말하며 쓰키시마를 향해 손을 뻗었다.

"그만해!"

쓰키시마는 고함을 지를 수밖에 없었다.

<18>

"시라이!"

경찰서로 돌아온 사와는 자기 자리에서 작업을 하고 있던 시라이를 입구에서 불렀다. 갑자기 자신을 부르는 큰 소리에 놀랐는지 시라이는 튀어 오르듯이 돌아보았다.

"사와잖아. 심장 떨어지는 줄 알았네."

나른한 듯이 대답하는 시라이에게 성큼성큼 걸어온 사와는 "잠깐 시간 돼?"라고 말하며 복도로 나가자는 몸짓을 했다. 사와의 심상치 않은 분위기를 눈치챘는지 시라이는 "뭔데."라고 중얼거리면서도 순순히 사와의 뒤를 따랐다. 복도를 걸어가던 사와는 회의실 문을 열고 시라이를 안으로 들여보냈다.

"어?"

회의실 안으로 들어가자마자 시라이가 작게 소리를 냈다.

"처음 뵙겠습니다. 본청의 구가입니다."

회의실에서 기다리고 있던 구가가 시라이에게 정중하게 인사했다. 시라이는 당황한 기색이 역력했지만, 고개를 숙이며 말했다. "아, 시라이입니다." 그러고 나서 곧바로 사와를 바라보았다.

"어떻게 된 거야? 설마 결혼 발표?"

시라이는 익살스럽게 귀엣말을 했다. 긴장감이라고는 찾아볼 수 없는 이런 모습이 시라이의 장점이기는 하지만, 지금은 성가실 뿐이다.

"그럴 리 없잖아. 너는 머릿속이 온통 연애뿐이야?"

"뭐? 나는 일과 사생활을 확실히 구분하는 타입이거든."

"어련하시겠어요."

"암요, 암요. 나는 너랑 달라서 분명히 하고 있다."

"사람을 뭘로 보는 거야."

"피차일반이잖아."

평소처럼 티격태격하고 있는 모습을 보고 구가가 소리 내어 웃었다. 가식적인 웃음이 아니라 절로 터져 나온 웃음이라는 게 느껴졌다. 구가가 이런 식으로 웃는 모습은 처음 보는 것 같다.

"죄송합니다. 왠지 만담 콤비처럼 재미있어서 그만."

자신에게 시선이 모이는 것을 느꼈는지 구가는 웃음을 거두고 대답했다. 시라이와 콤비 취급을 받는 것은 사양이었다. 하지만 사와와 달리, 시라이는 즐거워 보였다.

"본청 형사님이라고 하길래 좀 더 딱딱할 거라는 선입견이 있었는데 의외로 말이 통하네요."

이런 허물없는 친근함이 시라이의 특성이다. 이대로 잡담을 주고받으면 좋겠지만, 안타깝게도 사와와 구가에게는 그럴 여유가 없다.

"그런 이야기는 나중에 하고. 그보다 부탁이 있는데……"

사와는 억지로 화제를 돌렸다.

"부탁이라니 뭔데?"

"지금 그 피의자 어디에 있어?"

"오늘분 취조가 끝났으니까 유치장에 있을 거야."

"취조 담당은 누구?"

"후루타 과장. 점수라도 따볼 요량이겠지."

"그래서, 뭐 좀 얻어 냈어?"

"내가 직접 입회한 게 아니라서 자세한 건 모르겠어. 그런데 동석했던 녀석 이야기로는 애초에 대화 자체가 되지 않았다던데. 후루타 과장을 알잖아? 그가 나섰으니 뭘 얻어낼 수 있겠어?"

시라이는 냉소적인 웃음을 지으며 말했다. 후루타가 사와에게만 위압적인 태도를 취하는 것은 아니다. 피의자에게도 마찬가지다. 후루타가 괜히 끼어드는 바람에 피의자가 입을 꾹 닫아버리는 일도 왕왕 있었다.

"음, 내가 줄 수 있는 정보는 이 정도야."

시라이는 어깨를 으쓱하고는 형사부실로 돌아가려고 했다. 사와는 황급히 시라이의 팔을 붙잡았다.

"뭐야."

"아직 부탁을 말하지 않았어."

"정보 제공 아니었어?"

시라이가 고개를 갸웃했다.

"이 정도였으면 굳이 데리고 나오지도 않았어."

"어째 느낌이 안 좋은데."

"아마 그 느낌이 맞을 거야."

사와의 대답에 시라이가 깊은 한숨을 내쉬었다. 사와는 그들의 하고자 하는 일을 설명했다.

"야 너, 제정신이야? 들키면 찍히는 정도로는 끝나지 않을 거다."

시라이의 말이 맞다. 지금부터 사와가 하려는 일이 들통나면 무언가 처분을 받을 가능성이 대단히 높다.

"그렇습니다. 역시 그만두는 게 좋겠습니다. 사와 씨를 곤경에 빠뜨리는 것은 제가 원하는 바가 아닙니다."

구가도 고개를 가로저으며 말했다.

"이제 와서 무슨 말씀이세요? 저는 각오를 했습니다. 구가 씨가 마음을 단단히 먹지 않으면 어떻게 합니까?"

사와의 주장에 구가는 푸핫, 하고 웃음을 터뜨렸다.

"사와 씨는 정말 무서운 사람이군요."

"지금 저를 놀리시는 건가요?"

"아니요. 칭찬입니다."

왠지 찜찜하긴 하지만, 여기서 시간을 지체하고 있을 수는 없다. 사와는 다시 시라이를 쳐다보았다. 이제부터 사와가 무슨 말을 하려는지 눈치챈 시라이는 힘없이 고개를 떨구었다.

<19>

춥고 숨이 막힌다…….

꼬르륵꼬르륵 물이 차는 소리가 들렸다. 정신을 차리고 보니, 쓰키시마는 물속에 있었다. 수없이 수면 위로 올라가려고 몸부림쳤으나, 그러면 그럴수록 몸은 점점 물속으로 깊이 빨려 들어간다.

…… 이제 끝이다.

쓰키시마는 죽음을 각오했다. 애초에 왜 목숨을 건지려고 했는지조차 모르겠다. 쓰키시마에게는 이제 아무것도 없다. 이대로 죽는 것이 훨씬 편하다.

…… 이제 됐다. 지쳤어.

쓰키시마는 저항을 멈췄다. 몸이 점점 가라앉는다. 어둡고 차가운 물 속으로. 의식이 서서히 멀어지고 있을 때 누군가가 쓰키시마의 팔을 꽉 붙들었다. 그대로 강한 힘으로 끌어 올려진 쓰키시마의 몸은 점점 수면 위로 떠올랐다. 어느새 쓰키시마는 물 밖으로 나와 있었다. 이곳은 그 호숫가다. 마른 벚나무가 있었고 그 건너편으로 흰 벽면의 펜션이 보였다.

"쓰키시마……."

누군가 부르는 목소리가 들렸다. 고개를 들어보니 그곳에는 안경을 낀 지적이고 품위 있는 얼굴의 남자가 있었다.

…… 이 남자는 누구지?

생각이 나지 않는다. 그런데 아는 사람 같다. 어디선가 만난 적이 있었던가?

"당신은 누굽니까?"

"저는…… 당신의 대학 시절 친구인 나가토입니다."

…… 아아. 그랬었지.

"나가토였군……."

함께 미스터리 이벤트에 참가했었지. 그리고…….

쓰키시마의 머리에 얼얼한 통증이 지나갔다. 그와 동시에 지금까지 쓰키시마에게 일어났던 모든 일이 주마등처럼 지나갔다. 아토무, 아이카, 신조, 앗슈, 아쓰시…… 시마다, 가나에, 나쓰노의 시체. 그리고…… 레이. 그것뿐만이 아니다. 쓰키시마에게 수갑을 채웠던 남자들. 무엇이 진실이고 무엇이 거짓인지 모르겠다. 쓰키시마라니, 대체 정체가 무엇일까?

아니다. 사실은 알고 있다. 하지만 그것을 인정하고 싶지 않을 뿐이다. 쓰키시마는 고개를 들어 눈앞의 남자를 응시했다.

"당신은 나가토가 아니야. 당신 이름은 구가였어. 경찰이고 내게 최면요법을 시행했어……."

쓰키시마의 말을 듣자 눈앞의 남자는 기쁘다는 듯이 웃었다.

"그렇습니다. 당신의 말대로 저는 구가입니다."

구가의 말과 동시에 눈앞의 광경이 일그러졌다. 어느새 쓰키시마는 철제 책상과 접이식 의자만이 놓인 살풍경한 방 안에 있었다. 벚나무도 펜션도 없다. 이곳은 취조실이다. 쓰키시마는 벽면에 설치된 거울을 보고 이해했다. 구가 옆에는 여성 한 명이 앉아 있었다. 그녀도 어디선가 본 기억이 있다. 이벤트의 내비게이터였던 여성…… M이다. 펜션에서는 어울리지 않는 메이드복을 입고 있었지만, 지금의 그녀는 말쑥한 정장 차림이다.

"쓰키시마 씨. 모든 것을 이해하신 듯하네요."

구가가 물었다.

"나는 쓰키시마가 아냐. 그건 당신이 내게 붙였던 이름이지."

나는 작가인 쓰키시마 리오라는 생각을 주입받은 것에 불과하다. 사실 내 이름은 기무라 아쓰야다. 하지만, 그것도 나만의 이름은 아니다. 나는 아쓰야라는 인간 속에 존재하는 인격 중 하나에 불과하다.

"그랬지요. 하지만, 저에게는 쓰키시마 씨입니다."

"맘대로 해."

쓰키시마는 한숨을 내뱉었다. 호칭 따위 뭐든 상관없다. 어차피 별 차이 없다. 쓰키시마는 빈껍데기다. 기억을 잃은 인격. 그것이 쓰키시마다. 문자 그대로 과거도 없을 뿐만 아니라 미래도 없다.

"지금까지 쓰키시마 씨가 펜션에서 경험한 사건은 당신의 유체인 아쓰야 씨가 과거에 연루되었던 사건의 '재연'이었습니다."

구가는 책상 위에 여러 자료를 펼쳐서 보여 주었다. 그 자료에는 사진이 첨부되어 있었다. 전부 피투성이 시체가 찍힌 처참한 사진뿐이었다. 쓰키시마는 이 사진들이 눈에 익었다.

바로 펜션에서 일어난 살인 사건 현장의 사진들이었다.

"쓰키시마 씨. 만약 당신에게 아직 의지가 있다면 레이 씨를 살해한 범인을 찾으러 가지 않겠습니까?"

…… 이자는 대체 무슨 말을 하는 거지?

"죽인 사람은 아쓰야잖아."

"아닙니다. 아쓰야 씨의 마음속에 있는 인격 중 누군가……입니다."

"그게 뭐. 이제 와서 그런 거 아무래도 상관없어."

"정말 그렇습니까?"

"뭐?"

"레이 씨의 원수를 갚고 싶지 않습니까?"

구가의 말이 공허하게 울렸다. 쓰키시마는 레이에게 호감을 품었다. 하지만, 그것은 현실의 레이가 아니다. 구가가 최면요법을 시행하며 부여한 정보를 근거로 쓰키시마가 상상으로 만들어 낸 가공의 존재일 뿐이다. 쓰키시마는 실존하는 레이를 만난 적조차 없다.

"아무 의미 없어……."

쓰키시마는 불쑥 중얼거렸다. 자신이 상상하여 만들어 낸 가공의 존재를 위해 원수를 갚는다 한들, 무슨 소용이 있을까? 모두 아무 의미 없다. 더구나 쓰키시마가 무슨 짓을 해도 레이가 죽었다는 사실은 변함이 없고, 자신이 범인이라는 사실도 뒤집히지 않는다. 구가의 말에 따르면 여러 인격 중 누군가가 범인이겠지만, 그걸 찾아낸다고 해서 다른 인격에 대한 처우가 달라지는 일은 없을 것이다.

"정말 아무 상관 없습니까?"

구가가 물었다.

"없어."

"그렇다면 왜 울고 있습니까?"

구가의 말을 듣고 나서야 쓰키시마는 시야가 일그러져 있는 것을 깨달았다. 눈물 때문이었다.

"펜션에서의 사건이 상상 속 세상에서 일어난 것이라고 해도 쓰키시마 씨가 느낀 감정은 거짓이 아닙니다."

구가가 조용히 말했다. 눈물로 얼룩진 시야의 저편에서 미소 짓고 있는 구가는 처음에 보았을 때와는 인상이 전혀 달랐다. 이전의 그는 입은 웃고 있어도 눈빛은 얼어붙을 듯이 차가웠는데, 지금 구가의 눈빛은 자상함과 상냥함으로 가득했다. 마치 레이가 바라보고 있는 듯하다.

"저와 함께 범인을 찾으러 가지 않겠습니까?"

구가가 호주머니에서 회중시계를 꺼내더니 그것을 책상 위에 놓았다. 이제 와서 범인을 찾는다 한들, 무엇 하나 달라지지 않는다. 그 생각은 변함이 없다. 하지만…….

"나는……"

"갑시다. 저와 함께······."

구가가 이쪽으로 손을 내밀었다. 이 손을 잡으면 두 번 다시 돌아오지 못할 것이다. 그런 느낌이 들었다. 그럼에도 쓰키시마는 떨리는 손으로 구가의 손을 잡았다.

"고맙습니다. 그럼 눈을 감고 긴장을 푸세요."

구가가 지시한 대로 쓰키시마는 눈을 감았다. 어둠 속에서 구가가 10, 9, 8······ 거꾸로 수를 세는 목소리가 들렸다. 조금씩 몸의 힘이 빠져갔다. 구가가 0까지 수를 셌을 때쯤, 순간적으로 의식이 붕 뜬 듯한 느낌이 들었다.

"지금 무엇이 보입니까?"

구가의 목소리가 쓰키시마의 귓가에 들렸다. 눈은 감고 있지만, 천천히 시야가 펼쳐졌다. 마른 벚나무가 보였다. 그리고 그 건너편에는······.

"그 펜션이 있어."

"무사히 돌아간 듯하군요."

바로 뒤에서 목소리가 들렸다. 뒤를 돌아보니 그곳에 구가가 있었다. 흰 셔츠 소매를 걷어 올리고 조끼를 입은 모습은 신사 같았다.

"그렇군."

"우선 무엇부터 조사할까요?"

구가가 물었다.

"추리는 내게 전부 맡기는 건가?"

"네. 안타깝게도 저는 당신을 통해서만 이 세계를 볼 수가 있거든요."

…… 아아. 그런 건가?

나가토, 아니 구가가 처음부터 추리를 떠맡긴 것처럼 보였던 이유가 이제 납득이 된다.

"다시 한번, 처음부터 사건을 돌아보면……"

쓰키시마는 펜션을 향해 걷기 시작했다. 불가사의한 기분이었다. 이전에는 그렇게 공포스럽게 생각되었던 펜션이 지금은 다른 느낌으로 다가왔다. 정면의 문을 당기자 스르륵 열렸다. 이 안에 갇혀 있었던 것이 거짓말 같다. 실제로 거짓말이었겠지. 구가의 유도에 따라 나갈 수 없다는 생각을 주입받은 것뿐이었으니. 어쨌든 모든 것을 끝내겠다. 각오를 다지고 쓰키시마는 펜션 안으로 들어갔다.

< 20 >

로비에 사람의 모습은 없었다. 섬뜩할 만큼 조용해서인지, 여태까지보다 공간이 넓어 보였다. 쓰키시마는 원탁 앞까지 걸어가서 크게 한숨을 내쉬었다. 의자는 아무렇게나 흩어져

있고, 원탁 위는 천장에서 떨어진 샹들리에의 파편으로 엉망이 되어 있다. 보는 것만으로도 참혹한 모습이지만, 한편으로 고향에 돌아온 듯한 기이한 편안함을 느꼈다.

"무엇부터 시작합니까?"

구가가 물었다.

"글쎄."

쓰키시마는 중얼거리며 상황을 정리해 본다. 우선 전제 조건을 재구축해야 한다. 쓰키시마를 포함하여 아토무, 아이카, 신조, 앗슈, 아쓰시 여섯 명은 아쓰야라는 사람의 마음속에 존재하는 각각 다른 인격이다. 그리고 이 펜션에서 일어난 사건은 아쓰야가 과거에 연루되었던 사건을 '재연'한 것이다.

그렇게 생각하면, 각 객실의 내부 구조가 달랐던 것도 자연스럽게 납득이 된다. 각각의 방은 범행 현장이었던 것이다. 우선은 범행 이유부터 생각해 본다. 첫 번째 사건에서 살해당한 사람은 시마다와 그 내연의 아내인 가나에. 두 번째 사건에서는 나쓰노. 그리고 세 번째 사건의 피해자는 레이…….

첫 번째 살인이 유년기 사건의 '재연'이었다면, 아쓰야 속의 인격인 아토무, 아이카, 신조, 앗슈, 아쓰시 모두에게 범행 동기가 있다. 시마다와 가나에는 아쓰야를 학대했었다. 그 고통은 상당한 것이었을 것이다. 세 번째 사건 후에 탄생한 데다가 기억을 잃은 인격인 쓰키시마에게도 학대당한 기억만은 남아 있었다.

두 번째 살인은 어떤가? 가장 먼저 용의자로 떠오른 사람은 앗슈다. 그는 중학교 시절에 강간당할 뻔한 레이를 지키기 위해 나쓰노에게 폭력을 휘두른 사실을 스스로 인정했다. 그 범행 현장이 중학생 시절 사건의 재연이었다고 하면 레이를 지키기 위해 앗슈가 나쓰노를 죽였다는 추리가 가장 자연스럽다.

그리고 세 번째 살인은…….

아무래도 마음에 걸리는 것이 있다. 앗슈는 좋은 의미로든 나쁜 의미로든 우직한 남자다. 만약 그가 범인이라면 자신이 죽였다고 말할 법한 인물이다. 그뿐만이 아니다. 자신을 레이의 수호자라 자처했던 앗슈가 레이를 살해했으리라고는 생각되지 않는다. 레이를 살해한 동기를 가진 사람은 한 명도 없다.

"아니, 그렇지 않아."

쓰키시마는 저도 모르게 입 밖으로 말이 나왔다. 생각하기에 따라서 살해 동기는 모두에게 있다. 레이를 독점하고 싶다는 동기다. 다른 인격에게 그녀를 빼앗기고 싶지 않아서 자기만의 것으로 만들기 위해 레이를 죽였다. 그렇게 생각하면 모두에게 범행동기가 생긴다. 생각할수록 생각의 미로로 빠져들고 있는 듯한 느낌이 든다.

"차분하게 생각해 봅시다."

구가가 쓰키시마의 어깨에 손을 올리고 속삭이듯이 말했다.

"나는 차분하게 생각하고 있어."

"저에게는 초조해 보입니다. 단번에 전체를 보는 것이 아니라 사건을 하나씩 떼어 놓고 생각해야 하지 않을까요?"

분명히 구가가 말한 대로다. 빨리 범인을 발견하고자 하는 마음에 조바심이 났다. 그렇다면 우선 첫 번째 사건에 주목해야 한다.

"그렇지. 첫 사건부터 되돌아보자."

쓰키시마는 프런트 안쪽에 있는 스태프 룸의 문을 응시했다.

"한 가지 물어도 될까?"

쓰키시마는 발걸음을 옮기면서 질문을 던졌다.

"뭡니까?"

"사건이 끝난 후, 나는 어떻게 되는 거야?"

쓰키시마는 사건 후 탄생한 새 인격이고 구가가 쓰키시마라는 이름을 붙여 주며 사건 해결의 역할을 부여했다. 사건을 해결하면 쓰키시마의 존재 의미는 사라진다.

"그건 어려운 질문이군요. 다만 예전에 비슷하게, 해리성 정체감 장애에 의해 24개의 인격을 품었던 빌리 밀리건은 장기간에 걸쳐 치료를 받음으로써 인격이 하나로 통합되었다고 합니다."

"나도 통합되는 건가?"

"글쎄요. 그건 좀 더 나중에 판단할 일이죠."

"통합되면 나는 사라지는 건가?"

"사라지진 않습니다."

구가가 눈을 가늘게 뜨며 웃었다.

"하지만……"

"하나의 면으로만 이루어진 사람은 없습니다. 사람은 여러 개의 면이 모인 다면체인 거죠."

"다면체……."

"그렇습니다. 물론 저도 그렇고요. 밝았다가 어두웠다가, 심지어 폭력적이기도 하죠. 당신들은 그런 다양한 측면이 아예 분리되어 버린 겁니다. 그러니까 그것을 이어붙이는 거죠."

"무슨 말인지 모르겠군."

"저도 잘은 모릅니다. 다만, 적어도 저는 사건이 끝난 후에도 당신과 계속 만남을 이어갈 생각입니다."

"경찰로서 말이야? 아니면 카운슬러로서?"

"친구로서, 입니다."

생각지도 않은 구가의 말에 쓰키시마는 그만 발걸음을 멈췄다.

"지금 뭐라고?"

"친구라고 했습니다."

농담인가 생각했지만, 구가의 표정은 진지했다. 앞으로 어떻게 될지 쓰키시마 자신은 모른다. 아마 구가도 모를 것이다. 하지만⋯⋯ 구가가 있어 준다면 그걸로 충분하지 않을까? 거짓에서 시작된 관계지만, 이 남자는 여러 인격 중 하나에 불과한 나를 친구라고 말해 주었다.

"네가 친구라니, 재난도 그런 재난이 없다."

쓰키시마가 멋쩍음을 얼버무리며 스태프 룸 문 앞에 섰다. 사건을 해결하지 않으면 아무 의미가 없다. 쓰키시마는 굳게 마음을 먹고 문을 열었다. 어두워서 잘 보이지 않는다. 쓰키시마의 생각을 읽은 듯 구가가 손전등으로 실내를 비춰 주었다. 어스름한 방 안에서 쓰키시마는 다시 범행 현장으로 시선을 옮겼다.

핵심은 왜 밀실이 되었는가 하는 것이다. 그 수수께끼를 밝히면 누가 범인인지 저절로 떠오를 것 같다. 문에 묻은 혈흔을 보면, 가나에의 목 높이에 여기저기 피가 튄 흔적이 남아 있다. 그대로 문에 기댄 채로 숨이 끊어져 줄줄 미끄러져 내려갔다. 결과적으로 그녀의 몸이 문을 꽉 막아 밖에서 문을 열 수가 없었다.

⋯⋯ 범인은 어떻게 가나에의 목을 찌른 것일까?

쓰키시마는 문에 몸을 기댄 채 눈을 감았다. 머릿속에서 온갖 시뮬레이션을 해 보았지만, 이렇다 할 아이디어가 떠오르지 않았다. 방금 구가에게 초조해하는 모습을 지적당해놓고 또다시 이렇게 마음만 앞선다.

"젠장"

내뱉듯이 말했을 때 문득 섬광처럼 번쩍인 것이 있었다. 쓰키시마는 사건 후에 탄생한 인격인데 유년기에 당한 학대를 기억하고 있다.

…… 그건 왜지?

어쩌면 쓰키시마는 다른 인격과 기억을 공유하고 있는데 그걸 잊어버린 것뿐인지도 모른다. 이마에 손을 가져다 댔을 때 문득 시마다의 얼굴이 떠올랐다. 시체의 모습이 아니다. 살아 있을 때의 얼굴이다. 능글능글한 미소를 지으며 내 쪽을 쳐다보고 있다.

…… 잘해 줄 테니까 소란 피우지 말아라.

머릿속에서 목소리가 들렸다. 쓰키시마는 그 목소리가 귀에 익었다.

이 목소리는…….

그것을 깨달음과 동시에 산산이 흩어져 있던 조각들이 단번에 연결되어 이 방에서 무슨 일이 있었는지 전부 알아차렸다.

"그렇구나. 그렇게 된 거였구나……."

"범인을 알아낸 건가요?"

쓰키시마가 대답을 하려고 할 때 "안 돼!"라고 외치는 비명이 들려왔다.

<21>

사와는 마른침을 삼키며 구가와 아쓰야, 아니 쓰키시마의 대화를 지켜보았다. 지금까지와는 달리, 쓰키시마는 모든 것을 아는 상태로 상상 속의 펜션에 들어가서 살인을 저지른 인격을 찾아내려 하고 있다. 이제부터 구가와 쓰키시마가 어떤 결론을 끌어낼지 사와는 알 리가 만무하다. 법적으로 생각하면 해리성 정체감 장애의 어느 인격이 죄를 범했는지 밝혀졌다고 해서 아쓰야에 대한 처우가 달라지지는 않는다.

그렇지만…….

땀이 배어 나오는 주먹을 움켜쥔 순간, 스마트폰이 착신을 알리며 진동했다. 화면에 표시된 것은 시라이의 이름이었다.

…… 어째 불길한 느낌이 든다.

"여보세요."

사와는 자리에서 일어서서 구가에게서 떨어져 구석으로

이동하며 목소리를 낮추고 전화를 받았다.

– 바로 들통났어. 지금 그쪽으로 가고 있어.

시라이의 다급한 목소리가 들려왔다. 그 말만으로도 사와는 모든 상황을 알아챘다. 지금 이루어지고 있는 조사는 허가를 받지 않았다. 시라이의 도움을 받아 유치장에 있는 아쓰야를 몰래 끌어내어 구가와 사와가 제멋대로 조사하고 있는 것이다. 상당한 무리수였기 때문에 들킬 줄은 알고 있었지만, 예상보다 훨씬 빨랐다.

"알았어. 어떻게든 해 볼게."

사와는 전화를 끊고 구가에게 눈짓으로 신호를 보낸 후 취조실을 나왔다.

"감히 멋대로 이런 일을 저지르다니!"

복도로 나오자마자 후루타의 성난 목소리가 날아들었다. 그는 땀을 뻘뻘 흘리고 씩씩거리며 사와에게 다가섰다. 이럴 때만 행동이 신속하다는 것이 과연 후루타답다.

"무슨 일이시죠?"

사와는 시치미를 떼었지만, 예상대로 통하지 않았다.

"누구 허가를 받고 피의자 취조를 하고 있는 거야?"

"누구의 허가도 받지 않았습니다."

사와는 정면으로 맞서기로 했다.

"뭐?"

"허가는 받지 않았습니다. 이건 저와 구가 씨의 판단하에 하는 겁니다."

"그럼 당장 중단해! 멋대로 무슨 짓이야!"

사와는 취조실 안으로 들어가려는 후루타를 문 앞에서 가로막고 힘껏 밀쳤다. 지금 후루타가 안으로 들어가면 모든 것이 물거품이 된다. 그것만은 무슨 수를 써서라도 막아야 한다.

"감히 이게…… 무슨 수작이지?"

후루타가 매섭게 쏘아보며 쓱 얼굴을 가져다 댔다. 겁을 줄 셈인 모양이지만, 눈곱만큼도 무섭지 않았다. 그건 각오의 문제다. 사와는 이미 최악의 사태를 각오했다. 이 정도로 마음이 꺾이지는 않는다.

"후루타 과장님의 지시로 취조를 중지한 것으로 하면 되겠습니까?"

"무슨 말이 하고 싶은 거야?"

"조금 전에도 말씀드렸지만, 이 취조는 본청 형사인 구가 씨와 제가 멋대로 하는 일이므로 과장님의 관리 책임이 문제 될 일은 없을 겁니다."

사와의 주장에 후루타는 수상쩍다는 표정을 지었다.

"그게 뭐?"

"하지만 만약 여기서 과장님이 일을 악화시키는 경우, 상황이 달라집니다."

"무슨 말이야?"

"과장님은 사태를 파악하고 있었던 게 됩니다. 몰랐다는 변명은 통하지 않습니다."

"그러니 눈 딱 감고 몰랐던 척을 해라. 그런 거야?"

"네."

후루타는 바로 대답하지 않았다. 머릿속에서 어떻게 하면 좋을지 계산하고 있는 것이다. 그 기준은 사건을 해결하는 것도 아니고 부하 직원인 사와를 보호하는 것도 아니다. 오직 제 몸 하나 지키는 것이다. 상사로서는 최악이긴 하지만, 그런 만큼 다루기 쉽다.

"너희들은 믿을 수 없어."

후루타가 내뱉듯이 말했다. 말로는 거부를 표시했으나, 마음이 흔들리고 있다는 것이 뻔히 보였다.

"사건의 진상이 밝혀질지도 모릅니다."

"진상은 이미 밝혀졌어."

"정말 그럴까요? 지금 구가 씨는 피의자를 상대로 과거 사건에 대해서도 추궁하고 있습니다."

"과거 사건?"

"네. 피의자는 유년기에 부모를 살해했을 가능성이 있습니다."

"뭐?!"

후루타의 눈이 휘둥그레졌다.

"잘만 되면 당시 자백까지 얻어낼 수 있을지 모릅니다. 그렇게 되면 저는 과장님의 성과로 보고를 올릴 생각입니다."

"……."

"문제가 발생하면 저와 구가 씨의 책임. 과장님은 아무것도 모르셨으니까요. 새로운 사실이 밝혀지면 과장님의 성과. 노 리스크, 하이 리턴. 나쁜 이야기는 아닐 것 같은데요."

사와는 단숨에 쏟아 내고는 후루타를 뚫어지게 쳐다봤다. 후루타가 우려하는 리스크를 제거했을 뿐만 아니라 공적을 넌지시 언급했다. 후루타처럼 자기 과시욕이 강한 남자라면 이 조건에 반드시 낚일 것이다. 상사에게 이런 협상안을 제시하다니, 나도 정상은 아닌 것 같다. 하지만, 지금은 후루타의 방해를 허용할 수 없다.

"그 말은 틀림없는 거겠지?"

…… 낚였다!

"네."

"나는 자네를 만난 적이 없어. 자네들이 하고 있는 짓은 전혀 몰랐던 거다."

후루타는 연극 대사라도 읊듯이 말하고는 발길을 돌렸다. 사와는 휴, 하고 가슴을 쓸어내렸다.

"야, 너 정말 대단하다."

갑자기 들려온 목소리에 뒤를 돌아보니, 시라이가 와 있었다. 사와가 걱정되어 달려와 준 것이리라.

"다 듣고 있었으면 한마디 거들어 주지 그랬어?"

"필요 없었잖아?"

시라이가 익살스럽게 어깨를 으쓱하며 말했다.

<22>

비명은 로비 쪽에서 들려왔다. 쓰키시마는 튕기듯이 발길을 돌려 원탁이 있는 로비를 향해 달려갔다. 원탁 앞에는 아쓰시를 데리고 있는 아이카의 모습이 있었다. 겁에 질려 얼굴빛이 창백했다.

"무슨 일인가요?"

질문을 던지는 쓰키시마를 보고 아이카는 경악한 표정을 지었다.

"왜 돌아왔어?"

"사건을 해결하기 위해서죠."

쓰키시마가 대답하자 아이카는 믿을 수 없다는 듯이 고개를 가로저었다.

"쓸데없는 짓 하지 마. 사건 따위 아무래도 상관없어. 트릭 풀이 따위……"

…… 무슨 의미지?

쓰키시마가 물어보려고 하는 찰나, 원탁에 펼쳐진 광경을 보고 경악했다. 신조와 앗슈가 원탁 의자에 앉아 있었다. 두 사람 모두 목에서 엄청난 양의 피를 흘리고 있었다. 의자 밑에는 검붉은 피 웅덩이가 생겼다.

…… 죽은 건가?

쓰키시마는 신조와 앗슈 곁으로 다가갔다. 두 사람 모두 칼로 목을 가로로 길게 베였다. 아마 의자에 앉아 있을 때 누군가 몰래 다가와 등 뒤에서 베어버린 듯하다. 동공이 풀린 채 숨도 쉬지 않는다. 숨이 끊어졌다는 것은 명백했다. 저항한 흔적도 없다. 신조는 몰라도 앗슈가 무방비로 살해당하다니. 어쩌면 잠든 사이에 범행을 저질렀는지도 모른다.

"당신이…… 한 짓이야?"

쓰키시마는 아쓰시를 감싸듯이 서 있는 아이카를 바라보며 물었다. 그녀는 아무 대답도 하지 않았다. 이 침묵이야말로 답이라는 느낌이 들었다.

"당신은……"

"찾았다!"

아이카를 추궁하려는 쓰키시마의 말을 가로막듯이 계단

위에 아토무가 모습을 드러냈다. 흥분한 상태인지 어깨를 크게 들썩였고 이마는 배어 나온 땀으로 번들거렸다. 그리고 그 손에는 칼을 쥐고 있었다.

"노, 놓칠까 보냐."

아토무는 계단을 내려와 아이카에게 다가갔다.

"뭘 하는 거야?"

보다 못해 쓰키시마가 아토무와 아이카 사이에 끼어들었다.

"다, 당신은, 비켜."

아토무가 고개를 조금 들자, 앞으로 늘어뜨린 긴 머리 틈새로 새빨갛게 충혈된 눈이 보였다. 그뿐만이 아니다. 초점 없는 눈빛은 움직임이 없어서 정상이 아니라는 사실을 알 수 있었다.

"진정해. 칼을 들고 뭐 하려는 거야?"

"보, 보면 알잖아. 주, 죽일 거야. 그 녀석을!"

아토무는 쓰키시마의 등 뒤에 있는 아이카와 아쓰시를 쳐다보았다.

"왜 죽이려고 하는 거야? 그럴 필요는 없잖아!"

"피, 필요가 없다고? 무슨 말을 하는 거야! 레이 씨가 죽은 것도 엄마가 죽은 것도 신조 씨도 앗슈 씨도 저, 전부 이놈들 때문이라고!"

아토무가 손에 들고 있던 칼을 쓱 들이밀었다. 완전히 제정신이 아니다. 하지만, 쓰키시마는 그를 책망할 수가 없었다. 조금 전까지 쓰키시마도 그와 비슷했기 때문이다. 감정을 억제하지 못하고 폭주했다. 어찌 되었든 이대로 마주 보고 있어 봐야 아무것도 해결되지 않는다.

"우선은 무슨 일이 있었는지 말해 봐."

쓰키시마는 그렇게 말했지만, 아토무는 "시, 시끄러!" 하고 고함을 칠 뿐, 전혀 대화가 되지 않았다. 그뿐만 아니라 쓰키시마를 향해 느닷없이 칼을 휘두르며 다가왔다. 마구잡이로 휘두를 뿐이어서 칼끝을 피하는 게 어렵지는 않았으나 몇 번이고 반복적으로 당하니 꽤 귀찮다. 아토무 역시 쓰키시마와 마찬가지로, 자신 이외의 모두가 이상하다고 느끼는 것이다.

"주, 죽고 싶지 않으면 비켜!"

아토무가 다시 소리쳤다. 아까보다도 흥분했는지 입가에서 침까지 뚝뚝 떨어졌다.

"그럴 수는 없어. 하고 싶은 말이 있으면 칼을 내려놓고 해."

쓰키시마는 아토무를 진정시키려고 가능한 한 느긋한 어조로 말했다.

"네, 네놈은 아무것도 몰라! 너 같은 거……"

아토무는 고함을 지르며 또다시 칼을 휘둘렀다. 하지만, 균형을 잃고 앞으로 고꾸라졌다. 지금이 기회다! 쓰키시마는 단숨에 아토무에게 달려들었다. 그대로 둘은 뒤엉켜서 바닥 위를 굴렀다. 쓰키시마는 안간힘을 쓰며 아토무를 제압하려 했으나 그는 믿을 수 없을 만큼 강한 힘으로 쓰키시마를 밀쳐냈다. 체형을 보고 힘이 없을 거라고 만만하게 생각했지만, 오산이었다. 어느새 쓰키시마는 아토무에게 우위를 빼앗기고 말았다.

"바, 방해하면 네놈부터 주, 죽여 주지!"

아토무는 양손으로 칼을 쥐더니 머리 위로 번쩍 들어 올렸다. 쓰키시마는 순간적으로 자신의 머리를 감쌌으나 그렇게 해도 칼을 막을 수는 없다. 쓰키시마는 죽음을 예감하며 질끈 눈을 감았다. 하지만 쓰키시마에게 칼날이 떨어지는 일은 없었다.

…… 어떻게 된 거지?

천천히 눈을 뜨자 아토무가 믿을 수 없다는 듯한 얼굴로 쓰키시마를 내려다보고 있었다. 아토무는 쿨럭, 기침을 했다. 그와 동시에 입에서 피가 분출되어 쓰키시마의 얼굴에 왈칵 쏟아졌다. 아토무는 그대로 느릿느릿 옆으로 쓰러졌다. 그 반대편에서 모습을 드러낸 사람은 아이카였다.

아연실색한 표정을 짓고 있는 그녀의 얼굴에는 피가 튀어 있었다. 그리고 떨고 있는 아이카의 손에는 어디서 구한 것인지 칼날의 길이가 15cm 정도 되는 칼이 들려 있었다.

"아, 아니야…… 이러려던 건 아니었어…….."

아이카는 황급히 칼을 내던지고는 자신의 얼굴을 양손으로 가렸다. 불가항력이라고는 하나 사람을 칼로 찌르고 만 탓에 패닉에 빠진 듯하다. 그녀를 진정시키고 싶었으나 그보다 우선 아토무다.

"괜찮아?"

쓰키시마는 옆으로 누운 아토무에게 말을 걸었다. 아토무는 "으으으." 하고 신음했다. 다행히 아직 죽지 않은 모양이다. 곧바로 상처 부위를 확인했다. 등 왼쪽에 칼에 깊이 찔린 상처가 있었는데 거기에서 맥박이 뛰듯이 피가 콸콸 흘러나왔다. 아직 피를 토하고 있었다. 칼끝이 폐까지 닿았는지도 모른다. 그렇다면 응급조치로 어떻게 할 수 있는 문제가 아니다. 그렇다고 해도 이대로 내버려 둘 수는 없다. 쓰키시마는 입고 있던 셔츠 소매를 찢어 그것을 아토무의 등 상처 부위에 대고 압박하여 지혈하려고 했다. 하지만, 아무리 강하게 눌러도 피는 멈추지 않았다.

…… 어쩌지? 뭔가 방법이 없을까?

사용할 만한 물건을 찾아 주위를 두리번거리고 있을 때 갑자기 아토무가 팔을 꽉 잡았다. 그의 입이 우물우물 움직였다. 뭔가 말하려고 하는 듯했다.

"말하고 싶은 게 있는 거야?"

쓰키시마는 아토무의 입가에 귀를 가져다 댔다.

"우, 우리는…… 이, 이용당했어…… 저, 전부 저 녀석 짓이다…… 레, 레이를 주, 죽이려고……"

신음하듯이 말한 후 아토무의 눈에서 광채가 사라지고 몸이 축 늘어졌다.

…… 죽었다.

그 사실이 현실로서 서서히 쓰키시마의 마음속에 퍼져갔다. 하지만, 동시에 지금의 행동으로 확신을 가지게 되었다.

"그렇군. 당신이었어."

쓰키시마가 말하자 아이카는 "무슨 의미지?" 하고 시치미를 떼었다. 끝까지 잡아뗄 셈인 모양이지만, 순순히 놔 줄 생각은 없다. 쓰키시마는 다시 아이카를 마주 보며 똑바로 손가락으로 그녀를 가리켰다.

<23>

"당신 짓이었어……."

사와가 취조실로 돌아왔을 때 최면 중의 쓰키시마가 말했다.

…… 지금 이 말은?

구가를 바라보니 그가 크게 고개를 끄덕였다. 사와가 밖에서 후루타를 상대하는 동안, 쓰키시마는 범인을 찾아낸 듯하다.

"왜, 그녀가?"

구가의 물음에 쓰키시마는 작게 고개를 끄덕이고 나서 설명을 시작했다.

"아이카는 시마다에게 성적 학대를 당했던……"

아이카는 시마다에게 성적 학대를 당했던 아쓰야가 자신을 납득시키기 위해 만들어 낸 여성 인격이다.

"시마다는 사건이 있었던 날도 아이카를 방으로 끌고 와서 그녀를 범하려고 했어. 하지만, 그 모습을 가나에에게 들키고 말았지."

쓰키시마가 그렇게 말을 이었다.

"가나에 씨 반응은 어땠습니까"

구가가 물었다.

"가나에는 시마다의 소행을 목격하고 아연실색했어. 연인의 부정에 분노가 폭발한 것은 물론, 그 상대가 다름 아닌 자기 아들이었으니까."

쓰키시마의 설명에 사와는 한순간 혼란에 빠졌으나 곧바로 아이카가 아쓰야의 내면에 있는 인격 중 하나라는 것을 떠올렸다. 가나에의 입장에서는 시마다가 성관계를 맺고 있던 사람이 다름 아닌 자기 아들인 아쓰야였던 것이다.

"가나에는 착란 상태에 빠져 근처에 있었던 식칼로 아이카 씨를 덮치고 있던 시마다의 등을 수차례 찔렀다."

쓰키시마가 눈을 감은 채로 천장을 올려다보며 휴, 하고 숨을 뱉었다. 사와의 뇌리에 피투성이가 된 채 멍하니 서 있는 가나에의 모습이 떠올랐다.

"시마다를 살해한 후 제정신으로 돌아오자 가나에는 자신이 한 일에 공포를 느껴서 그 책임을 아들인 아쓰야 씨에게 전가한 거고."

…… 그렇게 된 건가.

최면요법 중에 어머니인 가나에는 아쓰야에게 "너 때문이야."라는 말을 퍼부었다. 그녀는 이성을 잃고 시마다를 살해한 뒤 그 책임을 아들인 아쓰야에게 뒤집어씌웠다. 뼛속까지 이기적인 여성이다. 아쓰야는, 아니 이때는 아이카다. 그녀는 그것을 용서할 수 없었음이 틀림없다.

"그래서 죽인 건가요?"

구가가 이야기의 진행을 재촉했다.

"가나에는 시마다를 살해하고 증거를 인멸하려고 했어. 수건으로 자기 얼굴에 묻은 혈흔을 닦아내고 시체를 처분하려고 했지. 그런 그녀 앞을 아이카 씨가 가로막았어. 그리고……"

쓰키시마는 도중에 말을 잇지 못하고 몸에 힘이 빠진 듯이 고개를 떨구었다. 잠시 그대로 꼼짝도 하지 않았으나, 이윽고 천천히 고개를 들었다.

"아이카 씨는 어머니인 가나에의 목을 식칼로 찔렀어. 그리고 그대로 방을 나갔어."

"……."

"가나에는 칼에 찔린 즉시 죽지 않았고, 패닉에 빠져 문 앞까지 뒷걸음질친 후, 목에서 칼을 뽑아 버렸던 거야."

가나에의 목에 박혀 있던 식칼은 동맥을 손상시켰다. 그런 상태로 식칼을 뽑자 단숨에 피가 분출했다. 그녀는 그대로 문에 기댄 채 절명하고 말았다. 그 결과, 방은 밀실 상태가 되었다. 그러므로 경찰은 당시 아쓰야를 의심하지 않고, 가나에가 시마다를 살해한 후, 자살했다고 단정지었던 것이다.

"나쓰노 씨 사건도 아이카 씨의 범행인가요?"

구가의 물음에 쓰키시마는 "아마도……."라고 하면서 살짝 고개를 끄덕였다.

"나쓰노는 레이 씨에게 호감을 품고 있었어. 하지만 그녀는 절대 그의 마음을 받아들이지 않았지. 나쓰노는 레이 씨의 아버지가 일으킨 사건을 퍼뜨려서 그녀를 궁지에 몰아넣으려 했지만, 레이 씨는 의연하게 행동했어. 나쓰노는 그것을 참을 수 없었던 거야."

"나쓰노 씨가 습격한 사람은 레이 씨였군요."

구가가 물었다.

"맞아. 나쓰노는 레이 씨를 몰래 기다리고 있다가 그녀를 폐건물로 끌고 갔어. 레이 씨가 저항하고 있을 때 달려온 사람이, 바로 앗슈 씨였지."

앗슈 역시 아쓰야의 내면에 잠들어 있던 거칠고 난폭한 성정의 인격이다. 그는 자신을 레이의 수호자로 생각했다. 그가 레이를 구하기 위해 표층으로 모습을 드러냈던 것이다.

"앗슈 씨는 나쓰노를 두드려 패고 레이 씨를 구했어."

"그때, 나쓰노 씨는 아직 죽지 않았던 건가요?"

"그는 의식을 잃었을 뿐이야. 나쓰노는 금방 의식을 되찾았어. 그런데 다시 아이카 씨가 나타났다."

도중에 인격 교체가 일어났다는 말인가?

"그녀는 레이 씨를 유일무이한 친구라고 생각했어. 괴로웠던 유년기에 버팀목이 되어 주었던 단 한 명의 친구였지."

"그렇군요."

"아이카 씨는 레이 씨를 지키고 싶었어. 그녀에게는 어머니의 연인으로부터 성폭행을 당했던 끔찍한 기억이 있었기 때문에 이대로 나쓰노를 살려 두면 레이 씨가 똑같은 위험에 처할 것이라고 생각했던 것 같아."

쓰키시마가 도중에 말을 삼켰다. 그다음은 말하지 않아도 안다. 아이카는 레이를 지키기 위해서는 나쓰노를 죽일 결심을 하고 옆에 있던 쇠파이프로 나쓰노를 마구 때려서 살해했다. 경찰의 사건 조사 때 나쓰노에게 성폭행을 당할 뻔했다는 취지의 증언을 했던 것은 그때 아이카가 표층으로 나타났기 때문일 것이다. 자기가 나쓰노에게 습격당할 뻔했다고 증언함으로써 레이에게 수사망이 미치는 것을 막았던 것이다.

아쓰야가 레이의 존재를 은폐하고, 레이 역시 피해를 입 밖에 내지 않았기 때문에 상해치사 사건이라는 형태로 매듭지어졌다.

"그러면 레이 씨 사건에 관해서는 어떤가요?"

구가가 핵심 부분을 파고들었다. 쓰키시마는 미간을 찌푸리고는 천천히 고개를 들었다.

"그것에 관해서는 그녀에게 직접 물어보도록 하지."

<24>

"왜 레이를 죽인 거야?"

쓰키시마가 아이카를 바라보자 그 시선에서 도망가려는 듯이 그녀는 아쓰시를 로비에 남겨 둔 채, 계단을 올라갔다.

"당신은 아무것도 모르잖아."

아이카는 층계참까지 올라가 뒤로 돌아 쓰키시마를 내려다보았다.

"무슨 말이야?"

"모두 레이를 위해서였어."

"레이 씨를 위해서라고? 웃기지 마! 그녀는 죽었어! 그게 어째서 그녀를 위한 거라는 말이야!"

"건방 떨지 마. 레이를 진짜로 만난 적도 없는 주제에."

아이카의 말이 비수가 되어 쓰키시마의 마음속 가장 깊은 곳을 찔렀다.

"나는……"

아닌 게 아니라 그 말이 맞다. 쓰키시마는 사건 후에 탄생한 인격이다. 쓰키시마가 만났던 레이는 어디까지나 상상 속의 존재에 불과하다. 쓰키시마만이 유일하게 진짜 레이를 모른다고 해도 할 말이 없다.

"당신이 생각한 것 이상으로 레이는 괴로워했어. 아버지가 일으킨 사건 이후, 나쓰노 같은 남자가 끊이지 않고 나타나 그녀를 괴롭히고 착취하려고 했어. 그것은 평생 벗어날 수 없는 핏줄의 속박이야. 레이는 아무 잘못이 없는데 저주받은 삶이 계속되는 거라고."

"그건……"

"당신은 레이의 일부밖에 보지 않았어."

"……."

"레이는 몇 번이나 죽으려고 했어. 삶의 의미를 잃은 거야. 아버지의 속박에서 벗어나기 위해서는 자신이 죽는 수밖에 없다며……."

틀림없이 레이의 아버지가 일으킨 사건은 그녀에게 속박이었을 것이다.

"하지만 살아가다 보면 가능성은……"

"있을 리 없잖아! 아무리 몸부림쳐도 그녀에게 도망갈 길은 없었다고!"

아이카의 목소리는 거의 비명에 가까웠다. 그녀는 마음속 깊이 레이를 사랑했던 것이다. 하지만, 그렇다면…….

"그렇게까지 레이 씨를 사랑하는데 왜 죽인 거야?"

"미리 말해 두겠는데 당신의 추리는 틀렸어."

아이카가 팔로 아무렇게나 눈물을 훔치며 말했다.

"뭐?"

"뭐고 자시고 간에. 죽인 건 내가 아니라는 거야."

눈물로 번진 마스카라 때문에 아이카의 눈가는 새까맸다.

"그럼 대체 누가……"

아이카가 범인이 아니라면 대체 누가 죽였다는 말인가? 아토무, 앗슈, 신조도 모두 죽어버렸는데. 아이카 이외에, 남은 인격은 아무도 없지 않은가…….

"앗!"

쓰키시마가 비로소 알아차렸을 때 옆구리에서 강렬한 통증이 느껴졌다. 그쪽으로 돌아보니 그곳에는 아쓰시의 모습이 있었다. 아쓰시가 칼로 쓰키시마의 옆구리를 찌른 것이다. 쓰키시마는 버티지 못하고 그 자리에 쓰러지듯 주저앉고 말았다. 칼날이 빠지고 옆구리에서 콸콸 피가 쏟아졌다. 손으로 눌러보았지만, 흘러넘치는 피를 막을 수는 없었다.

"왜 네가……"

"왜라니? 나야말로 최초의 사도. 모든 인격을 지배하는 자니까."

아쓰시가 말하는 것은 처음 들었다. 그 목소리는 어린아이가 아니었다. 변성기를 지난 성인 남성의 목소리였다.

"나의 존재는 아쓰야가 자살을 기도했던 때 살고 싶다는 열망이 만들어냈지."

아쓰시는 원탁 안쪽까지 걸어가서 의자에 앉혀진 마네킹의 머리에 손을 얹고 미소를 지었다.

"설마 그게 아쓰야인가?"

"그래. 그는 깨어나기만 하면 곧바로 자살하려고 해서 계속 재워 두고 있지."

"재워 둔다고……."

"아쓰야는 그때 자기가 죽은 것으로 생각해. 하지만 나는 죽을 수 없어. 레이를 위해서라도……"

"뭐라고?"

"이미 알고 있잖아. 호수에 투신하여 자살하려던 때 나를 살려 준 사람이 바로 근처에 살던 레이였어. 그녀 덕분에 나는 이 세상에서 생을 부여받았어. 내게 그녀는 어머니야."

"연인이 아니었나……."

"그렇게 생각했던 건 신조다. 아이카에게는 둘도 없는 친구였고."

아쓰시는 이렇게 말하며 경쾌한 발걸음으로 계단을 올라가 층계참에 서 있는 아이카 옆에 나란히 섰다. 나란히 서 있는 두 사람을 보고 쓰키시마는 뒤늦게 이해했다. 아쓰시는 늘 아이카와 행동을 함께했었다. 그것은 그녀가 누나이자 어머니가 되어 아쓰시를 감쌌기 때문이다. 아니, 어쩌면 아쓰시가 아이카를 지배했던 것인지도 모른다.

"당신이 추리한 대로 시마다를 죽인 것은 가나에다. 하지만, 가나에를 죽인 것은 나였어."

아쓰시가 쓰키시마의 생각을 꿰뚫어 본 듯 대답했다.

"왜……."

"왜라니? 일일이 말할 필요 없잖아. 당신에게도 학대당한 기억만은 남아 있을 테니까."

목소리는 어른의 것이지만, 말투는 천진난만 그 자체다. 그래서 공연히 더 섬뜩하게 느껴진다.

"그렇군. 나쓰노 씨도 네가 죽인 거구나."

"응. 그래. 나에게 레이는 무엇과도 바꿀 수 없는 존재였어. 그녀를 더럽히는 자식을 내버려 둘 수는 없잖아."

…… 안 되겠다. 의식이 멀어져간다.

쓰키시마는 통증을 애써 참으며 간신히 몸을 일으켰다. 자신이 아쓰야라는 인간의 내면에 있는 인격 중 하나라고 하면 상상 속 세상에서 죽으면 대체 어떻게 되는 것일까? 생각해 보았지만, 답이 나올 리 없었다.

"너는 지금 자신이 죽으면 어떻게 될지 생각하고 있지?"

"뭐?"

"이곳은 아쓰야의 머릿속이다. 여기서 죽으면 분명히 우리도 사라질 테지. 그러니까 이미 아토무, 신조, 앗슈도 돌아오는 일은 없을 거야."

"그런……"

"맞다. 아이카. 너도 마찬가지다."

아쓰시는 냉담하게 말하고는 아무 망설임도 없이 아이카의 목에 칼을 찌른 후 곧바로 뺐다. 선혈이 사방으로 튀었고 아이카는 쓰러져 그대로 계단을 데굴데굴 굴러떨어졌다.

…… 왜지?

아이카는 자신이 살해당할 줄 알면서도 저항조차 하지 않왔다. 아이카의 눈은 아무런 말도 없이 그저 천장을 응시하고 있었다. 쓰키시마는 통증을 참으며 원탁에 손을 짚고 억지로 몸을 일으켜 세웠다. 아쓰시 같은 살인마에게 주도권을 내어 줄 수는 없다. 그랬다가는 또다시 누군가를 죽일 것이다.

"너는 그렇게 터무니없는 이유로 레이를 죽인 거야?"

큰 소리로 말하자 출혈이 한층 더 심해졌다. 통증은 더욱 심해졌으나 아쓰시를 말릴 수 있는 사람은 나뿐이라는 강한 사명감이 들었다.

<25>

"터무니없다고? 이건 그녀 자신이 원했던 일이야……."

쓰키시마가 입가에 미소를 띠며 말했다.

…… 아니야, 그렇지 않아.

사와는 혼란스러운 머리를 정리한다. 지금 말하고 있는 사람은 아쓰야도 쓰키시마도 아니다. 처음에 태어난 인격…… 아쓰시다.

"그녀가 죽기를 원했다고? 말도 안 되는 소리 하지 마! 그녀에게는 가수가 되겠다는 꿈이 있었어. 그런 사람이 죽기를 원할 리 없잖아."

강한 어조로 주장한 사람은 쓰키시마다. 얼굴은 그대로지만, 목소리 톤이 완전히 다르다. 눈앞에서 잇따라 사람이 교체되고 있는 듯한 기묘한 느낌이었다.

"아까 아이카가 말했잖아. 그 꿈도 짓밟혔어. 그녀는 아버지의 속박에서 벗어날 수 없었던 거야."

아쓰시가 주먹을 불끈 쥐었다. 그가 말한 대로다. 레이는 싱어송라이터로서 데뷔를 눈앞에 두었으나, 그녀의 아버지가 일으킨 사건 때문에 모든 게 물거품이 되었다. 레이에게 그것은 절망과 다름없었을 것이다. 앞으로 아무리 노력해도 자신은 절대로 꿈을 이룰 수 없다는 현실에 맞닥뜨린 것이다. 아버지가 일으킨 살인 사건을 없었던 것으로 할 수는 없다.

"만약 꿈이 이루어지지 않았다고 해도 살아갈 길을 발견했을 거야. 그녀는 그런 여성이야."

반박하는 쓰키시마의 말에는 열기가 깃들어 있었다.

"꿈 이야기뿐만이 아니야. 그녀는 언제나 아버지가 일으킨 사건 때문에 손발이 묶인 삶을 살아왔어. 학교에서는 집단 괴롭힘을 당하고 나쓰노 같은 놈들이 레이를 먹잇감으로 삼았지. 나는 나쓰노를 죽임으로써 레이를 지켰다고 생각했어. 하지만, 보호관찰 처분이 풀리고 레이를 다시 만났을 때 나는 너무 놀랐어."

"……."

"그녀는 피폐해질 대로 피폐해진 상태였어. 결국, 레이는 고등학교에 진학조차 할 수 없었어. 어머니가 병을 앓게 되어 그럴 상황이 아니었지. 친척들도 엮이기를 꺼리며 레이 모녀를 내버렸어. 그래서 레이가 일을 하면서 어머니를 돌볼 수밖에 없었던 거야."

아쓰시의 눈에서 눈물이 흘러내렸다.

"레이는 몸이 부서지도록 계속 일했어. 친구가 생겨도 아버지가 일으킨 사건이 밝혀지면 곧 떠나갔어. 직장에서 해고당하고 집에서도 쫓겨나고. 게다가 나쓰노 같은 놈들은 끊임없이 나타났고……."

아쓰시가 들려준 레이의 인생은 너무나도 가혹했다. 그녀 자신이 죄를 저지른 것도 아니고, 그것을 바란 것도 아니다. 그럼에도 불구하고, 그녀는 끊임없는 고통 속에 살아왔다. 그녀를 도와주는 사람은 한 명도 없었다. 지독하리만큼 고독했을 것이다.

"그때 레이는 필사적으로 자신이 돌봐왔던 어머니마저 잃고 텅 빈 껍데기가 되었어. 그래서 그녀에게 희망을 주고 싶어서 그녀의 노래 뮤직비디오를 아토무에게 만들게 하여 동영상 공유 사이트에 업로드했던 거야. 순식간에 조회 수가 늘어났지. 그녀의 노래는 역시 사람의 마음을 움직이는 힘이 있다는 것을 실감했어. 나에게 그랬던 것처럼……."

아쓰시는 하던 말을 멈추고는 오른쪽 귀에 손을 가져다 대고는 황홀에 빠진 표정을 지었다. 사와에게는 아무것도 들리지 않는다. 하지만, 그에게는 레이의…… 놀의 아름다운 노랫소리가 들리는 것이리라. 어디까지나 사와의 추측일 뿐이지만, 그가 학대를 당하던 시절, 귓가에 들려오는 레이의 노랫소리만이 삶의 버팀목이 되어주었을 것이다. 그는 레이의 노래를 들으며 지옥 같은 환경에서 버텨왔다. 잠시 후 아쓰시는 손을 툭 떨어뜨렸다.

"메이저 음반사에서 데뷔 제안이 왔을 때는 모든 것이 순조롭게 풀릴 줄 알았어. 레이가 그동안 고생한 만큼 앞으로의 인생에 행복이 기다리고 있을 거라고 믿었어. 하지만, 그 결과는 어땠지? 그녀의 꿈은 허무하게 무너져 버리고 말았어."

  레이의 아버지가 일으킨 사건이 또다시 그녀에게 족쇄가 된 것이다. 아니, 저주라고 부르는 편이 맞겠다. 아무리 노력해도 그녀는 핏줄이라는 속박에서 벗어날 수 없었다. 레이가 부른 노래의 진정한 의미가 이제야 사와의 가슴을 찔렀다. 그녀는 "내 혈육에 새겨진 죄……."라고 노래 속에서 호소했다. 그것은 정말 문자 그대로의 의미였다.

"그녀는 나에게 죽여 달라고 애원했어. 그래서 나는 그녀를 자유롭게 해 준 거다."

  아쓰시가 쥐어짜듯이 말했다. 레이가 스스로 죽기를 원했다고 아쓰시가 주장했을 때는 그가 비뚤어졌다고 생각했다. 왜곡된 애정이 레이의 목숨을 빼앗은 거라고 생각했는데, 그게 아니었다. 너무나도 순수한 애정으로 인해 아쓰시는 레이를 제 손으로 죽인 것이다. 레이의 노래 가사처럼 그녀가 핏줄의 속박으로 인해 더는 살아갈 수 없을 것이라고 느끼고 그 속박에서 해방시키기 위해서 죽였다.

레이가 더는 상처 입지 않도록······.

레이가 더는 고통받지 않도록······.

"아니야!"

아쓰시, 아니 쓰키시마가 외쳤다.

<26>

쓰키시마가 옆구리를 누르며 아쓰시를 향해 다가갔다.

"그렇지 않아. 너는 틀렸어."

쓰키시마를 움직이는 원동력은 분노였다. 이제야 쓰키시마는 방에 끼워져 있던 편지의 의미를 알았다. 그것은 아쓰시가 쓴 것이다. 레이를 죽이겠다는 예고 그리고 그 행위에 대해 자기를 정당화하는 변명이다.

"뭐가 틀렸다는 거야? 나는 그녀의 소원을 이루어 주었을 뿐이야."

"바로 그게 틀렸다는 거야. 그녀를 사랑한다면 네가 그녀의 버팀목이 되어주어야 했어. 그녀의 외로움과 괴로움을 함께 짊어지고 살아가는 길도 틀림없이 있었을 거야."

쓰키시마의 주장을 아쓰시는 비웃었다.

"말도 안 되는 소리를. 그게 불가능하다는 것을 이제까지의 삶이 증명하고 있잖아?"

"그렇지 않아. 그녀에게는 노래가 있었어."

"그러니까……"

"데뷔 따위, 아무래도 상관없었을 거야. 그녀는 노래할 수만 있다면 그것으로 충분했어. 그런데 네가 그녀의 노래 동영상을 올렸어. 그게 실수였던 거지."

"무슨 말을 하는 거야?"

"생각해 봐. 그녀는 화려한 스포트라이트를 받고 싶어서 노래를 불렀던 걸까? 아닐 거야. 그저 노래가 좋아서 노래를 불렀던 거야. 그렇기에 사람의 마음을 움직였어. 그런 그녀를 밖으로 끌어낸 결과, 절망을 안겨 준 것은 너 자신이야."

쓰키시마는 한 발짝, 또 한 발짝 계단을 걸어 올라갔다. 말을 내디딜 때마다 상처에서 콸콸 피가 쏟아졌다. 하지만, 쓰키시마는 멈추지 않고 걸었다.

"네놈이 뭘 알아? 이제 막 태어난 인격인 주제에……"

아쓰시의 말에 쓰키시마의 발걸음이 순간 멈췄다. 그의 말이 맞다. 쓰키시마는 사건 후에 나타난 인격이다. 레이를 직접 아는 것은 아니다. 그녀와 함께 걸어온 아쓰시, 아토무, 신조, 아이카, 앗슈와는 입장이 완전히 다르다. 하지만, 그런 그이기에 아는 것이 있다.

"만약 네가 레이 씨를 위해 그녀를 죽였다면 왜 함께 죽지 않았지?"

쓰키시마는 외치듯이 말하며 다시 발걸음을 옮겼다. 극심한 통증으로 인해 의식을 잃을 것 같았지만, 간신히 견디고 있다. 만약 여기서 의식을 잃는다면 두 번 다시 돌아오지 못할 거라는 예감이 들었다. 쓰키시마라는 인격이 완전히 상실되는 것이다.

"나는……"

"너는 단지 괴로워하는 레이 씨의 모습을 보고 싶지 않았던 거야. 그녀를 네가 그린 이미지 속에 가둬 두고 싶었던 거지."

"무슨 말이야. 나는……"

"이렇게 너는 멀쩡히 살아 있다는 것이 가장 확실한 증거다. 결국은 이기심인 거야. 나를 만들어 낸 것도 그렇다."

"……"

"너는 자신을 항상 우선시하지. 레이 씨를 죽인 후, 기억을 잃은 나라는 인격을 만들어 낸 후 일부러 경찰서로 갔어. 그렇게 함으로써 자신이 정신질환을 앓고 있다는 인상을 심어 주려고 했던 거야."

"아, 아니야."

"아니 맞아. 너는 명확한 의지를 가지고 레이 씨를 죽여 놓고 심신상실에 의한 무죄를 얻어내고자 형편없는 계략을 꾸몄어."

쓰키시마는 마침내 아쓰시가 있는 곳에 도달했다. 호흡이 가쁘다. 아쓰시는 동요하고 있는 건지, 쓰키시마가 바로 눈앞에 있는데도 넋이 나간 듯이 그 자리에 우뚝 서 있을 뿐이었다.

"너는 마땅히 벌을 받아야 해."

쓰키시마는 아쓰시가 가지고 있던 칼을 빼앗았다. 아쓰시는 그제야 겨우 제정신이 들었는지 저항했지만, 이미 늦었다. 쓰키시마는 빼앗은 칼로 주저 없이 아쓰시의 가슴팍을 푹 찔렀다. 손에서 확실한 느낌이 전해져 왔다. 아쓰시는 가슴을 움켜쥐며 그 자리에 털썩 주저앉았다. 쓰키시마 역시 이젠 한계였다. 무릎의 힘이 빠져 아쓰시 옆에 엎드리듯이 쓰러졌다. 아쓰시와 눈이 마주쳤다. 그는 웃고 있었다.

"고마워…… 이걸로 계획은 모두 이루어졌다……."

속삭이듯이 말한 후, 아쓰시의 눈에서 완전히 빛이 사라졌다. 지금 한 말…… 자신이라는 인격이 사라지는 것까지도 전부 예측하고 있었다는 건가? 생각하려고 했지만, 더는 머리가 돌아가지 않았다. 시야가 깜깜해졌다.

춥다. 너무 춥다…….

"쓰키시마. 정신 차려."

누군가 쓰키시마의 곁으로 달려왔다. 귀에 익은 목소리. 나가토…… 아니, 구가였나? 어느 쪽이든 이제 아무 상관 없다. 이제 곧 쓰키시마라는 인격은 사라진다.

다만, 그렇기에…….

"나가토…… 네가 친구라니, 재난도 그런 재난이 없다."

쓰키시마는 이렇게 말하며 미소를 지었다.

"말본새가 고약하군."

나가토의 말투는 평소와 똑같이 가벼웠다.

"나를 잊지 마라."

"응. 잊지 않아."

…… 다행이다.

누군가의 기억 속에 남는다는 것은 내가 존재했다는 확실한 증거가 될 것이다.

"나는 쓰키시마. 쓰키시마 리오……"

소리 내어 말했는지 어땠는지는 모르겠다.

다만, 그 말을 끝으로 쓰키시마의 의식은 끊겼다…….

종장

라자로

<1>

"여러모로 감사합니다."

나미가 허리를 굽히고 꾸벅 고개 숙여 인사하자 목에 건 묵주가 살짝 흔들렸다. 그녀는 도움을 받은 것에 대한 감사 인사를 하기 위해 경찰서로 찾아왔다.

"아닙니다. 안타까운 결과를 전하게 되어서……"

사와는 도중에 말을 삼키며 입술을 깨물었다. 나미가 미오 즉, 레이를 찾아달라고 경찰서로 찾아왔을 때 이미 그녀는 죽은 상태였다. 어쩔 도리가 없긴 했으나 부끄러운 기분이 든다. 옆에 선 시라이도 웃음기 없는 표정으로 고개를 숙이고 있다.

"아니에요. 형사님들은 정말 애써 주셨어요. 덕분에 레이의 시신을 발견했잖아요."

나미는 레이의 유골함을 껴안았다. 그 후 펜션 정원에 있는 벚나무 아래에서 레이의 시신이 발견되었다. 아버지가 일으킨 살인 사건 때문에 가해자 유족이 된 레이의 인생은 비극

적이었다. 친구는 사귈 수도 없었다. 부당한 중상비방에 시달리고, 유일한 버팀목이었던 어머니를 잃고, 꿈까지 빼앗긴 그녀는 인생에 절망하고 스스로 죽음을 염원했다. 아쓰야, 아니 그의 내면에 있는 인격들은 그 소원을 이루어 주려고 그녀를 죽인 것이다. 추억이 가득한 그 펜션에서……

물론 인격 전원이 그 계획에 찬성했던 것은 아니다. 구가의 말에 의하면 레이 살해계획을 파악하고 있었던 인격은 아쓰시, 아이카, 신조 세 명이었다. 아토무, 앗슈 두 사람은 무슨 일이 일어날지 전해 듣지 못했다. 그 두 사람은 레이를 숭배했다. 그 계획을 들었다면 아마 반대했을 것이다. 인격 내에서 발생한 대립이 기억을 잃은 쓰키시마라는 새로운 인격을 만들어 낸 건 아닐까 하는 생각이 든다.

아쓰야는 경찰서까지 렌터카로 이동했다. 그 렌터카는 레이의 명의로 빌린 것이었다. 원래 계획은 레이를 살해한 후, 경찰에 자수할 셈이었을 것이다. 하지만, 기억을 잃은 쓰키시마가 표층에 나타남으로 인해 미궁 속으로 숨어들고 말았다. 아니, 어쩌면 그것조차 계획의 일부였는지도 모른다. 순조롭게 사건을 해결해 버렸다면 난순한 치성 싸움이라는 결론을 맞이했을 것이다. 복잡하게 일이 꼬이면서 사와와 구가는 레이, 그리고 아쓰야의 인생을 깊숙이 접하게 되었다. 아쓰야의 내면에 있는 인격들과 레이는 자신들이 살아온 생의 증거를 남기고 싶었던 것이 아니었을까.

"이제부터 어떻게 하실 생각이신가요?"

사와의 물음에 나미는 경찰서 현관 앞에서 광활하게 펼쳐진 푸른 하늘을 올려다보았다.

"외국으로 가려고요. 레이는 줄곧 죽기를 갈구했어요. 하지만, 언젠가 이런 말을 한 적이 있어요. 자기를 아무도 모르는 곳으로 가고 싶다고요."

"그랬군요."

아마도 외국으로 나가 핏줄의 속박에서 벗어나려고 했던 것이리라.

"그래서 제가 대신 가는 거예요. 레이만큼은 아니지만, 저도 음악을 좋아하거든요. 유학 가서 음악을 공부할 생각이에요."

나미의 얼굴에 미소가 떠올랐다. 그녀의 눈은 틀림없이 희망을 보고 있을 것이다. 처음에는 레이와 나미가 룸셰어를 할 정도로 친했던 이유를 알 수 없었다. 하지만, 지금은 이해할 수 있다. 죽음을 희구했던 두 사람이 서로에게 몸을 의지했던 것이다. 레이는 결국 죽음을 택했지만, 그 사건이 나미에게 삶의 희망을 주었다.

"정말 감사합니다. 레이의 소원을 이루어 줄 수 있었어요."

나미가 다시 고개를 숙이며 인사하고는 등을 돌리고 걸어갔다. 머리 색과 화장의 영향도 있겠지만, 처음에 만났을 때와 달리 의연한 그녀의 모습은 마치 전혀 다른 사람 같았다. 레이의 사건 때문이기도 하겠지만, 분명 시라이의 존재도 컸을 것이다.

"따라가지 않아도 되겠어?"

쓸데없는 오지랖이라는 생각을 하면서도 옆에 서 있는 시라이에게 물었다.

"잡을 수는 없지. 그녀는 앞으로 나아가고 있는데."

시라이가 자조하듯이 웃었다. 뻔한 대답이었다. 시라이가 아무 말도 하지 않았던 것은 이미 나미와 앞일에 관한 이야기를 마쳤기 때문일 것이다.

"폼 잡을 필요 없어."

"그런 거 아니라니까. 애당초에 이미 차였고."

시라이가 깊은 한숨을 내쉬었다. 몰랐다고는 하지만 아픈 곳을 건드려 버렸다. 이미 고백하고 결과가 나온 후였다니…….

"조만간 좋은 만남이 있을 거야."

"됐네요. 나는 그렇나 치고 그쪽은 어때?"

"뭐가?"

"구가 경감 말이야. 뭔가 진전 있었어?"

시라이는 사와가 구가에게 호감을 품고 있다고 착각하고

있는 듯하다.

"있을 리 없잖아. 너랑 달리, 공과 사는 철저히 구분하거든."

"여전히 자기 감정에 둔감하군."

"그게 무슨 말이야? 그렇게 상처받았으면 구가 씨에게 카운슬링 좀 받아 봐."

"바보냐?"

시라이는 내뱉듯이 말하고는 경찰서 내로 돌아갔다. 사와도 그 뒤를 따랐다. 경찰서 입구에 막 들어왔을 때 사와는 문득 발걸음을 멈췄다. 아쓰야가 피투성이로 이 입구에 나타났던 모습이 까마득한 예전 일처럼 느껴졌다.

…… 레이의 소원을 이루어 줄 수 있었어요.

조금 전, 나미가 했던 말이 뇌리를 스쳤다. 과연 정말 레이의 소원은 이루어진 것일까? 뭔가 다른 선택지가 있었던 것은 아니었을까, 하는 생각이 맴돌았다. 그러고 보니 이전에 나미가 했던 말과 같은 말을 들은 듯한 느낌이 든다.

"맞다……."

구가다. 야마나시로 향하는 차 안에서 예전 환자와의 에피소드를 이야기했을 때였다.

…… 저는 그녀의 소원을 들어 줄 수 없었습니다.

그 말을 떠올림과 동시에 사와의 마음속에 의구심이 퍼져갔다. 무엇이 어떻다고 설명할 수는 없다. 단지, 이유 모를 꺼림칙함이다.

"왜 그래?"

시라이가 발걸음을 멈추고 뒤를 돌아보았다. 조금 과하게 감상에 젖어 있었나 보다. "아무것도 아냐." 사와는 고개를 가로저으며 말했다.

"그럼 됐고. 뭐 어쨌든 이걸로 사건도 끝이구나."

"그렇네."

"아쓰야가 피투성이로 나타났을 때는 정말 어떻게 되려나 했다."

시라이는 가벼운 말투로 말하며 다시 걷기 시작했다.

…… 살려주세요.

시라이의 뒤를 따라가려는 사와의 귓가에 목소리가 들렸다. 당황하여 뒤를 돌아보았으나 그곳에는 아무도 없었다. 현실에서 들린 목소리가 아니다. 이것은 사와의 기억 속에 남아 있는 목소리다. 그때 피투성이가 되어 나타난 아쓰야가 했던 말이다. 살려주세요, 라고. 왜 그는 도움을 요청했던 것일까? 아주 작은 의문이었으나 그것은 빙글빙글 소용돌이가 치듯이 점점 커지더니 사와의 머릿속을 장악해갔다. 이윽고 사와는 하나의 무시무시한 추리에 도달했다.

<2>

그 방은 여전히 온통 흰색이었다. 처음에는 불결한 것을 모두 감춰버린 듯했던 순백이 마음에 들지 않았다.

"드세요."

구가는 리클라이너 의자에 앉은 사와에게 찻잔을 건넸다. 사와는 고맙다고 말한 후 찻잔을 받아들고 홍차를 한 모금 머금으며 마음을 진정시키려 했다. 하지만 마음의 동요 때문인지 아무 맛도 느껴지지 않았다.

"그래서, 무슨 용건인가요?"

구가가 맞은편 소파에 앉으며 차분한 어조로 물었다. 할 이야기가 있다고 구가에게 만남을 요청한 것은 사와였으나, 면회 장소로 상담실을 지정한 사람은 구가였다.

"왜 말씀하지 않으셨나요?"

사와는 찻잔을 테이블에 놓고 땀이 배어나는 손을 꽉 움켜쥐고는 말문을 열었다.

"무슨 말씀이죠?"

구가는 시치미를 떼며 반문했으나 알고 있을 터였다.

"구가 씨는 레이 씨에 관해 알고 계셨죠?"

"그 애긴가요."

구가도 찻잔을 탁자 위에 놓고는 흰 천장을 올려다보았다.

구가는 묵묵부답이었다.

"대답해 주세요. 왜 레이 씨와 아는 사이였다는 것을 밝히지 않으셨나요?"

"깜빡 잊었다고 하면 믿어 주시겠습니까?"

"아니요."

"그렇군요."

구가는 희미한 미소를 지으며 사와를 보았다. 레이의 아버지가 일으킨 살인 사건은 바로 구가의 여동생이 살해당한 사건이었다. 구가에게 사건의 개요를 들었기 때문에 다시 조사하지는 않았다. 시라이에게 지적당했던 것처럼 구가에게 개인적인 감정을 품고 동정하는 마음이 있었기에 스스로 조사하지 않고 구가의 말을 곧이곧대로 믿어 버렸다.

"전에 구가 씨가 말씀하셨던, 죽여달라고 애원했던 여성이 바로 레이 씨였던 거죠?"

레이는 줄곧 죽고 싶어했다. 자신의 아버지 때문에 여동생을 잃은, 피해자 유가족인 구가의 손에 죽기를 염원했던 것이리라.

"사와 씨 말이 맞습니다. 저는 레이 씨와 아는 사이였습니다."

"그럼 왜……?"

"제가 이번 사건에 레이 씨가 관련되어 있다는 것을 깨달

앉을 때 레이 씨는 이미 죽은 후였어요. 사와 씨에게 말하지 않았던 것은 저 자신의 무력함을 인정하고 싶지 않아서일지도 모르겠군요."

"거짓말입니다."

사와는 강한 어조로 단언했다.

"왜 거짓말이라고 생각하는 거죠?"

"지금부터 말씀드리는 것은 어디까지나 제 추측인데 말씀드려도 될까요?"

그렇게 운을 띄우자 구가는 "말씀하세요."라고 다음 말을 재촉했다. 사와는 굳게 마음먹고 말문을 열었다.

"저는 이번 사건에서 아쓰야 씨에게 공범이 있었을 것으로 생각합니다."

"왜 그렇게 생각하지요?"

"몇 가지 이유가 있습니다. 우선 아쓰야 씨의 뒤통수에 구타당한 상처가 있습니다."

"공범자가 때려서 생긴 상처라는 건가요?"

"네. 그 증거로 아쓰야 씨는 경찰서에 왔을 때 '살려주세요.'라고 말했습니다. 배신한 공범에게 구타당했다고 보는 것이 타당합니다."

"그렇군요."

추궁당하면서도 구가의 말투는 여유만만이다.

"손바닥의 화상도 이상합니다."

"어떤 면이 말이죠? 수사본부는 아쓰야 씨가 지문으로 신원이 밝혀질까 봐 그 펜션의 난로에 부집게를 달군 후 손으로 쥐어 화상을 입었다고 생각하는 것 같던데요."

분명 수사본부의 견해는 그렇다. 하지만…….

"혼자서 그것이 가능했을 거라고는 생각되지 않습니다."

"공범이 그렇게 했을 거라는 건가요?"

"저는 그렇게 생각합니다."

"뭐 때문이죠?"

"물론 아쓰야 씨의 신원을 감추기 위해서가 아니라, 신원 파악을 늦추는 것이 목적이었다고 저는 생각합니다."

"신원 파악을 늦춘다고요?"

"신원 불명, 그리고 기억 상실이라는 상황을 만들어 냄으로써 공범인 구가 씨가 사건에 관여하게 하기 위해서죠."

사와가 말을 끊자, 구가는 살짝 미소를 지었다.

"제가 공범이라고 생각하는 이유는 뭔가요?"

"구가 씨는 레이 씨와 오랜 기간 연락을 취해왔어요. 드디어 죽음에 대한 그녀의 염원을 이루어 주고자 생각하게 되었습니다. 하지만 제 손으로 실행할 수는 없었고, 그래서 다른 사람을 시키려고 한 거 아닌가요?"

"그 사람이 아쓰야 씨라는 건가요?"

"맞습니다. 구가 씨는 아쓰야 씨를 교묘한 말로 유도하여 레이 씨를 죽이게 한 거예요."

"어떻게?"

"최면요법을 사용한 게 아닐까 하는……"

"처음에도 말했지만, 최면요법은 초능력 같은 게 아닙니다. 본인이 원하지 않는 행동을, 강제로 시킬 수는 없어요."

"본인이 원하는 행동이라면 가능하다는 거네요?"

사와의 말에 구가는 침묵을 지켰다. 그대로 조용히 찻잔의 홍차를 입에 머금었다. 우아한 그 태도가 사와의 불안을 증폭시켰다.

"그렇게 되는군요."

긴 침묵 후에 구가가 말했다.

"구가 씨는 아쓰야 씨에게 수차례 레이 씨가 죽고 싶어 한다고 주입했어요. 특히 아쓰시의 인격에게요. 그러고 나서 이번 계획을 세우고 레이 씨를 죽인 거예요."

"……"

"최면요법에 의한 사건 조사를 주장한 것도 실행범인 아쓰야 씨에게 최면요법을 시행하면서 자신이 관여되어 있다는 것을 말하지 않도록 유도하기 위한 것 아닌가요?"

"……"

"구가 씨는 레이 씨의 소원을 이루어 주었을 뿐 아니라 여동생의 복수를 하려고 했던 거죠? 실제로 죄를 범한 레이 씨 아버지는 무죄 판결을 받은 후에 폐쇄 병동에서 자살했어요. 구가 씨는 줄곧 벌을 내릴 상대를 찾고 있었던 거죠."

구가는 아쓰야에게 최면요법을 시행하는 도중에 죄를 범한 인격을 발견해 내려고 안간힘을 썼다. 그 집착은 그의 내면에 자리잡은 억눌려 있던 감정의 표출이었다.

"그뿐만이 아닙니다. 저는 레이 씨가 죽고 싶어 했다고 생각하지 않습니다."

"무슨 의미죠?"

"레이 씨에게 죽고 싶다는 갈망을 심어 준 사람은 구가 씨, 다름 아닌 당신이라고 생각합니다."

사와는 정면으로 구가를 응시했다. 무거운 침묵이 흘렀다. 시간이 멈춘 것은 아닌가 하는 착각이 들 정도다.

"근거가 빈약하군요."

잠시 후 구가가 불쑥 말했다. 그의 지적이 옳다.

"그렇습니다. 어디까지나 저의 추측에 불과합니다. 하지만, 반드시 증거를 찾아낼 겁니다."

구가에게 죄를 묻는다면 죄복은 살인 방조가 될 것이다. 입증이 어려운 범죄다. 하지만, 그렇다고 해도 구가가 한 짓은 벌을 받아 마땅하다.

"의미 없는 일은 그만두시죠."

구가가 조용히 말했다.

"의미 없지 않습니다."

"의미 없습니다."

"왜 그렇게 생각하시죠?"

"감쪽같이 속았기 때문입니다."

"네?"

"사와 씨는 속은 겁니다. 물론 저도 속았고요."

······ 속았다니, 무슨 말이지?

"무슨 말씀이신지······"

사와의 물음을 가로막듯이 구가가 엽서 한 장을 꺼내어 탁자 위에 올려놓았다. 호숫가의 펜션과 벚나무가 있는 그곳의 사진이 인쇄된 엽서였다. 구가는 아무 말도 없이 읽어보라는 눈짓을 했다. 사와는 주저하면서도 그림엽서를 집어 들었다. 발신인 이름은 적혀 있지 않았다. 그리고 사진 구석에 작은 글씨로 한 문장만이 쓰여 있었다.

〈선생님께 사죄하지 못한 것만이 저의 유일한 후회입니다.〉

"이 엽서는 누가 보낸 건가요?"

"아마도 레이 씨일 겁니다."

"죽기 전에 말인가요?"

"아닙니다. 날짜를 확인해 보세요."

구가의 말에 따라 소인을 확인했다. 나리타에서 발송된 것으로 어제 날짜였다.

"그게 무슨…… 레이 씨는 이미……"

"그렇지요. 그녀는 법적으로는 이미 죽었습니다. ……다른 말로 바꿔 볼까요. 그것을 보낸 것은 후지키 나미 씨입니다."

구가가 그 이름을 말한 순간 등줄기에 전율이 흘렀다. 여러 가지 사건이 머릿속에서 연결되어 갔다.

"사와 씨가 말한 것처럼 레이 씨에게 죽고 싶은 마음 따위 추호도 없었습니다. 그녀는 줄곧 살아갈 길을 모색해 왔어요."

"……."

"하지만 어딜 가도, 그녀는 아버지가 일으킨 사건에 얽매일 수밖에 없었습니다. 자유롭게 살기 위해서 다른 누군가가 될 수밖에 없었던 겁니다."

"무슨 말씀이신가요?"

"사와 씨도 이미 알고 있는 대로입니다. 레이 씨와 나미 씨는 뒤바뀐 거예요."

"그럴 리가 없습니다! DNA 감정도 일치했잖아요!"

사와는 흥분한 나머지 자리에서 벌떡 일어섰다. 숨도 제대로 쉴 수가 없다. 이마에서 땀이 쉬지 않고 줄줄 흘러내렸다.

구가는 그런 사와를 무표정하게 올려다보았다.

"그 DNA는 어떻게 채취했었죠?"

구가의 말이 귓속에서 메아리쳤다. 방을 공유했던 나미가 레이의 소지품에서 DNA를 채취하여 경찰에 제출했었다. DNA 감정은 특정 개인을 확인하는 것이 아니다. 비교하여 일치 여부만을 확인하는 것이다.

"하, 하지만, 우린 나미 씨를 만나왔어요. 레이 씨가 아니었잖아요?"

"나미 씨는 성형 중독이었죠? 부모조차 그녀의 얼굴을 알아보지 못할 겁니다."

…… 그렇다.

처음에 만났을 때도 성형한 듯한 얼굴에 채 가라앉지 않은 붓기가 남아 있었다. 레이가 성형하고 나미로 행세했다는 건가? 금발에 화려한 메이크업…… 그런 차림새도 자기가 레이라는 것을 들키지 않기 위함이었다. 생각해 보면 마지막에 만났을 때, 나미는 마치 180도 다른 사람 같았다. 분위기는 오히려 레이에 가까웠다. 시라이와의 관계와 레이의 죽음으로 인해 생긴 변화라고 생각했으나 그게 아니었다는 것인가?

"지금 와서 보면 레이 씨를 찾아달라고 신고하러 온 타이밍도 작위적입니다."

"어쩌면 레이 씨는 처음부터……."

"저는 그렇게 생각합니다. 레이 씨는 자신이 죽고 싶어 한다는 것을 온갖 상황에서 어필했어요. 저를 찾아왔을 때도 그랬어요."

"……."

"게다가 자살 충동에 사로잡힌 나미와 룸셰어를 하기로 했어요. 그녀의 신분으로 위장하기 위해서."

"……."

"아쓰야 씨의 뒤통수 상처에 관해서는 저도 계속 마음에 걸렸어요. 뒤통수를 가격한 사람은 아마도 레이 씨일 겁니다."

"네?"

"그렇게 해서 제삼자의 존재를 암시함으로써 경찰을 혼란에 빠뜨린 겁니다. 아쓰야 씨가 살려달라고 호소했던 것도 같은 이유일 거고요. 레이 씨에게 협조하기 위해 손바닥에 화상을 입고 신원을 감춘 채 기억을 잃은 인격을 만들어 낸 후, 굳이 경찰서에 모습에 나타낸 거죠."

"그 말씀은……."

"짐작하신 대로 저를 끌어내기 위해서였겠죠. 레이 씨는 제가 경찰이 된 것을 알고 있었거든요."

"구가 씨가 사건 조사에 관여한다면 아쓰야 씨의 해리성 정체감 장애를 알아차릴 것으로 예측했다는 말씀인가요?"

"맞습니다. 그녀는 제가 사건 조사에 참여하리라는 것까지도 알고 있었어요. 심신상실, 해리성 정체감 장애라는 방향으로 수사의 방향을 돌림으로써 자신의 신원 위장 사실을 감쪽같이 숨겼던 겁니다. 그뿐만 아니라, 나미 씨로 둔갑하여 뒤바꾼 DNA 검체를 제출하여 수사에 교란을 일으킨 거죠."

구가의 말이 맞을지도 모른다. 경찰이 감쪽같이 그녀의 손에 놀아나는 바람에 레이와 나미가 뒤바뀌었다는 것은 상상도 하지 못했다.

"아쓰야 씨 내면에 있는 다른 인격들은 그 사실을 알고 있었을까요?"

"아쓰시, 신조, 아이카 세 명은 알고서 레이 씨를 도왔을 겁니다. 이번 사건은 죽음을 염원하는 레이 씨를 그들이 살해함으로써 해방하려는 계획 따위가 아니었어요. 레이 씨를 나미로서 부활시키기 위한 의식이었던 겁니다."

"그래서…… 라자로……."

여태까지 줄곧 의문으로 남아 있었던 라자로라는 단어의 의미를 이제 명백하게 이해했다. 예수 그리스도에 의해 죽음에서 되살아난 라자로는 부활의 상징으로 여겨진다. 레이가 나미로 부활하리라는 것을 암시했던 것이다.

"곧바로 나미 씨를 수배하죠."

지금이라도 늦지 않았다. 만약 발견되었던 시체가 레이가 아니라 나미라면 사건의 전모를 파헤칠 필요가 있다.

"이미 늦었습니다."

구가가 쓴웃음을 지으며 말했다.

"왜죠?"

"경찰은 이미 그 시신이 레이 씨의 것이라고 판정해 버렸어요. 그것을 뒤집기에는 증거가 터무니없이 부족합니다."

아닌 게 아니라, 확고한 증거가 없으면 재수사는 불가능하다. DNA가 다른 사람의 것이었다고 증명할 만한 무언가가……

궁리를 거듭하던 사와는 얼마나 그것이 어려운 일인지 절감했다. 나미는, 아니 레이는 살았던 집에서 이미 퇴거했다. 아무것도 남아 있지 않다. 유골을 그녀가 맡은 것도 증거 인멸이 목적이었을까? 아니다. 아직이다. 아직 방법은 있다.

"아쓰야 씨를 조사해서 증언을 끌어내면……"

"무리입니다."

구가가 바로 답했다.

"왜죠?"

"지금 그의 내면에 남아 있는 건 유년기에 잠재워 누웠넌, 원래 인격인 아쓰야 본인뿐입니다."

"아아……"

실망감이 밀려와 저도 모르게 한숨이 새어 나왔다. 최후에 상상 속에서 발생한 그 참극. 그것은 증거 인멸이었던 것이다. 아쓰시가 전원을 살해하고, 최후에 쓰키시마에게 자신을 죽이게 함으로써 이번 계획을 기억하는 인격 모두가 소멸했다. 이제 와서 조사한다 한들, 증거가 나올 리 없다. 그들은 그것까지 이미 염두에 두고 계획을 실행했던 것이 틀림없다. 레이를 나미로 부활시키기 위해서 자신들의 존재를 완전히 삭제했다.

"레이 씨는 언제부터 이 계획을……."

"아마도, '놀'이라는 이름으로 노래를 불렀던 때부터일 겁니다. 처음부터 우리에게 승산이 없었던 거죠."

구가는 모든 것을 깨달은 듯이 말하고는 스마트폰을 꺼내어 놀의 노래를 틀었다.

잔잔한 수면에 달이 뜨네
마른 벚나무에 이윽고 움이 돋는데
내 마음은 헤어날 길 없는 우수에 차 있네

내 혈육에 새겨진 죄는
모든 것을 빼앗고 좀먹는다네
도저히 헤어 나올 수 없는 굴레

만약 그대가 나를 사랑한다면

부디 나를 죽여주세요

그것이 나의 유일한 소원

지금에야 그녀가 부른 노래의 진정한 의미를 이해했다……

슬퍼하지 말아요

나는 이렇게 사라지지만,

라자로처럼 다시 살아나 영원히 당신을 그릴 테니

이것은 비탄에 잠겨 죽음을 갈구하는 노래가 아니었다.

어떻게든 살고 싶다는 강한 열망을 담은 희망의 노래였다……

옮긴이의 말

이 책 《라자로의 미궁》은 국내에도 소개된 《심령 탐정 야쿠모》 시리즈, 《괴도 탐정 야마네코》 시리즈 등으로 큰 인기를 얻고 있는 베스트셀러 작가 가미나가 마나부의 데뷔 20주년 기념 작품이다. 작가 자신이 "이 작품보다 더 재미있는 소설을 쓸 자신이 없습니다."라는 소회를 밝힌 회심의 작품이기도 하다. 미스터리 이벤트로 8명의 남녀가 호숫가의 펜션을 방문하고, 그곳에서 아야츠지 유키토의 《십각관의 살인》을 연상케 하는 호숫가의 펜션에서 세 건의 연쇄살인 사건이 발생한다. 그 과정에서 반전에 반전을 거듭하며 마지막에 결정적인 한 방을 선사하는 본격 미스터리 걸작인 동시에 인간 내면의 트라우마와 방어 기제 등을 다룬 빼어난 심리 스릴러의 면모를 겸비하고 있다.

그림같이 아름다운 호숫가의 마른 벚나무, 순백의 원피스를 입은 아름다운 여성이 파멸적인 가사가 담긴 노래를 부르자 연분홍색 꽃이 앞다투어 피며 하늘을 향해 소용돌이치며 올라가는 몽환적고 환상적인 장면으로 시작되는 작품은 단숨에 독자의 호기심을 사로잡는다. 이어서 이야기는 느닷없이 피투성이 모습으로 경찰서에 나타난, 기억 상실 청년에 대한 사건을 추적하는 형사들의 분투, 또 다른 한 줄기로는 미스터리 이벤트에 참가하기 위해 호숫가의 펜션에 모인 8명의 남녀가 펜션에 갇힌 채로 세 건의 연쇄살인 사건을 해결하기 위한 분투를 그리고 있다. 전자와 후자의 서사 양쪽에서 어딘지 불온한 분위기가 느껴지고 교차하는 서사가 어떤 관계가 있을지 점점 빠져들어 간다. 마침내 두 이야기가 제5장에 이르러 하나로 연결된다. 그때부터 반전에 반전이 거듭된다. 독자는 속으면서도 즐겁고, 뒤통수를 맞으면서도 통쾌한 미스터리의 진수를 느낄 수 있다.

저자는 600페이지에 가까운 분량의 이야기 속에 처음부터 끝까지 촘촘하고 세세하게 복선을 아로새겨 놓았다. 가장 눈에 띄는 것은 제목인데 부활의 상징인 신약성서의 인물 '라자로'를 전면에 내세운 것도 그렇고, 최면요법 도중의 청년 A의 말과 행동 묘사 하나하나까지 어느 하나 소홀할 부분이 없다. 그리고 나중에 알고 보면 힌트였던 부분들도 있다. 초반부에서 아쿠타가와 류노스케의 《덤불 속》에서 진실을 말하는 사람은 누구인가 하는 논쟁에서 쓰키시마는 모두가 진실을 말하고 있다고 생각한다며 "질문의 내용은 누가 진실을 말했는가, 잖아? 인지하는 세계가 각자 달랐을 뿐이야."라고 이유를 댄다. 즉 각자가 인지하는 세계는 각자에게는 진실이지만, 그것은 객관적인 진상과는 다르다는 것이다. 펜션에 감금되어 세 건의 연쇄살인 사건을 풀어가는 미스터리 이벤트 참가자들, 그리고 청년 A에 대한 최면요법을 통해 그가 연루되었을지 모를 사건을 추적하는 형사 듀오 사와와 구가는 각자가 인지하는 진실을 말했으나 작품의 마지막 부분에서 밝혀지는 진상은 전혀 다른 것이었다.

가히 본격 미스터리 전성시대라고 불러도 과장이 아닐 듯한 요즘 일본 문학 트렌드에 충실하게 밀실 살인 사건, 참가자들의 트릭 풀이 배틀을 보는 묘미도 쏠쏠하지만, 저자는 단지 거기 머무르지 않는다. 극한의 엔터테인먼트를 제공하면서도 인간이 겪는 심리적 고통과 그에 대한 방어 기제를 스토리를 통해 보여 준, 뛰어난 인간 이해와 통찰력도 대단히 인상적이다. 극 중에서 베일에 싸인 정신과 의사 출신 구가 경감은 이렇게 말한다. "하나의 면으로만 이루어진 사람은 없습니다. 여러 개의 면이 모인 다면체인 거죠." 인간은 본능적으로 논리성과 합리성, 일관성과 예측 가능성을 추구하고 그것이 보장될 때 안정감을 느낀다. 그러나 인간은 결코 단면만으로는 설명할 수 없는 다면적인 존재이기에 서로에게 고통을 주기도 하고 의외의 기쁨을 주기도 한다. 만난 지 몇 시간이 채 되지 않은 레이와 쓰키시마의 신뢰와 애정이 그러했고, 감정이 결핍된 듯이 보였던 구가와 쓰키시마의 우정이 그러했다.

이 책을 검토하는 과정에서 두세 번 읽고, 실제로 번역을 하면서 읽고, 번역 원고에 누락과 오류가 없는지 원문과 한 줄 한 줄 대조하며 또 한 번, 윤문을 두세 번 거치면서 읽을 때마다 양파처럼 새로운 사실들이 보이며 작가의 천재성에 혀를 내둘렀다. 이건 이런 의미였구나, 이건 그래서 그랬구나 등등 서술 트릭이 뛰어난 작품들이 으레 그렇듯이 처음 읽었을 때 어딘가 어긋난 느낌, 표현이 어색하거나 앞뒤가 맞지 않는 듯한 느낌들이 수차례 읽으며 깔끔하게 해결되는 쾌감이 특히 컸던 작품이다.

이 책에 대해 해설한 본격 미스터리와 특수 설정 미스터리의 명수 아쓰카와 다쓰미 작가는 어느 정도 정형화된 시리즈물과 달리, 단행본은 일종의 '모험'이라고 말했다. 시리즈물에서 넣을 수 없었던 요소, 장치를 유감없이 시험해 볼 수 있는 절호의 기회이기 때문이다. 그리고 본서의 저자 가미나가 마나부의 네 번째 단행본인 본서를 저자의 작품 중에서도 본격 미스터리의 완성도가 빼어나게 높은 작품이라고 평가했다. 데뷔 20주년을 맞이한 저자가 앞으로 시리즈물뿐만 아니라 단행본에서 어떤 모험을 시도함으로써 독자에게 신선한 충격을 선사할지 더욱 기대된다.

최현영

라자로의 미궁

1판 1쇄 인쇄 2025년 6월 16일
1판 1쇄 발행 2025년 6월 30일

지은이 가미나가 마나부
옮긴이 최현영

발행인 황민호
본부장 박정훈
책임편집 최경민
기획편집 김선림 신주식 윤혜림
마케팅 이승아
국제판권 이주은 조지연
제작 최택순

발행처 대원씨아이㈜
주소 서울특별시 용산구 한강대로15길 9-12
전화 (02)2071-2094
팩스 (02)749-2105
등록 제3-563호
등록일자 1992년 5월 11일

www.dwci.co.kr

ISBN 979-11-423-2221-1 03830

- 이 책은 대원씨아이㈜와 저작권자의 계약에 의해 출판된 것이므로 무단 전재 및 유포, 공유, 복제를 금합니다.
- 이 책 내용의 전부 또는 일부를 이용하려면 반드시 저작권자와 대원씨아이㈜의 서면동의를 받아야 합니다.
- 잘못 만들어진 책은 판매처에서 교환해드립니다.